JOSEPH FINDER

Né en 1958, diplômé des universités de Yale et de Harvard, Joseph Finder est un spécialiste de l'Europe de l'Est. Contacté par la CIA pendant son troisième cycle universitaire, il devient officier de renseignements puis journaliste spécialisé dans les questions de politique internationale au *New York Times*, au *Wall Street Journal* et au *Times*. Auteur de plusieurs discours pour la campagne présidentielle de Bill Clinton, Joseph Finder met à profit ses connaissances du terrain et ses nombreux contacts à la CIA comme au FBI pour écrire des thrillers aux intrigues particulièrement réalistes comme *L'instant zéro* ou *La trahison aux deux visages*.
Membre de l'association des anciens officiers du renseignement *(Former Intelligence Officers)*, Joseph Finder est aujourd'hui enseignant à Havard. Il vit à Boston avec sa femme et sa fille.

LA TRAHISON
AUX DEUX VISAGES

DU MÊME AUTEUR
CHEZ POCKET

L'INSTANT ZÉRO

JOSEPH FINDER

LA TRAHISON AUX DEUX VISAGES

roman

ROBERT LAFFONT

Titre original :
HIGH CRIMES

Traduit de l'anglais
par Dominique Defert

Le Code de la propriété intellectuelle n'autorisant aux termes de l'article L. 122-5 (2° et 3° a), d'une part, que les « copies ou reproductions strictement réservées à l'usage privé du copiste et non destinées à une utilisation collective » et, d'autre part, que les analyses et les courtes citations dans un but d'exemple ou d'illustration, « toute représentation ou reproduction intégrale ou partielle faite sans le consentement de l'auteur ou de ses ayants droit ou ayants cause est illicite » (art. L. 122-4).
Cette représentation ou reproduction, par quelque procédé que ce soit, constituerait donc une contrefaçon sanctionnée par les articles L. 335-2 et suivants du Code de la propriété intellectuelle.

© 1998 by Joseph Finder
© 1999, Éditions Robert Laffont
ISBN : 2-266-10382-2

*Pour Michèle,
ainsi que pour Emma
et son fan-club.*

« Quiconque a des yeux pour voir et des oreilles pour entendre peut être certain qu'aucun mortel n'est capable de garder un secret. Si la bouche est fermée, ce sont les doigts qui parlent ; la trahison perle par tous les pores de la peau. »

Sigmund Freud, *Dora*.

PREMIÈRE PARTIE

1.

À neuf heures sonnantes ce matin-là, Claire Heller pénétra dans le grand et vénérable amphithéâtre de Harvard et se trouva nez à nez avec un petit groupe de journalistes. Ils étaient quatre ou cinq à l'attendre, dont un cameraman de la télévision armé d'une grosse betacam.

Cela n'avait rien d'étonnant. Depuis que le verdict de l'affaire Lambert était tombé, deux jours plus tôt, les coups de fil des journalistes n'avaient pas cessé. Elle s'était, jusqu'à présent, débrouillée pour échapper à leurs assauts. Mais cette fois, ils l'attendaient à l'entrée de sa classe, près de l'estrade. Les questions fusèrent sitôt qu'elle se dirigea vers son pupitre.

Claire sourit d'un air absent, ne saisissant que des bribes de phrases.

— ... l'affaire Lambert ? Des commentaires ?
— ... satisfaite du verdict ?
— ... Quel effet cela vous fait d'avoir remis un violeur en liberté ?

Elle entendit les murmures agacés de ses étudiants. Profitant de l'avantage que lui offrait l'estrade, la juchant cinquante centimètres au-dessus de la meute, elle s'adressa à ses assaillants :

— Je vous prie de bien vouloir quitter ma classe.

— Juste un commentaire, professeur, insista la reporter TV, une jolie blonde sanglée dans un tailleur saumon avec des épaulettes dignes d'un footballeur américain.

— Désolée, mais je n'ai aucune déclaration à faire pour le moment, lui répondit-elle. J'ai un cours à donner.

Ses étudiants en droit criminel étaient assis en arc de cercle, les gradins du vieil amphithéâtre formant comme des anneaux de Saturne autour de l'estrade. À Harvard, le professeur était considéré comme un dieu vivant. Et ce matin, le dieu était assailli par la piétaille.

— Allez, professeur, juste une...

— Ça suffit, vous devenez importuns. Sortez d'ici, je vous prie. Dehors !

En grommelant, le petit groupe fit demi-tour et se dirigea vers la sortie dans un concert de grincements du parquet centenaire.

La jeune femme se retourna vers ses étudiants et leur adressa un sourire désolé. Claire Heller avait environ trente-cinq ans, petite, fluette, yeux marron, fossettes aux joues et cheveux cuivrés retombant en cascade sur un cou long et gracile. Elle portait une veste de tweed couleur chocolat, au style faussement décontracté, sur un ensemble beige en soie.

— Bien, commença-t-elle à l'intention de ses élèves. La dernière fois, l'un d'entre vous m'a demandé qui étaient Rex et Regina.

Elle but une gorgée d'eau. Il y eut quelques rires dans la salle. Un des codes de conduite dans les écoles de droit exigeait que l'on rît d'un air entendu pour montrer que l'on avait compris, que l'on était dans le coup, que la chose fût drôle ou non.

— C'est du latin, jeunes gens — nouvelle gorgée

d'eau pour marquer l'effet. Quelques gloussements de complaisance, en crescendo. — On trouve ces termes dans le droit anglais. Regina signifie la reine. Et Rex, le roi.

De nouveaux rires, plus forts cette fois, empreints de soulagement, émanant de ceux qui venaient de comprendre avec un train de retard. Un public de rêve.

La porte de l'amphithéâtre se referma bruyamment dans le dos du cameraman, dernier du groupe de journalistes à quitter les lieux.

— Bien, passons maintenant à l'affaire Terry contre l'État de l'Ohio. Un des derniers verdicts rendus par le juge Warren[1]. Une décision qui a fait date dans la jurisprudence de notre pays et donné des boutons à tous les libéraux !

Elle balaya la salle du regard, avec l'air insondable d'un Buster Keaton. Quelques étudiants ricanèrent, pour montrer qu'ils connaissaient leurs classiques.

Elle éleva le ton de quelques décibels.

— Terry contre l'État de l'Ohio ! Une grande décision de la cour Warren qui a finalement accordé aux policiers le droit de fouiller un suspect sous pratiquement n'importe quel prétexte. Cadeau de retraite du cher juge Earl Warren ! — Claire pivota soudain d'un quart de tour. — Dites-moi, Miss Harrington, si des officiers de police débarquent chez vous un soir, sans mandat, et qu'ils trouvent la cachette où vous stockez votre crack, pourriez-vous être poursuivie pour détention de stupéfiants ?

Il y eut de petits rires étouffés : la très sérieuse et studieuse Miss Harrington, une grande fille maigrelette au teint blafard, aux longs cheveux blond cen-

---

1. Earl Warren (1891-1974), président de la Cour suprême de 1953 à 1969. *(N.d.T.)*

dré coiffés avec la raie au milieu, ne correspondait en rien à l'image type de la consommatrice de crack.

— En aucune façon, répondit Miss Harrington. S'ils sont entrés sans mandat, les preuves trouvées à mon domicile seront inutilisables lors du procès. La règle d'irrecevabilité s'appliquant dans ce cas.

— Sur quoi se fonde cette règle ? demanda Claire.

— Sur le Quatrième Amendement, répliqua Miss Harrington, les cernes violacés sous ses yeux témoignant d'un manque de sommeil commun à nombre d'étudiants durant cette première année de torture à Harvard. C'est un garde-fou protégeant le citoyen contre d'éventuelles investigations abusives menées par les autorités. Aucune preuve obtenue en violation du Quatrième Amendement ne peut être retenue contre quelqu'un en procès criminel. Ou ça s'appelle des preuves « empoisonnées ».

— Tout comme vos doses de crack ! rétorqua Claire avec sarcasme.

Miss Harrington lança à Claire un regard noir et lâcha dans un demi-sourire :

— Tout juste.

Les étudiants, du moins les plus avisés, commençaient à comprendre où leur professeur voulait en venir : tailler en pièces les belles idées de gauche des années soixante, celles qui hantaient les amphis de Madison pendant les années d'études de Claire Heller, telles que « Le pouvoir au peuple », « À bas la société »...

— Parfait, maintenant est-ce que quelqu'un peut me dire où il est écrit dans le Quatrième amendement que les preuves obtenues illégalement ne peuvent être retenues au cours d'un procès ? demanda Claire.

On aurait pu entendre une mouche voler.

— Miss Zelinski ? Miss Cartwright ? Miss

Williams ? Mr. Papoulis ? — Elle descendit de l'estrade, et se mit à arpenter de long en large le parquet grinçant. — Nulle part, jeunes gens. Nulle part !

Du fond de la salle s'éleva une voix de fausset, celle de Chadwick Lowell, troisième du nom. Un étudiant aux cheveux blonds déjà clairsemés, affublé des lunettes cerclées de fer standard, remboursées par la sécurité sociale britannique, vestiges, sans doute, de son année passée à Oxford.

— Si je comprends bien, vous n'êtes pas une grande fan de la règle de l'irrecevabilité ?

— Exactement, déclara Claire. Cela ne fait que quarante ans que l'on a recours à cette règle. Soit cent soixante-dix ans après l'adoption du Quatrième Amendement !

— Cette règle d'irrecevabilité, toutefois, continua Lowell d'un ton dédaigneux, ne vous a pas fait horreur dans le cas du procès en appel de Gary Lambert, n'est-ce pas ? Vous avez obtenu que le jugement soit cassé en déclarant irrecevable la fouille de ses détritus. Ce qui laisse à penser que vous n'êtes pas totalement opposée à cette règle. Je me trompe ?

Il y eut un silence de plomb. Claire se retourna lentement pour lui faire face. En son for intérieur, elle était admirative ; Lowell ne s'en était pas laissé conter.

— En classe, commença-t-elle, nous pouvons parler de nos principes. En cour d'assises, vous devez laisser de côté vos convictions et faire feu de tout bois, vous battre avec le peu de munitions dont vous disposerez. — Elle regagna son estrade. — À présent, revenons à l'affaire Terry contre l'État de l'Ohio.

— Alors, on capitule ?

Le serveur était grand et mince. La vingtaine impétueuse et triomphante. Il ressemblait à un mannequin de Ralph Lauren. Ses cheveux blonds étaient coupés court, ses tempes rasées de près. Un jean noir et étroit moulait ses longues jambes, un T-shirt anthracite cachait le reste.

Claire était attablée avec Tom, son mari, et Annie, leur petite fille de six ans, dans un restaurant de fruits de mer d'une galerie commerciale du centre-ville de Boston. L'établissement se voulait familial et convivial. Ces termes signifiaient d'ordinaire ballons de baudruche, crayons de couleur à disposition pour les petits et sets de table en papier. Le restaurant était d'une catégorie un peu supérieure et la nourriture y était décente.

Claire croisa le regard de Tom et sourit. Les remarques immuables et récurrentes des serveurs l'amusaient toujours. Depuis quand le fait de manger était-il un combat ?

— Nous déposons les armes, répondit Tom avec bonhomie.

Tom Chapman avait la quarantaine fringante, et portait son costume bleu marine Armani avec élégance. Il sortait tout juste du bureau. Ses cheveux coupés court grisonnaient et s'éclaircissaient un peu sur les tempes. Ses yeux, soulignés par de profondes pattes-d'oie, étaient bleu acier, presque gris, et toujours rieurs.

Claire hocha la tête et renchérit :

— Nous nous avouons vaincus, annonça-t-elle d'un air grave.

— Moi aussi, lança Annie, ses cheveux bruns ramenés en couettes, et arborant avec fierté une jupe-salopette rose bonbon.

— Annie-Banannie, rétorqua Tom, tu n'as même pas terminé ton hamburger !

— Ce n'était pas bon ? s'enquit le serveur avec une sollicitude polie.

— Non, non, c'était très bien, répondit Tom.

— Mais j'ai mangé toutes mes frites ! s'empressa d'ajouter la fillette.

— Vous laisseriez-vous tenter par une marquise au chocolat, avec une délicieuse sauce à la pistache ? C'est à mourir de plaisir ! Nous avons aussi un gâteau au chocolat fondant qui est irrésistible.

— Je veux le gâteau au chocolat ! lança Annie.

Tom interrogea Claire du regard.

— Rien pour moi, répondit-elle.

— Vous êtes sûre ? insista le serveur d'un air de conspirateur. Je peux vous apporter trois cuillères...

— Non, merci. Un simple café pour moi. Et pas de gâteau pour elle si elle ne finit pas son hamburger !

— C'est comme si c'était fait, rétorqua la fillette en s'agitant sur son siège.

— Très bien. Deux cafés, donc ?

— Un seul, répondit Claire en voyant Tom secouer la tête.

Le serveur hésita, en dévisageant Claire.

— Excusez-moi, mais ne seriez-vous pas le professeur Heller ?

Claire hocha la tête.

— C'est exact.

Le visage du jeune homme s'éclaira d'un grand sourire, comme s'il venait de découvrir un secret d'État.

— Je vous ai vue à la télé, déclara-t-il, avant de s'en aller avec leur commande.

— Sitôt que tu passes à la télé, te voilà une vedette, remarqua Tom après le départ du serveur. — Il lui

19

prit la main sous la table. — C'est la rançon de la gloire.

— Une vedette, tu parles !

— Disons à Boston. Comment réagissent tes collègues à Harvard ?

— Tant que j'assume mes obligations de prof, ils se fichent de savoir qui je défends. Si je représentais Charles Manson[1], ils se diraient sous cape que je cours après la célébrité, mais cela n'irait pas au-delà. — Elle lui caressa la joue, lui prit doucement le visage et lui donna un baiser. — Merci, murmura-t-elle. C'était une jolie fête.

— Tout le plaisir était pour moi.

Une lueur éclaira son visage, soulevant son front creusé. Elle aimait ses traits comme taillés à la serpe, ses pommettes hautes et saillantes, son menton carré. Tom portait les cheveux courts, une coupe quasi militaire, afin de masquer sa calvitie naissante. Le résultat lui donnait un air de grand écolier curieux et toujours prêt à faire plaisir. Ses yeux bleu-gris, qui viraient au bleu ce soir, brillaient d'un éclat translucide et innocent. Il remarqua le regard de Claire posé sur lui et esquissa un sourire.

— Qu'est-ce qu'il y a ?

— Rien. Je réfléchissais.

— À quoi ?

Elle haussa les épaules.

— Tu sembles ailleurs, reprit-il. C'est le fait de savoir Lambert libre qui te tracasse ?

— Un peu, oui. Même si j'ai eu raison de le faire acquitter. Les enjeux étaient importants. Les éléments à charge se devaient d'être rejetés, toutes les pièces à conviction provenaient de fouilles et de perquisitions

---

1. Le meurtrier de Sharon Tate, la femme du cinéaste Roman Polanski, assassinée lors d'un massacre à Los Angeles en 1969. *(N.d.T.)*

illégales. Tout ce qu'interdit le Quatrième Amendement.

— Il n'empêche que tu as remis en liberté un violeur patenté, poursuivit-il avec douceur.

Il savait à quel point elle s'était sentie mal à l'aise d'assurer la défense de Lambert. Gary Lambert, trente ans, célèbre héritier de la fortune Lambert, vu dans tous les magazines, généralement au bras de top models, avait été inculpé, à New York, de viol sur une adolescente de quinze ans.

Lorsque les avocats de Lambert demandèrent à Claire d'assurer le procès en appel, elle n'avait pas hésité une seconde. La raison pour laquelle on avait recours à ses services était évidente... ce n'était pas à cause de sa réputation grandissante en tant qu'avocate de cour d'appel, mais plutôt parce qu'elle était professeur à Harvard. Cette respectabilité au sein du barreau pouvait contrebalancer avantageusement la réputation sulfureuse de Gary Lambert. Claire était toutefois séduite par le débat juridique sous-tendant le procès ; les indices trouvés par la police durant la fouille sauvage de son appartement et de ses poubelles ne pouvaient être recevables devant un jury ; et elle n'avait jamais douté pouvoir casser le verdict et obtenir l'acquittement.

Du jour au lendemain, le procès Lambert avait fait de Claire une petite célébrité. On la voyait désormais régulièrement à des émissions juridiques télévisées. Le *New York Times* commençait à citer ses propos dans des articles concernant d'autres procès ou divers points de droit. On ne la reconnaissait pas encore dans la rue, mais les antennes des médias nationaux étaient braquées sur elle.

— Ne t'inquiète pas, insista. Tom. Tu dis toujours

que plus les gens sont méprisables, plus ils ont besoin d'un bon avocat. Pas vrai ?

— Certes, concéda-t-elle sans conviction. Disons que c'est vrai sur le papier.

— Allons, tu as fait un boulot magnifique et je suis fier de toi.

— Tu serais parfait pour répondre à ma place aux questions de *Globe,* rétorqua-t-elle.

— Ça y est, j'ai fini ! lança Annie en montrant son assiette vide. Je veux mon gâteau maintenant.

Elle descendit de sa chaise et vint se jucher sur les genoux de Tom. Il sourit et la souleva à bout de bras pour lui donner un gros baiser.

— Je t'adore, ma puce. Il arrive ton gâteau, il arrive...

— J'ai oublié de te dire, annonça Claire, que le *Boston Magazine* veut nous citer parmi les cinquante couples les plus influents du moment, ou quelque chose comme ça.

— Maman, est-ce que je pourrais avoir de la glace dessus ?

— Tout ça parce que tu as gagné le procès Lambert ? répliqua Tom.

— Oui, ma chérie, tu pourras en avoir, répondit Claire à sa fille, puis elle se tourna vers son mari. Ils ont appelé il y a quelques jours déjà...

— Je ne sais trop quoi dire, chérie, déclara Tom. Nous ne sommes pas de ce monde-là...

Elle haussa de nouveau les épaules et sourit d'un air penaud.

— Ce n'est pas écrit sur notre front... Et puis, cela peut être bien pour ton boulot ? Attirer pas mal d'investisseurs au cabinet Chapman & Cie ?

— Je trouve ça d'assez mauvais goût, c'est tout. Les « couples les plus influents »... — Il secoua la tête de dépit. — Tu ne leur as pas donné ton accord, n'est-ce pas ?

— Je ne leur ai encore rien dit.

— J'espère que tu refuseras.

— Dis, papa, demanda Annie en refermant son petit bras autour du cou de Tom, quand est-ce que le monsieur va m'apporter mon gâteau ?

— Bientôt, Annie-Banannie. Bientôt.

— Ils sont en train de le faire cuire ?

— Ça en a tout l'air ! répondit Tom. C'est donc normal que ce soit un peu long.

— Au fait, je t'ai dit que les flics pensent avoir retrouvé l'un de nos tableaux volés ? annonça Claire.

Ils avaient été cambriolés quelques jours plus tôt et deux tableaux avaient disparu (une esquisse de Corot, un nu, cadeau de Tom pour l'anniversaire de Claire, et une huile de William Bailey que Tom adorait et que Claire détestait).

— Vraiment ? Je n'ai plus qu'à recommencer toute la déclaration de vol pour l'assurance. Duquel s'agit-il ?

— Aucune idée. Comme tu l'imagines, je ne mourrais pas de chagrin si c'est le Bailey qui est perdu à jamais !

— Précision inutile, répondit-il. Trop froid pour toi, trop maîtrisé, trop minutieux. Moi, je l'aimais bien, ce tableau. Enfin, ce ne sont que des objets. Personne n'a été blessé, c'est la seule chose qui compte.

Le serveur arriva avec un plateau, une part de gâteau au chocolat, un café et deux flûtes de champagne.

— Avec les félicitations de la maison, annonça-t-il.

Alors qu'ils quittaient le restaurant, Annie s'élança dans la galerie marchande en criant :

— Je veux aller jouer dans la fusée !

La fusée en question, une chose géante en plastique, se trouvait dans le magasin de jouets préféré d'Annie, flanqué de deux statues monumentales de résine représentant des personnages de dessins animés.

La galerie était bordée de fast-foods de luxe et meublée de tables rondes et de bancs en bois, égayée çà et là par des ficus dans des pots en cuivre. Le sol était dallé de marbre poli. L'espace s'élevait tel un puits de lumière, sur une hauteur de trois étages, entouré de balcons, jusqu'à un toit de verre éclairé par des projecteurs. Au fond de la galerie se dressait une cascade artificielle, formée par un assemblage de blocs de granit.

— Doucement, Annie-Banannie ! lança Tom.

La fillette fit demi-tour, saisit la main de son père et tira sur son bras pour lui faire presser le pas ; c'est alors que deux hommes s'approchèrent.

— Mr. Kubik, veuillez nous suivre, je vous prie. Sans faire d'histoires.

Tom se retourna vers l'homme de gauche, ahuri.

— Je vous demande pardon ?

— Mr. Ronald Kubik, nous sommes des agents du FBI. Nous avons un mandat d'arrêt contre vous.

Tom sourit, fronça les sourcils.

— Vous vous trompez de quidam, les gars, annonça-t-il, en prenant la main de Claire pour passer son chemin.

— Allons, Mr. Kubik, suivez-nous bien gentiment et personne ne sera blessé.

Interdite, Claire pouffa de rire en entendant ces absurdités.

— Vous faites erreur, je vous dis, insista Tom en durcissant le ton, avec un agacement évident.

L'homme de droite saisit le bras de Tom.

— Lâchez mon mari ! s'écria Claire.

Soudain, Tom lança sa mallette sur sa droite, frappant l'homme à l'estomac et le projetant à terre sous l'impact. La seconde suivante, il s'enfuyait à toutes jambes dans le centre commercial, avec une célérité surprenante.

— Tom ! Qu'est-ce qui te prend ? lui cria Claire.
— Papa ! hurla Annie.
— Halte ! ordonna une autre voix.

Claire regarda avec effroi deux hommes s'élancer à la poursuite de Tom. Des quatre coins de la galerie marchande, des hommes sortaient de la foule pour se mettre en chasse. S'il s'agissait d'une simple erreur sur la personne, pourquoi Tom s'était-il enfui ? Sur sa gauche, deux hommes aux cheveux courts attablés devant un café se levèrent d'un bond.

— Tom ! cria encore Claire, mais il était déjà à l'autre bout du centre commercial, courant toujours.

Un homme, en cravate et veston bleus, venait de quitter la queue du marchand de pizza et se mit à lancer des ordres en gesticulant. Il était plus âgé que les autres et semblait être le chef du groupe.

— Ne tirez pas ! Ne tirez pas !

À droite de Claire, un autre type aux cheveux courts, qui déambulait devant un Yogurt'n Salad, fit volte-face et s'élança à la poursuite de Tom. Un couple de touristes, appareil photo autour du cou, qui était occupé à inspecter la vitrine d'un magasin, se retourna et se mit à courir vers le fond de la galerie.

— Tom ! cria de nouveau Claire.

Que se passait-il donc ?

Tous azimuts, des hommes se levaient de table, ou jaillissaient des boutiques. Touristes et badauds, d'un seul mouvement, convergèrent vers Tom.

Une voix métallique et amplifiée résonna sous les arcades :

— Halte ! FBI ! Halte !

La galerie fut comble dans l'instant. Une foule de gens se pressait aux balcons de verre des étages supérieurs, pour assister au spectacle, avec des yeux ahuris.

Claire se tenait raide, figée de terreur, les pensées se bousculaient dans sa tête. Qu'arrivait-il ? Qui étaient ces gens qui poursuivaient Tom ? Pourquoi fuyait-il ainsi ?

— Maman ? geignit Annie. Où s'en va papa ?

— Bloquez les issues de secours ! lança l'homme au veston bleu dans l'agitation générale.

Claire serra Annie contre elle, lui caressant le visage.

— Tout va bien, bébé, articula-t-elle.

C'étaient les seuls mots qui lui venaient à l'esprit. *Que se passait-il donc ?* De toutes parts, les gens envahissaient le centre commercial. Un petit garçon s'accrochait à la jambe de son père, en larmes.

À l'extrémité de la galerie marchande, Tom ne décélérait pas, renversant tables et chaises sur son passage. Soudain, il obliqua vers un mur carrelé jouxtant un fast-food japonais et déclencha le système d'alarme d'une borne incendie. Une sirène assourdissante retentit sous les arcades. Des cris montèrent de la foule. Les gens se mirent à courir en tous sens, pris de panique.

— Maman ! hurla Annie tremblant de terreur.

Claire serra la fillette de toutes ses forces.

— Tom !

Mais sa voix se perdit dans une cacophonie de cris et de hurlements de sirène. Elle regarda Tom s'élancer vers l'escalier roulant qui conduisait au cinéma au premier niveau.

L'un de ses poursuivants, un grand Noir, parvint à attraper Tom. Claire laissa échapper un cri. En une fraction de seconde, Tom se retourna et frappa la nuque de son assaillant du plat de la main, tout en le projetant au sol d'une clé du bras. Le type s'écroula, les yeux clos, les jambes prises de tremblements, apparemment paralysé.

Claire resta bouche bée, saisie d'un mélange d'horreur et d'incrédulité. Elle vivait un cauchemar. *Tom ne sait pas faire ce genre de choses. Il ne connaît rien à tout ça.*

Alors qu'il dépassait une échoppe baptisée Pasta Primo, un autre homme, jaillissant de derrière le comptoir, lui sauta dessus. Tom le plaqua au sol, se remit debout d'un bond et reprit sa course. Mais son assaillant parvint à se relever et s'élança sur ses talons, brandissant à présent un pistolet. Tom arracha des mains d'un badaud une mallette en acier et lança le projectile sur son poursuivant ; l'arme à feu vola dans les airs et retomba sur le sol dallé dans un tintement métallique.

Tom dévia de nouveau sa course et fonça vers la cascade artificielle en granit qui fermait le vaste patio, alors que deux hommes émergeaient d'une sortie de secours jouxtant le traiteur italien à deux mètres de lui.

Il gravit les blocs et les rochers au pied de la cascade et d'un bond, Claire n'en crut pas ses yeux, il s'accrocha à la paroi verticale ; profitant de la moindre aspérité de la roche comme prise de pieds et de mains, il entreprit d'escalader le pan de mur avec la facilité d'un varappeur confirmé.

— Halte ! cria encore une fois l'un de ses poursuivants, en sortant à son tour son arme et le mettant en joue.

Il fit feu ; la balle ricocha sur le granit à quelques centimètres de la tête de Tom.

— Tom ! hurla Claire, puis elle se tourna vers les inconnus. Arrêtez ! Vous êtes fous !

C'était à n'y rien comprendre ; ce ne pouvait être Tom, son mari depuis trois ans, l'homme qu'elle aimait et qu'elle connaissait dans sa chair, qui accomplissait ces choses ! Ce devait être un autre homme, quelqu'un qui avait pris sa place, un inconnu...

Tom s'immobilisa soudain. Allait-il réellement s'arrêter là, se demanda Claire, perché ainsi à quatre mètres au-dessus du sol, accroché à une paroi de rocher artificiel ?

Un autre tir brisa le garde-fou de verre du balcon supérieur, suivi d'une pluie d'éclats ; Tom reprit aussitôt son ascension avec une agilité de singe. Claire le regarda, médusée, saisir la rambarde de cuivre du balcon et sauter parmi la foule affolée qui faisait la queue devant le cinéma. La seconde suivante, Tom avait disparu.

— Nom de Dieu ! jura l'homme en veston en se précipitant vers l'escalier roulant ; il s'adressa à ses hommes. — Vous deux, ordonna-t-il, au parking ! Vous autres, au premier, et fouillez le cinéma. Magnez-vous !... (Nom de Dieu, ce connard s'est tiré ! pesta-t-il avant de se tourner vers un de ses adjoints en désignant Claire et Annie du doigt.) Emmenez-moi ces deux-là ! Tout de suite !

2.

Claire et Annie furent conduites sans ménagement dans une petite pièce aux murs aveugles, à proximité de la galerie marchande, un poste de vigiles, à en juger par la présence de l'homme au-dehors, affublé d'une chemise bleu ciel et d'épaulettes bleu marine. L'agent spécial Howard Massie, l'homme au veston bleu, était large d'épaules et ras de cheveux, avec des petits yeux gris et un visage marqué par l'acné. Les autres hommes étaient de simples officiers de police.

— Qu'est-ce que c'est que cette pantomime ? lança Claire, tenant Annie qui gigotait dans ses bras.

Un nœud d'angoisse grandissait dans son ventre ; des marques de sueur maculaient son chemisier.

Annie quitta les bras de sa mère et s'accrocha à sa jupe.

— Où est papa ? gémit-elle.

— Mrs. Chapman, commença l'agent Massie, je crois qu'il serait préférable que nous ayons un entretien en privé. Votre fille pourrait vous attendre dehors, sous la garde de l'un de ces gentils messieurs.

Il se pencha et caressa les cheveux de la fillette. Annie, par réflexe, s'écarta de lui avec une mimique de dégoût.

— Ne la touchez pas ! lança Claire. Je vous interdis de poser les mains sur ma fille ! Et elle restera avec moi.

Massie hocha la tête et tenta de garder le sourire.

— Vous êtes encore sous le choc, madame...

— Sous le choc ? hoqueta-t-elle. Il y a dix minutes encore, nous dînions tranquillement. Et voilà que le monde entier tombe à bras raccourcis sur mon mari, en lui tirant dessus comme sur un lapin ! Moi aussi, je vous réserve un choc ! Vous allez vous retrouver avec un procès aux fesses pour usage de la force sans nécessité, brutalité policière, et mise en danger de la vie de citoyens innocents ! Ça va vous coûter des millions. Pour vous et vos cow-boys, le cauchemar ne fait que commencer, Mr. FBI !

— Sachez, Mrs. Chapman, que nous avons un mandat d'arrestation en bonne et due forme. Quant aux coups de feu, nous ne sommes peut-être pas autorisés à tuer, mais rien ne nous interdit de blesser au besoin un suspect, ce que nous n'avons même pas fait.

Claire secoua la tête, lança un rire sardonique, et sortit son portable de son sac à main. Elle déplia l'antenne et composa un numéro.

— J'espère que vous aurez quelque chose de mieux à raconter au *Herald* et au *Globe* pour votre défense ! Vous vous êtes trompé de bonhomme et vous venez de commettre la plus belle bourde de votre carrière.

— Si ce n'est pas notre « bonhomme », répliqua Massie avec calme, pourquoi s'est-il enfui ?

— Parce que vous et vos sbires étiez comme des chiens enragés et que... — Sa voix s'éteignit. Claire coupa la communication. — Ça va, où voulez-vous en venir ?

— Je savais que vous ne le feriez pas, poursuivit Massie. Vous n'avez aucune envie d'avertir les médias.

— Ah oui ? Et peut-on savoir pourquoi ?

— Une fois la chose lâchée en pâture aux fauves, vous ne pourrez plus la leur reprendre. Vous n'avez aucun intérêt à rendre cette histoire publique. De notre côté, nous demanderons à ce que toutes les pièces du dossier soient sous scellés et ferons de notre mieux pour éviter les fuites. Vous pouvez vous estimer heureuse que personne ne vous ait reconnue.

— Maman... articula Annie d'une voix blanche. Je veux rentrer à la maison.

— Dans deux petites minutes, ma chérie, répondit Claire, en serrant la fillette contre elle. Sous quel motif exact agissez-vous ? lança-t-elle avec aigreur.

— Votre mari, Ronald Kubik, est recherché pour meurtre.

Pendant un moment, Claire resta silencieuse, savourant sa victoire.

— Il y a bien erreur sur la personne, cela ne fait aucun doute, déclara-t-elle finalement avec un sourire soulagé. Mon mari s'appelle Tom Chapman.

— Ce n'est pas son vrai nom, répondit Massie. — Il désigna une table et des chaises en Formica blanc. — Si nous nous asseyions ? Nous serions plus à l'aise pour discuter.

Claire s'installa face à Massie. Annie, d'abord assise à côté de sa mère, descendit de sa chaise et entreprit d'inspecter le dessous de la table.

— Quand bien même il s'agirait de Tom, mon mari, s'enquit Claire, qui est-il censé avoir assassiné au juste ?

— Je suis désolé, mais je n'ai pas le droit de vous le dire, Mrs. Chapman, à moins que vous ne préfériez que je vous appelle professeur Heller ? Nous savons parfaitement qui vous êtes, n'ayez aucun doute là-dessus. Nous connaissons votre réputation. Et nous avons pris toutes les précautions possibles pour nous couvrir. Mais vous, que savez-vous du passé de votre mari ? Que vous a-t-il dit exactement ?

— Je suis au courant de tout, répondit-elle. Il y a erreur sur la personne, point.

Massie hocha la tête et sourit avec compassion.

— Ce que vous savez de lui est une pure fabulation, c'est sa biographie réinventée, enfance heureuse en Californie du Sud, études à l'université de Claremont, premier emploi comme courtier en Bourse, puis déménagement à Boston où il monte son propre cabinet. C'est bien cette version-là que vous avez ?

Elle le regarda en plissant les yeux.

— Comment ça « une pure fabulation » ?

— Vous avez appelé l'université ? demanda-t-il.

Elle secoua la tête.

— Qu'est-ce que vous sous-entendez ?

— Je ne sous-entends rien. Et d'ailleurs, je ne peux pas vous dire grand-chose. Mais sachez que votre mari, Ronald Kubik, est un fugitif et que la justice le recherche depuis treize ans.

— C'est comme ça que vous l'avez appelé tout à l'heure, articula-t-elle, la bouche pâteuse et le cœur battant. Je n'avais jamais entendu ce nom-là jusqu'ici.

— Il ne vous a donc rien dit de son passé ?

— Soit vous commettez une erreur monumentale, soit vous avez inventé tout ça pour le coincer. Je connais vos façons de procéder. Tom n'est pas un meurtrier.

— Il y a trois jours, votre maison de Cambridge a été cambriolée, expliqua l'agent du FBI. La police locale a relevé toutes les empreintes, c'est la procédure normale de nos jours, et a entré l'ensemble des échantillons dans l'AFIS[1], le fichier informatique

1. *The Automated Fingerprint Identification System.* (N.d.T.)

national de l'identité judiciaire, et les empreintes de votre mari sont sorties ! Elles sommeillaient dans le fichier depuis des années, attendant leur heure, lorsque Kubik commettrait un nouveau crime ou devrait donner ses empreintes pour *x* raisons. Un sale coup pour votre mari, ce cambriolage. Une aubaine pour nous, grâce au zèle de la police de Cambridge.

Elle essaya de les convaincre :

— Mon mari n'était même pas là quand ils sont arrivés, répondit-elle. Il n'a pas pu leur donner ses empreintes.

— La police a relevé toutes les empreintes dans la maison, afin de ne pas courir après de faux suspects. Ils ont évidemment trouvé sur les lieux celles de votre mari, expliqua Massie. Nous avons été à deux doigts de le coincer cette fois. Malheureusement, nous avons perdu sa trace dans le parking. Votre mari a déjà disparu une fois de la surface de la terre, il va tenter sa chance à nouveau, c'est sûr. Mais il ne nous échappera pas ce coup-là, nous l'avons dans le collimateur.

Claire sentit sa bouche se dessécher. Son pouls s'accéléra.

— Vous ne savez pas à qui vous avez affaire, lança-t-elle avec sarcasme.

— Il va vous contacter, répondit Massie. Il a besoin de vous... Et lorsqu'il se décidera à le faire, nous serons aux premières loges.

3.

Claire retrouva sa voiture dans le parking du centre commercial, là où elle l'avait laissée ; elle s'attendait presque à découvrir Tom couché sur la banquette arrière, ou tout au moins un signe de lui, un mot sur le tableau de bord, ou glissé sous l'essuie-glace. Mais rien.

Annie, assise à l'arrière, suçait un cornet de glace en silence, sa première frayeur apparemment oubliée. Pendant quelques minutes, Claire resta immobile derrière le volant de leur break Volvo, la respiration courte, tentant de retrouver son calme. La réalité, ou plutôt l'*irréalité* de ce qui lui arrivait, commençait seulement à prendre corps en elle. Une myriade de questions l'assaillaient : que s'est-il passé au juste ? Massie mentait, c'était sûr, mais pourquoi Tom s'était-il enfui ? Et où avait-il appris à se battre ainsi ?

Il y avait un téléphone dans la Volvo. Elle s'attendait à l'entendre sonner en abordant la rampe du parking pour rejoindre Cambridge. Mais l'appareil resta silencieux.

Où était passé Tom ? Était-il blessé ?

Leur maison était une gigantesque bâtisse géorgienne, qui aurait pu avoir la magnificence d'un manoir si les générations successives de propriétaires ne l'avaient affublée d'ajouts anarchiques. Elle se dressait sur Gray Gardens East, dans le quartier le plus chic de Cambridge. Alors que Claire tournait au coin de la rue, elle aperçut des éclairs bleus perçant la nuit comme un stroboscope, et une étrange concentration de véhicules, une centaine de mètres plus loin. Avec un serrement de cœur, elle comprit que c'était de sa maison que provenait toute cette agitation.

La porte d'entrée était ouverte.

En y regardant de plus près, elle s'aperçut qu'elle avait été enlevée de ses gonds. Son ventre se noua d'angoisse dans l'instant. Elle se gara, prit Annie sous le bras et escalada les marches du perron.

À l'intérieur, des hommes s'activaient en tous sens, ouvrant les tiroirs, emportant des cartons de documents. Certains étaient en costume et imperméable, d'autres arboraient les coupe-vent bleus du FBI.

Annie fondit en larmes.

— Qu'est-ce qu'ils font, maman ? hoqueta-t-elle.

Claire lui tapota le dos avec tendresse et entra dans le hall.

— Ce n'est rien, ma chérie. Puis elle éleva la voix, demandant à la cantonade : — Qui est l'officier responsable ici ?

Un homme en complet gris et imperméable émergea de la cuisine, un grand type moustachu, avec une touffe de cheveux bruns (un brun un peu trop foncé par endroits pour être sa couleur naturelle). Il sortit sa plaque.

— Agent spécial Crawford, FBI, annonça-t-il.

— Où est votre mandat de perquisition ? demanda-t-elle.

Il lui jeta un regard noir, puis sortit de sa poche de veston plusieurs feuillets agrafés.

Claire examina le document, la première feuille,

ledit mandat de perquisition, semblait rédigée en bonne et due forme. Non seulement y figurait l'adresse exacte, mais également une description de la maison. Une série d'objets à examiner était indiquée, la liste était si détaillée qu'elle semblait faire l'inventaire exhaustif de tout ce qui s'y trouvait, carnet de téléphone, billets, horaires de train, d'avions, de cars, journaux provenant d'autres États, publicité, toute note ou document jeté dans la poubelle, rangés dans des dossiers ou des tiroirs, etc.

Claire leva les yeux vers Crawford.

— Où se trouve la notification de décision ? demanda-t-elle.

— Elle est sous scellés.

— Où ça ?

Il haussa les épaules.

— Sans doute dans le bureau du juge fédéral. Je n'en sais trop rien. De toute façon, le mandat est valable.

Il disait vrai, bien entendu.

— Je veux la liste complète de tout ce qui aura été emporté, rétorqua-t-elle.

— Vous l'aurez, madame.

Elle examina le second feuillet, le mandat d'arrestation, où figurait ce nom étrange... *Ronald Kubik*. L'agent du FBI surprit son regard.

— Son pseudo, Thomas Chapman, y figure également. Tout est en ordre.

Elle entendait les enquêteurs fouiller toute la maison, le bruit des meubles que l'on tirait sur le parquet dans le bureau de Tom, juste au-dessus d'elle, des ordres lancés çà et là, puis un impact de verre brisé. Elle rentra les épaules par réflexe. Elle semblait plongée dans un cauchemar, un monde terrifiant, irréel et à la fois chargé de menaces.

— Ils ont cassé quelque chose ! lança Annie à sa mère pâlissante.

— Je sais, ma chérie, articula-t-elle.

— Je veux qu'ils s'en aillent, maman.

— Moi aussi, mon bébé.

— Mrs... hum, professeur Heller, reprit l'agent Crawford. Si vous avez la moindre idée de l'endroit où puisse se trouver votre mari et que vous ne nous le dites pas, vous serez poursuivie comme complice d'un prévenu en fuite, délit passible de prison. Et pour obstruction à la bonne marche de la justice, ce qui est également un autre délit passible de prison.

— Faites, je vous en prie. Inculpez-moi. Je n'attends que ça !

Crawford prit un air mauvais.

— Vous avez une maison de campagne ?

— Oui, à Truro, au Cape Cod. Vous pouvez y envoyer vos gars, je ne peux pas vous en empêcher, mais si Tom a quelque chose à se reprocher, vous pensez vraiment qu'il irait se cacher dans un endroit aussi évident ? Soyons sérieux !

— Des amis, de la famille chez qui il pourrait se rendre ?

Elle secoua la tête.

— Vous comprenez bien, Mrs. Chapman, que nous allons vous suivre vingt-quatre heures sur vingt-quatre au cas où il tenterait d'entrer en contact avec vous ou que vous tenteriez d'entrer en contact avec lui...

— Je sais parfaitement, répondit Claire, de quoi sont capables les fédéraux lorsqu'ils ont décidé de s'acharner sur quelqu'un.

Crawford hocha la tête, un demi-sourire aux lèvres.

— Et vous pouvez être sûr que mon mari le sait aussi. Maintenant, si cela ne vous dérange pas, j'aimerais bien mettre ma fille au lit.

4.

Jackie, la sœur de Claire, arriva une demi-heure après qu'Annie fut couchée. Elle était plus grande que Claire, plus maigre et moins jolie, avec de longs cheveux blonds. Elle était de deux ans sa cadette, mais paraissait l'aînée. Elle portait un pantalon et un T-shirt noir sous une veste de jean élimé et avait les ongles vernis, un vernis rouge sombre, presque noir, le Rouge Noir de chez Chanel.

Les deux femmes s'installèrent sous la véranda. La pièce surchauffée avait des allures de serre ; du sol au plafond, les vitres étaient couvertes de buée.

— Ils ont vraiment mis toute la maison sens dessus dessous ? demanda Jackie avec sa voix éraillée de fumeuse, tout en picorant des ailes de poulet dans une boîte en carton.

Claire acquiesça en silence.

— Tu ne peux pas leur coller un procès aux fesses ? Pour destruction de biens privés ou quelque chose comme ça ?

Claire secoua la tête.

— Il y a plus grave, sœurette.

— Que se passe-t-il ?

— Je n'en sais rien, reconnut l'aînée, d'une voix blanche.

38

Jackie avala une gorgée de Pepsi Max, puis piocha une cigarette dans son paquet de Salems.

— Cela te dérange si je fume ?
— Oui.

Jackie alluma son briquet comme si elle n'avait rien entendu. Elle tira une longue bouffée et reprit la parole, dans un nuage de fumée :

— Alors comme ça, ils recherchent notre Tom pour meurtre ! Notre saint Tom ! Quelle connerie !
— Notre quoi ?
— Notre saint *Tom*. Bon père, bon catholique et tout le toutim !
— Très drôle, Jackie. Si tu saisissais la gravité de la situation, tu n'aurais pas le cœur à rire.
— Excuse. Sur le mandat d'arrestation, il est indiqué ce qu'on lui reproche exactement ?

Claire secoua la tête de nouveau.

— Non. C'est sous scellés.
— C'est légal ?
— On voit que tu ne connais pas les fédéraux. Ils peuvent faire quasiment ce qu'ils veulent !
— Et cette histoire de nom... Rubik ou je ne sais quoi...
— *Kubik*. Ronald *Kubik*. Je ne sais pas à quoi ça rime, Jackie.
— Tu crois que c'est vrai ?
— Va savoir ! Ils ont l'air si sûrs d'eux, répondit Claire.
— C'est ce qu'ils disent. Mais est-ce la vérité ? Qui connaît la véritable histoire ?
— Tu as raison... Tiens, passe-m'en une, lança Claire en désignant le paquet de Salems... Ça me fera du bien...
— Oh ! Oh !
— Tu as toujours eu une mauvaise influence sur

moi ! répliqua-t-elle en prenant une cigarette et le briquet de sa sœur. — Elle l'alluma, inspira une bouffée et toussa. — Cela fait plus de deux ans...

— C'est comme faire de la bicyclette, ça ne s'oublie pas, plaisanta Jackie.

— Ce sont des menthols ! s'exclama Claire. Beurk ! C'est presque aussi infâme que les NTB. Ça pue le Vicks !

Jackie détourna la tête et contempla le paysage derrière les baies embuées.

— Où peut-il être en ce moment ?

Claire secoua la tête, en soufflant un nuage de fumée. La véranda avait des allures de fumoir.

— Ils ont perdu sa trace dans le parking.

— Il a peut-être fait quelque chose de mal ?

— Allons ! rétorqua Claire. Cela ne tient pas debout. Tom ne ferait pas de mal à une mouche !

— Que comptes-tu faire ?

— Rien du tout. Ils ont raison, Tom va prendre contact avec moi. Ou il va revenir de lui-même. On saura alors ce qui se passe.

— Et s'il est réellement coupable de meurtre ?

— Il s'agit de Tom, Jackie ! répondit Claire avec une colère rentrée. Je te le rappelle.

— Tu as raison. Ce n'est pas un meurtrier. Mais il s'est bel et bien enfui. Il y a donc quelque chose...

Claire secoua la tête avec une mine de dégoût, comme pour chasser cette idée de son esprit.

— Tu sais, reprit-elle au bout d'un moment, quand tous ces types étaient à ses trousses... il y en a un qui l'a rattrapé et j'ai cru que Tom était perdu. Mais en un éclair, Tom l'a mis au sol. À mains nues. Il l'a immobilisé, ou mis K.-O, je ne sais pas trop... peut-être même qu'il l'a tué...

— Seigneur !

— C'était comme si... comme s'il s'agissait d'un autre homme ; je n'imaginais pas un instant qu'il était capable de faire ça. Cela m'a fait froid dans le dos. Et il fallait le voir escalader ce mur, cette cascade. Ce n'était plus le même Tom, plus *mon* Tom.

— J'ignorais qu'il versait dans la varappe.

— Moi aussi !

Les deux femmes restèrent un moment silencieuses.

— On risque d'en parler dans les journaux ? s'enquit Jackie.

— Je n'ai reçu encore aucun coup de fil. Personne ne m'a reconnue, à part le serveur, mais il n'a pas vu l'incident.

Jackie souffla une volute bleutée par le nez, les lèvres pincées.

— Tom va revenir, déclara-t-elle. Il expliquera tout ce bazar. — Claire acquiesça sans un mot. — C'est un beau-père merveilleux. Annie l'adore. Elle est comme sa fille.

— C'est vrai, articula Claire en sentant une boule monter dans sa poitrine. Tom lui manquait déjà et elle s'inquiétait pour lui.

— Annie m'a dit qu'il était venu la voir l'autre jour à la fête de son école.

Claire tressaillit à ce souvenir.

— Je comptais venir moi aussi, mais je me suis retrouvée coincée à New York, une réunion avec les avocats de Lambert. Je n'ai pas eu le temps de sauter dans un avion pour rentrer à Boston.

— Aïe ! Elle a dû te maudire !

— Je m'en suis voulu terriblement.

— Comment diable a-t-il pu se libérer en pleine journée pour se rendre à l'école d'Annie ? Je croyais qu'il était un de ces forçats du boulot ?

— Il a dû laisser les clés du cabinet à Jeff, son

courtier. Je ne connais pas beaucoup d'hommes qui feraient ça.

— Et il l'appelle sa « petite fille »...

— Je me demande parfois si Annie ne croit pas que c'est moi la belle-mère, et lui le vrai père.

— Elle avait à peine deux ans lorsque vous vous êtes mariés, n'est-ce pas ? Elle n'a que lui en souvenir.

— Peut-être bien, répondit Claire d'un air maussade, mais sa vraie mère, c'est moi !

— Tu as de la vodka ici ? demanda Jackie.

Pour Claire, le bonheur conjugal ne pouvait être apprécié pleinement que si l'on avait connu un mariage désastreux auparavant. Elle avait rencontré Jay, son premier mari, à Yale, pendant ses études de droit. À cette époque, il semblait un bon parti — bien fait de sa personne, ouvert (bien qu'il fût fermé à double tour à l'intérieur), grand, blond et mince. Il fut le premier homme à s'intéresser de près à elle et ce simple fait, pour une jeune femme peu sûre d'elle-même, qui avait vu, à l'âge de neuf ans, son père abandonner le foyer conjugal, avait quelque chose d'extraordinaire. Jay était aussi ambitieux et aussi travailleur qu'elle, ce qui, sur le papier, garantissait leur compatibilité. Lorsqu'elle fut embauchée pour donner des cours à Harvard, Jay avait émigré à Boston pour travailler dans un grand cabinet de la ville et suivre Claire. Ils étaient mariés. Ils travaillaient dur et parlaient travail. Les week-ends, Jay, pour décompresser, prit l'habitude de se saouler. Il devint également invivable. Sa véritable personnalité se révéla, celle d'un homme profondément malheureux.

Bien qu'approchant de la trentaine, ni l'un ni l'autre

ne se sentaient prêts à fonder une famille. Plus tard, Claire comprendrait que ces réticences étaient une sonnette d'alarme, le signe d'un mariage raté. Lorsque, par accident, elle tomba enceinte, Jay but de plus en plus, tous les soirs de la semaine, puis le midi, il ne dessaoulait plus. Son travail en pâtit, évidemment. On ne voulut pas de lui comme associé. Et il fut prié d'aller trouver du travail ailleurs.

Il ne désirait pas d'enfant, disait-il. Il n'était pas même sûr de vouloir rester avec elle. Claire avait une carrière trop brillante ; son amour-propre en prenait un trop grand coup, lui avoua-t-il. Lorsque Annie vint au monde, Jay était rentré chez ses parents, au Texas.

Voilà où elle en était, une figure montante de Harvard, une carrière prometteuse qui s'offrait à elle et une vie privée en lambeaux. Sans l'aide de sa sœur, Jackie, elle n'aurait jamais pu s'en sortir.

Sans sa sœur, et sans un certain Tom Chapman, le conseiller financier que Jay avait embauché pour s'occuper de leur portefeuille grandissant d'actions. Tom devint un ami pour Claire, un soutien, une épaule sûre où s'appuyer. Lorsque Annie eut six mois, Jay, le père qu'elle n'avait jamais connu, périt dans un accident de voiture. Sous l'emprise de l'alcool, évidemment. Tom avait été là, chez Claire, presque nuit et jour, à l'aider, à organiser les funérailles.

Cinq mois plus tard, Claire et Tom commencèrent à se fréquenter. Il lui remontait le moral, lui changeait les idées, la traînant aux matchs des Red Sox au Fenway Park et des Celtics au vénérable Boston Garden. Il lui expliquait les arcanes du basket-ball, les feintes et les passes. Lorsqu'elle avait le cafard, il la saoulait de blagues, choisissant les plus mauvaises, jusqu'à ce qu'elle rît de leur nullité. Ils partaient pique-niquer — un jour, voyant qu'il tombait des cordes, ils s'étaient installés sur la moquette du salon de Tom, et avaient déballé leurs paniers regorgeant de sandwichs, de salades de pâtes et de chips. À l'inverse de Jay, Tom était prévenant, attentif, tout en étant léger et drôle, avec une pointe de malice qui la faisait craquer.

Et il aimait Annie. Un vrai papa gâteau. Il passait des heures à jouer avec elle, à lui construire des châteaux ou des maisons de poupée gigantesques. Lorsque Claire avait besoin de calme pour travailler, il emmenait Annie se défouler au square, voir les chiens chez les marchands, ou encore se promener sur le campus. Annie, qui ignorait ce qui était arrivé à son vrai père, était à la fois attirée vers lui et pleine d'une rancune instinctive. Mais la fille, comme la mère, succomba à son charme. Un an et demi plus tard, Claire et Tom se marièrent. Le professeur Heller avait enfin trouvé l'homme de sa vie.

Le premier mari avait été une erreur, d'accord. Un vieux proverbe russe dit : « Le premier blini est toujours loupé. »

Elle se brossa les dents deux fois avec un nouveau dentifrice au peroxyde, mais son haleine de cendre froide refusait de se dissiper. Comment avait-elle pu fumer autrefois plus d'un paquet par jour ? Tom détestait la voir fumer et l'avait convaincue d'arrêter.

Un peu étourdie par la vodka, elle se glissa dans son lit et se mit à réfléchir.

Où pouvait-il se trouver en ce moment ? Où s'était-il enfui ?

Pourquoi ?

Elle décrocha son téléphone pour appeler Ray Devereaux, le détective privé dont elle louait souvent les services. Une sonnerie répétée retentit dans l'écouteur, annonçant qu'il y avait des messages dans la boîte vocale.

Rien d'extraordinaire, mais peut-être Tom avait-il laissé un message ? C'était possible. Elle et Tom étaient les deux seuls à connaître le code de leur boîte vocale.

Mais si le FBI écoutait sa ligne, ils n'en perdraient pas une miette.

Elle composa le numéro de sa boîte vocale.

— *Veuillez entrer votre numéro de code*, annonça une voix de femme numérique qui se voulait amicale.

Elle composa la série de chiffres.

— *Vous avez deux nouveaux messages. Pour entendre vos messages, appuyez sur la touche « Un ». Pour envoyer un message...*

Elle pressa la touche *ad hoc*.

— *Premier message. Reçu aujourd'hui, 18 h 15.* — Une voix de femme : — « Salut, Claire. Ça fait un bail ! C'est Jen. »

Jennifer Evans était l'une de ses plus anciennes amies — une vraie pipelette sur les répondeurs, et Claire n'avait pas le cœur à l'écouter. Elle pressa de nouveau la touche « Un » pour faire défiler le message, mais au lieu de ça, la machine le fit repartir depuis le début. Agacée, elle se résolut à écouter le long soliloque de Jen. Quand ce fut enfin terminé, la voix automatique lui donna le choix entre réécouter, effacer, ou transférer le message. Elle opta pour l'éradication et elle put enfin prendre connaissance du message suivant.

— *Reçu aujourd'hui. 19 h 27.* — Une voix d'homme, celle de Tom. Le cœur de Claire cessa de battre : « Claire... ma chérie... — il appelait sans doute d'une cabine. Elle entendait le brouhaha du trafic en fond sonore. — Je ne sais pas quand tu auras ce message, mais je ne veux pas que tu t'inquiètes. Je vais bien. Je dois... m'en aller. — Il y eut un long silence. Une moto passa dans un rugissement de moteur. — Je ne sais pas si cette boîte vocale est très sûre, chérie. Je... je ne peux pas en dire trop, mais ne crois rien de ce qu'on a pu te raconter. Je te donnerai des nouvelles, bientôt. Je trouverai un moyen... Je t'aime, mon amour. Je t'aime. Et je suis désolé. Vraiment désolé. Embrasse pour moi ma petite poupée, serre-la très fort dans tes bras. Dis-lui que son papa est parti pour le travail, pour quelques jours ; dis-lui qu'il regrette de n'avoir pas eu le temps de lui dire au revoir et qu'il va revenir bientôt. Je t'aime, ma chérie. »

Fin du message. Claire le réécouta, le sauvegarda en appuyant sur la touche « Deux » et raccrocha.

Seule dans son lit, elle se mit à pleurer.

5.

Claire ouvrit les yeux, chercha Tom à ses côtés et se souvint.

Avec un mal de crâne dû à la vodka de la veille, elle prépara le petit déjeuner pour Annie et elle, une omelette de quatre œufs, nature. Elle avait belle allure, un petit miracle car le maître queux de la famille c'était Tom. Elle fit glisser l'omelette dans l'assiette préférée d'Annie et la coupa en deux, une moitié pour sa fille, une moitié pour elle.

— J'en veux pas ! lança la fillette lorsque Claire l'installa à table. — Annie était encore en pyjama, ayant refusé de s'habiller. — J'aime pas les œufs comme ça !

— C'est une omelette, ma chérie.

— Je m'en fiche ! J'aime pas ça. C'est pas comme papa les fait.

Claire prit une profonde inspiration.

— Goûte quand même, chérie.

— Non. Je ne veux pas goûter. J'en veux pas.

— On en mange chacune une moitié, insista Claire en montrant sa part dans son assiette. Tu vois ?

— J'aime pas ça. Je veux mes œufs comme papa.

Claire vint s'asseoir à côté d'Annie, et caressa sa

petite joue à la douceur incomparable. La fillette détourna la tête.

— C'étaient les derniers œufs, mon bébé, expliqua Claire. Je ne peux pas t'en faire des brouillés comme papa.

— Je veux que papa vienne me les faire.

— Allons, mon bébé, je t'ai expliqué : papa est parti en voyage d'affaires pour quelque temps.

Le visage de la fillette pâlit.

— C'est quoi « quelque temps » ?

— Deux ou trois jours, ma chérie. Peut-être un peu plus. Mais c'est une affaire très très importante ; papa ne serait pas parti comme ça si ce n'était pas vraiment important. Tu le sais.

— Pourquoi s'est-il enfui ? Qu'est-ce que je lui ai fait ?

C'était donc ça...

— Mais rien, mon bébé. Rien du tout. Il a dû s'enfuir parce qu'il y avait des... des messieurs méchants qui voulaient l'attraper.

— Mais qui ?

Bonne question.

— Je n'en sais rien.

— Pourquoi ?

— Comment ça « pourquoi » ? Pourquoi ils voulaient l'attraper ?

Annie hocha la tête, regardant sa mère avec des yeux étincelants, suspendue à ses lèvres.

— Je ne sais pas encore.

— Il va revenir ?

— Bien sûr qu'il va revenir ! C'est l'affaire de quelques jours.

— Je veux qu'il revienne tout de suite.

— Moi aussi, bébé, moi aussi. Mais il ne peut pas ; il a des choses importantes à faire avant.

Le visage d'Annie se ferma. Pendant un moment, on eût dit que l'orage était passé, que la fillette avait accepté la situation.

Mais soudain Annie saisit son assiette et la lança par terre. L'assiette vola en morceaux sur le carrelage, projetant des éclats dans toute la cuisine. La demi-lune jaune de l'omelette gisait à terre, entourée d'un feston de faïence.

— *Annie !* hoqueta Claire.

La fillette regarda sa mère avec défi.

Claire s'agenouilla lentement, se prit la tête dans les mains, soudain privée de toutes forces. Elle ne pouvait en supporter davantage.

Les yeux ruisselants de larmes, elle releva la tête vers sa fille. Annie la regarda en silence, choquée.

— Maman ? articula-t-elle d'une petite voix.

— Ce n'est rien, mon bébé.

— Je regrette, maman.

— C'est fini. Ce n'est pas ta faute, ma chérie...

Soudain il y eut du bruit à la porte d'entrée, un tintement de clé dans la serrure, puis un toussotement prononcé pour s'annoncer.

— C'est papa ?

— Non, c'est Rosa. Je t'ai dit que papa ne serait pas là pour quelques jours.

— Mrs. Chapman ! lança Rosa en se précipitant vers Claire pour l'aider à se relever. Ça va ?

— Oui, oui, tout va bien, Rosa, merci.

Rosa lança un regard soucieux à Claire, puis embrassa Annie. La fillette resta de marbre.

— *Querida.*

Claire arrangea ses cheveux, lissa son chemisier avec nervosité, se sachant guère présentable.

— Rosa, commença-t-elle, je dois partir travailler. Vous pouvez la faire déjeuner et la conduire à l'école ?

— Bien sûr, Mrs. Chapman. Tu veux une tartine, *querida* ?

— Oui, répondit Annie d'un air sombre.

Elle jeta un coup d'œil furtif vers sa mère avant de reporter son attention sur Rosa.

— Il n'y a plus d'œufs, Rosa. J'ai cassé les derniers ce matin. Ils sont là, précisa-t-elle en montrant le carrelage souillé.

— Alors je veux une gaufre, lança Annie.

Rosa s'agenouilla sur le sol et ramassa les débris d'assiette pour les mettre à la poubelle.

— C'est entendu, répondit Rosa. Nous ferons des gaufres.

— Dis-moi au revoir, mon bébé, dit Claire en se penchant pour donner un baiser à sa fille.

La fillette se laissa faire et embrassa sa mère en retour.

Avant de quitter la pièce, Claire décrocha le téléphone de la cuisine au cas où il y aurait un message sur la boîte vocale.

Rien.

6.

— Tout va mal, gémit Connie Gamache, la secrétaire de Claire depuis des années. Cela fait deux jours que le téléphone n'arrête pas de sonner ! Votre espèce de boîte à messages est pleine à craquer. Les gens commencent à s'énerver. Il y a une dame et des messieurs pour vous dans la salle d'attente. — Elle baissa la voix. — À mon avis, des emmerdeurs...

— Bonjour, Connie, répondit Claire en jetant un coup d'œil dans la salle d'attente.

Les deux canapés inconfortables et la paire de chauffeuses étaient d'ordinaire vides, ou alors occupés par un étudiant égaré. Mais cette fois, ils affichaient « complet », croulant sous les postérieurs des journalistes. Claire en reconnut deux : le rédacteur en chef du *New York Times* de Boston, et une journaliste TV de Channel 4 — une jeune femme qu'elle appréciait. Claire les salua d'un signe de tête. Parler du procès Lambert, en particulier à une horde de journalistes courroucés, était bien le dernier de ses souhaits.

— Il me faut une assistante, poursuivit Connie sur sa lancée, maintenant que vous voilà Miss Univers !

— J'ai rendez-vous à l'université dans une demi-heure, annonça Claire en retirant son manteau et

51

ouvrant la porte de son bureau orné d'une plaque de cuivre : CLAIRE M. HELLER — son nom de jeune fille sous lequel elle était connue dans le métier.

Sa secrétaire lui emboîta le pas, allumant le plafonnier. Connie était large d'épaules et de hanches, avec une crinière blanche. Elle avait été belle, autrefois. Elle avait cinquante ans mais en paraissait dix de plus.

— Tous ces journalistes veulent une interview, claironna-t-elle. Qu'est-ce que je fais, je les fiche à la porte ou quoi ?

Claire sortit ses dossiers de sa mallette et les disposa en pile soignée sur son bureau en merisier. Elle poussa un long soupir.

— Demandez à cette fille de Channel 4, cette Novak, Nowicki, ou je ne sais quoi, combien de temps il lui faut. Et dites au type du *Times* de revenir plus tard, disons cet après-midi.

Connie secoua la tête d'un air désapprobateur. Elle n'avait pas son pareil pour manipuler les médias, mais considérait tous les journalistes comme des sangsues qu'il fallait écraser sitôt qu'ils pointaient le bout de leur nez. Claire appréciait, en fait, l'aversion de sa secrétaire. Connie avait raison, les journalistes cherchaient toujours le sensationnel, ne pensaient qu'à exagérer vos propos et à vous faire un enfant dans le dos, ou ne se gênaient pas pour raconter n'importe quoi...

Une minute plus tard, Connie réapparaissait dans le bureau de Claire.

— Maintenant, ils sont fous de rage. Carol Novak prétend qu'elle en a pour cinq ou dix minutes, pas plus.

— C'est bon, répondit Claire. — Cette Carol Novak, la fois précédente, lui avait fait bonne impression : intelligente, pas trop imprécise, et affichant moins d'animosité à l'encontre de Harvard que n'en affichaient d'ordinaire les journalistes locaux. — Donnez-moi deux minutes pour consulter mon e-mail, et faites entrer Carol Novak.

Carol Novak entra dans le bureau en compagnie d'un cameraman qui installa rapidement les projecteurs, régla la lumière, déplaça deux fauteuils et planta sa caméra devant le bureau de Claire. Pendant ce temps, la journaliste, une poupée rousse petit format, jolie, mais beaucoup trop maquillée, comme la plupart des journalistes de télévision à l'antenne, faisait la conversation.

Ses lèvres étaient peintes en rouge avec une précision parfaite et ses sourcils épilés dessinaient une courbe sans reproche. Elle lui demanda des nouvelles d'Annie ; les deux femmes avaient le même âge. Elles parlèrent de choses et d'autres, s'attardant sur les vedettes de la faculté de droit. Elles rirent ensemble de bon cœur. Carol lui fit des éloges et posa sa main sur celle de Claire comme une vieille amie. Elle semblait ignorer l'incident de la veille. L'opérateur de prise de vues demanda à Claire d'écarter sa chaise de la fenêtre et de s'installer devant la bibliothèque. Lorsque tout fut en place, Carol s'assit à côté de Claire, dans le cadre, et se pencha vers elle d'un air soucieux et pénétré.

— Vous avez été critiquée récemment pour avoir assuré la défense de Gary Lambert, commença la journaliste.

Sa voix était soudain devenue grave et tendue, comme pleine de sollicitude.

— Pour avoir remporté le procès, précisa Claire.

Carol Novak sourit, un sourire de tueuse.

— Et avoir remis en liberté un violeur pour un détail de procédure.

Claire répondit du tac au tac, sourire pour sourire :

— Je ne crois pas que le Quatrième Amendement soit un « détail ». Ses droits de citoyen avaient été spoliés lors de la fouille de son appartement. Et mon devoir d'avocate est de défendre le droit de tout citoyen.

— Même si cela revient à relâcher dans la nature un violeur jugé et condamné ?

Claire secoua la tête.

— Lambert a été condamné, mais sur la base d'un procès faussé. Notre succès en appel l'a prouvé de façon explicite.

— Sous-entendriez-vous qu'il n'a pas commis ce viol ?

— Je dis simplement que le procès était faussé. Et que si nous laissons la justice s'opérer sur des bases malsaines, c'est la démocratie qui court de grands risques — combien de fois avait-elle ânonné ça ? Est-ce que cela sonnait toujours aussi faux, aussi vain et vide qu'aujourd'hui ?

Carol Novak se redressa sur sa chaise et fixa des yeux Claire avec une intensité troublante.

— En tant que femme, quel effet cela vous fait-il d'avoir fait libérer un violeur ?

Claire répondit aussitôt, ne voulant pas que la moindre pause puisse être interprétée comme une hésitation ou le signe de quelque remords.

— Comme je l'ai déjà dit, ce n'était pas là le fond du problème.

— Mais enfin, Claire... insista Carol Novak, avec le ton pincé et chargé de reproche d'un présentateur de talk-show interviewant un pauvre hère pratiquant l'inceste sur sa fille et sa petite-fille... vous n'avez jamais eu la sensation, ici — elle tapota sa poitrine — que ce que vous avez fait n'est pas bien ?

— Si j'avais eu le moindre doute à ce sujet, répondit Claire avec assurance et froncement de sourcils pénétré, je n'aurais pas accepté de défendre mon client.

Sur ce, elle esquissa un sourire, signifiant que tout était pour le mieux dans le meilleur des mondes, un sourire, pensait-elle, par lequel Channel 4 clôturerait l'interview.

Ray Devereaux se tenait sur le seuil de la porte. Le détective privé occupait presque tout l'espace entre les chambranles. Il dépassait les cent soixante-quinze kilos, mais ne paraissait pas obèse. Il faisait davantage penser à un rocher, à une montagne de muscles. Sa tête semblait minuscule, comparée à son torse monumental — une illusion d'optique sans doute.

Devereaux avait un faible pour les effets d'acteur. Il ne pénétrait pas dans une pièce, il faisait son entrée sur scène. Il s'était soudain planté dans l'encadrement de la porte du bureau, les bras croisés sur son ventre, guettant le regard de Claire.

— Merci d'être venu, Ray.

— Ce n'est rien, répondit-il avec malice, comme s'il venait d'accomplir un des douze travaux d'Hercule. Où diable se gare-t-on dans ce fichu quartier ?

— J'ai un emplacement sur le parking de la fac, mais on trouve généralement des places sur Mass Avenue.

Devereaux se renfrogna.

— J'ai dû me garer devant une bouche d'incendie et laisser mon carnet de PV sur le tableau de bord. — Il n'était plus dans la police depuis douze ans, mais il se servait de tous les trucs et astuces qui faisaient les privilèges de la fonction. Son carnet de PV à souche datait de plus de dix ans, mais les contractuelles décoderaient le message et lui épargneraient une amende de cinquante dollars. — À propos, félicitations, lança-t-il.

— Comment ça ?

— Pour avoir gagné le concours des Épouses modèles ! Pour le procès Lambert, pardi !

— Merci, Ray.

— Vous voilà à présent l'anti-Christ pour toutes les féministes du pays. — Il voulait dire Antéchrist. — Vous êtes leur ennemi, à présent.

— Je ne comptais pas rejoindre leurs rangs. Entrez, Ray. Faites comme chez vous. Prenez un siège.

Il s'exécuta, pénétrant dans le bureau d'un pas mal assuré. Devereaux n'aimait pas rencontrer Claire dans ses murs, sur son terrain. Il préférait de loin son repaire, son antre aux placages de faux bois dans South Boston, décoré de ses diplômes et certificats ; là-bas, il était le maître des lieux. Il s'immobilisa devant l'une des chaises réservées aux visiteurs et l'examina sous toutes les soudures. L'objet semblait soudain si frêle à côté de lui. Il la désigna du doigt avec un regard malicieux. Lorsqu'il souriait, il semblait avoir dix ans et non quarante-sept.

— Vous n'auriez pas quelque chose de plus solide ?

— Prenez donc mon fauteuil, répondit-elle en se levant de son siège de cuir.

Il accepta l'offre sans objection et prit place derrière le bureau comme le seigneur des lieux. Une illusion d'autorité, songea Claire, le mettrait à l'aise.

— Alors vous m'avez appelé ? commença Devereaux.

Il se laissa aller contre le haut dossier et croisa les

mains sur sa panse. Le fauteuil émit un grincement inquiétant.

— C'est exact, répondit Claire, étonnée, mais je n'ai laissé aucun message.

— Inutile. Grâce à mon identificateur d'appel, j'ai reconnu votre numéro de téléphone. De quoi s'agit-il ? Encore de l'affaire Lambert ? Je pensais que vous en aviez fini avec cette ordure...

— Il s'agit d'autre chose, Ray. Et j'ai besoin de votre aide.

Elle lui narra les événements de la veille : la poursuite dans la galerie marchande, la disparition de Tom, la fouille de leur maison.

Lentement, Ray se pencha en avant, jusqu'à ce que ses deux pieds retrouvent le contact avec le sol.

— Vous me faites marcher...

Elle secoua la tête.

Il pinça les lèvres, gonfla ses joues comme une grosse carpe et ferma les yeux. Encore un de ses chers effets.... On racontait qu'il excellait durant les interrogatoires.

— Je connais un type, annonça-t-il enfin. Du temps où je bossais au FBI. Il rêve sans doute de se tirer de là. Je peux peut-être lui proposer de bosser avec moi.

— Vous allez embaucher quelqu'un ?

— J'ai dit *proposer*.

— Soyez discret, surtout. Évitez les radars, vous voyez ce que je veux dire ? Ne leur racontez surtout pas ce qui vous amène.

Devereaux se renfrogna.

— Vous n'allez tout de même pas m'apprendre mon métier ! Je ne vous dis pas comment faire un cours à vos potaches !

— C'est exact. Je suis désolée. Mais toute cette

affaire est peut-être un vaste quiproquo, une incommensurable bourde...

— C'est peu vraisemblable, répondit-il. En attendant, vous pouvez être sûre que toutes vos lignes sont sur écoute, avec système de localisation d'appel. Que ce soit chez vous, dans le bureau de Tom...

— Ici aussi ?

— Cela ne fait pas l'ombre d'un doute.

— Je veux que vous me nettoyiez tout ça...

Devereaux esquissa un sourire sardonique.

— S'ils opèrent hors du PC, ce qui ne m'étonnerait pas, je ne vais pas trouver grand-chose. Je veux bien nettoyer tout ce que vous voulez, mais ne vous faites pas d'illusions. Si je tombe sur quelque chose et que c'est légal, je ne pourrai rien faire.

— Cela signifie que si Tom m'appelle pour me donner des nouvelles, ils peuvent remonter la ligne et découvrir l'endroit où il se trouve ?

— C'est du moins ce qu'ils espèrent. Mais de nos jours, c'est de plus en plus compliqué. Avec toutes ces nouvelles cartes téléphoniques, c'est le central qui compose pour vous le numéro, il n'y a plus de détection possible.

— Il m'a laissé un message sur ma boîte vocale.

— Où ça ? Ici ou chez vous ?

— À la maison.

— Ils peuvent y avoir accès sans problème. Ils n'ont pas besoin d'avoir le code pour ça. S'ils ont un mandat, la NYNEX[1] leur laissera écouter toutes les boîtes vocales qu'ils voudront.

— Ils ont donc pris connaissance du message de Tom ?

— Assurément. Tom comptait d'ailleurs probablement dessus.

1. Compagnie de téléphone locale de New York. *(N.d.T.)*

— Ils vont donc écouter toutes les boîtes vocales, que ce soit à la maison ou dans le bureau de Tom. Ils sauront ainsi qui il a tenté de joindre.

— Tout juste !

— Mais cela ne marche que pour les appels longue distance.

— Faux. La compagnie de téléphone garde une trace de tous les appels locaux, numéro, durée de l'appel, et tout le toutim. C'est comme ça qu'ils peuvent établir leurs factures. — Claire hocha la tête en silence. — Mais ils ne conservent ces fichiers que pour un cycle de facturation, soit, *grosso modo*, une période d'un mois.

— Tom a-t-il un moyen de me contacter sans que le FBI soit au courant ?

Devereaux soupesa la question un moment, le menton dans sa main.

— Peut-être, répondit-il finalement.

— Lequel ?

Il va falloir que j'y réfléchisse. Tom a sans doute déjà pensé à tout ça de son côté... En attendant, nous devons partir du principe que ce bureau aussi est sur écoute.

— Il faut que vous découvriez ce qui se passe, Ray.

— Je vais fouiner un peu. — Il empoigna les accoudoirs du fauteuil, prêt à se lever, et la considéra avec un air de tragédien. — Ce sera tout, professeur ?

7.

— Je veux manger en regardant *La Belle et la Bête*, réclama Annie.

— Tu mangeras à table, rétorqua Claire de son ton le plus sévère.

Jackie avait préparé une salade dans un grand plat toscan. Elle avait commencé à servir. Les salades étaient l'une de ses spécialités. Jackie était végétarienne en ce moment, après avoir successivement connu une phase végétalienne puis macrobiotique, sans jamais cesser de fumer comme un pompier.

— Non, je veux regarder *La Belle et la Bête* ! Et je veux des macaronis au fromage ! Avec un plateau pour que je puisse regarder ma cassette sur le canapé.

Un coin de la grande cuisine était occupé par les jouets d'Annie ; on y reconnaissait un Elmo dépenaillé, un Kermit déchiré, un Mr. Potato en piteux état. Il y en avait des dizaines d'autres à qui Annie n'avait jamais accordé un regard. Un grand poste de télévision faisait face à un canapé défoncé, houssé d'une couverture maculée d'innombrables taches de macaronis-fromage, de dégoulinades de jus de raisin et de traces d'esquimau rouge au parfum inconnu du genre humain.

— Allez, fillette, lança Jackie. Viens donc manger avec maman et moi.

— Non.

— Nous sommes une famille, répliqua Claire, exaspérée. Nous mangeons ensemble à table ! Et tu n'auras pas de macaronis-fromage congelés. Jackie a fait un délicieux poulet et une salade.

Annie courut vers le canapé et, d'un air de défi, glissa la cassette de *La Belle et la Bête* dans le magnétoscope.

— Je veux des macaronis ! répéta-t-elle avec obstination.

— Ce n'est pas au menu de ce soir, fillette, répondit Jackie. Désolée. — Elle se tourna vers Claire. — Ma pauvre chérie. Tu n'y arriveras pas toute seule !

— Peut-être bien, reconnut Claire avant de s'adresser à sa fille, en haussant le ton : Ça suffit, Annie. Viens par ici.

Annie obéit et se planta devant sa mère, toute droite, comme pour une revue de détail. Elle savait qu'elle avait poussé le bouchon un peu loin.

— Si tu manges le poulet de Jackie, tu pourras regarder *La Belle et la Bête*. Sur le canapé.

— D'accord ! — Annie repartit en courant vers la télé. — Génial !

Elle enfonça le bouton lecture du magnétoscope et se lova au fond du sofa, pour regarder les bandes annonces des autres films Disney en début de cassette.

— Ça c'est de l'autorité ! murmura Jackie. Un vrai sergent-chef !

— Oh ! pour une fois, rétorqua Claire faiblement.

Elle prépara une tranche de poulet rôti et des pommes de terre écrasées dans une assiette et l'apporta à Annie, avec une fourchette et une serviette. Au moment où elle revenait vers la table de la cuisine, quelque chose au-dehors attira son regard, une forme sombre derrière les lilas.

Une voiture bleu nuit des fédéraux : une Crown Victoria.

— Ça ne te tape pas sur les nerfs d'avoir ces gugusses devant ta porte ? demanda Jackie en voyant Claire regarder par la fenêtre.

— Ce n'est rien de le dire ! répondit-elle. Il y en a un qui ne m'a pas quittée d'une semelle toute la journée !

— Tu ne peux rien faire contre ça ?

— Ils sont sur la voie publique. Ils respectent le PP.

— Quel *pépé* ?

— Le *PP*. Le périmètre privé. Tant qu'ils ne le franchissent pas, ils ont le droit d'être ici.

— Et ta liberté de citoyenne ? Les lois antiharcèlement et tout le toutim ?

Claire esquissa un sourire.

— Je pourrais intenter un recours et peut-être obtenir d'un tribunal l'application du 209-A à leur encontre. Leur interdire de s'approcher à moins de cent mètres de moi...

— Ouais. Et convaincre un juge local de prononcer ce genre d'injonction à l'encontre des fédéraux ne doit pas être une partie de plaisir !

— J'ai appelé le bureau de Tom, annonça Claire en revenant s'asseoir, le ventre noué. Comment allait-elle pouvoir faire honneur aux talents culinaires de sa sœur ? Tom a laissé des messages sur les e-mail de Jeff, son courtier, et de son assistante, Vivian. Il leur a fait savoir qu'il avait dû partir précipitamment pour régler une affaire, une affaire confidentielle, et qu'il serait absent pour une semaine, peut-être deux. Tout le monde se demande ce qui se passe ; les fédéraux ont interrogé tous les employés du cabinet pour connaître les allées et venues de Tom.

— Ça a dû les rendre suspicieux.

— C'est le moins que l'on puisse dire. Tom les a prévenus que le FBI risquait de venir fouiner, pour des questions de sécurité. Mais je doute que cela ait suffi à les rassurer.

— Tu m'étonnes ! s'exclama Jackie. Ils doivent se poser des tas de questions, comme nous.

Annie ne fit pas d'histoires pour aller se coucher ; Claire et Jackie purent s'installer dans la véranda, pour fumer tranquillement. Jackie sirotait un Famous Grouse, Claire, vêtue d'un jogging trop grand, se contentait d'une eau de Seltz.

— Annie ne semble pas trop mal supporter l'absence de son père, commença Jackie, en soufflant un nuage de fumée par ses narines.

— Ça dépend des moments, répondit Claire.

— Cela n'a rien d'étonnant qu'elle te fasse tourner en bourrique de temps en temps. Je te rappelle que tu as lu *Rosemary's Baby* pendant que tu étais enceinte. Elle est peut-être réellement le suppôt de Satan ?

Claire esquissa un pâle sourire.

— Et toi, ça va ? Tu tiens le coup ? s'enquit Jackie.

Claire hocha la tête.

— Je ne sais plus que penser. J'ai demandé à Ray Devereaux de fouiner un peu ; on verra bien ce qu'il rapportera dans sa musette.

— Selon les flics, Tom aurait une autre identité, un autre nom... Tu crois que tout ce qu'ils racontent sur lui pourrait être vrai ?

— Tu connais Tom, Jackie, répondit Claire en

posant sa cigarette dans le cendrier. Il ne peut pas être un meurtrier.

— Non, je ne le connais pas, répliqua sa sœur. Et toi non plus, à l'évidence.

— Je t'en prie ! s'insurgea Claire. Toi comme moi, nous nous trompons rarement sur les personnes. Pense à tout le temps que nous avons passé ensemble durant ces trois dernières années. Comment peux-tu dire que tu ne le connais pas ?

— Je connais peut-être Tom, mais Ron ?

— Oh, ça va !

— Allons, nous savons qu'il peut vite se mettre en colère, qu'il est du genre soupe au lait. Tu te souviens de ce voyage à Cape Cod, lorsque cette voiture nous a fait une queue de poisson ? Tom a perdu tout sang-froid.

— Ce n'est pas vrai !

— Voyons, reconnais la vérité ! Il était rouge comme une tomate ! Il a insulté le type tant qu'il pouvait ; il l'a même pris en chasse. C'était terrifiant ! Il a fallu que tu lui hurles de se calmer, et ça a pris du temps... tu te souviens ?

— D'accord, reconnut Claire à mi-voix, il est soupe au lait. D'accord, il m'a menti sur son passé... Et alors ? Cela ne fait pas pour autant de lui un meurtrier !

— Seigneur, Claire ! Que sais-tu de lui au juste ? Tu n'as même pas rencontré sa famille.

— Faux ! J'ai rencontré son père, Nelson, au mariage d'abord, puis lorsque nous lui avons rendu visite en Floride. Je n'avais vu les parents de Jay qu'une seule fois, tu sais.

— Et ses amis, tu les connais ?

— Ses amis ? Tu sais, les gars de quarante ans ont rarement plus d'un ou deux amis. Les hommes dif-

64

fèrent des femmes là-dessus. Ils se marient, s'enferment dans le travail et disparaissent de la surface de la terre, d'une certaine manière. Les hommes se considèrent entre eux comme des rivaux potentiels. Les types de l'âge de Tom ont des collègues, des connaissances. Des gens avec qui ils jouent au tennis, regardent des matchs de foot ou de basket. Tom a plein de camarades de ce genre, tout le monde l'aime bien. Mais il n'a pas de vieil ami, autant que je sache. Et c'était pareil pour Jay.

— Tu n'as jamais rencontré de vieux camarades de Tom datant de l'école ou de l'université. Personne qui ait pu le connaître avant qu'il ne vienne s'installer à Boston, n'est-ce pas ?

Claire soupira. Elle fit glisser son doigt le long de son verre embué.

— De temps en temps, il a un ancien camarade de fac au téléphone. Un jour, je me souviens, il a eu un appel d'un camarade de Californie. À part ça, il n'a pas de contact avec d'anciennes connaissances, du moins pas de façon régulière. Encore une fois, Jackie, cela n'a rien d'extraordinaire ; mais à l'évidence, tu ne veux rien entendre. Pourquoi diable devrais-je supposer qu'il m'a menti ?

— Alors dis-moi où il est en ce moment ! Dis-le-moi !

Claire secoua la tête.

— Je n'en sais rien.

Il y eut un long silence entre les deux femmes.

— Tu te souviens de papa ? demanda Claire à brûle-pourpoint. Moi pas.

— Je crois que oui. Bien que j'eusse préféré l'oublier. C'était un salaud !

— Tu te souviens de son après-rasage, de son odeur ?

65

— Il empestait comme une vieille cocotte !

— J'adorais cette odeur. *Old Spice*. Chaque fois que je sens ce parfum, cela me ramène des années en arrière.

— Tout droit à ton enfance heureuse et à ton gentil papa, railla Jackie. J'espère que ton Tom ne porte pas *Old Spice*.

— Papa était un homme torturé.

— C'était un égoïste, doublé d'une nullité. Tu sais quelle odeur lui colle à la peau pour moi ? Celle de l'essence brûlée, tu sais au moment où une voiture démarre, cette odeur de gaz d'échappement... Je le revois dans sa voiture, s'éloignant de la maison, environné de ce nuage de fumée. J'adore cette odeur — une odeur aigre-douce pour moi, parce que je ne pouvais savoir s'il allait revenir ou non, s'il partait pour de bon cette fois.

Claire hocha la tête. Les deux femmes restèrent de nouveau silencieuses. Jackie piocha une nouvelle cigarette, termina son whisky.

— Passe-moi la bouteille, s'il te plaît.

Elle se servit le fond de Famous Grouse.

— Tom est mon époux et je l'aime, insista Claire avec calme. C'est un père merveilleux et un gentil mari, et je l'aime.

— Moi aussi, je l'aime bien, ton héros. Il y a une autre bouteille quelque part ?

8.

De l'extérieur, le Dunkin'Donuts de Central Square ressemblait à ces épiceries fines de la Madeleine, le genre de magasin de luxe où l'on trouvait cinquante sortes de vinaigre balsamique et pas la moindre laitue. Sa façade vert anglais, avec ses vitrines à petits carreaux, avait été récemment rénovée dans le cadre de l'un des programmes de réhabilitation qui frappaient le quartier tous les deux ou trois ans. Mais le vernis craquerait, ici comme ailleurs, laissant réapparaître la décrépitude intacte. Central Square, quartier disgracieux, avec son millier de restaurants indiens, ses bouis-bouis misérables et ses bijouteries de troisième zone, resterait à jamais une fourmilière bruyante et insalubre.

Ray Devereaux avait appelé Claire tôt le matin, lui demandant de le rejoindre sitôt qu'elle aurait conduit Annie à l'école. La jeune femme avait une heure à perdre avant de se rendre à Harvard, elle avait refusé d'annuler ses cours. Le professeur Heller tenait à honorer tous ses engagements, cours, rendez-vous, réunions, sauver les apparences, même si l'absence de Tom occupait toutes ses pensées et l'empêchait de se concentrer sur quoi que ce soit. Ray Devereaux s'était déjà installé derrière l'une des minuscules tables violettes, son corps immense débordant de part et d'autre du dossier de sa chaise, gêné par un landau vide qui lui cognait le bras. Le bébé déambulait entre les tables, dans une vareuse rouge fermée par un nœud papillon rose, tandis que la mère, une grosse femme brune, assise à une table voisine, échangeait, en grec, des propos houleux avec un vieillard aux cheveux blancs. Les haut-parleurs diffusaient un rock aseptisé (*Reason to Believe* de Rod Stewart) à peine audible derrière le vacarme du système d'air conditionné.

Devereaux picorait avec une délicatesse exagérée des morceaux de gâteau au chocolat, avalant de temps à autre une gorgée de café, servi dans une tasse en plastique. C'était un habitué de la maison.

— Vous êtes venue accompagnée, déclara-t-il avec nonchalance.

— Pardon ? répondit Claire.

— Vous avez une escorte.

Claire se retourna et aperçut une Crown Victoria bleu nuit arrêtée devant le restaurant, s'apprêtant à rejoindre le trafic.

— Oh, ça ? ! Ils me suivent partout. Chez moi, au bureau. Juste pour m'agacer.

— C'est peut-être pour vos beaux yeux, lança-t-il en gloussant. De toute façon, ils sont partis. Ils ne pouvaient pas se garer en double file ici, pas à cette heure de la journée.

Il prit un autre morceau de gâteau et s'essuya les mains avec la petite serviette en papier.

— J'ai eu quelques infos grâce à mes amis de la police de Cambridge, commença-t-il. La bonne nouvelle, c'est qu'ils ont eu le type qui vous a cambriolés. Mais il va être difficile de retrouver vos tableaux.

— Ray, vous ne m'avez pas fait venir jusqu'ici pour me parler de mes tableaux !

— Du calme, ma belle.

Il la regarda un moment sans rien dire.

— C'est bon, je suis calme. Je vous écoute.

— J'ai appelé l'Association nationale des courtiers et gestionnaires de portefeuille ; ils m'ont faxé le CV qu'ils avaient sur Tom dans leur fichier. J'y ai jeté un coup d'œil. Thomas Chapman. Né à Hawthorne, Californie. Études au lycée d'Hawthorne. Diplômé de l'université de Claremont, promo 1973. J'ai donc appelé l'amicale des anciens élèves à Claremont, en leur disant que j'étais un ancien camarade de Tom Chapman et que j'essayais de retrouver sa trace. C'est fou les infos que peuvent avoir ces amicales d'anciens. Leurs dossiers sont de véritables mines d'or...

— Je suis tout ouïe, déclara-t-elle d'une voix la plus neutre possible.

La salle était surchauffée ; elle retira son manteau et sa veste.

— La mauvaise nouvelle, c'est que vos amis du FBI ont raison. Il n'y a nulle trace d'un Thomas Chapman à l'université de Claremont.

Quelques tables plus loin, une vieille Chinoise se coupait les ongles. La mère berçait à présent son bébé en pleurs, puis, de guerre lasse, elle le remit dans son landau.

— Cela m'a donc incité à creuser un peu plus profond, poursuivit Devereaux. Histoire de savoir ce qu'il y avait derrière tout ça. Et j'ai trouvé des choses intéressantes.

— Du genre ?

— J'ai appelé la Sécurité sociale, pour voir s'il n'y avait pas des irrégularités dans le dossier de Tom. Tenez-vous bien : tout est nickel-chrome, irréprochable, mais il n'y a aucune cotisation versée avant 1985. Rien. C'est quelque peu étrange pour un gars qui a quoi, quarante-six ans ? À moins qu'il n'ait jamais travaillé avant l'âge de trente ans, ce qui est possible après tout. J'ai alors appelé la Banque centrale. Tout est parfait, pas le moindre découvert, mais là encore, notre homme est inconnu au bataillon avant 1985. Bizarre.

Claire sentit son estomac se contracter. Elle remua les pieds, les semelles de ses chaussures adhéraient au carrelage rendu poisseux par les souillures de café.

Steely Dan jouait à présent sur la radio. Qu'est-ce qu'il chantait au juste, *Katie lied* ? *Katie Died* ? Quelque chose comme ça. Le saxophone langoureux se mêlait au bourdonnement des micro-ondes.

— Dans son CV, Tom cite divers emplois après sa sortie de fac. Des emplois respectables dans des cabinets ou des sociétés de courtage. Alors pourquoi n'y a-t-il aucune cotisation à la Sécu durant cette période ? J'ai donc encore pris mon téléphone pour en avoir le cœur net. Et de nouveau, un fait curieux : toutes les sociétés pour lesquelles Tom a travaillé avant de monter son propre cabinet ont disparu de la circulation.

— Un simple hasard ? avança Claire.

— Une fois, je veux bien, mais pas trois. Les trois sociétés d'investissement et de courtage pour lesquelles il a travaillé n'existent plus. Pas le moindre dossier sur elles. Plus de trace. Rien.

Claire se tenait droite et silencieuse. Elle regarda une femme pressée, cheveux courts et lunettes, deux sacs à main en bandoulière, entrer d'un pas vif dans le restaurant, un Filofax à la main, et commander un café allongé avec deux sucres.

— Tout cela est pour le moins étrange, reprit Devereaux. Avant 1985, alors que Tom avait déjà plus de trente ans, il ne possédait aucune carte de crédit, que ce soit American Express, Visa ou Master Card. J'ai poussé mes recherches plus loin — le fisc n'a pas de dossier sur lui non plus avant cette même date. Il cite donc des emplois dans des sociétés qui n'existent plus, pour lesquels il n'a versé aucune cotisation sociale ni payé le moindre impôt.

— Que doit-on conclure de tout ça ? demanda Claire.

Son cœur avait cessé de battre. Elle regardait droit devant elle, prise de vertige.

— J'ai un pote qui bosse à Los Angeles. Je lui ai demandé d'aller faire un petit tour à Hawthorne...

— Inutile de me dire la suite. Je la devine déjà.

— Il n'y a aucune trace de lui au lycée d'Hawthorne. Aucun professeur ne se souvient de lui, même les plus anciens. Personne de sa promo non plus. Son nom ne figure nulle part. Et dans l'annuaire, on ne trouve nulle trace de ses parents. Aucun Nelson Chapman n'a vécu là-bas. Je ne dis pas que le FBI est blanc comme neige, je dis simplement que Tom Chapman n'existe pas, Claire. Je ne sais pas qui est votre mari, ni ce qu'il a fait, mais il n'est pas celui que vous croyez.

Après son cours, Claire retourna à son bureau ; elle reçut quelques étudiants au bord de la panique, les examens de fin d'année approchaient à grands pas, puis consulta son e-mail.

Comble de malchance, le président de la faculté venait de découvrir les joies du courrier électronique et il en faisait usage pour envoyer la moindre note de service, ainsi que diverses pensées personnelles. Aujourd'hui encore, il avait encombré la boîte aux lettres de Claire de plusieurs mémos sans aucun intérêt. Il y avait également deux demandes d'interview émanant de journalistes, une façon pour eux de passer par la petite porte. Claire savait quelle attitude adopter à l'égard de ces requêtes : le silence le plus complet. Surtout ne pas répondre. Il y avait aussi un long message envoyé par une amie de Paris.

Et enfin un dernier message, de Finlande, dont elle ne reconnut pas l'adresse d'expédition. Il était adressé au professeur Chapman, ce qui était curieux, puisque tout le monde la connaissait sous son nom de jeune fille. Claire lut le message, le relut, et son cœur battit la chamade.

Cher professeur Chapman,

Je serais honoré que vous acceptiez de me représenter dans une affaire de la plus haute importance où sont en cause mes intérêts les plus privés. Bien que les circonstances m'interdisent de vous rencontrer en personne, j'essaierai de vous contacter très prochainement. Le téléphone, y compris les boîtes vocales ne peuvent garantir la confidentialité qui m'est nécessaire. Je vous en prie, quoi que l'on puisse vous dire sur mon cas, n'en croyez rien. Je vous expliquerai tout lorsque nous nous rencontrerons.

Avec mes meilleures pensées,
pour vous et votre fille.

R. Lenehan.

R. Lenehan. Ce nom éveilla en elle aussitôt des échos. Le Rose Lenehan's, leur restaurant favori sur South End ; c'est là qu'avait eu lieu leur premier rendez-vous amoureux.

Elle cliqua sur l'icône de réponse et tapa rapidement :

J'attends avec impatience de vous rencontrer.

9.

Claire se réveilla en sueur au milieu de la nuit. Le cœur battant à tout rompre, elle traversa la chambre plongée dans la pénombre, éclairée seulement par le réverbère de la rue, pour ouvrir le tiroir de la commode où étaient rangées les photos de la famille. Les enquêteurs du FBI n'y avaient pas trop touché. Ils étaient davantage intéressés par des choses plus tangibles, plus immédiatement utiles, itinéraires de voyages, réservations d'avion, ce genre de détails.

Les photos d'Annie étaient innombrables ; album après album, depuis sa naissance jusqu'à la dernière photo de classe en date. Jamais, sans doute, un enfant n'avait été autant photographié. Claire avait elle aussi son propre album : quelques photos de la petite enfance (Claire à côté de Jackie, Jackie trottant derrière une Claire à la mine bougonne...) ; des clichés de famille (les deux fillettes, à divers âges, en compagnie de leur mère qui semblait toujours fatiguée) ; des photos de Claire plus grande en vacances dans le Wyoming avec des camarades de faculté ; des clichés de sa remise de diplômes (alors qu'elle avait été victime d'une poussée d'acné et d'une prise de poids durant le dernier semestre, des clichés classés top secret pour le reste du monde !).

Et les photos de Tom ?

Une photo de lui bébé, un tirage noir et blanc sur papier à bord dentelé. Un bébé comme un autre. Il ne ressemblait en rien à Tom adulte, mais les bébés étaient capables de toutes les métamorphoses.

Des photos de lui enfant ? Aucune.

Du lycée ? Aucune.

De l'université ? Aucune.

Rien. Pas le moindre cliché de Tom à l'exception de cette photo de bébé. Pas de photos de classe portant au verso des petits mots d'adieu rédigés de l'écriture ronde de jeunes filles ayant pour lui un petit béguin.

Tout le monde possédait des photos de soi, à divers âges de la vie. Où étaient donc les siennes ?

Pourquoi ne s'était-elle jamais posé la question ?

Après son cours, tard dans la matinée, Claire fut poursuivie par deux étudiants, collés à ses basques comme des sangsues ; ils s'inquiétaient pour leur examen. Elle parvint néanmoins à se défaire d'eux ; elle avait rendez-vous, leur expliqua-t-elle, mais serait heureuse de leur accorder du temps, demain, sans faute.

Connie était derrière son bureau, s'occupant du courrier. Elle releva la tête, s'apprêtant à débiter sa litanie quotidienne de récriminations.

Claire sourit, lui signifia d'un geste de la main « ravie de vous voir mais je n'ai pas le temps de bavarder », et partit s'enfermer dans son bureau.

Elle retrouva Ray Devereaux, assis dans son fauteuil.

— Ça pue tous azimuts, claironna-t-il.

Il était vêtu d'un costume gris, curieusement élégant et bien coupé, d'une chemise blanche et d'une cravate turquoise.

— Je vous écoute, Ray. — Elle s'installa sur l'une des chaises réservées aux visiteurs, posa sa mallette au sol. — Vos sources sont fiables ?

— Pas spécialement. J'ai passé des coups de fil partout, mais tout le monde reste bouche cousue. Ce n'est pas une petite affaire. C'est du gros poisson.

— Gros comment ?

Devereaux se laissa aller contre le dossier du fauteuil, qui émit un craquement sinistre. Elle s'attendait à le voir basculer et se retrouver par terre.

— Ils ont accru la surveillance. Ils savent que Tom a laissé un message sur votre boîte vocale à votre domicile et ils ont eu l'autorisation de consulter celle de votre bureau de Harvard. Ils ignorent où Tom se trouve, mais ils attendent qu'il vous contacte. Ils ont des hommes en planque devant son bureau. Deux autres devant cet immeuble. Où que vous alliez, ils seront derrière vous, au cas où vous auriez rendez-vous quelque part avec lui.

— Comme dans la chanson de *Police* ? lança Claire d'un air sinistre. *Every Step You Taxe*[1].

Devereaux resta de marbre.

— Allons faire un tour, proposa-t-il.

Ils partirent se promener sur le parvis de la fac. Claire remarqua deux silhouettes qui les suivaient à une distance plus ou moins discrète.

— Belle journée, non ? lança Devereaux. On se croirait au printemps.

— Ray...

— Pas encore, ma belle. À mon avis, les performances des microcanons sont largement surestimées,

---

[1]. « Chaque pas que tu fais. » *(N.d.T.)*

en particulier dans une rue bondée, mais je ne veux prendre aucun risque. Nous pourrions pousser jusqu'à Mass Avenue, histoire de leur compliquer l'existence. Mais à quoi bon jouer avec le feu ? Prenons ma voiture. On vient de me la livrer ce matin et je sais que je n'ai pas été suivi. Ils n'ont donc pas eu l'occasion d'y mettre des micros. Pas encore...

La voiture de Devereaux était une Lincoln flambant neuve. L'un de ses clients avait une agence de leasing et le laissait conduire des voitures gratuitement en échange de divers petits services. Claire se laissa aller au fond du siège moelleux, tandis que Devereaux roulait au hasard des rues.

— Vous m'avez parlé de son père, commença-t-il. Nelson Chapman. Vous disiez qu'il vivait en Floride...

— Vous l'avez vu ?

Devereaux secoua la tête lentement.

— Il n'existe pas.

— Mais je l'ai rencontré ! Nous nous sommes rendus à son appartement à Jupiter Island.

— Vous avez rencontré un homme se faisant appeler Nelson Chapman. L'appartement en question appartient à quelqu'un qui ne connaît aucun Nelson Chapman. Si vous ne me croyez pas, appelez vous-même et vérifiez.

— Seriez-vous en train de dire que Tom aurait demandé à quelqu'un de me jouer la comédie ?

— C'est ce qu'il semble. Dans cette affaire, tout est verrouillé. — Devereaux conduisait d'un doigt. — Pratiquement rien ne filtre. Mes contacts ne savent rien, et ceux qui savent quelque chose sont muets comme des carpes. Mais d'après ce que j'ai pu comprendre, il s'agit d'une affaire classée secret-défense par le Pentagone.

— Ben voyons ! railla-t-elle.

— Je ne vois pas ce qu'il y a de si inconcevable.
— Tom travaille dans la finance !
— Aujourd'hui peut-être. Mais on m'a dit qu'il était militaire autrefois et qu'il a déserté, voilà une dizaine d'années, pour échapper à quelque chose de vraiment moche, de vraiment grave. Une sale affaire.
— Qu'est-ce que c'est que ces salades ?
— En deux mots, il est recherché pour meurtre.
— C'est ce que prétend le FBI.
— Il aurait participé à une opération secrète pour le compte du Pentagone où des atrocités auraient été perpétrées.

Claire secoua la tête, se rognant un ongle. Une vieille habitude héritée des années de lycée.

— Cela ne tient pas debout !
— C'est vrai que vous êtes mariée avec lui, reconnut Devereaux. Vous le connaissez mieux que quiconque.

Il la regarda un moment puis reporta son attention sur le trafic.

Claire sourit, un étrange sourire chargé d'amertume.

— Mais connaît-on vraiment la personne avec qui l'on vit ?
— Ce n'est pas à moi qu'il faut poser la question ; je ne savais pas que Margaret était une salope lorsque je l'ai épousée, mais c'en était bel et bien une ! Il est possible que Tom ait travaillé pour le gouvernement, dans une branche militaire chargée d'opérations secrètes. Pourquoi pas ? En attendant, une chose est sûre, c'est qu'il s'est inventé un passé, une histoire. Le coup de l'université n'est que le sommet de l'iceberg. Il cache quelque chose, tente d'échapper à quelque chose. Cela me paraît une évidence.

— Il ne pourrait pas y avoir une explication toute simple... bénigne ?

— Comment ça ? Qu'il est recherché pour contraventions impayées ? Ça m'étonnerait.

Claire ne sourit pas.

— Je vais être franc avec vous, reprit Devereaux d'un air sombre. J'ai toujours trouvé Tom trop lisse pour être honnête, mais il est votre mari, alors je suis de votre côté... Toutefois, lorsque le FBI lâche ses hordes de limiers sur quelqu'un, c'est qu'il y a anguille sous roche, croyez-moi.

Le soir même, alors que Claire tentait de convaincre Annie d'aller se coucher, le téléphone sonna.

Elle reconnut la voix dans la seconde : Julia Margolis, la femme de son meilleur ami de Harvard, Abe Margolis, qui enseignait le droit constitutionnel.

— Claire ? demanda-t-elle de sa voix de contralto. Où êtes-vous ? On vous attend depuis une heure et demie ? Tout va bien ?

— Une heure et demie ?... Oh, mon Dieu ! On était invités à dîner chez vous ce soir... Oh non ! Julia, je suis confuse... j'ai totalement oublié.

— Tu es sûre que ça va ? Ça ne te ressemble pas.

Julia Margolis était une femme corpulente mais encore pleine de charme, brune, la cinquantaine, fin cordon-bleu doublé d'une merveilleuse maîtresse de maison.

— J'ai été débordée de travail, commença Claire avant de changer de tactique. Tom a dû s'absenter pour affaires, et sans lui à mes côtés, c'est la pagaille.

— Il y a de l'espadon qui marine depuis deux jours, et cela m'embêterait vraiment de le jeter. Viens donc en manger avec nous.

— Je ne peux pas, Julia. Ç'aurait été avec plaisir mais Rosa est rentrée chez elle et je n'ai pas de babysitter. Je ne sais plus où donner de la tête. Encore mille excuses.

— Ce n'est pas grave. Lorsque les choses se seront un peu calmées pour vous, passez-nous donc un coup de fil. On aimerait bien vous avoir à dîner tous les deux.

10.

Claire et Jackie finirent la soirée dans le bureau du rez-de-chaussée, confortablement installées au fond d'une paire de vieux fauteuils club. Tom avait passé deux mois à chercher ces sièges pour le bureau de Claire, après qu'elle en eut admiré de semblables dans une publicité Ralph Lauren. Après moult efforts, il en avait trouvé deux chez un antiquaire new-yorkais, en provenance directe des Puces de Paris. Les fauteuils avaient commencé leur « carrière » dans un cabaret parisien des années vingt pour se retrouver, soixante-dix ans plus tard, dans une maison bourgeoise de Cambridge, toujours aussi magnifiques et accueillants.

Jackie portait un jean et un T-shirt noirs. Des taches de peinture maculaient ses manches et ses bras : elle était artiste peintre mais assurait sa subsistance en tant que rédactrice technique. Claire portait encore son ensemble bleu (un faux Chanel, mais de belle facture) car elle n'avait pas eu une minute à elle pour se changer. Elle était fourbue, avec mal de crâne en prime et nuque douloureuse. Elle rêvait de se faire couler un bon bain chaud et de s'y prélasser pendant une heure.

La pièce était nimbée d'une couleur ambrée sous le soleil couchant.

— D'après Ray Devereaux, Tom aurait fait partie d'une opération secrète qui aurait mal tourné, lança-t-elle.

— Seigneur ! Tu crois que c'est vrai ?

— D'ordinaire, les infos de Ray sont fiables. C'est quelqu'un de sérieux.

— Tom, donc, aurait travaillé pour le gouvernement, le Pentagone ou une organisation secrète..., il aurait eu des problèmes et se serait fait la belle... il disparaît alors de la circulation, se cache, change de nom et s'installe à Boston en priant pour que personne ne le retrouve. Manque de chance, un jour, vous êtes cambriolés ; les flics prennent ses empreintes et bingo ! Le Pentagone fait le rapprochement. C'est ça l'histoire ?

— En gros, oui, répondit Claire en se demandant si Jackie était ironique.

Mais non, elle réfléchissait à haute voix, comme à son habitude.

— Comme il est difficile de trouver un emploi sans références, poursuivit Jackie, il monte son propre cabinet, de cette façon personne n'a eu besoin de fouiner trop loin dans son passé.

Claire ferma les yeux et hocha la tête.

— Donc, tout ce que tu sais sur Tom n'est qu'affabulations ? avança Jackie.

— Peut-être pas *tout*. Mais beaucoup. Une part énorme.

— Et tu te sens trahie, reprit Jackie avec tendresse. C'est comme s'il t'avait fendu le cœur, comme on dit.

Des larmes embuèrent les yeux de Claire, davantage provoquées par la fatigue et la frustration que par une réelle tristesse.

— Fuir et se terrer comme un lapin ne ressemblent guère à une trahison... tenta-t-elle pour le défendre.

— Il t'a menti, Claire. Depuis le début. Il n'est pas l'homme qu'il prétendait être. Quelqu'un qui peut mentir sur sa vie, s'inventer un passé entier, peut mentir sur tout.

— Il m'a recontactée, Jackie.

— Comment ?

— Il y a peut-être des micros ici, chuchota-t-elle en pointant le doigt vers le plafond, comme si les mouchards en question se trouvaient forcément au-dessus de sa tête.

— Je comprends. Qu'est-ce que tu vas faire ? demanda Jackie.

Avant que Claire n'ait eu le temps de répondre, la sonnette tinta à la porte. Les deux jeunes femmes se regardèrent. Qui cela pouvait-il être ? Claire se leva avec raideur et se dirigea vers l'entrée.

Il s'agissait d'un jeune homme d'une vingtaine d'années, avec une barbiche broussailleuse et un anneau à l'oreille gauche, vêtu d'un short de cycliste et d'un blouson de cuir.

— Coursiers de Boston, se présenta-t-il.

Claire regarda par-dessus l'épaule du jeune homme ; deux Crown Victoria étaient garées devant la maison ; leurs occupants ne perdaient rien de la scène.

— Vous êtes Claire Chapman ?

Claire acquiesça, sur le qui-vive.

— Nom de Dieu, ces types dehors m'ont arrêté et m'ont posé un tas de questions ; ils voulaient savoir qui j'étais, ce que je fichais ici... Qu'est-ce qui se passe ? Vous avez des problèmes ou quoi ? Parce que moi, je ne veux pas d'embrouilles...

— Qu'est-ce qui vous amène ici ? demanda Claire.

— J'ai un pli pour Claire Chapman. Il me faudrait une pièce d'identité.

— Attendez une seconde, répondit-elle.

Elle referma la porte, prit son sac à main sur la desserte de l'entrée et en sortit son permis de conduire. Elle rouvrit la porte et tendit au jeune homme sa pièce d'identité. Le coursier l'examina, compara la photo avec son visage et hocha la tête.

— Il me faut aussi votre carte de la fac.
— Qui m'envoie ça ?
— Je n'en sais rien. — Il examina l'enveloppe. — D'un dénommé Lenahan.

Claire sentit une bouffée de bonheur et de soulagement l'envahir.

— Tenez, fit-elle en lui tendant sa carte d'enseignante.

— C'est bon, dit-il avec méfiance après avoir examiné la photo de près. Signez ici.

Elle s'exécuta, prit le pli, une enveloppe Kraft rigide format A4, laissa un pourboire au coursier et referma la porte.

— De qui ça vient ? s'enquit Jackie.

Claire sourit sans répondre. Tom savait que les téléphones étaient sur écoute, et donc que le répondeur et leur boîte vocale étaient espionnés. Il savait également que le FBI surveillait leur courrier. Le coup du coursier marcherait une fois, pas deux, sans mandat, ils n'avaient pas le droit d'intercepter le colis.

À l'intérieur de l'enveloppe, Claire trouva une lettre manuscrite dont la lecture lui arracha des larmes... pour la première fois son cœur s'emplit d'espoir.

11.

Pleine lune. Une nuit chaude. Les espions à leur poste, dans leurs voitures fédérales, accablés par la touffeur de l'air. Moins d'une demi-heure après le départ du coursier, on sonnait à la porte. Claire alla ouvrir. Elle ne fut en rien étonnée de voir les deux agents du FBI, Howard Massie et John Crawford, se tenant sur le seuil. Nul doute qu'ils n'aient été prévenus par les plantons au-dehors et qu'ils ne soient accourus ventre à terre.

— Où est l'enveloppe ? demanda Massie, sitôt entré.

Massie était grand, plus grand que dans son souvenir lors de leur « conversation » après cette scène de cauchemar dans la galerie marchande.

— D'abord on négocie, rétorqua Claire en le conduisant vers le petit salon attenant à l'entrée, un canapé, deux fauteuils capitonnés plantés sur un tapis de coco, s'organisant autour d'une ottomane ornée d'une pile de *New Yorker*. Elle utilisait rarement cet endroit ; le lieu semblait froid et aseptisé, comme un salon d'exposition chez un marchand de meubles.

— Attention, commença Crawford d'un air menaçant, ne vous avisez pas de nous cacher quelque chose...

— Nous avons besoin de votre coopération, rectifia Massie, et si votre mari a organisé un rendez-vous, vous devez...

— Prouvez-moi d'abord que l'homme que vous recherchez, ce Ronald Kubik, est bel et bien mon mari, Tom Chapman ! répliqua Claire.

Massie regarda Crawford.

— Les empreintes ! répondit ce dernier. Les empreintes ne mentent jamais. Nous pouvons vous montrer aussi des photos, mais le visage a changé.

L'estomac de Claire se contracta.

— Comment ça, « le visage a changé » ?

— Il n'existe qu'une vague ressemblance entre les photos de votre mari et celle de Ronald Kubik, expliqua Massie. Mais en superposant les clichés, tout prouve, sans l'ombre d'un doute, qu'il s'agit bel et bien de la même personne. La ressemblance est si lointaine que cela semble incroyable ; il y a eu un beau travail de chirurgie esthétique. Le sergent Kubik est un homme avisé et doté d'un véritable don pour la dissimulation. Sans ce cambriolage chez vous, et le zèle de la police de Cambridge, qui nous a envoyé toutes les empreintes, jamais on ne l'aurait attrapé.

— Le *sergent* Kubik ?

— Oui, Mrs. Heller, répondit Crawford. Nous ne sommes qu'une interface offerte par le FBI. Nous travaillons en fait sous la tutelle de l'armée, du CID[1] pour être exacts. Le service des enquêtes criminelles.

Massie observa la réaction de Claire.

— Que vient donc faire un service d'investigation militaire dans cette histoire ?

— Vous êtes certes professeur de droit à Harvard, lança Massie, mais je doute que vous maîtrisiez les arcanes de la justice militaire. Votre mari, Ronald

---

1. Criminal Investigation Division. *(N.d.T)*

Kubik, est recherché pour divers chefs d'accusation sanctionnés par le code militaire, dont l'article 85, désertion, et l'article 118, meurtre avec préméditation.

— Qui est-il censé avoir tué ?

— Nous ne possédons pas cette information, répondit aussitôt Crawford.

Claire se tourna vers Massie qui secoua la tête.

— Nous savons que vous avez été contactée par votre mari. Nous avons besoin de connaître ses allées et venues. Et nous aimerions examiner ce colis.

— C'est justement ce point qui pose problème, déclara Claire.

— Je comprends, répondit Massie avec un regard perçant.

— Vous et moi désirons deux choses différentes, commença-t-elle. Moi, je veux ce qu'il y a de mieux pour lui. Quoi qu'il ait pu faire, je sais que rien ne va s'arranger par la fuite. Tôt ou tard, le Département de l'*Injustice* lui tombera dessus.

— Nous pensions bien que vous reviendriez à la raison un jour ou l'autre, conclut Crawford.

Claire lui lança un regard méprisant et poursuivit :

— Je ne veux pas de chasse à l'homme, pas d'arrestation tapageuse dans un lieu public, pas d'armes pointées, pas de molestage, de menottes ni de fers aux pieds au moment de l'emmener avec vous.

— Cela devrait pouvoir se faire.

— Puisqu'il doit me retrouver à l'aéroport Logan, l'arrestation aura lieu sur le parking de l'aéroport, de l'autre côté de la rue, face au terminal. Je m'arrangerai pour qu'il ne soit pas armé, ou pour qu'il jette son arme ; vous pourrez vous en assurer par vous-même.

Massie hocha la tête.

— Mais avant qu'il ne se rende, je veux avoir du

temps avec lui, au minimum une heure — Massie souleva les sourcils. — En privé, pour que nous puissions parler. Vos gars pourront nous surveiller de près et s'assurer que Tom ne risque pas de s'enfuir, mais je veux de l'intimité.

— Ça, c'est moins facile... rétorqua Crawford.

— Dans ce cas, inutile d'espérer l'arrêter. Et encore moins de voir sa lettre.

— Je crois, déclara Massie, que l'on devrait pouvoir arranger ça.

— Parfait. Ensuite, je veux l'assurance de votre part que vous ne gèlerez pas ses comptes.

— Allons, professeur, répliqua Crawford. C'est parfaitement impossible...

— Débrouillez-vous. C'est une clause non négociable.

— On essaiera de convaincre les types de Washington.

— En outre, je ne veux pas que le FBI le poursuive pour usurpation d'identité. En un mot, je veux que tous les chefs d'accusation civils soient levés.

Crawford jeta un regard interrogateur à Massie.

— Et je veux tout ça par écrit, signé de la main d'un vrai responsable — c'est-à-dire d'un directeur adjoint, au moins. Rien en dessous. Pas question de voir le type se défiler après coup en prétextant ne pas avoir l'autorité *ad hoc*.

— Ce n'est pas inconcevable, répondit Massie. Mais cela risque de prendre un certain temps.

— Eh bien, il faudra vous presser ! Ne ratez pas le coche, ou la fenêtre va se refermer sur vos doigts, rétorqua Claire. Je veux ces documents signés pour demain midi. Mon rendez-vous avec Tom est en fin d'après-midi.

— Pour demain midi ? répéta Crawford. C'est... impossible !

Claire haussa les épaules.

— La balle est dans votre camp. Lorsque vous aurez fait votre part du boulot, vous pourrez lire la lettre. Et arrêter Tom.

Claire quitta la maison tôt le matin, vêtue du manteau bleu roi qu'elle avait acheté, pour une petite fortune, un jour de frénésie vestimentaire. Elle conduisit Annie à l'école, l'accompagna jusqu'à la porte de sa classe puis remonta dans la Volvo pour se rendre à son bureau. Deux Crown Victoria la suivaient comme une ombre.

À 11 h 45, un pli arriva par coursier en provenance du FBI bureau de Boston. Il contenait l'attestation qu'elle avait demandée à Massie, authentifiée par la signature d'un directeur adjoint du FBI, une portion de courbe hachée aux allures d'électrocardiogramme.

Une demi-heure plus tard, un messager vint prendre en échange un document qu'il s'empressa de remettre à Massie dans son bureau de Boston.

Lorsque Connie sortit pour déjeuner vers treize heures, Claire lui donna un sac, contenant le manteau bleu, soigneusement plié, avec la consigne de le confier au serveur du café-restaurant où Connie se rendait invariablement en compagnie de ses collègues, deux autres secrétaires d'université.

Claire donna ensuite son cours, et annula plusieurs rendez-vous de l'après midi.

À seize heures trente, elle remballa ses affaires, ferma son bureau, dit au revoir à Connie et se dirigea vers les ascenseurs. Autant qu'elle pût en juger, elle ne vit personne à l'étage surveillant ses allées et venues. Arrivée au sous-sol, elle erra pendant un certain temps dans le dédale des couloirs pour s'assurer que personne ne la suivait. Certes, les agents du FBI étaient des pros de la filature, ils connaissaient tous les trucs, toutes les ficelles du métier, mais, à l'inverse de Claire, ils ne savaient rien des entrailles souterraines de l'université.

À dix-sept heures précises, au moment où Claire l'avait annoncé à Massie, sa Volvo émergea lentement du parking de la faculté. Tandis qu'elle s'éloignait à pied, à bonne distance, Claire put observer la conductrice, une femme aux cheveux sombres dans un manteau bleu, le visage caché par d'énormes lunettes de soleil, son sosie, du moins une approximation acceptable... Jackie avait fait de son mieux, avec l'aide d'une perruque achetée en toute hâte. La Volvo s'engouffra dans le trafic encombré de Mass Avenue, suivie par une Crown Victoria banalisée, et disparut de sa vue. Jackie devait rouler jusqu'à l'aéroport, une vraie odyssée à ces heures de pointe, et aller de terminal en terminal, comme si elle ne savait lequel choisir ; ils la suivraient comme une ombre, à n'en pas douter.

La lettre que Claire avait fait parvenir à Massie avait été tapée en simple interligne, et imprimée sur la Laser Writer du bureau de Tom avec du papier Hammermill CopyPlus. La feuille provenait d'une rame neuve, de sorte qu'il n'y avait pas d'empreintes dessus. Pas de signature non plus. Elle disait en substance : rendez-vous au terminal Delta Airlines à Logan. Arrivée à 17 h 30 par la navette de New York. Il y aurait des espions partout pour sa descente d'avion, mais méfiant de nature, le FBI ferait suivre la Volvo, pour s'assurer que Claire se rendait bien à l'endroit qu'elle leur avait indiqué.

Claire s'éloigna d'un pas nonchalant sur Oxford

Street, derrière l'université, et repéra la Lexus de Tom garée devant un parcmètre. Jackie l'avait laissée là depuis plusieurs heures et la durée de stationnement était depuis longtemps expirée. Claire découvrit sans étonnement le petit carton orange d'un PV glissé sous l'essuie-glace.

Prends la radio dans la chambre, avait ordonné Tom dans la lettre qu'il lui avait fait parvenir et qui n'avait rien à voir avec celle que Claire avait remise au FBI. Règle-la sur une station en haut de la bande, vers les 108 mégahertz. Vérifie que tu reçois bien le signal, fort et clair. Ensuite, va au garage et promène l'antenne tout le long de la voiture, au plus près de la carrosserie.

Écoute une éventuelle interférence. Un scratch. Une brusque discontinuité dans la réception.

Si tu détectes la présence d'un micro-émetteur quelque part dans la voiture ou si tu as le moindre doute, ne va nulle part.

Si la voiture te semble sûre, fonce.

Mais attends les heures de pointe. Il est toujours plus difficile de suivre quelqu'un lorsque le trafic est dense. Conduis à la tombée de la nuit ; cela complique encore la tâche du fileur, car les phares se repèrent de loin.

Fais des détours, lui avait-il également conseillé, ce qui se révéla plus facile à dire qu'à faire. On n'en fait jamais assez lorsqu'on est suivi. Avant que tu ne rejoignes l'autoroute, tourne un peu en ville. Vire quatre fois à droite, successivement, afin de voir si tu traînes des types derrière toi. Si c'est le cas, ils seront obligés de se découvrir.

Fais plein de virages à gauche, c'est là qu'on repère le plus facilement une voiture de filature. Passe à l'orange le plus souvent possible. Flirte avec les feux rouges, mais sans te faire tuer.

Ils ne seront pas forcément juste derrière toi, s'ils essaient d'être discrets. Ils laisseront toujours un ou deux véhicules entre vous. Tu auras peut-être quatre voitures aux basques, ou aucune.

Surveille en particulier le coin arrière droit, une zone aveugle qu'affectionnent tous les fileurs du monde entier.

Roule à des vitesses sans cesse différentes. Accélère, ralentis. Avance doucement, presque au pas, oblige tout le monde à te doubler. Arrête-toi sur une aire de repos et gare-toi derrière le restaurant. Dîne tranquillement. Laisse passer deux heures. Prends un objet lourd, casse ton feu arrière droit. Et retourne sur l'autoroute.

Reviens au moins une fois sur tes pas, si tu aperçois un échangeur en chemin.

Une fois passé la sortie 9, après Sturbridge, à l'extrême ouest de l'État, range-toi sur la voie de droite et ralentis, en allumant tes warnings.

Au début, Claire avait été admirative devant les connaissances de Tom en matière de filature. C'était une facette de lui qui lui était inconnue.

Puis elle s'était souvenue de ce que disait le FBI à son sujet et elle sut qu'une part de leurs affirmations était fondée.

Dix heures du soir venaient de sonner ; il était trop tard pour appeler Annie, ce qui aurait été, de toute façon, trop risqué. Claire roulait sur l'asphalte noir de l'autoroute dans la région des Bershires, aux environs de Lee. Le trafic était clairsemé. Elle songeait à sa fille, endormie dans son lit, et à Jackie, sans doute au rez-de-chaussée, en train de fumer.

La route se fit sinueuse ; après avoir franchi une succession de ravins, le ruban de bitume s'inclina et partit à l'ascension d'une colline. Claire conduisait doucement, roulant sur la voie pour véhicules lents, ses feux de détresse allumés. Personne ne l'avait suivie, elle en était certaine. Une fois passé le sommet, alors que la route plongeait vers la vallée, elle remarqua, dans son rétroviseur, une voiture qui sortait du couvert des arbres d'une aire de repos, tous feux éteints ; le véhicule accéléra pour rejoindre son sillage et fit deux appels de phares.

Claire quitta l'autoroute à la sortie suivante ; l'endroit était bordé de taillis. Elle se gara et éteignit ses lumières.

Son cœur battait à tout rompre.

Elle resta immobile, regardant droit devant elle, n'osant tourner la tête.

L'autre véhicule se gara derrière elle. Elle entendit la portière s'ouvrir, puis des bruits de pas sur le bitume.

Elle tourna enfin la tête et aperçut, dans l'encadrement de la fenêtre, le visage de Tom, ombré d'une barbe de quelques jours, une paire de lunettes suspendue à son cou par une petite sangle. Il lui souriait.

Les larmes embuèrent ses yeux, et elle se jeta dans ses bras.

12.

Elle le suivit au volant de la Lexus à travers des petites routes de campagne sinueuses ; rapidement, elle perdit tout sens de l'orientation. Tom conduisait une vieille Jeep Wrangler noire. Où avait-il trouvé cet engin ? Ils traversèrent une petite ville qui semblait sortie tout droit des années cinquante. Claire aperçut un vieux panneau orange Rexall Drug, un magasin Woolworth plus que cinquantenaire et une station-essence Gulf antédiluvienne, avec son enseigne toute ronde. La bourgade était plongée dans l'obscurité, tous les volets clos. Sur le bas-côté d'une route enténébrée, une construction moderne de briques, une école élémentaire, puis un passage à niveau et plus rien pendant des kilomètres. Finalement, Tom lui fit signe de s'arrêter.

Claire gara la Lexus et rejoignit Tom dans la Jeep.

— Où allons-nous ? demanda-t-elle.
— Je vais tout te raconter. Encore un peu de patience.

Il vira brusquement à droite dans une route forestière ; le macadam laissa la place à des gravillons qui crissaient sous les pneus. Au bout de cinq minutes, ils roulaient sur de la terre battue. Cinq minutes encore et le chemin s'arrêtait net, au milieu d'un chaos de roches et d'arêtes de schiste. Il éteignit les lumières, coupa le moteur et laissa le véhicule finir sa course en silence. Tom prit ensuite une lampe Maglite grand modèle, et fit signe à Claire de descendre de voiture.

À la lueur du puissant faisceau, ils s'enfoncèrent sous un bosquet de sapins rachitiques et tordus, privés de soleil par la végétation dense qui bordait un petit lac. Tom suivit un étroit sentier, à peine une sente, sinuant entre les troncs sur le sol pelé. Claire marchait sur ses talons, trébuchant à plusieurs reprises, ses chaussures de ville n'étant guère adaptées au terrain. Au-delà du cône de lumière, les ténèbres étaient insondables. Pas la moindre portion de lune dans le ciel.

— Reste derrière moi, conseilla Tom. Fais attention.

— Pourquoi ?

— Reste derrière moi, répéta-t-il.

Ils arrivèrent finalement devant une petite maison de bois sur la rive, une simple cabane, avec un toit pentu couvert de bardeaux de bitume, çà et là, quelques plaques manquaient. La cahute était d'une facture des plus sommaires. Une petite fenêtre perçait un mur, mais un reste de store jauni interdisait d'apercevoir l'intérieur. Le toit descendait si bas que Claire pouvait toucher la gouttière. La cabane avait été peinte en blanc autrefois, des dizaines d'années plus tôt ; les restes de peinture ressemblaient aujourd'hui à des paquets de neige coincés entre les planches à clin.

— Bienvenue chez moi ! lança Tom.

— Qu'est-ce que c'est que ça ? articula Claire tout en sachant sa question ridicule : il s'agissait à l'évidence d'une cabane abandonnée au bord d'un lac perdu au fin fond du Massachusetts. Et à l'évidence aussi de la cachette de Tom, son repaire.

Elle s'approcha de lui. Tom ne s'était pas rasé depuis plusieurs jours. Il avait des cernes noirs sous les yeux. Les rides de son front paraissaient plus profondes que de coutume. Il semblait épuisé et amaigri.

Il esquissa un sourire, un sourire pâle et timide.

— Je suis un poète illuminé de New York qui a besoin d'un peu de tranquillité pour écrire. La cabane appartient au type de la station Gulf. Elle lui vient de son père, mais le vieux est mort depuis plus de vingt ans et ils ne viennent jamais ici. J'avais repéré l'endroit il y a quelques années au cas où une retraite précipitée se révélerait indispensable. Lorsque j'ai appelé le type il y a quelques jours, il était ravi des cinquante dollars par semaine que je lui proposais pour sa bicoque.

— Tu avais repéré les lieux ? Tu t'attendais donc à ce qui s'est passé ?

— Oui et non. Une part de moi pensait que cela ne se produirait jamais, mais une autre était moins confiante.

— Tu ne t'es pas demandé ce qui risquait d'arriver à Annie et à moi ?

— Claire, si j'avais su qu'une telle chose allait se produire, j'aurais pris le large depuis longtemps. Crois-moi. — Tom ouvrit la lourde porte qui grinça sur ses gonds. Il n'y avait pas de serrure. — Entre, dit-il.

À l'intérieur, le plancher de pin semblait vieux et plein d'échardes. Un poêle à bois trônait dans un coin ; sur le dessus, une boîte d'Ohio Blue Tip, des allumettes de campagne. L'air était enfumé et parfumé de senteurs de bois. Tom avait fait de cette cahute une vraie maison. Un petit lit de camp était installé le long d'un mur, avec une vieille couverture de laine vert bouteille. Sur une petite table branlante s'empilait de la nourriture, une boîte d'œufs, un paquet de pain de mie à moitié vide, quelques boîtes de thon, et d'autres objets qu'elle ne reconnut pas. Elle en souleva un ; une chose marron clair de forme ovale de la taille d'une paire de jumelles avec un œilleton à une extrémité.

— Qu'est-ce que c'est ? demanda-t-elle.
— Un petit gadget que j'ai récupéré dans un surplus de l'armée.
— Et à quoi ça sert ?
— Protection. Sécurité.

Elle n'insista pas.

Le son d'un petit avion en altitude rompit le silence du lac.

— Je ne viendrais pas passer ma retraite ici ! lança Claire.
— Il y a un aérodrome pas très loin. Je crois que nous sommes sous leurs couloirs. Oublions ça...

Il l'enlaça, et la serra si fort qu'il faillit lui faire mal. Une fois encore, Claire prit conscience de la force qui se cachait dans ces bras si tendres.

— Merci d'être venue, murmura-t-il en l'embrassant à pleine bouche.

Elle se dégagea de son étreinte.

— Qui es-tu ? demanda-t-elle d'une voix sourde, avec défiance. *Tom ? Ron ?* Lequel des deux ?
— Cela fait si longtemps que je n'ai pas été Ron... répondit-il. Et ce n'est pas un souvenir heureux, crois-moi. Avec toi, j'ai toujours été Tom. Alors appelle-moi Tom.

— Très bien, *Tom*, reprit-elle avec un dégoût dans la voix, qui es-tu vraiment ? Parce que avec tous tes mensonges je ne sais plus que penser de toi. C'est vrai, tout ce qu'ils racontent ?

— Comment veux-tu que je le sache ? Je ne sais pas ce qu'on dit sur moi...

— Tu ne le sais pas ? répéta-t-elle en haussant la voix... En attendant, ils m'en ont appris plus à ton sujet que toi pendant toutes ces années de vie commune.

— Claire...

— Si tu me disais la vérité, pour une fois. Tu ne crois pas qu'il est grand temps ?

— Je voulais te protéger, Claire.

Elle lâcha un rire sarcastique qui claqua comme un coup de fouet dans la cabane.

— Ça, c'est la meilleure ! Tu m'as menti à la seconde même où tu m'as rencontrée ! Et c'était pour me protéger ? Ben voyons ! Que je suis sotte de ne pas m'en être rendu compte. Quel gentleman tu fais ! Quelle âme chevaleresque ! C'est trop gentil de ta part. Merci pour moi et pour Annie, merci pour ces trois années de mensonges, que dis-je, pour ces *six années* de mensonges. Merci pour tout !

— Claire, mon amour... articula-t-il, cherchant à l'enlacer de nouveau.

Au moment où les bras de Tom se refermaient sur ses épaules, Claire lui décocha un grand coup de genou dans l'entrejambe. Le coup fit mouche.

— Lorsque je t'ai rencontrée la première fois, j'étais seul, déprimé, et je gagnais ma vie en m'occupant du portefeuille des autres. J'avais été obligé de monter ma propre boîte, ma propre affaire, parce que si on se penchait sur mes antécédents professionnels, on aurait tôt fait de découvrir que tous les gens avec qui j'étais censé avoir travaillé étaient sortis du circuit. Qui aurait embauché un type qui porte ainsi la poisse ? — Il esquissa un sourire affligé. — Cela faisait déjà six ans que j'avais disparu de la circulation, que j'étais devenu Tom Chapman, mais je continuais à regarder derrière mon épaule chaque fois que je sortais dans la rue. J'étais persuadé qu'ils allaient me retrouver, parce qu'ils ne sont pas nés de la dernière pluie, Claire. Ce sont des spécialistes, des méchants, des tueurs, aucune loi ne les arrête.

— Qui ça « ils » ?

— Je travaillais dans une unité secrète du Pentagone, une branche des forces spéciales. Un GISD.

— Un quoi ?

— Un Groupe d'Intervention Secret-Défense, douze bonshommes surentraînés des Forces spéciales, envoyés en mission clandestine, chaque fois que le gouvernement, la CIA ou le Pentagone voulait intervenir, de façon secrète, et illégale, dans telle ou telle région du globe, en se garantissant impunité et anonymat.

Tom avait pris place sur le bord du lit de camp, Claire à côté de lui, assise en tailleur.

— Va moins vite, Tom, pour l'amour du ciel !

Mais Tom ne semblait guère enclin à ralentir. Il ne cessait de parler, d'un ton curieusement monocorde.

— Officiellement, l'unité n'existe pas. Elle ne figure dans aucun dossier, aucune liste. Pas la moindre archive la concernant. Nous étions grassement subventionnés par la fameuse caisse noire du Pentagone, celle qui leur sert à toutes les corruptions. Nous étions officiellement la brigade 27, mais on se surnommait entre nous le Buisson Ardent. À notre tête, un fou, un type corrompu, le colonel Bill Marks. William O. Marks.

— Ce nom ne m'est pas inconnu, souffla-t-elle, prise d'une sorte de vertige.

Tom renifla avec dégoût.

— Il est général en chef de l'armée de terre. Un membre du grand état-major. En 1984, lorsque le gouvernement Reagan menait une guerre secrète en Amérique centrale...

— Tom, attends un peu... Il faut que tu commences par le début. C'est trop soudain, trop bizarre ; je n'y comprends rien. Passons déjà en revue ce qui est vrai et ce qui ne l'est pas. Tu as été à l'université, oui ou non ? Tu as travaillé comme courtier, oui ou non ? Ou tout ça n'est aussi que pures chimères ?

— Très bien, reprenons tout depuis le début, répondit-il en hochant la tête. Il y a un peu de vrai dans tout ce que je t'ai raconté. Mais je suis né dans la banlieue nord de Chicago et j'y ai passé toute mon enfance. Le divorce de mes parents est vrai, ainsi que le refus de mon père de me payer des études. On était en 1969, je te le rappelle. Si tu n'étais ni marié, ni à l'école, ni affublé de grosses tares, on t'envoyait illico au Viêt-nam. C'est donc ce qui m'est arrivé. C'est par pur hasard que je me suis retrouvé dans les Forces spéciales... après mon service au Viêt-nam, ils m'ont envoyé à Fort Bragg ; c'est là que j'ai intégré le Buisson Ardent. Je ne me débrouillais pas trop mal... avec le recul, j'ai honte de le dire, mais je croyais en mon boulot. Il y avait une réelle motivation, une vraie émulation : on faisait le sale boulot de l'Amérique parce que ces chiffes molles du gouvernement n'avaient pas les tripes de se mouiller.

Claire le regarda d'un air perplexe. Tom sourit.

— C'est du moins ce que je croyais à l'époque. Dans les années quatre-vingt, la CIA et le ministère de la Défense étaient mouillés jusqu'au cou en Amérique centrale. La CIA éditait des manuels pour apprendre à ses agents là-bas les arcanes de la torture.

Elle hocha la tête en silence... cette histoire de manuel avait fait scandale à l'époque.

— L'administration Reagan voulait à tout prix renverser les communistes là-bas. C'était son obsession. Mais le Congrès n'avait déclaré la guerre à personne ; officiellement, nous n'étions pas engagés dans la guérilla. Nous étions de simples conseillers. Notre unité fut donc envoyée là-bas, en tenue « dégriffée », pour que l'on ne puisse pas identifier notre provenance, dans le but d'entraîner les guérilleros nicaraguayens au Honduras et d'aider le gouvernement du Salvador. Le Département d'État de Reagan jongla adroitement avec le droit international pour rester dans la légalité et prétendit ne pas avoir à avertir le Congrès que la CIA et le Pentagone avaient des unités de combat là-bas puisque nous étions de simples brigades antiterroristes et que notre présence ne constituait en rien une violation de territoire.

« Un jour, donc, le 19 juin 1985, dans ce quartier chaud d'El Salvador appelé la *Zona Rosa,* un groupe de marines, hors service et en civil, dînaient dans un des innombrables estaminets du secteur. Soudain un camion s'est garé et une bande de types a sauté de la plate-forme, mitraillette au poing, et a ouvert le feu. Ce commando urbain parvint à tuer quatre marines, deux hommes d'affaires américains et sept Salvadoriens, avant de prendre la fuite. Un vrai massacre.

« À la Maison-Blanche, ils devinrent fous furieux. Nous avions un accord avec les guérilleros révolutionnaires du Salvador stipulant qu'ils ne devaient pas prendre pour cible des Américains. Et voilà qu'il y avait ce bain de sang. Il y eut une cérémonie à la base d'Andrews, où les corps des quatre marines avaient été rapatriés. Reagan voyait rouge. Il fallait *raser chaque montagne, assécher la moindre rivière* — tu te souviens de son style, son penchant pour la grandiloquence —, bref, retrouver ces salauds et faire justice.

Claire acquiesça, les yeux clos.

— Ce qu'il n'a pas dit, en revanche, c'était que les ordres étaient déjà passés. Coincez ces enculés. Chopez les types qui ont fait ça. « Éradication totale » comme ils disent, ce qui signifie : tuez-les tous, jusqu'au dernier. Le Buisson Ardent s'en alla donc dénicher les meurtriers. D'après nos services de renseignements, le commando en question, un groupuscule gauchiste nommé le FMLN, était posté dans un village à la périphérie de San Salvador. Un village minuscule, des huttes de chaume, des cabanes... Manque de chance, l'info était fausse. Il n'y avait pas le moindre guérillero là-bas. Juste des civils, des vieillards, des femmes, des enfants. Pas de vilains terroristes cachés sous les lits, mais voilà, on était là pour réclamer notre part du sang.

Claire fixait Tom du regard, avec une lueur presque farouche dans les yeux.

— C'était le milieu de la nuit. Le 22 juin. Le village dormait, mais on nous a ordonné de réveiller tout le monde, de tirer les habitants hors de leur lit et de fouiller les huttes, à la recherche d'armes éventuelles. J'inspectais une maison à la recherche d'éventuelles caches de munitions à l'autre bout du village lorsque j'ai entendu la fusillade.

Des larmes roulaient sur les joues de Tom ; il baissa la tête, les poings serrés.

— Tom ? souffla Claire, en le dévisageant. Ça va ?

— Le temps que j'arrive là-bas, ils étaient tous morts.

— Qui ça « ils » ?

— Les femmes, les enfants, les vieillards...
— Comment ont-ils été tués ?
— À la mitrailleuse... — Tom avait la tête toujours baissée, le visage déformé par la colère, un masque de haine, les yeux fermés, mais les larmes ne tarissaient pas, continuaient de rouler sur ses joues. — Des corps étalés partout, baignant dans leur sang.
— Qui a fait ça ?
— Je... je ne sais pas. Personne n'a rien dit.
— Combien de victimes ? demanda-t-elle à voix basse.
— Quatre-vingt-sept, souffla-t-il.
Claire ferma les yeux à son tour.
— Oh ! Seigneur, murmura-t-elle. — Elle se mit à se balancer d'avant en arrière, répétant à voix basse : — Oh ! Seigneur, Seigneur...
Tom, les poings serrés, le visage écarlate, pleurait en silence comme un enfant.

13.

Ils restèrent un long moment sans rien dire.
Finalement, ce fut Tom qui prit la parole :

— L'unité fut rappelée à Fort Bragg pour faire son rapport. La nouvelle s'était répandue comme une traînée de poudre. Il y aurait des sanctions. — Tom s'essuya le visage et se frotta les yeux. — Le colonel nia avoir donné l'ordre de tirer, et il demanda à ses hommes de raconter la même version que lui lorsqu'ils seraient interrogés par le CID, le service des affaires criminelles de l'armée. Ils m'ont donc fait porter le chapeau. Ils ont tous dit que j'avais perdu les pédales, pété un boulon, que c'est moi qui avais tué tous ces gens... Comme j'étais à l'autre bout du village et que j'avais refusé de mentir pour le couvrir, Marks a eu peur que je ne sois le maillon faible de la chaîne, maillon par lequel la vérité risquait d'éclater. Alors il a tourné les armes contre moi. Il a demandé à tout le monde de me charger. J'étais si naïf. Je n'avais pas la moindre idée de ce qui allait me tomber dessus.

— Comment ça ?

— Marks a été blanchi, et j'ai été poursuivi pour meurtre, quatre-vingt-sept homicides volontaires. Et tous ceux qui refusèrent de marcher dans la combine périrent, un à un, soit morts suicidés dans leur cellule, soit victimes d'accidents de voiture. Je savais que j'étais le prochain sur la liste, parce que le Pentagone voulait étouffer toute l'affaire. Tu vois le topo, n'importe lequel d'entre nous aurait pu faire chanter les pontes du Pentagone, parce qu'on savait que tout le commandement était mouillé dans le massacre.

— Alors tu t'es enfui.

— Ce n'était pas très compliqué. J'ai soudoyé l'un de mes gardes, un MP, en lui demandant d'aller me chercher un Coca, et j'ai disparu.

— Comment as-tu fait ?

— Nous avons été formés pour ça, Claire. Il s'agit des mêmes astuces que celles qu'utilisent les fédéraux lors des programmes de protection de témoins. J'ai pris un car pour le Montana et j'ai obtenu une carte d'assuré social, ce qui est un jeu d'enfant une fois que tu as eu accès aux registres de naissances et de décès, registres qui sont publics. À partir de là, tu peux avoir tous tes autres papiers. Je me suis organisé mon propre programme de protection. J'ai disparu de la surface de la terre, pour réapparaître métamorphosé, une nouvelle personne à part entière. Mais crois-moi, je vivais dans la terreur. Je faisais des boulots minables, plongeur, cuistot, mécanicien, tu vois le genre. Et je me suis payé de la chirurgie esthétique. J'ai fait changer la forme de mon nez et de mon menton, insérer des implants dans mes fossettes. Ils ne peuvent pas t'offrir un nouveau visage, mais ils peuvent te modifier l'ancien jusqu'à le rendre méconnaissable. Lentement, pas à pas, j'ai commencé à me forger un passé. Les faux dossiers médicaux sont les plus simples à réaliser — n'importe quel médecin traitant les accepte, sans douter un seul instant de leur authenticité. Les dossiers scolaires, en revanche, sont plus délicats, les fédéraux, d'ordinaire, convainquent un directeur d'école d'insérer de faux dossiers dans les archives, contre rémunération substantielle et reconnaissance éternelle du pays ; je ne disposais évidemment pas de ces moyens de persuasion... Ma nouvelle identité, toutefois, se devait d'être au-dessus de tout soupçon, j'avais entendu qu'il y avait une prime de deux millions de dollars sur ma tête.

— Offerte par qui ? Le Pentagone ?

— Non, pas de façon aussi directe. Du moins pas officiellement. L'offre émanait des autres membres du Buisson Ardent. Des survivants.

— Y compris le colonel Bill Marks ?

— Le général Marks, aujourd'hui, rectifia Tom. Un général à quatre étoiles. Je suis le seul hors des murs à être au courant du massacre. Si jamais cette histoire s'ébruite...

— Et alors ? C'est de l'histoire ancienne. Les faits datent de treize ans...

— Si on apprend que le général en chef de l'armée de terre, membre du grand état-major, a ordonné le massacre de quatre-vingt-sept Salvadoriens civils, hommes, femmes et enfants confondus, et a tenté d'étouffer l'affaire, cela risque de faire tache.

Claire hocha la tête.

— Voilà pourquoi j'étais sur le fichier central de la police. Si jamais je réapparaissais quelque part, que l'on relève mes empreintes digitales pour une broutille judiciaire ou pour toute autre raison, mon compte était bon. La police locale ne savait pas ce qu'elle faisait lorsqu'elle a entré mes empreintes dans le système, mais le mal était fait. Le Pentagone a été alerté, et ils ont envoyé le FBI sur le coup. Si je m'étais douté qu'ils avaient archivé mes empreintes sur informatique, je serais parti aussitôt pour vous protéger, toi et Annie. Le Pentagone veut me mettre à l'ombre jusqu'à la fin de mes jours, et pas mal d'autres gens souhaitent ma mort.

— Qui donc était Nelson Chapman ?

— Un ami. C'était le père d'un vieux camarade de l'armée. J'avais sauvé la vie de son fils, un jour. Il voulait m'aider à m'en sortir. Il m'a aussi donné de l'argent pour monter mon cabinet d'investissement. J'ai doublé sa mise en quatre mois.

— Combien de temps penses-tu pouvoir te terrer ici ?

— Aucune idée. Pas longtemps. Je vais finir par attirer l'attention.

— Personne ne m'a suivie jusqu'ici, j'en suis sûre.

— Tu as été géniale. Tu t'es débrouillée presque comme une pro !

— Je n'ai fait que suivre tes instructions. Et pour le message e-mail que tu m'as envoyé ? Ils peuvent remonter la piste ?

— Aucun risque. J'ai envoyé le message à un serveur finlandais. J'ai là-bas une boîte aux lettres anonyme ; il s'agit d'une petite société privée que je paye par mandat. Je me suis connecté à ce serveur par l'intermédiaire d'un portable acheté d'occasion et me suis branché dans une cabine téléphonique. J'ai préféré garder le coup du coursier pour après...

Sa voix s'éteignit. Claire se tourna vers Tom, lui posa les mains sur les genoux et le regarda dans les yeux :

— Tom, tu m'as menti pendant plus de six ans. Je ne sais plus ce que je dois croire à présent.

— Nom de Dieu, pourquoi t'ai-je menti, à ton avis ? lança-t-il avec colère. Qu'est-ce que tu voulais ? Que je te dise : « Au fait, Claire, je ne suis pas Tom Chapman de Californie, mais Ron Kubik de l'Illinois.

Je n'ai pas tout le temps été un conseiller financier, j'étais autrefois un spécialiste des missions militaires secrètes et je suis en ce moment en cavale. Dernier petit détail : j'ai dû recourir à la chirurgie plastique, et le visage que tu as devant toi n'est pas celui avec lequel je suis né » ? C'est ça que tu voulais entendre ? Et bien entendu, tu m'aurais répondu : « Ah oui ? Passionnant. Et qu'est-ce qu'on mange à dîner ? »

— Pas au début, bien sûr... mais un peu plus tard, une fois mariés — tu aurais pu essayer de te confier, d'être honnête avec moi ?

— Peut-être que je l'aurais fait ! lança-t-il presque en criant. Peut-être ! Comment veux-tu que je le sache ? Nous sommes mariés depuis trois ans, ma chérie. C'est si peu ! je l'aurais fait sans doute, lorsque le temps serait venu. Mais à chaque fois je te regardais, toi et ta fille, *ma petite fille*, je me disais, « la chose la plus importante au monde aujourd'hui est de leur donner du bonheur, de les protéger ». Je savais qu'à l'instant même où je te dirais la vérité, tu serais en danger, tu devenais une cible potentielle. Les gens parlent, les nouvelles se propagent... je ne voulais pas te faire courir ce risque. Mon seul but était de te protéger !

Il l'enlaça et voulut l'embrasser, mais elle détourna la tête.

— Que voulais-tu que je fasse ? souffla-t-il.

— Je ne sais pas quoi dire.

Il glissa une main sous son chemisier et lui caressa un sein. Elle le repoussa.

— Ma chérie... articula-t-il d'une voix plaintive.

Claire était le siège d'émotions contradictoires. Elle ne savait plus que penser. Elle se sentait attirée par lui, irrésistiblement, et cependant, une force lui intimait de lui résister. Finalement, elle ferma les yeux et l'enlaça. Tom se mit à embrasser doucement la naissance de son cou, l'arrondi de son épaule, puis la courbe de ses seins...

— J'ai faim ! lança-t-elle. Je n'ai pas dîné.

Ils étaient nus, enlacés sur le petit lit de camp.

— Il est trois heures du matin, annonça Tom en consultant sa montre. Que dirais-tu d'un petit déjeuner ?

— Avec plaisir !

Un autre avion vrombit au-dessus de leurs têtes.

— Pas étonnant que le lac soit désert !

— Au bout d'un moment, tu ne les entends même plus, répondit-il en se dirigeant vers le fourneau. Nous avons des œufs et des toasts.

— Pain de mie brioché ?

— Désolé. Juste du pain blanc. — Il s'agenouilla, alluma le feu, veillant à ce que les bûches prennent bien. — Ça y est, annonça-t-il finalement avec un sourire de satisfaction.

— Il ne fait pas chaud, dit-elle en enfilant l'une des chemises de coton de Tom.

— Tu as raison ! reconnut-il en passant un jean et un T-shirt. Il retourna vers le fourneau, posa quatre tranches de pain sur la fonte, jeta une noix de beurre dans une poêle et cassa quatre œufs, qui crépitèrent et emplirent la cabane d'un fumet délicieux.

— Où te laves-tu ? demanda-t-elle.

— Devine.

— Dans ce lac glacé ?

Il acquiesça. Soudain, il tourna la tête.

— Claire ?

— Quoi ?

— Tu n'entends rien ?

— Ne me dis pas qu'il y a des bêtes dehors...

— Chut... Écoute.

— Qu'est-ce que tu fais ? demanda-t-elle en le voyant se diriger vers la porte et l'ouvrir avec précaution. Tom ?

— Chut... — Il regarda à droite à gauche, scruta les environs de la cabane. — J'ai entendu quelque chose.

Il enfila une paire de vieilles Reebok que Claire ne lui connaissait pas et sortit. Elle lui emboîta le pas.

Il s'immobilisa et scruta le ciel. Claire percevait à présent un bruit de moteur, un bruit différent de celui d'un avion : un bourdonnement aigu, une sorte de sifflement, qui s'amplifiait. Soudain, un autre son se fit entendre, trop reconnaissable celui-là : le *tchac-tchac* de pales d'hélicoptère.

— Ils ont dû placer un émetteur dans la Lexus, annonça-t-il en continuant à sonder le ciel du regard.

— Mais j'ai fait comme tu m'as dit. J'ai tout inspecté...

Il secoua la tête.

— Je n'aurais pas dû te faire venir ici. Et encore moins te laisser garer la Lexus aussi près. Ils ont dû faire de gros progrès en matière d'émetteurs depuis mon époque, tu n'avais aucune chance de le repérer.

Soudain, une série de déflagrations retentit quelque part dans la végétation, de petites explosions comparables à des tirs de feu d'artifice.

— Mon Dieu, Tom, qu'est-ce que c'est ?

— Mes petites farces et attrapes. Rentrons vite !

— Quoi ?

Le bruit du rotor de l'hélicoptère se fit de plus en plus présent, emplissant le ciel au-dessus de leurs têtes. Soudain une lumière aveuglante tomba des cieux. Claire leva les yeux. La lumière provenait de l'hélicoptère, illuminant tout le secteur. Elle battit des paupières, tentant de s'acclimater à la soudaine clarté.

— Vite ! lança Tom en l'entraînant vers la cabane.

Il ferma la porte derrière lui.

— Couche-toi au sol ! ordonna-t-il en lui prenant le bras.

— Mais...

— Fais ce que je te dis !

Elle s'exécuta et s'allongea sur le plancher grossier.

— J'ai truffé le secteur de pièges. Des fils à pétard, tendus entre les arbres. Ils ne s'attendaient pas à ça. C'était mon système d'alarme personnel.

Avant qu'elle ait pu dire quoi que ce soit, une voix amplifiée par un mégaphone retentit dans la nuit.

— *Ici les agents fedéraux ! Sortez les mains en l'air et jetez vos armes !*

— Tom ? Qu'est-ce qu'on fait ? geignit-elle d'une voix étouffée, le visage plaqué sur les planches de pin.

Tom ne répondit pas. Il cherchait une parade...

— Tom ?...

— Ils ne donneront pas l'assaut, pas tant que tu es ici du moins, déclara-t-il. En outre, ils ignorent si je suis armé ou non. Ils nous ont encerclés, mais ils ne viendront pas plus près.

— Qu'est-ce qu'on fait ? insista-t-elle.

— Je m'occupe de ça, Claire.

Il s'approcha de la fenêtre, saisit l'objet ovale qu'elle avait remarqué un peu plus tôt sur la table, et le pointa vers le ciel, l'œil collé au viseur.

— Tom ? Qu'est-ce que tu fais ?

— C'est un télémètre à laser, provenant d'un tank, répondit-il.

— Où diable as-tu trouvé ça ? demanda-t-elle en

tentant d'apercevoir ce qui se passait derrière les fenêtres.

La voix métallique résonna de nouveau :

— *Ici le FBI. Nous avons un mandat d'arrêt contre vous. Sortez dans le calme et il n'y aura pas de blessé.*

— Cela vient d'un surplus de l'armée à Albany, répondit Tom. Dix mille dollars. Le laser va aveugler le pilote pendant un temps ; il faut que je touche l'œil. C'est un vieux truc des Forces spéciales. Nous n'avons pas le choix. L'hélico est leur avant-poste. Il faut le mettre HS.

— *Sortez les mains en l'air !*

Tom appuya sur un bouton.

— Je l'ai eu ! lança-t-il.

Claire observa l'hélicoptère. Le bruit du moteur se fit plus fort. L'appareil oscilla de droite à gauche comme un bateau ivre et soudain il prit de l'altitude et disparut, emportant avec lui sa lumière.

La cabane fut de nouveau plongée dans les ténèbres, le bruit des pales s'éloigna et s'évanouit dans la nuit.

— Le pilote s'est pris le faisceau. N'y voyant plus rien, il a paniqué et le copilote a pris les commandes pour battre en retraite. Ils ne risquent pas de revenir ! Ce ne sont pas des kamikazes. Reste nos amis dehors, mais mon petit tour a dû les refroidir un peu.

Une nouvelle voix métallique résonna devant la cabane.

— *Rendez-vous, vous êtes cernés. Sortez les mains en l'air !*

— Ne bouge pas, Claire.

Elle releva la tête. Tom se tenait dans l'ombre, sondant l'obscurité par la fenêtre ouverte.

— Et maintenant ?

— J'en fais mon affaire. Le mode opératoire dans

ces cas-là est de négocier. Nous allons les laisser parler.

— *Il vous reste dix secondes*, annonça la voix avec une lenteur délibérée. *Sortez les mains en l'air et personne ne sera blessé. Vous n'avez pas le choix. Vous êtes cernés. Il vous reste six secondes...*

— Seigneur, Tom, qu'est-ce qu'on va faire ?

— Ne t'inquiète pas, ma chérie. Ils ne vont pas nous tirer dessus.

— *Trois secondes... Sortez tout de suite ou nous ouvrons le feu.*

— Tom !

— C'est du bluff.

Soudain il y eut des déflagrations étouffées, une série de *shtompf*. Terrifiée, Claire rampa au sol et s'approcha de l'une des fenêtres ouvertes. Elle s'aperçut que des projectiles avaient été lancés au pied des murs.

— Des grenades, annonça Tom avec calme.

— Oh, mon Dieu ! s'écria-t-elle.

Chaque grenade émettait un nuage de fumée.

— Des grenades à gaz, expliqua Tom. Pas explosives. Des gaz incapacitants. Merde !

Claire se sentit soudain comateuse, prise d'une fatigue irrépressible, puis ce fut le trou noir.

# DEUXIÈME PARTIE

14.

Base des marines de Quantico, Virginie.

La grille d'acier, peinte en gris réglementaire, glissa lentement sur ses rails. Un marine montait la garde. Le sol était recouvert de linoléum vert pâle ; les pas de Claire se perdaient en écho dans le couloir. Le portail se referma derrière elle, avec un bruit métallique qui lui serra le cœur. Un panneau rouge au mur annonçait AILE B. Les murs de béton dans cette partie de la prison militaire, le quartier de haute sécurité numéro un, étaient peints en blanc. L'aile abritait violeurs et meurtriers. Des caméras de surveillance braquaient leurs objectifs tous azimuts. L'officier de garde escorta Claire jusqu'à une porte marquée BLOC B ; il l'ouvrit. Il était huit heures et demie du matin.

Une autre sentinelle se mit au garde-à-vous. Claire fut alors conduite dans une pièce réservée aux visiteurs, tapissée de baies vitrées et contiguë aux cellules. On lui désigna une chaise bleue, devant une table de réunion. Elle s'y assit et attendit dans le froid.

Quelques minutes plus tard, un tintement de chaînes annonça l'arrivée de Tom.

Flanqué de deux gardes à la stature impressionnante, Tom fut amené dans la pièce, vêtu seulement d'un caleçon gris de l'armée. Il avait des menottes aux poignets, des fers aux pieds reliés à une chaîne qui lui ceignait la taille. On lui avait rasé le crâne ; il grelottait.

Claire ne put retenir ses larmes.

— Merci d'être venue, articula-t-il.

Elle se leva d'un bond.

— Qu'est-ce que cela signifie ? lança-t-elle à l'un des gardes qui la regardaient d'un air impassible. Où sont ses vêtements ?

— Mesure de prévention contre les tentatives de suicide, m'dame, répondit-il.

— Je veux qu'on lui donne des vêtements dignes de ce nom ! Et tout de suite !

— Pour ça, il faut passer par le commandant, m'dame, rétorqua l'autre garde.

— Allez lui en parler sur-le-champ ! Cet homme a des droits ! rétorqua Claire.

Ils ramenèrent Tom, cette fois vêtu d'un jogging bleu clair, de la prison. Il était toujours enchaîné, ce qui l'obligeait à faire de petits pas mal assurés pour s'approcher d'elle. Les yeux encore brillants de larmes, elle l'enlaça. Il ne put la prendre dans ses bras en retour, à cause de ses chaînes.

— Retirez-moi ces menottes ! lança-t-elle.

— Juste une main, alors, répondit un garde. Ordre du commandant.

Tom s'assit sur une chaise, face à Claire. Un garde se tenait près d'eux. Une caméra les surveillait depuis un coin de la pièce, d'autres gardes les observaient derrière les baies vitrées.

Ils restèrent un moment silencieux. Tom portait un badge d'identification, avec sa photo en noir et blanc, son nom *(Ronald M. Kubik)*, son numéro de Sécurité sociale et la date de son incarcération, la date d'aujourd'hui. Une bande noire annonçait : DÉTENU ; une autre, rouge, précisait MAX., pour surveillance maximale.

— Tout est ma faute, articula Claire.

— Comment ça ?

— Tout ça, répondit-elle en faisant un geste circulaire de la main. Tu sais bien... la voiture...

— Jamais tu n'aurais pu trouver leur mouchard. C'est moi qui ai eu tort. Je n'aurais pas dû te laisser approcher du lac.

— Ils n'ont pas traîné.

Il acquiesça en silence.

— Te voilà de nouveau soldat ! lança-t-elle en tentant de prendre un ton léger.

Tom hocha la tête. Il tendit sa main libre au-dessus de la table et serra la main de Claire.

— Sans blague, tu as réintégré ta compagnie de choc, sur le papier du moins. Après treize ans d'absence, tu as repris du service. Et la bonne nouvelle, c'est que tu vas toucher une solde ! — elle lui lança un sourire contraint.

— Comment va ma petite fille ? demanda-t-il.

— Elle va bien, mais tu lui manques. Elle dormait encore quand je suis partie ; c'est Jackie qui va l'emmener à l'école. C'est le dernier jour de l'année scolaire.

— Se lever aussi tôt doit être une torture pour la pauvre Jackie ! lança-t-il avec un sourire malicieux.

— C'est le branle-bas de combat à la maison. J'ai pris le premier avion, ce matin.

— Tu rentres à Boston aujourd'hui ?

— Ça m'étonnerait.

— Où vas-tu coucher ?

— Il y a un Quality Inn, juste à côté de la base.

— De quoi suis-je officiellement accusé ?

Pour la première fois, Claire s'aperçut à quel point l'isolement de Tom était total. Un DC 9 des fédéraux l'avait transféré aussitôt à Quantico par vol spécial ; il s'était alors retrouvé nu comme un ver, dépouillé de toutes ses affaires, le crâne tondu, photographié sous toutes les coutures, puis incarcéré dans la cellule 3 du Bloc B, avec pour tout vêtement un caleçon de l'armée. On ne lui avait donné aucune information, évidemment. Tout ce que Claire avait pu apprendre, c'était qu'ils avaient été victimes d'un nouveau gaz incapacitant, une molécule mise au point après le fiasco du FBI à Waco. Les grenades libéraient un produit contenant son propre antidote ; sitôt que Claire et Tom eurent perdu connaissance, l'antidote passa à l'action et commença à les réveiller. Au bout d'une heure, ils étaient tous deux sortis de leur léthargie, quoique groggy et nauséeux.

Le FBI avait menacé Claire des pires maux : ils étaient furieux de sa petite supercherie et, au début, ils refusèrent de la laisser voir Tom. Finalement, ils cédèrent, sachant qu'ils ne pouvaient, légalement, s'y opposer. Claire avait le droit de voir son mari ; c'était aussi simple que ça. Le lendemain, elle atterrissait à l'aéroport national de Washington, louait une voiture et rejoignait la base de Quantico.

— Je ne sais pas, au juste, répondit Claire. Officiellement, tu n'es pas inculpé. Mais ils n'ont pas besoin de ça. Le système militaire est différent.

— Ils m'ont fait signer un avis de détention.

Elle fronça les sourcils.

— Ne signe rien.

— C'était juste pour attester que j'en avais pris connaissance.

— Que disait cet avis ?

— Il précisait simplement « la nature du délit ».
— À savoir ?
— La désertion. Rien d'autre. Article 85 du code pénal militaire. J'imagine qu'ils ont lancé ce chef d'accusation, il y a des années, lorsque j'ai disparu.

Elle hocha la tête.

— Ce n'est que le début. D'autres suivent. Ils t'ont lu tes droits ?
— Oui.
— Aïe ! Il faut à tout prix te trouver un avocat !
— Pourquoi pas toi ?
— Moi ? Mais je ne connais rien au droit militaire !
— Ils vont désigner un avocat militaire d'office. Lui connaîtra le système...

Elle secoua la tête lentement.

— Ça ne suffira pas. Il nous faut trouver un autre avocat, quelqu'un hors du système, mais qui connaît parfaitement la maison.
— Cela paraît difficile.
— Je trouverai. Ne t'inquiète pas.
— Claire, tu ne vois donc pas ce qui se trame ? Ce qu'ils comptent me faire ? Ils vont me coller en cour martiale. Une parodie de tribunal. Ça se passera sans doute à huis clos. Ils vont me déclarer coupable et m'enfermer à Leavenworth, ou dans un centre de détention secret du Pentagone, jusqu'à la fin de mes jours, des jours qui me seront comptés, parce qu'on me retrouvera rapidement mort dans ma cellule, « suicidé ».

On toqua à la porte.

— Tu veux voir ma cellule, Claire ? On peut l'apercevoir d'ici...

Le garde entra.

— C'est l'heure, annonça-t-il.
— Nous n'avons pas fini, répondit Claire.

— Désolé, rétorqua le soldat. Ce sont les ordres du commandant.

Tom tendit le doigt de sa main libre : « Regarde ! » Par la porte ouverte, Claire aperçut sa cellule, un matelas vert sur un treillis métallique, une étagère scellée au mur, une cuvette de toilette en acier.

— Claire, j'ai besoin de toi, déclara Tom.

15.

Claire resta de longues minutes assise dans sa voiture après son entrevue avec Tom, assaillie par un mélange de désespoir et de colère. Elle se sentait perdue, impuissante, ne sachant vers qui se tourner pour demander de l'aide... Au bout d'un moment, elle eut l'idée d'appeler une vieille connaissance, Arthur Iselin, grand avocat de Washington, son ancien patron et ami de longue date.

Il se libéra pour déjeuner avec elle le jour même au Hay-Adams. Iselin était associé dans l'un des plus gros cabinets de Washington. À sa sortie d'université, Claire avait travaillé chez lui comme assistante. Il était l'un des hommes les plus sages et avisés qu'elle connaisse.

Sans attendre la commande, le serveur lui apporta son plat préféré, une omelette fermière avec des toasts à l'ail qu'il s'empressa de tartiner de beurre, Iselin n'était pas un maniaque de la diététique. À une table voisine déjeunait le secrétaire général de la Maison-Blanche en compagnie d'un sénateur républicain ; Iselin, qui les connaissait tous deux, les salua de la tête.

— Il y a un vieux dicton, tu sais, commença l'avocat — il avait des yeux gris très espacés, bordés d'un réseau de rides concentriques, une grosse bouche aux lèvres gercées —, la justice militaire est à la justice ce que...

— La musique militaire est à la musique, acheva Claire. Je sais. Je sais. Mais je pensais qu'ils avaient fait des progrès depuis le Viêt-nam.

— Depuis le procès Calley[1], pour être exact. Lorsque j'étais dans l'armée, ils me disaient tous que le système militaire était de loin supérieur à celui des civils, parce que chacun des participants prenait sa mission très au sérieux. Mais je n'y ai jamais cru. Et je n'y crois toujours pas. Pour moi, les militaires font ce qu'ils veulent. S'ils ont décidé d'enfermer quelqu'un jusqu'à la fin de ses jours, rien ne pourra les en empêcher. Et c'est à mon avis le sort qu'ils réservent à ton mari.

— Sans doute, reconnut Claire.

— Et si tu me dis qu'il est innocent, c'est qu'il est innocent.

— Merci, Arthur.

— Bien sûr, ça m'est facile de dire ça. Après déjeuner, je retrouverai mon bureau et mes piles de dossiers, tandis que ta vie ne sera plus jamais la même.

— C'est juste.

Elle grignota un peu de salade. Depuis l'arrestation de Tom, elle avait perdu l'appétit.

— La première décision à prendre, et elle est de taille, c'est : porter ou non l'affaire en public ? L'histoire de Tom ferait les choux gras de la presse. Si le Pentagone s'obstine et poursuit ton mari en cour martiale, ça fera la une des journaux.

— Tant mieux, non ?

— Pas sûr. Mieux vaut ne pas brûler tout de suite

---

1. Officier américain reconnu responsable du massacre de My Lai, durant la guerre du Viêt-nam en 1968, et condamné à la prison à perpétuité. (*N.d.T.*)

son meilleur atout. Le Pentagone, de nos jours, a une peur bleue de l'opinion publique. Appeler la presse à la rescousse est une réelle menace. Sers-t'en au bon moment. Pour l'heure, moi, je garderais le secret total.

Claire hocha la tête.

— Ce n'est pas tout, poursuivit Iselin. Si tu laisses filtrer l'affaire, même si Tom est acquitté, il sera connu pour le restant de ses jours comme le boucher du Salvador. Ta petite vie de famille sera mise en charpie. À ta place, j'y réfléchirais à deux fois...

— Cela me paraît sensé.

— Tu sembles également avoir décidé de ne pas t'impliquer professionnellement dans cette affaire.
— Claire acquiesça d'un haussement d'épaules.
— Si j'étais toi, je reviendrais sur ma décision. Tu es la dernière personne qu'ils voudraient voir plaider cette affaire. Pour les militaires, les avocats civils sont des sujets imprévisibles. Oblige-les à se mouiller, l'autre atout dans ton jeu, c'est la menace d'une enquête du Congrès. Et toi, Claire Heller-Chapman, célébrité de Harvard, plus que tout autre avocat, tu leur fiches une peur bleue. Ils font dans leur froc en te voyant. C'est une chance que tu devrais saisir.
— Iselin la regarda, observa son air obstiné, puis mordit dans son toast avec entrain. — En attendant, j'ai les renseignements que tu m'as demandés, dit-il en glissant vers elle une feuille de papier.

— C'est la liste des avocats civils connaissant le système militaire ?

— Exact. Tu verras qu'elle n'est pas bien longue. Les bons avocats qui non seulement connaissent le système militaire, mais aussi le pratiquent, ne sont pas légion. Ils sont une petite poignée dans tout le pays. Il te faudra quelqu'un qui vit et travaille à proximité de Quantico, ce qui réduit encore leur nombre. Tous les avocats figurant sur cette liste ont appartenu autrefois au corps des JAG, dans l'une ou l'autre des armes. Le corps des officiers Juges Avocats Généraux.

— Je sais qui sont les JAG.

— À la bonne heure ! Comme tu vois, ils ne sont pas nombreux aux alentours de la base. Le choix est vite fait.

Elle parcourut la liste avec inquiétude.

— Il est difficile de gagner sa vie dans ce secteur d'activité, poursuivit Iselin. Du temps de la conscription obligatoire, il y avait des gosses de riches dans l'armée, et les pères étaient prêts à ouvrir leur portefeuille pour s'offrir les services d'un avocat civil. Mais aujourd'hui, c'est fini. La plupart sont fauchés comme les blés. À ta place, je choisirais ce Grimes. Il officie en solo à Manassas.

— Pourquoi lui ?

— Il est rusé comme un renard et les voies tortueuses de la justice militaire n'ont pas de secret pour lui. Mais par-dessus tout, il hait les militaires ; il a un compte à régler avec eux. Il te faut quelqu'un comme ça, quelqu'un qui a la rage au ventre. Ton affaire est délicate, tu as besoin d'un combattant de choc.

Elle lut les renseignements concernant Grimes.

— C'est un ancien JAG et il hait les militaires ? Pourquoi donc ?

— Ils l'ont forcé à démissionner voilà cinq ou six ans.

— Pour quelles raisons ?

— Je ne sais pas. Il y a eu un scandale, quelque chose comme ça. Il est noir, et je crois qu'il y avait une histoire de racisme là-dessous. Demande-lui. L'important, c'est que c'est un fouineur et un battant, et qu'il n'a qu'une obsession : prendre sa revanche.

— On devrait pourtant trouver, à Washington, de grands avocats ayant appartenu aux JAG ?

— Bien entendu. Je connais un ancien JAG qui travaille dans l'un des plus gros cabinets juridiques de la capitale, mais je te le déconseille.

— Ah bon ?

— Parce qu'il est comme moi, débordé, toujours entre deux rendez-vous, forcé de tout déléguer à ses assistants. Il te faut quelqu'un qui connaisse le système de l'intérieur et qui ait du temps libre, parce que ton affaire va être ardue et prenante. Les militaires vont poursuivre ton mari pour meurtre, tu peux en être sûre. Pour massacre, même. — Iselin leva les yeux de son café et regarda Claire. — Et pourtant, les massacres, ça les connaît !

— Tu ne connaîtrais pas une maison à louer là-bas ?

— Une maison ?

— Meublée, si possible. Cette affaire risque de durer un bon moment.

Lorsque Claire rentra dans sa chambre au Quality Inn, en face de la base de Quantico, elle s'aperçut avec surprise que l'on n'avait pas fait son lit. Lorsqu'elle appela le service de chambre, on lui répondit que pendant tout l'après-midi, l'écriteau « NE PAS DÉRANGER » était resté accroché à sa porte. Ce n'était évidemment pas elle qui l'y avait mis. Elle examina aussitôt sa valise ; on avait visiblement touché à la fermeture Éclair.

Elle se laissa tomber sur le lit défait et, plus déprimée qu'effrayée, elle commença à passer des coups de fil.

16.

— C'est un grand honneur de vous rencontrer, madame, déclara le jeune homme.

Il s'appelait Embry, capitaine Terrence Embry ; il avait vingt-sept ans et était l'avocat militaire commis d'office pour Tom. (Claire ne parvenait toujours pas à appeler son mari Ron. Il restait Tom, envers et contre tout.)

Elle sourit, accepta le compliment d'un hochement de tête poli, et versa le contenu d'un petit pot de crème allégée dans son café. Il était tôt le matin et ils s'étaient donné rendez-vous au McDonald's de la base. C'était lui qui invitait. Il l'avait appelée au Quality Inn la veille au soir pour lui annoncer qu'on venait de lui confier l'affaire et qu'il aimerait bien la rencontrer.

— Nous avons étudié votre ouvrage *Crimes et Lois* en classe de droit, poursuivit-il. J'aurais préféré avoir la joie de vous rencontrer en des circonstances moins douloureuses...

Sa voix s'éteignit et il contempla en rougissant son *Egg McMuffin*.

Terry Embry avait les cheveux roux, coupés court, la coupe réglementaire, reconnut-elle, de grandes oreilles, des yeux bleu clair et un regard fuyant. Il rougissait facilement. Il avait de longs doigts et une poignée de main franche et ferme. Il portait à l'annulaire gauche un anneau de mariage étincelant, flambant neuf. Sur le droit, une grosse bague de West Point sur laquelle était monté un saphir synthétique. À sa sortie de West Point, expliqua-t-il, l'armée l'avait envoyé à la faculté de droit de Virginie puis à l'école militaire des JAG, à Charlotte. C'était un jeune homme intelligent, Claire s'en rendit compte aussitôt, et un quasi-bleu dans le métier.

L'appétit de Claire refusait toujours de revenir. Elle but une gorgée de café.

— Cela vous dérange si je fume, capitaine Embry ?

Le jeune homme écarquilla les yeux et regarda autour de lui.

— Non, madame, pas du tout, mais je...

— Ne vous inquiétez pas, nous sommes dans la section « fumeurs », répondit-elle en ouvrant un paquet de Camel Light.

Claire sortit une cigarette et l'alluma avec un briquet Bic. Elle était furieuse d'avoir recommencé à fumer ; elle venait cette fois d'acheter un paquet et ne se contentait plus de taper sa sœur, le danger était donc sérieux, mais elle ne pouvait s'en empêcher.

Elle souffla un nuage de fumée. Il y avait peu de choses aussi répugnantes que de fumer au petit déjeuner.

— Dites-moi, capitaine Embry...

— Appelez-moi Terry.

— Très bien. Dites-moi, Terry, avez-vous déjà plaidé ?

Son visage s'empourpra dans l'instant. Claire avait sa réponse.

— C'est-à-dire, madame, que j'ai eu la charge de pas mal d'audiences préliminaires, dans des cas de détention de drogues ou d'absences injustifiées, ce genre de choses...

— Mais jamais de vrai procès.

— Non, madame, répondit-il d'un ton penaud.

— Je vois. Et ils ont déjà désigné un procureur ? Ou il est encore trop tôt.

— C'est très tôt, mais ils ont déjà nommé quelqu'un ; ce qui laisse présager qu'ils veulent un jugement en cour martiale.

Elle sourit d'un air sinistre.

— Quelle surprise ! Et qui ont-ils nommé ?

— Le major Waldron, madame. Le major Lucas Waldron.

Embry avala un gros morceau de son Egg McMuffin.

— Il est bon ce Waldron ? s'enquit-elle.

Les yeux du jeune homme s'écarquillèrent. Il tenta d'avaler rapidement sa bouchée avec force hochements de tête :

— Excusez-moi... le major Waldron... oui, madame, il est bon. Très bon. C'est sans doute le meilleur qu'ils aient dans les murs.

— Pas possible ? rétorqua-t-elle, avec un étonnement feint.

— C'est un dur à cuire, madame, si vous me passez l'expression. C'est le procureur le plus expérimenté chez les JAG. Un tueur. Il n'a pas perdu un seul procès. Jamais personne n'a été acquitté après ses réquisitoires.

— Et j'imagine qu'il ne prend pas que des procès faciles pour assurer son taux de réussite ?

— Il n'a pas cette réputation. C'est un vrai bon.

— Mon mari est le bouc émissaire idéal.

— Oui, madame, répondit poliment Embry.

— Lorsqu'on lit leurs dossiers, ça saute aux yeux.

Cela tient de la conspiration. Vous pensez être de taille ?

— Oui, madame, je serai de taille, qu'il y ait conspiration ou non.

— Cela risque de faire tache dans votre carrière, Terry. Il doit être assez mal vu de démasquer les cachotteries de l'armée.

— J'ignore ce qui est bien ou non pour ma carrière, madame.

— Laissez tomber les « madame », c'est déplaisant à la longue.

— Excusez-moi.

— Terry, je dois vous dire que je vais faire appel à un avocat civil.

Le jeune homme contempla son Egg McMuffin.

— C'est votre droit le plus strict, répondit-il. Vous voulez que je me retire de l'affaire ?

— Pas du tout.

— Dans ce cas, quelqu'un devra être l'adjoint de l'autre... — Devant le mutisme de Claire, Embry conclut de lui-même : — Et ce quelqu'un, ce sera moi. D'accord. Pas de problème.

— Dites-moi, Terry, pourquoi pensez-vous que l'on vous a désigné, vous, un parfait novice, contre le major Waldron, le champion de l'armée. À votre avis ?

— Aucune idée, reconnut-il avec une candeur désarmante. Mais ce n'est pas de très bon augure pour nous.

Claire poussa un petit grognement sarcastique.

— Ce n'est pas vous qui avez choisi cette affectation, n'est-ce pas ?

— Cela ne se passe pas comme ça dans l'armée. On va où l'on vous ordonne d'aller.

— Vous ne préféreriez pas être du côté de l'accusation ?

— Pour cette affaire ? — Il rougit de nouveau. — De prime abord, c'est mal engagé ; l'essai est d'ores et déjà accordé. Ne reste plus que la transformation.

— Par l'accusation.

— C'est en gros ce qu'on m'a dit, mais je n'ai pas creusé la question.

— C'est vous qui avez choisi la défense, ou ce sont eux qui vous y ont obligé ?

— On m'a assigné cette fonction. Tous les élèves JAG rêvent de poursuivre, et non de défendre, vous savez. Défendre de sales types n'est pas exactement le meilleur passeport dans le métier.

Le regard de Claire étincela de fureur.

— Il faut qu'une chose soit bien claire, Terry, décréta-t-elle d'un ton glacial. — Elle souffla un nuage de fumée comme un dragon ou une vamp de cinéma. — Mon mari n'est pas un sale type.

— Peut-être bien, mais en attendant, vous devriez jeter un coup d'œil là-dessus, répondit le jeune homme en sortant d'une chemise une liasse de feuillets agrafés.

Il tendit à Claire les documents.

— Qu'est-ce que c'est ?

— La liste des charges retenues contre votre mari. Ils n'ont pas traîné. Article 85, désertion. Article 90, désobéissance délibérée aux ordres d'un supérieur hiérarchique. Article 118, homicide volontaire, pour *quatre-vingt-sept* chefs d'accusation.

Il regarda Claire et secoua la tête.

Pour la première fois, la gravité de la situation de Tom, sa finalité funeste, saisit Claire. Ils voulaient vraiment sa peau. Tom pouvait être bel et bien exécuté... la peine de mort n'était pas supprimée chez les militaires.

Elle devait mouiller sa chemise elle aussi.

— Je viens de changer d'avis, lança-t-elle avec fermeté. Je vais finalement représenter mon mari. Je signe où ?

17.

À vingt minutes de Quantico, Claire gara son Oldsmobile de location rutilante sur le bas-côté de la Dumfries Road, la route à deux voies qui traversait Manassas, et vérifia encore une fois le numéro de la rue. C'était bel et bien l'adresse indiquée sur la petite liste d'Iselin ; ni Arthur, ni sa secrétaire n'avait commis d'erreur. Claire avait également joint l'avocat par téléphone et celui-ci lui avait donné la même adresse... Aucune erreur possible, donc.

Et pourtant ce qu'elle avait devant les yeux ne pouvait être un cabinet d'avocat.

C'était une petite maison jaune faite de planches à clin, presque une maison de poupée. Une *maison*, pas un bureau, qu'on aurait crue sortie tout droit du film *Bagdad Café* ; il ne manquait au tableau qu'un vieux camion délabré et une épave de voiture posée sur des parpaings. Ce ne pouvait être le bureau de l'avocat Charles O. Grimes, troisième du nom !

Après trois ou quatre passages devant la maison, Claire se résolut à s'engager dans l'allée pour sonner.

Au bout de quelques minutes interminables, la porte s'ouvrit. Un bel homme noir frôlant les cinquante ans, cheveux grisonnants, moustache poivre et sel et regard malicieux, apparut sur le seuil ; il la dévisagea un long moment sans rien dire.

— Vous vous êtes perdue, professeur ? demanda-t-il, finalement. Je vous ai vue passer devant la maison au moins quatre fois.

— Je croyais m'être trompée d'adresse, expliqua-t-elle.

— Entrez donc. Je suis Charles.

Il lui tendit la main.

— Moi, c'est Claire.

— Je sais ce que vous pensez, commença-t-il en lui faisant traverser un petit salon où trônait une immense télévision, vous vous demandez pourquoi je travaille dans ce trou à rats, pas vrai ? — Claire, sans répondre, le suivit jusqu'à un minuscule bureau couvert de faux lambris. — Il se trouve, professeur, que j'ai eu une épouse qui n'a guère apprécié que je m'envoie ma secrétaire, une charmante jeune femme qui n'avait guère la fibre du secrétariat et qui ne travaille plus pour moi depuis longtemps. Je l'ai totalement perdue de vue. Bref, ma femme m'a quitté et me demande une pension faramineuse pour les gosses ; voilà comment on se retrouve quasi clochard ! Quand je pense que j'avais une Jaguar. Une Jag pour un JAG ! Maintenant je roule dans une vieille Mercedes de troisième main. — Grimes se laissa tomber dans un fauteuil en skaï orange et croisa les mains derrière sa tête. — Asseyez-vous. Bienvenue chez Grimes & Associés !

Elle retira une pile de papiers encombrant l'unique autre siège de la pièce et s'installa. C'était le bureau le plus minable qu'il lui ait été donné de voir. Le sol était tapissé d'une moquette orange hideuse, usée jusqu'à la corde. Des papiers s'amoncelaient aux quatre coins de la pièce, certains dans des cartons, d'autres en piles instables, d'autres encore posés en équilibre sur des classeurs à tiroirs branlants. Dans un angle vrombissait un ventilateur sur pied à côté d'une machine à cirer les chaussures. Quelques diplômes décoraient les murs. Sur l'un des meubles-classeurs trônaient des trophées de bowling. Un écriteau en faux bois ancien, accroché à un mur, annonçait au visiteur, en lettres gothiques : « AVOCAT HONNÊTE ET QUALIFIÉ À VOTRE SERVICE — Dernières volontés — Legs — Contentieux — Caution — Dépôt de brevet — Consultation à partir de 25 cents — *Votre avocat est votre ami.* » Sous l'écriteau, une plaque de bois punaisée : « C. O Grimes III, Avocat ».

— Grimes & *Associés* ? s'enquit Claire. Vous ne travaillez donc pas tout seul ?

— Un vœu pieux, répondit Grimes. L'espoir fait vivre. — Son pull-over en acrylique, très années soixante-dix, empestait la naphtaline, un camaïeu psychédélique de marron, d'orange et de jaune.

— Écoutez, commença Claire, ne prenez pas mal ce que je vais vous dire... Vous m'avez d'ailleurs été chaudement recommandé. Entre autres, par Arthur Iselin.

— Comment va ce vieil Artie ?

— Bien. Très bien. Il dit que vous êtes une pointure au barreau dans le domaine du droit militaire. Cela signifie donc, en toute logique, que vous avez gagné pas mal de procès... que vous avez réussi. Or, dans mon monde, lorsqu'on est une pointure...

— ... et que l'on n'est pas trop niais, on a un beau bureau dans un gratte-ciel, c'est ça ?

— Exactement.

— Certains types dans ma branche ont ça, mais pour la plupart, ils naviguent dans d'autres eaux, droit commercial, ou grosses affaires criminelles. On ne peut pas faire fortune dans le droit militaire. Je suis obligé d'arrondir les fins de mois en vendant de l'assurance-vie. Non, je ne suis pas une grosse huile de Harvard comme vous autres. Mais si vous êtes là, c'est que l'on vous a renseignée à mon sujet et que vous avez lu mon dossier, auquel cas, vous savez que je suis un battant. Je ne gagne pas toujours, mais dans la bagarre, je suis un... teigneux.

— Pourquoi avez-vous quitté l'armée ?

Grimes hésita une fraction de seconde :

— J'ai pris ma retraite.

— Pourquoi ?

— J'en avais ma claque.

— Qu'est-ce qui s'est passé ?

— J'en avais marre, je vous dis ! répondit-il avec une pointe d'irritation. Voilà tout. À moi, maintenant, de vous poser quelques questions, si vous n'y voyez pas d'inconvénients.

— Faites.

— Arthur m'a appelé. Je connais les grandes lignes de l'affaire. À mon humble avis, vous êtes dans une sacrée merde. Les chefs d'accusation ont été arrêtés ?

Elle lui en tendit la liste ; Grimes la parcourut, levant un sourcil de temps en temps, en s'éclaircissant la gorge. Dès la seconde page, ses raclements de gorge se firent plus forts et montèrent d'une octave.

— À l'évidence, quelqu'un a été un vilain garçon, annonça-t-il.

— J'espère que c'est du second degré...

— Bien entendu, ce n'est pas lui le méchant, annonça Grimes avec un air malicieux. Je passe mon temps à dire que mes clients sont innocents, mais personne ne m'écoute. C'est pourtant la stricte vérité, la preuve, ils plaident tous non coupable !

Claire dissimula son irritation.

135

— Tom a déserté, cela ne fait aucun doute, précisa-t-elle. Mais il n'est pas un meurtrier ; il n'a pas commis ce massacre. Ils ont essayé de le lui mettre sur le dos voilà treize ans, mais Tom a été assez futé pour leur fausser compagnie. Le général William Marks, en personne, le général quatre étoiles, chef d'état-major de l'armée de terre, commandait la brigade en 1985, du temps où il était colonel. Une unité des Forces spéciales avait été envoyée au Salvador pour venger la mort de plusieurs marines américains. C'est Marks qui a donné l'ordre de tirer et de tuer les quatre-vingt-sept civils, pour une seule et unique raison : la vengeance. Tom n'y a pas pris part, il n'était même pas présent sur le lieu du drame.

Grimes hocha la tête et la regarda sans sourciller.

— Marks a dirigé une opération clandestine il y a treize ans, poursuivit-elle, et il a essayé de faire endosser la responsabilité à mon mari. Il va falloir mettre à nu le général, dévoiler au grand jour ses tentatives de dissimulation. Parce que je vais m'attaquer au mal par la racine. C'est tout le système militaire qui va sauter...

— Vous n'allez rien faire du tout, l'interrompit Grimes. Ce serait une grosse erreur. Ôtez-vous ça de la tête tout de suite, ma petite dame ! Vous allez jouer sur leur terrain, avec leurs règles. Soyez teigneuse, agressive, ne lâchez rien si vous voulez, mais n'attaquez pas l'arbitre, nom de Dieu ! Vous jouez *chez eux*. Devant leur public. Pour votre gouverne, sachez que tout civil qui a tenté en cour martiale d'attaquer les fondations du système s'est rétamé. Sans exception. Les militaires se tiennent les coudes dans ces cas-là, une vraie confrérie. Ils prennent tout ça très à cœur. On ne touche pas à leur justice ; ils ne plaisantent pas là-dessus. Vous serez surprise de voir à quel point le système militaire est comparable au système civil, et ce n'est pas un hasard. Il s'en inspire très largement. Beaucoup de points de droit se retrouvent. Vous voulez défendre votre mari, très bien, alors partez des chefs d'accusation et débrouillez-vous pour prouver qu'ils ne tiennent pas debout, exactement comme dans un tribunal civil. Vous pensez qu'on a étouffé une affaire, foncez. Attaquez le général Marks, le général Patton, le général Douglas MacArthur, le général Dwight Eisenhower, si ça vous chante ! Mais n'attaquez pas le système. Cette affaire m'intéresse beaucoup, mais je ne veux pas vous donner de faux espoirs. Si vous m'engagez, vous engagez quelqu'un qui joue selon leurs règles, il faut que vous le sachiez. Sur le terrain je suis un méchant, mais je ne cherche pas le carton rouge. Mon vrai plaisir, c'est de les battre à leur propre jeu.

Claire hocha la tête en souriant.

— Ils vous ont commis un avocat d'office ? demanda Grimes.

— C'est fait. Un jeune nommé Terry Embry, à peine sorti de l'école.

— Jamais entendu parler de lui. Il est bon ?

— C'est un bleu. Il est intelligent, bien intentionné, j'ai l'impression. Gentil, aussi. Mais un vrai novice.

— Il faut bien commencer un jour. Le Pentagone n'allait tout de même pas vous donner ses perles ! Et le procureur, *l'avocat de l'armée* comme on dit chez les militaires, il a été désigné ?

— Il s'agit de Lucas Waldron.

Grimes se laissa aller au fond de son siège et éclata de rire. Un rire tonitruant qui se mua en quinte de toux.

— Lucas Waldron ? hoqueta-t-il.

— J'en conclus que son nom ne vous est pas inconnu.

— Oh que non ! répondit Grimes lorsque sa quinte de toux fut terminée. C'est un vrai tueur, rien ne l'arrête.

— Vous vous êtes déjà mesuré à lui ?

— Deux fois. J'ai obtenu des sentences allégées, mais je n'ai jamais gagné contre lui. Quelque chose m'échappe toutefois... Pourquoi se donnent-ils la peine d'organiser un procès ?

— Ils sont bien obligés. Légalement, j'entends.

— Oh ! ils avaient d'autres solutions, et de bien plus radicales, croyez-moi sur parole. Ils auraient pu, par exemple, demander à trois psys de l'armée de déclarer votre mari fou et il se serait retrouvé illico presto enfermé dans un asile, ou un établissement fédéral pour le reste de ses jours. Vraiment, je ne vois pas pourquoi ils ont choisi la voie de la cour martiale.

— Pour faire comme vous, peut-être ? Pour respecter les règles.

Il hocha la tête lentement.

— Peut-être. Mais cela reste pour le moins étrange.

— Si je vous embauche, vous serez avocat en second.

— Derrière qui ? L'avorton ?

— Derrière moi. Embry sera au troisième rang, si toutefois je le garde. Je ne sais pas si je peux avoir confiance en quelqu'un de l'armée.

— Vous avez tout intérêt à garder votre avocat commis d'office. Lui seul a le pouvoir de citer des témoins militaires à comparaître. En outre, nous avons besoin de lui pour naviguer dans la paperasserie administrative. Sachez que l'armée est une grande procédurière. Il y a une procédure pour chaque chose, tout est consigné noir sur blanc, jusqu'à la façon dont on doit se torcher le cul.

— C'est d'accord.

— Ne le prenez pas mal, professeur. Vous voulez être le chef, pas de problème, c'est votre argent, votre mari, votre affaire. C'est vous la patronne. Mais quelque chose me dit que vous ne savez pas grand-chose sur les cours martiales.

— Vous venez de dire qu'elles suivent au plus près le droit civil.

— Vous êtes prête à avancer à l'aveuglette alors que votre mari risque la peine de mort ?

— Je comptais sur vous pour me montrer la voie.

Grimes haussa les épaules.

— C'est bon. Vous êtes la grande Claire Heller-Chapman et vos désirs sont des ordres. Vous avez votre accréditation ?

— Quelle accréditation ?

— Votre accréditation secret-défense. Croyez-moi, ils vont fermer ce tribunal à quadruple tour, le recouvrir d'une chape de béton pour que rien n'en sorte. La plupart des dépositions et pièces à conviction seront classées top secret. Voilà comment ils vont jouer la partie.

— J'aurai cette accréditation. Vous pensez que cela risque d'être compliqué ?

— Pas en théorie. Vous aurez à remplir un tas de formulaires. Ils feront une enquête de moralité à votre sujet, menée conjointement par le FBI et par les services du ministère de la Défense. Jusqu'à ce qu'ils soient certains que vous n'êtes pas une ennemie de la nation.

— Et s'ils ont des doutes ?

— Ils doivent vous donner cette accréditation. Vous

êtes l'avocate du procès. Ils n'ont pas le choix, sinon, votre mari n'aura pas à répondre à leurs questions.

— Ça peut prendre longtemps ?

— Oh, ils peuvent faire traîner ça une petite quinzaine, s'ils veulent ! En attendant, nous allons avoir besoin d'un bon enquêteur.

— J'en connais un excellent.

— Un ancien militaire ? Un ex du CID ?

— Non. Un ex-flic de Boston et ex-agent du FBI.

— Cela me semble parfait.

— Il faudra le faire venir de Boston, mais il vaut largement le déplacement. Les bons enquêteurs sont rares.

— Et dans cette affaire, ils sont le nerf de la guerre. Le combat va être rude, c'est moi qui vous le dis. Alors, qu'est-ce que vous décidez ? Je suis votre homme ou non ?

18.

À leur descente d'avion, Claire passa au cabinet d'Arthur Iselin pour récupérer les clés de la maison de location. Annie et Jackie attendaient dans l'Oldsmobile. La maison se trouvait sur la Trente-Quatrième Rue, près de Massachusetts Avenue, à deux pas du célèbre Naval Observatory. C'était une maison de ville de style nordiste, une façade de brique peinte en beige, agrémentée de volets noirs. Beaucoup de charme. Elle appartenait à l'un des associés d'Iselin, qui venait de prendre sa retraite et de déménager en Toscane pour six mois. Il demandait un prix exorbitant pour une location à si court terme, mais Claire comprit que ce n'était pas du vol lorsqu'elle gravit les marches du perron.

— Je pourrai avoir ma propre chambre ? demanda Annie.

— Bien sûr, répondit Claire.

— Et moi ? feignit de se plaindre Jackie.

— Tu auras une aile entière ! rétorqua Claire.

Dès que sa mère eut ouvert la porte, Annie s'engouffra à l'intérieur.

— Maman, maman, regarde ! C'est génial ! s'écriait la fillette tout en courant.

Claire pénétra dans le grand hall, décoré de tapis persans, de meubles anciens et de boiseries crème.

— Nous avons un sérieux problème, annonça-t-elle à Jackie. Combien de temps ces merveilles vont-elles résister à Annie ?

La maison sentait à la fois le renfermé et l'encaustique. Bien que la bâtisse dût être inoccupée depuis des mois, quelqu'un passait une fois par semaine pour faire le ménage.

Jackie posa son sac, jeta un regard circulaire autour d'elle, puis contempla le grand escalier qui s'élevait avec grâce en une spirale de balustres blanches.

— Génial ! répéta-t-elle. Tu l'as dit, Annie.

Claire donna son dernier cours et demanda à Connie de refuser tout rendez-vous. Les examens de fin d'année arrivaient ; elle se ferait envoyer les copies à Washington, pour pouvoir les corriger. Elle avait expliqué à ses étudiants qu'elle serait joignable par téléphone et leur avait donné son numéro là-bas. Elle confia à un confrère de Boston deux de ses affaires en cours. Il lui restait un appel à soutenir devant la Cour suprême, ce qui nécessiterait un petit aller-retour à Boston. Leur maison resterait vide, mais Rosa, qui avait des enfants et ne pouvait pas descendre à Washington, passerait tous les deux jours pour s'assurer que tout allait bien. Jackie, qui gagnait sa vie avec ses « pages d'écritures », pourrait travailler à Washington et, en sœur dévouée, s'occuper d'Annie.

Claire passa quelques coups de fil à des amis de Boston, leur expliquant qu'elle allait séjourner un certain temps à Washington, sans doute plusieurs mois, pour s'occuper d'une affaire dont elle ne pouvait rien dire encore. Quelques heures plus tard, alors que Claire et Jackie défaisaient leurs bagages et qu'Annie explorait la maison, découvrant d'autres pièces, d'autres trésors et cachettes, la sonnette retentit.

Un coursier de l'armée, un jeune homme noir dénommé « Lee » à en croire sa bande Velcro d'identification, se tenait devant le seuil, un gros carton dans les bras.

— Il va falloir me signer plusieurs papiers, m'dame, et me présenter une pièce d'identité.

Claire signa les reçus avec une impatience et une anxiété bien plus aiguës que celles qu'elle ressentait d'ordinaire en recevant des dossiers concernant une affaire en cours. Ces documents-là parlaient de Tom et de sa vie d'avant, son autre vie.

Le carton contenait les copies de rapports et de bilans effectués lors de son enrôlement dans l'armée, des photocopies de documents qu'elle imaginait jaunies par le temps, exhumées d'archives abyssales quelque part en Caroline du Nord (les Forces spéciales s'entraînaient à Fort Bragg). Sur la liasse était estampillé : INFORMATIONS CONFIDENTIELLES — RAPPORTS D'ÉVALUATIONS ET DONNÉES ADMINISTRATIVES. Claire posa le carton dans la bibliothèque du rez-de-chaussée, un endroit confortable en retrait des pièces à vivre qui lui servirait de bureau, et examina les copies des états de service de Tom. La plupart des rapports étaient rasoirs et sans intérêt. Toutefois, elle se força à les examiner tous attentivement. Elle découvrit sa photo d'identité, agrafée à une fiche signalétique, prise lorsque Tom était sur le point de partir au Viêt-nam. Il avait presque trente ans de moins. Un gamin de dix-neuf ans. Un visage plus jeune, certes, mais avant tout *différent*, un nez plus rond, des joues plus creuses, un menton fuyant. Si elle n'avait pas su qu'il s'agissait de Tom, elle ne l'aurait pas reconnu. Non seulement la chirurgie plastique avait modifié son visage, mais elle l'avait considérablement embelli.

Puis elle tomba sur un document dont la lecture lui figea le sang.

Charles Grimes retrouva Claire devant les portes de la prison de Quantico. Cette fois, il portait une veste et une cravate mal assortie. En plus de sa mallette, il avait apporté une grosse radio portable.

— Pourquoi cette chose ?
— Pour la musique, répondit-il laconiquement. J'ai de mauvaises nouvelles...
— Ah oui ? répondit-elle d'un ton détaché.

Plus rien ne pouvait désormais la surprendre. Ils défilèrent devant le garde, leur mallette ouverte.

— Le commandant du bataillon a bloqué les audiences de l'article 32, annonça Grimes. Elles auront lieu dans une semaine. D'ordinaire, il leur faut un mois entre l'inculpation et le 32, mais là ils ont fait vite.

— En langue terrienne ?

— Il s'agit des audiences préliminaires, avant le procès. Exigées par l'article 32 du code militaire. C'est à cette occasion que l'on évalue la gravité des faits, et que l'on décide de poursuivre ou non le prévenu en cour martiale.

— Une sorte d'audience de grand jury chez les terriens.

— Mais en mieux. Nous nous devons d'être là. Pour interroger leurs témoins, récuser leurs pièces. Il n'y a pas de jury et les débats sont dirigés par un officier d'instruction, non par un juge. C'est l'occasion de faire de précieuses découvertes, voir quelles preuves ils ont, évaluer l'épaisseur de leur dossier à notre encontre.

— Mais ils ne laisseront jamais tomber les charges contre Tom, n'est-ce pas ? Ils veulent aller en cour martiale.

— Nous avons la possibilité de renoncer à cette audience. Mais ce serait une erreur. Il nous faut savoir ce qu'ils ont dans leur musette.

— C'est dans une semaine ?

Il hocha la tête tandis que leurs pas se perdaient en écho dans le couloir de la prison. Flanqués de leur escorte, ils arrivèrent à une porte.

— Cela ne nous laisse guère de temps, admit Grimes. Eux, ils ont eu des années pour monter leur affaire. Vous avez reçu les documents ?

— Oui, et je les ai lus.

Ils s'installèrent derrière la grande table de la salle de réunion du Bloc B.

— Le rendez-vous aura lieu ici, annonça Grimes au garde. Faites venir le prisonnier. — Il se tourna vers Claire, et lui apprit qu'il avait passé des heures à éplucher le dossier de Tom. — Votre mari a eu une vie peu commune. Des expériences uniques...

Claire ne dit rien. Elle n'aurait su que répondre de toute façon. Elle jugea plus opportun de parler de l'audience à venir. Se concentrer sur la procédure, songea-t-elle. Voilà ce qu'il y a de mieux à faire.

— Vous voulez faire annuler la cour martiale ? demanda-t-elle.

— Le vouloir ? — Il posa la radio devant la porte de la salle de réunion, l'alluma et choisit une station de rap. — C'est BIG Notorious, annonça-t-il. *Life after death*. Bien sûr que je le veux ! On n'a aucune chance d'y échapper, mais je ferai tout mon possible. Tant que vous serez derrière pour payer.

— Vous êtes donc fan de musique à ce point ?

Grimes esquissa un sourire. Il avait un sourire

désarmant, souligné d'une rangée de parfaites dents blanches.

— Bien sûr que non, c'est pour les dissuader d'écouter. C'est une sale manie qu'ils ont à Quantico.

Grimes reprit place à l'extrémité de la longue table en Formica. Claire balaya du regard la pièce étroite et rectangulaire ; elle n'aperçut aucune caméra.

— Vous voyez, lança-t-il, vous l'avez eue votre accréditation. Je suis surpris, toutefois, que vous en ayez accepté les conditions.

— Pourquoi ?

— Vous autres, avocats civils, êtes plutôt chatouilleux quand on touche à vos sacro-saintes libertés individuelles ; j'étais persuadé que vous refuseriez de vous soumettre. Ils ont enquêté sur vous, vous ont contrainte à signer leur bâillon de papier, et vous voilà coincée, vous ne pouvez plus parler à l'extérieur des pièces classées secret-défense versées au procès. C'est comme si vous aviez vendu votre âme au diable.

Grimes avait raison.

— Je n'avais pas le choix, répondit-elle, si je voulais défendre Tom.

Elle vint s'asseoir à côté de Grimes.

— Vous l'appelez toujours Tom ? Par son nom d'emprunt ?

— C'est sous ce nom que je l'ai toujours connu.

— Vous pensez encore qu'il est innocent ? Après ce que nous avons lu tous les deux ?

Elle lui jeta un regard noir. Elle n'eut pas le temps de lui manifester son courroux que la porte s'ouvrait. Tom, dans son jogging bleu, se tenait devant elle, entravé et flanqué de deux gardes.

— C'est bon, retirez-lui tout ça, ordonna Grimes aux gardes. Et j'ai dit tout. Pas de menotte-souvenir cette fois ! vous direz au commandant qu'en cas de refus nous filons déposer une plainte en bonne et due forme auprès de la commission des affaires militaires du Sénat ainsi qu'auprès des sénateurs de la Virginie et du Massachusetts et que nous demandons illico, à son encontre, une enquête parlementaire ; votre commandant va se retrouver submergé par un raz de marée de paperasseries, c'est moi qui vous le dis !

Tom restait immobile, regardant Grimes avec curiosité.

— Entendu, Mr. Grimes, répondit l'un des gardes.

Ils se retournèrent et firent sortir Tom de la pièce.

Grimes éclata de rire, un gloussement inextinguible.

— J'adore menacer ces types, lança-t-il. Où voulez-vous que ce pauvre type aille ? On est au milieu de la prison, et il y a des barreaux partout.

Ils ramenèrent Tom quelques minutes plus tard, sans entrave. Claire l'embrassa et le serra dans ses bras ; pour la première fois, il put répondre à son geste. Il semblait maigre et hagard.

— Je te présente Charlie Grimes, annonça-t-elle. Ton nouvel avocat.

— Charles, rectifia Grimes en serrant la main de Tom.

— Où est le gamin ? demanda Tom en s'asseyant. Comment s'appelle-t-il déjà, Embryon ?

— Il n'est pas convié à cette réunion, répondit Grimes.

— Comment vas-tu ? s'enquit Claire.

— Le plus dur à supporter, c'est l'ennui — sa voix était rauque, comme s'il n'avait pas parlé depuis longtemps. — Le plus grand ennemi du nouveau prisonnier. Ils passent de temps en temps avec un chariot-bibliothèque, des livres de poche minables. On a droit aussi à une heure de télé trois fois par semaine, mais il n'y a rien de valable. J'ai droit au « bain de soleil » une heure par jour, dans une petite cour de ciment infâme. Menotté des pieds à la tête, évidemment. Et tout seul.

— Ils ne vous ont pas abonné au club de remise en forme ? demanda Grimes. Sauna, jacuzzi, body-building et jolies masseuses ?

— Ils ont dû oublier. Mais il y a plus mal loti que moi, j'imagine. — Il se tourna vers Claire. — Tu me manques.

— Tu me manques aussi. Tu nous manques à toutes les deux. Tu as le droit de nous appeler, tu sais ?

— Je viens juste de m'en rendre compte. Il y a un téléphone sur leur chariot. Appels en PCV, une demi-heure maximum.

— Ouais, renchérit Grimes ; ils écoutent les conversations, alors soyez discret.

— Je te représente également, Tom, annonça Claire. J'ai signé le formulaire et fait une lettre. C'est officiel.

— Dieu soit loué ! répliqua Tom.

— Vous feriez mieux de la remercier, elle, rétorqua Grimes. Ça va considérablement réduire vos frais d'avocat !

— Tu sais qu'il s'agit d'une affaire où la peine capitale a encore cours, expliqua-t-elle en ignorant la remarque de Grimes. Cela fait des années que je n'ai pas eu affaire à un procès avec peine capitale. Je suis un peu rouillée. Cela ne te rend pas trop nerveux ?

— Bien sûr que non, répondit Tom. Merci du fond du cœur, ma chérie.

— Je peux fumer ? demanda-t-elle à Grimes.

— Il n'y a pas de cendrier, répondit Grimes en secouant la tête d'un air sans appel.

— On la joue donc tendance dans les prisons militaires ? rétorqua Claire d'un ton sarcastique. Tom, il va falloir que tu nous racontes tout. Pas de cachotteries, pas la moindre. Compris ?

Il acquiesça.

Grimes se leva.

— Je suis désolé d'insister. Mais si vous nous cachez quelque chose, ils vont se faire une joie de nous prendre au piège. Ils vont faire feu de tout bois pour vous coincer ; si vous avez négligé de nous dire un détail, en particulier un détail peu reluisant sur votre compte, nous sommes tous faits, vu ?

— Vu.

— Parfait.

— Tom, intervint Claire, tu ne m'avais pas parlé de ton excursion au Viêt-nam.

— Je t'ai dit que je suis allé au...

— Ce n'est pas de ça dont il s'agit. Tu le sais très bien. Tu ne m'as jamais parlé de ta participation au *Turncoat Elimination Program*[1].

— Qu'est-ce que c'est que ces salades ? !

— On aimerait bien le savoir, rétorqua Grimes avec humeur. Le gouvernement US a organisé des traques clandestines, des tireurs d'élite de l'US Army et des marines, lâchés en plein territoire ennemi pour abattre des Américains. Pour éliminer des traîtres, des déserteurs. La raison officielle était de trouver les coupables de certains assassinats de soldats américains. Vous faisiez partie de l'une de ces patrouilles de combat. Vous étiez un tueur, sous contrat avec le gouvernement américain, Tom. Un petit détail que vous avez omis de nous signaler.

— Ce sont des conneries ! explosa Tom, rageur. Ils ont inventé ça de toutes pièces !

— C'est dans ton dossier, rétorqua Claire, espérant de tout son cœur qu'il lui disait la vérité. Ils affirment

---

1. Programme d'élimination des traîtres et déserteurs. *(N.d.T.)*

que tu t'es porté volontaire pour cette mission ; que tu étais l'un de leurs meilleurs *snipers,* que tu ne ratais jamais ta cible. Voilà pourquoi tu aurais été accepté pour le programme, malgré ton jeune âge.

— Ce sont des mensonges ! lança-t-il. J'ai fait mon service là-bas, comme n'importe qui, et puis ils m'ont envoyé suivre un entraînement dans les Forces spéciales à Fort Bragg. J'ai entendu parler de ces équipes, tout le monde était au courant de leur existence là-bas, mais je n'ai rien à voir avec tout ça. Jamais je n'ai éliminé de soldats américains. Ils ont trafiqué les dossiers, pour me faire passer pour un meurtrier, un assassin. Tu ne peux pas croire ça de moi, Claire ! Pas toi !

— Je ne sais plus que croire.

— Claire ! Pas toi !

— Nous pourrons rejeter cette pièce du dossier. Elle n'a rien à faire en cour martiale.

— Mais c'est un odieux mensonge ! insista Tom. Cela saute aux yeux. L'existence de ces équipes de tueurs était quelque chose d'ultra-secret. Toute information concernant ces unités est donc forcément classée secret-défense. Alors comment se fait-il que de tels renseignements figurent dans mon dossier militaire, alors que tout le monde peut y avoir accès ?

Claire soupira de frustration.

— Certes. Tout ça devrait être classé secret-défense.

Claire interrogea Grimes du regard ; celui-ci haussa les épaules.

— Peu importe. Nous ferons retirer tout ça du dossier. Ils ne tiennent pas à ce que cela s'ébruite, pardi ! C'est un scandale national, l'un des secrets les plus honteux de la guerre du Viêt-nam.

— Qu'est-ce qu'ils disent sur ce qui s'est passé au Salvador ? demanda Tom.

— Nous n'avons pas encore reçu les dossiers, répondit Claire, mais cela ne saurait tarder, d'après Charles.

— La bonne nouvelle, reprit Grimes, c'est que le procès aura lieu bientôt. Le système militaire impose de tenir la cour martiale moins de cent jours après le premier jour d'incarcération du prévenu.

— Mais nous ne voulons pas d'un procès tout de suite, rétorqua Claire. Nous avons besoin de temps pour éplucher le dossier, questionner les témoins. Pour susciter le doute. Il nous faut aller au tribunal fin prêts, et certainement pas les fesses entre deux chaises. L'accusation a eu des années pour monter son histoire de toutes pièces.

— Vous êtes dans l'armée, lança Grimes. Ils peuvent vous contraindre à aller au procès quand bon leur semble. La bonne nouvelle, Ron, ou Tom, c'est que dans moins de quatre mois vous serez sorti d'affaire ou...

— Ou à Leavenworth, acheva Tom d'un ton acerbe, ou encore exécuté.

— Exact, reconnut Grimes avec un entrain quelque peu déplacé. Le compte à rebours est lancé !

19.

Le garde se tenait droit comme un i dans son uniforme tout frais repassé. Avec ses cheveux coupés en brosse et ses chaussures rutilantes, il semblait au garde-à-vous pour la revue d'inspection.

Il se tenait devant une pièce aveugle, nichée au sous-sol d'un bâtiment de la base ; toutes les informations classées secret-défense concernant l'affaire Ronald Kubik s'y trouvaient regroupées, sous haute surveillance. Claire, Embry et Grimes attendaient devant la porte.

— J'ai demandé un ajournement pour l'audience préliminaire, annonça Embry, mais l'officier d'instruction me l'a refusé.

— Ben voyons ! lança Grimes. Qui est ce charmant homme ?

— Le lieutenant-colonel Robert Holt. Il semble gentil.

— Tout le monde est gentil ici, rétorqua Grimes. Mais chez les militaires, cela cache toujours quelque chose.

Embry ignora la pique et poursuivit :

— Il m'a expliqué que cette affaire mettait en jeu la sécurité nationale et que toute conversation concernant ce dossier devrait avoir lieu exclusivement dans cette salle à sécurité renforcée.

— Voilà autre chose ! lança Claire.

Grimes lui jeta un regard entendu. Ne vous souciez pas de ça, semblait-il lui dire.

— La prochaine fois que nous parlerons avec votre mari, prévint Grimes, je veux que la rencontre ait lieu ailleurs que dans la prison. Je n'ai pas confiance en ces types. Ils sont du genre à écouter aux portes.

— Ils n'ont pas le droit. Les conversations entre l'avocat et son client sont strictement confidentielles, répliqua Embry.

— Ah oui ? railla Grimes. Vous voulez peut-être aller le leur rappeler ?

Grimes et Embry avaient fait connaissance le matin même et Grimes taquinait déjà le jeune avocat. Embry était toutefois trop poli pour relever les piques.

Un officier de la sécurité ouvrit la porte, mettant un terme à ce petit jeu du chat et de la souris.

Il s'agissait d'une pièce toute simple, du linoléum au sol, des tables métalliques vertes, des chaises grises. Une série d'armoires blindées, dont les portes s'ouvraient avec une combinaison codée, couvraient les murs. À l'intérieur, des tiroirs, eux aussi équipés de serrures à codes. On attribua à Claire, Grimes et Embry un tiroir personnel où ils pourraient ranger leurs écrits. Aucune note manuscrite ne devait quitter la salle d'archives. Toute note concernant un dossier classé secret-défense était propriété de l'État et devait rester sous son strict contrôle.

Cette procédure avait quelque chose de déstabilisant pour Claire, voire de menaçant. Ils ne pouvaient donc pas emporter de notes avec eux. Comment pourraient-ils travailler ailleurs que dans cette affreuse petite pièce ? Le QG de la défense de Ronald Kubik se situait dans la bibliothèque de la maison louée par Claire — c'était là qu'étaient regroupés tous leurs dossiers. Comment travailler sans conserver la moindre trace écrite concernant ces dossiers secret-défense ? Personne n'avait pu lui donner de réponse satisfaisante. Toutefois, ni Embry ni Grimes ne semblaient perturbés par ces précautions ridicules.

L'officier montra à Claire le *modus operandi* garantissant la confidentialité de ses notes, par le truchement d'un savant jeu d'enveloppes scellées.

Tout ce rituel était destiné à rassurer le visiteur et il semblait, effectivement, bien difficile de consulter des documents sans que leur auteur soit au courant. Claire, toutefois, décida de ne rien laisser dans ces tiroirs. Il ne faisait nul doute que ceux qui avaient conçu un système de protection aussi tortueux connaissaient le moyen de le violer.

— Seigneur ! s'exclama Grimes assis à une table voisine. Soit votre mari est vraiment un malade ou alors nos amis ont une imagination débordante.

— Comment ça ? s'enquit Claire.

— Un rapport du CID, répondit Grimes en agitant une liasse de papiers. En date d'août 84. Le sergent Kubik suivait un entraînement à Fort Bragg. Il vivait hors de la base, à Fayetteville. Son voisin, un civil, a porté plainte contre lui.

Claire s'approcha, tentant de lire le document par-dessus l'épaule de Grimes.

— Il semblerait que le chien du voisin avait la fâcheuse manie de pisser sur les fleurs de Kubik. Kubik a râlé plusieurs fois, et un beau matin il a attrapé le chien. Il lui a tranché la gorge et l'a pendu à la boîte aux lettres du voisin. Bonjour l'ambiance !

Claire, sans voix, secoua la tête d'incrédulité.

— C'est... c'est impossible. Pas Tom... Pas lui.

— En tout cas, ça fait tache.

— C'est forcément un faux, objecta Claire. Ils sont capables de monter ça de toutes pièces, non ? Il ne s'agit au fond que de quelques feuilles dactylographiées.

— Le nom de l'officier chargé de l'enquête est consigné ici, au bas de la feuille. Ainsi que le nom du voisin. Un certain Roswell quelque chose.

Elle secoua de nouveau la tête.

— Non, ce n'est pas Tom, répéta-t-elle.

— Bien sûr que non, professeur, lança une voix depuis le seuil de la porte. C'est Ronald ! Ronald Kubik. Quant à moi, permettez-moi de me présenter, je suis le major Waldron.

Le major Lucas Waldron était un homme mince et élancé, les cheveux bruns, la petite quarantaine, avec un visage au nez aquilin. Il était ni beau ni laid, de grosses arcades sourcilières, des lèvres fines, mais il émanait de sa personne une force évidente. Il leur serra la main à tous sans esquisser un sourire. Claire sentit son estomac se serrer, comme chaque fois qu'elle avait affaire à un adversaire redoutable.

— Peut-être commencez-vous à comprendre pourquoi tant de gens considèrent que votre mari est une honte pour l'armée, lança Waldron.

Claire le dévisagea un moment.

— Ne me dites pas que vous êtes fier de participer à cette farce !

Waldron lui lança un sourire glacial.

— Sachant qui est votre mari et ce qu'il a fait, il ne mériterait pas même un procès.

— Une mascarade de procès ! rétorqua Claire. Je suis d'ailleurs surprise que vous ayez accepté d'y prendre part, parce que vous risquez de ruiner votre belle réputation.

— Sachez, professeur, répliqua Waldron, que l'armée ne risque pas de perdre cette affaire. Lorsque vous jetterez un coup d'œil sur les preuves dont nous disposons ici, vous vous rendrez à l'évidence, même si, pour l'heure, vous n'avez pas la moindre idée du monstre qu'est cet homme, parce que votre mari est bel et bien un monstre.

— Il faut être d'une naïveté rare pour croire à ces pièces, assura-t-elle. Ça sent la supercherie à plein nez !

— Vérifiez donc leur authenticité.

— C'est bien ce que je compte faire.

— Faites-le et vous verrez. En ce qui concerne mon palmarès sans tache, je le dois, certes, en partie à la chance et à ma conscience professionnelle. Mais la principale raison, professeur, c'est que les gens que je poursuis en justice se révèlent coupables.

— Je suis sûre que vous faites merveille en la matière, répondit Claire. N'importe qui peut faire condamner une personne coupable, mais il faut être un procureur hors pair pour parvenir à faire condamner un innocent.

— Mon père a été fait prisonnier au Viêt-nam, rétorqua Waldron. Je suis un officier de l'armée et j'en suis fier. Je compte le rester jusqu'à la fin de mes jours, mais si je dois ruiner ma carrière pour faire enfermer un malade sanguinaire de l'espèce de votre mari, je le ferai sans hésiter. Et avec joie, qui plus est. Ravi d'avoir fait votre connaissance, Mrs. Chapman.

Sur ce, il tourna les talons et quitta la pièce.

— Un homme charmant, n'est-ce pas ? railla Grimes.

— Hé, venez voir ça ! lança soudain Embry. J'ai là sept dépositions, provenant de sept membres de l'unité de Kubik au Salvador. La brigade 27 des Forces spéciales. Elles sont datées du 27 juin 85. Cinq jours après l'incident du 22, lors du retour à Fort Bragg. Elles sont quasi identiques. Et accablantes.

Embry regarda Claire avec inquiétude, grimaçant malgré lui.

Grimes bondit de son siège.

— Ils n'appellent à la barre qu'un seul témoin pour l'audience. Un certain colonel Jimmy Hernandez, aujourd'hui cadre administratif au Pentagone. Ne me dites pas qu'il fait partie des sept !

Embry fouilla dans ses papiers.

— Major James Hernandez. Chef de brigade. Si, il est là, déclara-t-il.

Le ventre noué, Claire s'approcha.

— Faites-moi voir ça.

Embry lui tendit le document avec un air piteux.

Le cœur battant la chamade, Claire parcourut les papiers à toute allure, puis les relut une seconde fois, très lentement. L'angoisse desséchait sa bouche. La nausée la prenait.

La première page était une page de garde, estampillée au sceau du CID de l'US Army. Déposition prise à Fort Bragg, le 27 juin 1985. Heure précisée. Nom : Hernandez, James Jerome. Numéro de Sécurité sociale. Grade. Suivi de plusieurs pages de texte, chacune paraphée. Et d'une série de questions et réponses.

Moi, major James Hernandez, fais cette déclaration librement et de mon plein gré à l'officier John F. Dawkins, enquêteur du CID de l'US Army. Je n'ai subi pour ce faire nulle menace, ni incitation d'aucune sorte.

Le 22 juin 85, mon unité, la brigade 27 des forces

spéciales, une unité de combat top secret, était basée à Ilopango au Salvador. Je suis le chef de la brigade. Notre mission était de mener à bien des opérations contre les forces rebelles du Salvador. Les services de renseignements informèrent notre chef le colonel William Marks, qu'un groupe de guérilleros révolutionnaires du FMLN qui avait tué quatre marines et deux hommes d'affaires américains quelques jours plus tôt dans la Zona Rosa de San Salvador, avait trouvé refuge dans un village isolé. Le village, qui s'appelait La Colina, était connu pour être le berceau de nombreux rebelles. D'après les services de renseignements, ils se cachaient là-bas.

Au milieu de la nuit, le 22 juin, nous avons repéré le village. La brigade s'est scindée en deux groupes pour investir les lieux en deux endroits en même temps. Nos armes étaient équipées de silencieux pour prolonger l'effet de surprise et tuer chiens, oies ou quelque animal pouvant donner l'alerte. Les deux groupes prirent rapidement le contrôle du village, fouillant maison après maison, réveillant les occupants et les faisant sortir de leurs cabanes. Nous procédons toujours ainsi, pour nous assurer que personne n'a d'armes à feu.

Tous les habitants, au nombre de quatre-vingt-sept, furent rassemblés sur une esplanade qui faisait sans doute office de place du village. C'étaient tous des civils, des vieillards, des femmes et des enfants. On les interrogea en espagnol, mais tous prétendirent ne rien savoir des guérilleros. On annonça au colonel Marks par radio que les services de renseignements s'étaient sans doute trompés et qu'il n'y avait aucun rebelle caché à La Colina. Le colonel Marks nous a alors ordonné de quitter les lieux. Il y eut une altercation entre plusieurs villageois et le sergent Kubik.

Soudain le sergent Kubik a levé sa M-60 vers la foule. J'ai remarqué qu'il avait deux ceintures de munitions chaînées sur les épaules, ce qui fait en gros deux cents balles. Le sergent Kubik se mit alors à mitrailler la foule ; en quelques minutes, tout le monde était mort.

(Les questions suivantes sont posées par J. F. Dawkins et les réponses sont de moi.)

Q : A-t-on tenté d'arrêter Kubik ?

R : Oui, mais il était impossible de l'approcher ; il tirait comme un enragé.

Q : A-t-on fouillé les civils pour voir s'ils étaient armés ?

R : Non, parce que le colonel Marks, pensant que nous avions perdu le contrôle de la situation, nous a ordonné de quitter les lieux sur-le-champ.

Q : Le sergent Kubik a-t-il fait un commentaire après avoir abattu quatre-vingt-sept civils ?

R : Non ; il a juste dit : Nous voilà quittes.

Prise de vertige, Claire reposa le document. Elle sortit de la pièce et repéra les toilettes au fond du couloir. Elle entra en toute hâte dans une cabine et vomit. Puis se nettoya le visage avec un morceau de savon, une chose brunâtre fournie par l'armée.

20.

Claire patientait devant les portes de la prison. De vieux souvenirs revenaient à sa mémoire...

Cela s'était passé peu après leur mariage, durant leur lune de miel, en fait. Ils étaient descendus à l'hôtel Hassler à Rome, sur la Piazza Trinità dei Monte. Elle aurait préféré séjourner dans une *pensione* plus modeste, la Scalinata di Spagna, mais Tom avait insisté pour qu'ils s'offrent quelques jours de vrai luxe. La réservation, toutefois, avait été égarée. Une erreur de la réception. La suite que Tom avait réservée n'était plus disponible. Tout ce que la direction pouvait leur offrir, avec leurs plates excuses, était une « suite familiale ». Tom avait vu rouge, et avait cogné du poing sur le comptoir. « Nous avons réservé, nom de Dieu ! » tonnait-il. Tout le monde dans le hall s'était retourné, surpris et interloqué. Le réceptionniste réitéra ses excuses, le visage écarlate. Le malheureux serait rentré dans un trou de souris tellement il se sentait humilié. Tom semblait sur le point d'exploser... et soudain, sa colère se dissipa, aussi vite qu'elle était apparue. Il hocha la tête calmement : « Très bien, voyons dans ce cas ce que vous pouvez nous proposer. »

Ce ne fut pas la seule fois, se souvenait Claire. Il

y avait eu des dizaines d'incidents de ce genre, et alors ? Au cours d'une vie de couple, même courte comme la leur, les coups de colère ou de cafard étaient monnaie courante. On découvrait chez le conjoint le meilleur comme le pire. Tom était soupe au lait, mais jamais sa colère ne s'était dirigée contre elle ou contre Annie. Chaque fois, il était parvenu à se contenir et à retrouver son calme.

Restait la façon dont il avait mis l'agent fédéral hors d'état de nuire dans le centre commercial, preuve de son appartenance aux commandos des Forces spéciales. Cet acte violent pouvait sans doute s'expliquer... Ils voulaient le jeter en prison pour un crime qu'il n'avait pas commis. Et l'homme s'en était sorti indemne.

Tout cela faisait-il de lui un meurtrier ?

— Hé ! Où est donc passé le reste de mon équipe ? lança Tom avec une pointe de bonne humeur qui agaça Claire.

Ils se trouvaient dans la petite pièce aux parois de verre contiguë à sa cellule. Cette fois, on avait enlevé à Tom toutes ses entraves ; le message était passé.

— Je veux savoir ce qui s'est produit à La Colina, déclara Claire. Il est temps que tu me racontes tout ça dans le détail.

— Je t'ai déjà tout dit... répondit Tom en secouant la tête.

— Je viens de lire sept dépositions, qui racontent toutes la même chose.

— Pas étonnant. L'armée est toujours scrupuleuse lorsqu'il s'agit de faire des faux.

— Qui est Jimmy Hernandez ?

— Hernandez ? C'était le chef de notre unité. Le

bras droit de Marks. Un type de Floride, fils d'immigrants cubains.

— C'est un type honnête ? Du genre à dire la vérité ?

— Allons, Claire, lança Tom avec exaspération. L'honnêteté est une notion pour le moins fluctuante chez ces gens-là. Le grand chef leur dit de péter, ils pètent. Et s'il leur dit que ça sent la rose, ça sentira la rose pour eux. Hernandez est l'âme damnée de Marks. Il dira ce que Marks voudra.

— L'accusation fait venir Hernandez à la barre, comme témoin oculaire des atrocités que tu es censé avoir commises. S'il se montre aussi convaincant que dans sa déposition, notre cas va se compliquer, expliqua-t-elle d'un ton neutre de professionnel.

— Et que dit-il, au juste ? Que je suis un monstre sanguinaire, que j'ai tué quatre-vingt-sept civils de sang-froid ?

— En substance.

— Je t'ai dit que Marks avait donné l'ordre de nettoyer tout le village. « Pour leur donner une leçon », pour reprendre ses paroles. Hernandez était le chef de brigade, le numéro deux après Marks. Cela ne m'étonnerait pas qu'il ait fait partie des tireurs. Puisque je n'ai pas voulu marcher dans leur combine, ils ont décidé de me faire porter le chapeau. C'est aussi simple que ça. Cela date de treize ans, nom de Dieu ! Je ne sais pas pourquoi ils remuent tout ça aujourd'hui.

— Le CID a interrogé toute l'unité. Ils t'ont donc questionné, toi aussi.

— Bien sûr. En long, en large et en travers ; et je leur ai dit la vérité. Mais, à l'évidence, ma déposition ne leur a pas paru digne de figurer dans le dossier.

— Tu n'as parlé à personne d'autre de cette histoire, de ce qui s'était passé vraiment ?

— À qui ? On voit que tu ne connais pas les militaires ! Tu serres les lèvres, tu baisses la tête et tu attends que ça se passe.

— Mais des collègues à toi t'ont forcément vu à l'autre bout du village. Certains doivent savoir que tu n'as pas participé au massacre.

— Personne ne témoignera en ce sens. Soit ils ont pris part à la fusillade, soit ils ont accepté de couvrir Marks. Il a dû y avoir des accords, des promesses d'immunité, que sais-je ?

— Tu n'avais donc aucun ami dans ton unité ? Personne qui aurait pu refuser de marcher dans la combine, qui se serait contenté de ne rien dire ? Quelqu'un susceptible de vouloir te sauver la mise aujourd'hui ?

— Il y a trois gars que j'aimais bien dans l'équipe. Deux d'entre eux étaient même des amis. Et tu sais que je ne me lie pas facilement. Mais comment savoir s'ils n'ont pas tiré sur les villageois ?

— Tom... commença-t-elle. Ron...

— Tu peux m'appeler Ron, si tu préfères, annonça-t-il doucement.

— Pour moi tu es Tom. Mais c'était une illusion.

— C'est le nom que j'ai choisi, pas celui que m'ont donné mes parents. Je suis devenu Tom avec toi. Et j'ai aimé ça.

— Tom, donne-moi une raison de te croire : une seule. Tu m'as menti pendant des années, depuis le premier jour de notre rencontre...

— J'ai menti sur mon passé. Pour te protéger de ces dingues qui ne rigolent pas. S'ils avaient eu vent que j'étais en vie et que j'habitais Boston, ils m'auraient donné la chasse, jusqu'à ce que mort s'ensuive, la mienne et celle de tout mon entourage.

Je n'aurais pas dû tomber amoureux de toi, Claire. Et je n'aurais jamais dû fiche ta vie en l'air, avec mon passé de cauchemar...

— Tu n'as pas fichu ma vie en l'air.

Les larmes lui montaient aux yeux. Elle prit une profonde inspiration pour retrouver son calme.

— Claire, j'ai beaucoup réfléchi. Je me suis demandé qui, à part moi, pourrait connaître la vérité ? Qui pourrait savoir ce qui s'est passé vraiment ? Et je crois avoir trouvé. Il y a un type... — il se mordit les lèvres — quelqu'un qui sait ce qui s'est passé, qui sait que le Pentagone tente d'étouffer l'affaire. Je suis sûr qu'il pourra te donner la preuve qu'il te faut.

— De qui s'agit-il ?

Tom prit son stylo et griffonna un nom sur le bloc-notes de Claire.

— Ne donne ce nom à personne, murmura-t-il. Et détruis ce papier. Jette-le dans les toilettes.

Elle le regarda d'un drôle d'air.

— Tom, articula-t-elle, j'ai encore une chose à te demander.

Elle lui parla du chien égorgé à Fayetteville et pendu à la boîte aux lettres de son voisin.

Tom ferma les yeux, secoua la tête de dépit.

— Allons, Claire. J'ai effectivement vécu là-bas. C'est la bonne adresse, mais je te parie que si tu essaies de retrouver la trace de ce voisin, tu t'apercevras qu'il s'agit d'un fantôme. — Ses yeux brillaient. — Claire, j'ai quelque chose à te dire.

— Je t'écoute, répondit-elle sur la défensive.

— Tu es mon roc, aujourd'hui. Lorsque Jay est parti, j'ai été là pour t'aider. J'ai essayé d'être un roc pour toi, parce que je t'aimais. Aujourd'hui, c'est moi qui ai besoin de toi. Tu ne peux savoir à quel point ça fait mal de voir la personne que l'on aime le plus au monde douter de soi.

— Tom, je...

— Laisse-moi finir. Je suis tout seul aujourd'hui. Totalement isolé. Sans toi, sans ta confiance, je n'aurai pas la force de supporter tout ça. Cela me sera impossible.

— Qu'est-ce que tu veux dire ?

— Simplement que je n'aurai pas la force d'endurer cette épreuve si tu doutes de moi. J'ai besoin de ton soutien. Je t'aime, tu le sais. De tout mon cœur. Lorsque tout ça sera fini, si je m'en sors vivant, nous reprendrons notre vie d'avant. Ne me laisse pas tomber, mon amour.

Des larmes perlèrent au coin des yeux de Claire. Elle enlaça Tom et le serra fort contre elle. Elle sentit ses épaules chaudes et moites de sueur.

— Je t'aime aussi, Tom.

Ce fut tout ce qu'elle put articuler.

21.

La bibliothèque de la maison était une véritable pièce de musée, de grandes étagères blanches, ne renfermant pas uniquement les incontournables volumes anciens reliés cuir pleine peau, mais également des ouvrages un peu moins datés, pour la plupart des essais politiques ou des traités d'histoire, et pas le moindre livre de fiction. Une sélection donnant un bon aperçu des goûts littéraires du propriétaire des lieux, qui, pour l'heure, était sans doute en train de déguster un *caffé macchiato* sur la place de Sienne. Une antiquité, comparée à la bibliothèque ultramoderne de Claire et de Tom à Cambridge.

Le capitaine Embry, en tenue civile (jean et chemisette tout frais repassés), était assis sur une chaise, derrière une table, prenant des notes avec un Bic à l'extrémité mâchouillée. Grimes (arborant encore une fois son pull-over orange psychédélique) se prélassait au fond d'un fauteuil, les jambes étendues en V.

Claire, derrière le bureau de chêne, fumait, entourée par une collection de livres de droit.

— Pour corroborer ses dires, tout ce que l'accusation prévoit de présenter à l'audience du 32 — elle parlait déjà comme une vieille habituée — ce sont ces sept dépositions et ce soi-disant témoin oculaire, ce Jimmy Hernandez ? Rien de plus ?

— Non, rien d'autre, répondit Grimes. L'accusation n'a pas à montrer toutes ses cartes. Juste le strict nécessaire. Il lui suffit de démontrer qu'elle a des présomptions suffisantes contre votre mari pour le traîner en cour martiale. Waldron serait stupide d'en dévoiler davantage.

— La tactique ordinaire de la défense, intervint Embry, consiste à démonter les éléments de l'accusation.

— Ce qui est matériellement impossible, répliqua Grimes. Peu importe l'énergie que l'on y consacrera. Cette audience est le galop d'essai de l'accusation, leur *crash-test*. Pour nous, c'est simplement l'occasion de savoir ce qu'ils ont dans leurs manches. De découvrir les points faibles de leur jeu.

— Et pourquoi les auteurs des six autres dépositions ne sont-ils pas cités comme témoins ?

— *Primo*, rien ne les y oblige, répondit Grimes. Tout témoin déclaré légalement « injoignable », c'est-à-dire se trouvant à plus de cent kilomètres du tribunal, n'est pas tenu de comparaître. *Secundo,* le Pentagone n'a pas besoin d'eux.

Claire hocha la tête.

— Peuvent-ils nous réserver une surprise ? Sortir au dernier moment quelque chose de leur chapeau ?

— En théorie, répondit Embry, ils sont tenus d'informer la défense de l'avancée de leur dossier.

— Exact, renchérit Grimes en contemplant les voûtes ouvragées du plafond, ou tout au moins de vous fournir les pièces un ou deux jours avant l'audience. Mais je doute qu'ils tentent de nous surprendre. Ils tiennent trop à pouvoir se vanter de nous avoir battus à la loyale.

— De toute façon, s'ils jouent à ce petit jeu, nous demanderons un ajournement, c'est simple, répliqua Embry.
— Maman ?
C'était la voix d'Annie, douce et hésitante. Elle se tenait sur le seuil de la porte, vêtue d'une salopette bleue, les cheveux coiffés en nattes, regardant avec curiosité les deux hommes.
— Oui, ma chérie ?
— Maman, Jackie a fait à manger. On va bientôt passer à table.
— Entendu, ma chérie. On arrive tout de suite. Laisse-nous travailler, maintenant, d'accord ?
— D'accord. — Elle regarda les deux hommes, l'air intimidé. — Bonjour, articula-t-elle.
— Bonjour, répondirent-ils en chœur.
— Pourquoi tu fumes, maman ?
— Allez, ma chérie, répondit Claire. Sors d'ici. Je te verrai au dîner.
— Mais je veux jouer ici, rétorqua Annie en faisant la moue.
— Plus tard, ma chérie.
— Pourquoi ?
— Parce que maman travaille.
— Tu travailles tout le temps ! rétorqua la fillette en tournant les talons.
— Elle a raison, c'est une sale habitude que vous avez là, observa Grimes. Je croyais que personne à Cambridge n'était autorisé à fumer, qu'il y avait une loi particulière chez les puritains du Nord ou quelque chose comme ça.
J'arrêterai lorsque tout ça sera fini, répondit-elle. Je vous aurais bien invités à dîner, les gars, mais...
— Avec joie, lança Grimes. Je sens l'odeur jusqu'ici. Il y a un fin cordon-bleu ici ! J'adore l'ail.

168

— Terry ? demanda-t-elle.

— Je ne peux pas, répondit Embry en rougissant dans la seconde. Je le regrette, mais... j'ai déjà un rendez-vous.

— Alors comme ça, on trompe déjà sa femme ? railla Grimes.

Embry sourit timidement en secouant la tête.

— En attendant, reprit Claire, je veux voir ce qu'on peut trouver sur Hernandez. Terry, préparez-moi un topo sur chaque témoin réel ou potentiel, en commençant par ce Hernandez et les six autres membres du Buisson Ardent. Je veux leurs états de service, comme vous dites, dossier militaire, médical, et tout le toutim. Et organisez-moi un entretien avec Hernandez. Je souhaite l'interroger.

— Il vaudrait mieux que ce soit moi ou Embry qui s'en charge, rétorqua Grimes.

— Pourquoi donc ?

— Nous sommes tous les deux de la maison. J'ai fait mon temps à l'armée. Nous connaissons les codes, le jargon.

— Entendu, mais je tiens à être présente. Je veux voir son visage.

— Pas de problème, répondit Grimes.

— J'aimerais aussi savoir si on lui a offert quelque chose en échange de son témoignage — par exemple, l'immunité. Pareil pour toute autre personne que l'accusation compte faire comparaître au procès. Trouvez-moi les noms de tous les membres du Buisson Ardent, avec adresses, numéros de téléphone personnels. Je vais demander à Ray Devereaux de retrouver leur trace.

— C'est loin d'être gagné, déclara Grimes. Ces types disparaissent parfois totalement de la circulation.

— Ray est un super-pro, répondit-elle.

— Eux aussi, insista Grimes.

— Terry, poursuivit-elle en allumant une nouvelle cigarette, préparez-moi également un dossier complet sur les auditions de l'Iran Gate ainsi que sur les rapports envoyés à l'ONU concernant les abus militaires en Amérique centrale dans les années quatre-vingt. Voyez si on y fait mention d'un massacre à La Colina.

Embry prenait des notes à toute vitesse.

— Parfait, reprit-elle. Nous allons demander à ce que toutes les charges soient levées. En arguant que l'État n'a aucun pouvoir légal, puisque les faits se sont passés dans une zone où les Américains n'étaient pas supposés se trouver. N'oublions pas que l'État a les mains sales dans cette histoire.

— Il reste néanmoins l'accusation de désertion, répliqua Embry. Je ne vois pas comment vous pourrez la contester. Je veux dire, votre mari a détruit son uniforme et ses papiers d'identité. Il n'avait visiblement aucune intention de réintégrer l'armée.

— C'est le cadet de nos soucis, répliqua-t-elle. La désertion n'est pas un chef d'accusation en soi. Tout dépend des conditions dans lesquelles le déserteur a agi. Pour mon mari, il s'agissait d'un cas de force majeure, puisque sa vie était menacée. Il n'avait pas le choix. Que ce soit le cas ou non, c'est une ligne de défense valable. Il nous suffit de montrer que l'accusé craignait réellement pour sa vie. Dans ce cas, nous pourrons peut-être faire tomber l'accusation, la réduire au niveau d'une simple « absence non autorisée ». En un mot, nous prouverons que l'État cherche à rendre Tom responsable d'un massacre commandité par le Pentagone.

— L'espoir fait vivre, railla Grimes en contemplant de nouveau le plafond.

— Mais vous venez de dire que l'audience préliminaire sert surtout à savoir ce que l'accusation a dans son dossier, rétorqua Claire. Voilà la stratégie que je propose. Leur montrer que s'ils veulent jouer en dessous de la ceinture, on est prêts. S'ils veulent vraiment qu'ait lieu cette parodie de cour martiale, nous étalerons au grand jour tout ce qui pue. À leur en donner la nausée ! Toutes leurs petites manigances se retrouveront livrées à la vindicte populaire.

— Je vous rappelle qu'il s'agit d'un procès à huis clos, objecta Embry. Cette audience, comme celle de la cour martiale, s'il y en a une, est classée secret-défense. Tout doit se dérouler dans la plus stricte confidentialité.

— Les fuites sont toujours possibles. Rien ne peut être totalement hermétique.

Grimes émit un petit rire sardonique.

— Des fuites ? s'exclama Embry, horrifié. Mais nous avons signé un accord ; nous nous sommes engagés à ne rien divulguer ! Si nous laissons filtrer des informations, il y aura une enquête et nous risquons d'être accusés de...

— Personne ne sait jamais d'où vient la fuite si son auteur a brouillé les pistes. Pas vu, pas pris. De toute façon nous allons nous battre contre ce sceau du secret. Le Sixième Amendement garantit à Tom, comme à tout citoyen, le droit à un procès public.

— Ils vont vous rétorquer que la sécurité nationale est en jeu, lança Grimes en se redressant sur son siège.

— Nous irons jusqu'à la Cour suprême s'il le faut, pour faire valoir nos droits ! Cette opération au Salvador n'est plus d'actualité, elle date de plusieurs années. Et cette histoire de sécurité nationale ne vise en fait qu'à préserver la réputation du Pentagone. On ne peut pas gagner sur les deux tableaux. Avoir le beurre et l'argent du beurre : protéger la sécurité nationale et poursuivre mon client !

Grimes hocha la tête lentement, esquissant un sourire torve. Embry la dévisageait, au bord de la panique.

— Claire, commença Grimes, vous êtes réellement prête à rendre ce procès public ?

Elle réfléchit à cette question un long moment.

— Non, bien sûr que non. Je ne veux pas que le nom de Tom soit sali. Sitôt que les accusations seront connues du grand public, elles seront prises pour argent comptant. Vous avez raison, Grimes ; sur ce point, nous sommes coincés. Mais j'ai un autre atout dans ma manche. Nous allons citer le général Marks comme témoin.

Grimes éclata de rire.

— Ce n'est pas du tabac que vous fumez ! Avouez-le et faites tourner !

— Ce sont des Camel Light. Et je suis on ne peut plus sérieuse. Si le général refuse de venir à la barre, je l'assignerai de force.

— Attention, la petite dame va se fâcher ! railla Grimes.

— Claire, intervint Embry, blanc comme un linge, le général William Marks est un membre du grand état-major. C'est un général à quatre étoiles. Vous ne pouvez le contraindre à témoigner.

— Ah oui ! d'où sortez-vous une chose pareille ? Je n'ai rien lu de tel dans le code de la justice militaire.

— Vous me plaisez, Claire, lança Grimes. Vous avez des couilles.

— Merci, répondit-elle, avant d'ajouter : c'est bien un compliment, n'est-ce pas ?

22.

— Un journaliste du *Washington Post* t'a appelée, Claire, annonça Jackie après dîner. Un type de la rubrique mondaine, à mon avis. Ils ont appris que tu as loué une maison à Washington, et ils veulent savoir pourquoi. Comme si ça les regardait !

— Que leur as-tu répondu ?

— Que je n'en avais aucune idée. Ils voulaient savoir si tu préparais un gros procès ici, ou si tu venais donner des cours.

— Pas de commentaire.

— Je m'en doutais.

— Si nous allions prendre un verre ? proposa Grimes.

— On a de quoi boire ici, répondit Claire.

— Je voudrais vous faire connaître un endroit, Claire. À Southeast.

— Il faut d'abord que je mette ma fille au lit.

— Je vous attends dans la bibliothèque. J'ai encore un peu de paperasse à finir.

Dix minutes plus tard, Grimes était au volant de sa vieille Mercedes grise. Il fit trois fois le tour du pâté de maisons où se trouvait le bar, à la recherche d'un endroit où se garer. Soudain, il aperçut une place juste devant l'établissement, mais une Volkswagen Jetta s'y engouffra aussitôt. Grimes s'arrêta à côté de la Jetta et donna deux coups de klaxon tout en abaissant sa vitre.

— Excusez-moi, lança Grimes à la conductrice. S'il vous plaît...

— C'est bon, Grimes, laissez tomber, lança Claire. Elle était là avant nous.

— Excusez-moi... insista Grimes.

La conductrice baissa la vitre côté passager et se pencha :

— Qu'est-ce que vous voulez ? demanda-t-elle d'un air méfiant.

— Cela ne me regarde pas, mais à votre place, je ne me garerais pas là. C'est le parking privé du bar et ils enlèvent les voitures, de jour comme de nuit.

— Mais il n'y a aucun panneau !

— Il est tombé par terre, mais cela ne les empêchera pas d'appeler la fourrière. Dans dix minutes votre voiture ne sera plus là.

— Merci du tuyau ! lança la femme.

Elle remonta la vitre, s'empressa de libérer la place et disparut dans le trafic.

— Je vous dois des excuses, Grimes, convint Claire. Je vous avais mal jugé.

Grimes éclata de rire.

— Ça marche toujours ! lâcha-t-il en s'engageant dans la place.

Claire secoua la tête de dépit, incapable toutefois de dissimuler son amusement.

— Le parking privé du bar... répéta-t-elle. Une jolie trouvaille.

Le bar en question était un antre sombre et enfumé, empestant la vieille bière, avec un plancher défraîchi, collant sous les semelles, et de la musique au jukebox (pour l'heure, une vieille chanson de Parliament/Funkadelic), tonitruante.

— C'est ça votre merveille ? lança Claire.
— Typique, non ?
— Funky, répondit Claire sans enthousiasme.

Une fois attablés devant un pichet de bière et des bretzels, Grimes entra dans le vif du sujet :

— Il y a une chose qui me tracasse. Et par honnêteté, je préfère vous en parler.
— Je vous écoute.
— Vous me voulez comme adjoint, parfait. Mais vous allez rester assise à me regarder interroger à votre place un témoin de l'accusation, vous, une pointure dans le métier ? J'avoue ne pas comprendre.
— Je suis un peu rouillée en matière de contre-interrogatoire, lança-t-elle en riant. C'est aussi simple que ça. À moi de vous poser une question. Pourquoi avez-vous quitté l'armée ?

Grimes contempla son verre de bière.

— Je vous l'ai déjà dit. J'ai pris ma retraite.
— Volontairement ?
— Bien sûr, répondit-il avec une irritation évidente.
— Sans vouloir être désagréable, on m'a dit que l'on vous a un peu forcé la main...
— Que vous a raconté Iselin au juste ?
— Pas grand-chose. Simplement qu'il y avait eu une sale histoire.
— Une sale histoire... c'est ce qu'il vous a dit.
— Quelque chose comme ça.

Grimes secoua la tête, but une nouvelle gorgée. Il y eut un long silence.

— Qu'est-ce qui s'est passé, Grimes ?
— Après vingt ans de service comme avocat militaire, on a le droit de tirer sa révérence, non ? Ça n'a rien d'étonnant.

— On ne vous a pas obligé à partir ?

— Vous ne lâchez donc jamais ? répliqua Grimes en la dévisageant avec un mélange d'hostilité et de désespoir.

— Je suis désolée, répondit-elle, mais je dois connaître votre passé.

Il posa son verre de bière et joignit ses doigts au-dessus de la table.

— Je me suis engagé dans l'armée, commença-t-il ; on m'a envoyé au Viêt-nam et j'en suis revenu vivant. À mon retour, j'ai suivi des cours du soir pendant des années. J'ai passé mes diplômes de droit et je suis devenu avocat à trente et un ans. L'armée ne cesse de vous dire qu'elle est le seul employeur réellement égalitaire, que les Noirs y sont traités comme les Blancs, et pendant un temps j'ai cru à ces conneries. Je n'ai jamais dépassé le grade de major, mais cela pouvait s'expliquer par mon arrivée sur le tard. Très bien. — Grimes se pencha au-dessus de son verre. — Et puis, un jour, il y a eu l'histoire de ce gamin en Caroline du Sud. À Fort Jackson. Un jeune Noir, soldat de première classe, accusé d'agression à main armée sur un Blanc de la base. On m'avait refilé le dossier pour la simple raison que j'étais noir moi aussi. Je suis descendu en Caroline et j'ai interrogé le gosse. Le gamin n'avait jamais rien fait de mal dans la vie. Un élève exemplaire au lycée, sportif, pas le moindre problème. L'armée devait l'envoyer à l'université ; c'est pour cela qu'il s'était engagé, parce que sa famille était pauvre. Et tout ce qu'avait l'accusation contre lui, c'était le témoignage de la victime, qui n'était pas fichue de distinguer un Noir d'un autre. Au moment de l'agression, le gosse se trouvait à trois cents kilomètres de là, parti en perm de week-end. Je connaissais, en plus, son emploi du temps minute par minute durant ce week-end. J'avais sept témoins pour attester de sa présence là-bas, rien que des casiers vierges. Mais ils l'ont fait venir au tribunal, menottes aux poignets. Et les jurés, rien que des Blancs, n'ont pas délibéré plus de cinq minutes, sans même prendre la peine de voter à bulletin secret. Ils l'ont condamné à dix ans de réclusion à Leavenworth. — Grimes releva les yeux vers Claire, les prunelles brillantes. — Dix ans de prison, à ce pauvre gosse qui s'était engagé dans l'armée pour pouvoir aller à l'université. C'était de la folie. Mais je savais que rien n'était perdu ; je comptais me battre, aller jusqu'à la Cour suprême pour faire casser le verdict... En attendant, à la demande de son régiment qui le savait innocent, ils donnèrent au gosse un sursis de quinze jours avant son incarcération, pour qu'il puisse dire adieu à sa famille. — Grimes serra les poings de rage. — Ils auraient mieux fait de l'enfermer tout de suite...

— Pourquoi donc ? demanda Claire, un nœud au ventre.

— Parce qu'en prison, il n'aurait pas pu le faire, on vous retire tout ce qui est dangereux là-bas, jusqu'à vos lacets. Parce que le gosse s'est tué ; une balle dans la tête, chez lui, avec son arme de service. Le lendemain, j'ai donné ma démission.

— C'est terrible, souffla Claire.

— Alors vous voyez, ma petite dame, je suis bien placé pour savoir de quoi est capable un jury militaire. Il y eut un long silence, puis Grimes reprit la parole, avec une pointe d'hostilité. Moi aussi, j'ai une question personnelle à vous poser : vous pensez vraiment que votre mari est innocent ?

— Bien sûr que oui ! répondit-elle. Sinon je ne serais pas là.

— Mais c'est votre mari.

— Écoutez, Grimes, si je pensais que Tom pouvait être coupable, j'aurais engagé quelqu'un pour assurer sa défense. Je ne me serais jamais mouillée personnellement s'il y avait le moindre risque qu'il soit le monstre sanguinaire que l'on décrit...

— Vous avez pourtant plaidé l'affaire Lambert, rétorqua Grimes en la défiant du regard.

— Cela n'a rien à voir, lança-t-elle avec exaspération. Tom est mon mari.

— Pour vous, tout cela est un coup monté ?

— Évidemment. Marks rentre au pays après le massacre qu'il a ordonné et décide de se couvrir. Il désigne un type comme bouc émissaire — le seul qui refuse de mentir, le seul qui risque de ruiner sa carrière. Et le voilà, treize ans plus tard, général, bientôt grand chef de l'état-major des armées, et il s'imagine qu'il pourra une fois de plus s'en sortir, mais c'est compter sans moi !

— Et moi, je compte pour du beurre ? s'enquit Grimes.

— Vous, vous êtes ma cerise sur le gâteau... Hé ! s'exclama-t-elle soudain. Et si on faisait passer Tom au détecteur de mensonges ? Et que l'on balance les résultats à l'audience ? Leur cour martiale aurait du plomb dans l'aile, non ?

— Impossible. Trop risqué. Ôtez-vous cette idée de la tête. De toute façon, les tests au détecteur de mensonges ne sont pas recevables par une cour militaire. Article 707 du code militaire depuis 1989.

— Depuis l'affaire Scheffer en 1996, c'est laissé à l'appréciation du juge. Décision de la cour d'appel de l'armée.

— Et si vous vous trompiez ? Si votre mari était réellement coupable ?

— Il ne l'est pas.

— Vous voulez vraiment courir ce risque ? Il pourrait aussi être innocent et échouer aux tests, par nervosité. On serait fichu. Il ne faut pas se faire d'illusions, ce serait un secret de polichinelle. Tout le monde serait au courant, les jurés de la cour martiale en premier. Les types qui font passer les tests sont de vraies pipelettes.

— Pas si c'est nous qui en engageons un. Il sera alors considéré comme expert mandaté par la défense, et donc tenu au secret. J'en toucherai deux mots à Tom ; vous connaissez quelqu'un qui pourrait faire l'affaire ?

— Oui, je connais quelqu'un, répondit Grimes avec résignation. Il a beaucoup travaillé pour l'armée. Vous voulez un autre verre ?

— Non, j'ai mon compte. Et vous aussi je crois, si vous conduisez.

Alors qu'ils se dirigeaient vers la sortie, Claire remarqua la démarche un peu trop chaloupée de Grimes sinuant entre les tables. C'était décidé, c'est elle qui prendrait le volant ! Au moment d'ouvrir la porte, des éclats de rire s'élevèrent d'une grande table ronde, toute proche. Par réflexe, elle se retourna et aperçut Embry en compagnie de plusieurs hommes aux cheveux coupés en brosse, certains en civil, d'autres en uniforme.

— Grimes, souffla-t-elle.

L'avocat se retourna, aperçut Embry et reconnut l'homme assis à côté de lui.

— Tiens, tiens, quelle surprise ! Notre Terry *Embryon*. En train de trinquer avec notre avocat général, ce cher major Lucas Waldron. Vous m'en direz tant...

TROISIÈME PARTIE

23.

Il n'était pas encore quatre heures du matin ; le ciel était noir indigo, avec juste une traînée de rose à l'horizon. L'herbe luisait sur la petite butte solitaire qui faisait face aux « Bureaux de la Défense » de la base Quantico, appellation pompeuse pour une chose en préfabriqué aux allures de baraque de chantier.

Grimes était arrivé le premier, vêtu d'une veste de cuir noir digne de Huggy-les-bons-tuyaux. Claire avait opté pour une chemise en daim. Ils patientaient en silence. Deux joggers en survêtement de l'armée passèrent devant eux, ahanant en rythme. Une voiture se gara devant le bâtiment, une Honda Civic grise. Le capitaine Embry en sortit. Grimes et Claire échangèrent un regard. Ils ne l'avaient pas revu depuis l'autre soir au bar.

Embry les rejoignit au pas de course.

— Désolé pour le retard, s'excusa-t-il.

— Aucune importance, répondit Claire. Nous sommes les premiers.

— Bonjour, lança-t-il à Grimes avec un hochement de tête. — Le jeune homme était en uniforme, tout frais repassé, comme de coutume. Des joues rouges de poupon et une haleine de dentifrice. — J'ai de mauvaises nouvelles en ce qui concerne Marks. Ils m'ont finalement rappelé ; le général ne pourra pas venir témoigner, ni même faire une déposition écrite. Il y a eu un changement dans son emploi du temps. Il doit se rendre d'urgence à Camp Smith, à Hawaï. Il est donc totalement injoignable jusqu'à l'audience du 32.

— Demandons un ajournement.

— Vous ne l'aurez pas, rétorqua Grimes. Quelle bande de salauds !

— La bonne nouvelle dans notre malheur, c'est que j'ai pu joindre Hernandez ; il est tout à fait d'accord pour qu'on l'interroge.

— Merci, Terry, répondit Claire.

— Il y a un hic toutefois... ajouta Embry d'une voix chancelante. Vous savez qu'il travaille au Pentagone...

— Oui, et alors ?

Embry ouvrit la porte du bâtiment et alluma la lumière.

— Il se trouve qu'il est le premier adjoint du général Marks.

— Quoi ? lâcha Claire.

— C'est la vérité. Hernandez est une sorte d'aide de camp. Le secrétaire particulier du général. C'est lui qui s'occupe de toutes ses affaires privées, son emploi du temps, ses rendez-vous, ce genre de choses.... Il a suivi Marks comme une ombre depuis 85. Il est d'une fidélité à toute épreuve.

— Un type prêt à nous dire la vérité et rien que la vérité ! railla Grimes, sardonique. Quelqu'un qui ne cherchera en aucun cas à couvrir son cher général, c'est sûr !

Embry pénétra dans la salle de réunion.

— Vous voulez que je reste avec vous ou que je vous laisse ? demanda-t-il, en allumant la lumière.

— Il serait préférable de nous laisser, répondit Claire.

— Pas de problème. Dans ce cas, si vous n'y voyez pas d'inconvénient, j'aimerais retourner à mon bureau, à Fort Belvoir.

— Entendu, répondit Claire. Merci, Terry.

L'expert arriva un quart d'heure plus tard ; un petit homme barbu d'une cinquantaine d'années, le nez chaussé de grosses lunettes à monture d'écaille. Il tenait à la main une mallette en métal argenté. Il s'appelait Richard Givens ; il parlait lentement, comme s'il avait affaire à un auditoire d'enfants, avec un léger accent du Sud. Formé par les services de la marine aux techniques des détecteurs de mensonges, il avait travaillé dans les bases navales de Newport, Rhode Island et San Diego.

— Ne pourrait-on pas trouver des sièges plus confortables ? demanda-t-il tout en installant son matériel. Ce serait bien mieux pour le test.

Grimes sortit dans le couloir et revint avec une chaise à accoudoirs sous chaque bras.

— Celles-ci feront l'affaire ?

— Parfait, répondit Givens. J'utilise un détecteur à cinq canaux, expliqua-t-il avec une pointe de vantardise. Cinq stylets vont donc tracer des courbes sur ce rouleau de papier. Il y a trois paramètres, le pneumo, le cardio et le galvanique. C'est-à-dire le rythme respiratoire, le pouls et la réponse de l'épiderme à une excitation électrique.

— On peut rester dans la pièce ? s'enquit Grimes.

— Si vous voulez, répondit-il, mais il faudra vous tenir derrière le prisonnier. Hors de sa vue.

— Entendu.

— Le test que je pratique, poursuivit Givens,

campé devant Grimes, ses petits bras se balançant contre ses flancs, est très structuré, très ordonné. Toujours le même mode opératoire. D'abord je vais rencontrer le prisonnier et nous allons parler jusqu'à ce que toute gêne ou malaise soit dissipé. Je lui ferai part des questions que je compte lui poser, plusieurs fois. Il n'y aura pas de surprises. Lorsque je considérerai le test achevé, je vous demanderai de sortir, vous et le prisonnier. J'étudierai alors les tracés. Puis je vous ferai revenir, d'abord vous seule, professeur Heller.

Claire hocha la tête. Elle était installée dans l'une des chaises à accoudoirs.

— Si j'estime le test positif, c'est-à-dire, si le prisonnier, selon moi, a menti, je vous le ferai savoir. Sachez bien que les résultats resteront strictement confidentiels. Puis j'appellerai le prisonnier et lui ferai mon rapport. Je lui expliquerai alors que ce test au détecteur de mensonges ne lui sera d'aucune utilité au procès. Auquel cas, si vous le désirez, je pourrais commencer l'interrogatoire proprement dit. Pour obtenir des aveux.

— Nous verrons ça en temps voulu, répondit Claire.

Givens consulta sa montre.

— Le prisonnier ne sera pas là avant une demi-heure, n'est-ce pas ?

— Exact.

— Parfait. À présent, je dois savoir, très précisément, les points dont vous tenez à vérifier la véracité.

Tom arriva à bord d'une camionnette blanche. Menottes aux poignets, il fut escorté jusque dans la salle de réunion par plusieurs gardes. Une sentinelle se posta devant la fenêtre, une autre dans le couloir, derrière la porte. On lui retira ses liens et on le laissa en compagnie de Claire et de Grimes.

— Tom, commença Claire (il était toujours Tom pour elle), je te présente Richard Givens. Mr. Givens, voici... Ronald Kubik.

Puisqu'ils s'apprêtaient à passer Tom au détecteur de mensonges, autant l'appeler par son véritable nom ! Cela produisait toutefois sur Claire un curieux effet, comme si elle avait soudain affaire à une personne différente.

— Bonjour, Ronald, comment allez-vous ? lança Givens en serrant la main de Tom.

Il s'installa dans l'un des fauteuils et fit signe à Tom de prendre place en face de lui. Ils bavardèrent un long moment. Givens était soudain devenu chaleureux et convivial ; il avait perdu son ton pompeux et professoral. Le changement était saisissant. Tom, un peu tendu au début, semblait à présent parfaitement à l'aise.

— Ronald, avez-vous déjà été testé par ce genre de machine ? demanda Givens.

— Oui, répondit Tom.

— Quand donc ?

— Plusieurs fois, avant et pendant mon affectation à la brigade 27.

— Vous connaissez donc le test en vigueur à l'armée. C'est un test très simple et très fiable. Je ne sais pas comment cela s'est passé avant, mais avec moi, vous connaîtrez d'avance toutes les questions que je compte vous poser. Pas de surprises, pas de questions pièges. Ça vous convient ?

— C'est parfait.

— À présent, professeur Heller, Mr. Grimes, voulez-vous aller vous asseoir derrière Mr. Kubik ?

187

Claire s'exécuta, sentant son pouls s'accélérer, simple réaction à l'importance du moment ou appréhension quant au résultat ?

— Votre nom est bien Ronald Kubik ? demanda Givens, d'un ton cette fois neutre et monocorde.

— Oui, répondit Tom, d'une voix forte et claire.

Il y eut un long silence. Claire compta quinze secondes. Givens avait-il oublié la question suivante ?

— Quant à votre présence durant les incidents à La Colina le 22 juin 1985, consentez-vous à répondre à mes questions en toute bonne foi ?

— Oui.

Encore une longue pause. Grimes lança à Claire un regard perplexe.

— Vous êtes bien convaincu que je ne vous poserai aucune question surprise durant ce test ? demanda Givens.

— Oui.

Claire compta de nouveau quinze secondes. Ces pauses étaient évidemment volontaires.

— Avant de vous engager dans l'armée, avez-vous déjà blessé quelqu'un intentionnellement ?

— Non.

— Avez-vous causé la mort d'un seul être humain durant la nuit du 22 juin à La Colina ?

Claire retint son souffle. Son sang se figeait. Même son cœur avait cessé de battre.

— Non.

La réponse de Tom était sûre, calme et claire. Claire soupira en silence. Elle cligna des yeux, tentant de percer les mystères du ballet des stylets sur le papier.

— Après votre désertion en 1985, avez-vous intentionnellement blessé qui que ce soit ?

— Non.

Dix-huit secondes plus tard cette fois :

— Avez-vous participé à la fusillade du 22 juin à La Colina ?

La réponse de Tom fut de nouveau forte et claire :
— Non.

Seize secondes plus tard. Claire ne détachait plus les yeux du mouvement saccadé de la grande aiguille de sa montre.

— Y a-t-il un sujet sur lequel vous redouteriez que je vous pose des questions, même si je vous ai dit qu'il n'y aurait pas de surprises ?
— Non, aucun.

Quinze secondes passèrent. Exactement.

— Avez-vous déjà menacé quelqu'un qui vous est cher de violences physiques ?
— Non.

Dix-sept secondes de silence.

— Avez-vous vu le moindre civil mourir le 22 juin à La Colina ?
— Non.

Quinzes secondes passèrent, puis vingt. La pause la plus longue.

— Merci, Ronald, annonça Givens. Nous en avons terminé.

Grimes toqua à la porte. Deux gardes entrèrent dans la pièce. Ils mirent les menottes à Tom et l'emmenèrent dans le couloir. Claire et Grimes suivirent le mouvement. Tous s'installèrent sur des chaises, Tom flanqué de ses deux gardes. Cinq minutes de silence passèrent. Une éternité.

Givens ouvrit enfin la porte.

— Professeur Heller, Mr. Grimes, puis-je vous parler ?

Ils pénétrèrent dans la pièce. Le cœur de Claire battait à cent à l'heure. Elle sentait la sueur perler dans son cou.

Givens attendit qu'ils fussent assis. Il semblait vouloir écourter au plus vite le suspense ; mais il se devait de suivre un scénario préétabli, d'accomplir scrupuleusement chaque étape.

— Alors, lança Grimes, notre bonhomme est un vilain menteur ou pas ?

Claire lui lança un regard noir. Givens resta de marbre.

— À mon avis, il dit la vérité. Mon rapport conclura à une ADE. Aucune Dissimulation Établie.

— Très bien, approuva Claire, d'un ton calme de professionnelle. — Mais en dessous, c'était la tempête. Jamais, depuis la naissance d'Annie, elle n'avait été aussi transportée de bonheur. Une sensation physique, organique. L'impression que son cœur, ses poumons, son ventre se soulevaient de quelques centimètres. Toute tension soudain dissipée. — Merci, dit-elle encore. Quand pouvons-nous escompter recevoir votre rapport ?

24.

La salle de tribunal se trouvait sous terre. Une pièce sans fenêtre, creusée récemment sous l'un des bâtiments de la base, non loin du centre de formation du FBI. Deux gardes de la police militaire se tenaient devant l'escalier métallique qui menait à la double porte d'acier fermant la salle, une porte avec des serrures électroniques à codes.

Un peu avant neuf heures, Claire et Grimes se retrouvèrent devant le bâtiment de brique. Claire portait un tailleur bleu marine classique, ni trop voyant ni trop raffiné. Grimes avait opté, à la grande satisfaction de la jeune femme, pour un costume croisé à l'élégance irréprochable.

— Je ne veux pas qu'Embry intervienne, annonça-t-elle.

— Moi non plus.

— Et je veux que vous interrogiez le premier témoin. Je vous regarderai faire.

— Entendu.

— Dites donc, vous vous êtes mis sur votre trente et un !

— Cela vous en bouche un coin, pas vrai ?

— Un peu. Allons-y.

Ils entrèrent dans le bâtiment, descendirent au sous-sol et attendirent que la double porte d'acier soit déverrouillée. La salle d'audience, d'environ dix mètres de long sur sept de large, était curieusement basse de plafond. Le sol était recouvert de linoléum gris, les murs en ciment étaient laissés nus. Le reste était en tout point comparable à un tribunal civil, avec son fauteuil de juge, son box des témoins, celui des jurés (dix chaises au lieu de douze, qui resteraient vides car l'audience se déroulerait sans jurés), ses deux longues tables, l'une pour la défense, l'autre pour l'accusation. Le mobilier était moderne et de belle facture, du bois blond, un capitonnage gris. Un drapeau américain était suspendu à une perche derrière l'estrade du juge. Sur le mur derrière le box des jurés trônait une grande horloge. L'acoustique était étrange, comme si les sons étaient étouffés, isolation phonique totale.

Claire aperçut avec surprise quelques personnes sur les bancs du public, des hommes en uniforme avec des badges du ministère de la Défense au revers. Personne de sa connaissance. Que faisaient donc ces gens ici ?

— Je croyais que ce devait être une audience à huis clos, lança Claire à l'oreille de Grimes.

— Les spectateurs sont admis s'ils ont une accréditation secret-défense.

— Qui sont ces gens ?

Grimes haussa les épaules.

— Beaucoup de gens au Pentagone suivent de très près cette affaire.

Une boule d'angoisse monta dans son ventre. Elle eut soudain la gorge sèche. Il devait y avoir un pichet d'eau sur leur table. Elle remplit deux verres, un pour elle, l'autre pour Grimes, puis ouvrit sa mallette. Sous ses dossiers, elle trouva caché un Winnie l'ourson en peluche tout élimé, un petit message d'encouragement de la part d'Annie. Claire esquissa un sourire et faillit rire franchement, touchée par le geste de la fillette.

Quelques minutes plus tard, le major Lucas Waldron fit son entrée, grand, sec, l'air sévère, accompagné par son adjoint, un certain capitaine Philip Hogan. Ils étaient tous deux en uniforme et tenaient à la main la même serviette ventrue.

— L'assemblée est presque au complet, remarqua Grimes. Où est notre homme ?

— Il devrait arriver d'une seconde à l'autre, répondit Claire.

Les portes d'acier s'ouvrirent de nouveau, et comme à la parade, Tom, flanqué de deux gardes, pénétra dans la pièce, vêtu d'un uniforme vert, taillé au cordeau. Cette vision la surprit ; la tenue militaire lui seyait à merveille ; il y semblait parfaitement à son aise. Ses menottes et chaînes scintillaient à ses bras commes des bracelets. Sa chemise était repassée de frais, mais bâillait légèrement au cou ; Tom avait perdu du poids ; son teint était pâle.

Il chercha Claire des yeux, l'air anxieux, puis sourit en l'apercevant.

Trois minutes avant neuf heures, Embry arriva à son tour dans son uniforme vert et se hâta de les rejoindre à la table de la défense.

— Mille excuses, s'exclama-t-il en s'asseyant à côté de Grimes.

— On a fait la fête hier soir ? rétorqua Grimes.

Embry secoua la tête, souriant de bonne grâce.

— Un problème de voiture.

— Alors comme ça, vous êtes copain avec l'accusation ? lança Grimes.

Claire se raidit ; elle lui avait demandé de ne pas attaquer Embry sur ce sujet ; il était trop tôt.

— Pas exactement. Pourquoi ?

— Parce que si j'apprends que vous leur avez dit quoi que ce soit sur notre dossier, je dis bien quoi que ce soit, je vous fais sauter des JAG et m'offre vos testicules en marinade dans un pot de cornichons.

— Qu'est-ce qui vous prend ? demanda Embry, vexé.

Grimes releva la tête et vit entrer l'officier d'instruction dans la salle d'audience.

— On reparlera de tout ça plus tard. Le show va commencer.

— Je suis le lieutenant-colonel Robert T. Holt. Le but de cette audience relative à l'article 32 du code de la justice militaire est d'examiner le bien-fondé et la bonne forme des charges retenues contre le sergent de première classe Ronald M. Kubik. — Le lieutenant-colonel était âgé d'une cinquantaine d'années ; grand, maigre, avec un front dégarni et un long visage anguleux, il portait des lunettes carrées, à monture métallique. Sa voix était aiguë et sifflante. — Une liste exhaustive de ces charges a été fournie à l'accusé, à la défense, à l'accusation ainsi qu'au greffe de ce tribunal. Sergent de première classe Kubik, avez-vous pris connaissance desdites charges pesant contre vous ?

— Oui, je les ai lues, répondit Tom, assis entre Claire et Grimes.

— Vous savez que vous êtes poursuivi pour quatre-vingt-sept meurtres et que vous risquez la peine capitale ?

— Je le sais.

— On vous a dit également que vous avez le droit d'interroger les témoins à charge qui déposeront contre vous à cette audience. — Acquiescement de

Tom. — Parfait. Avant toute chose, les serments de confidentialité ont-ils été dûment signés par l'accusation et par la défense ?

— Oui, fit Waldron.

— Oui, ils ont été signés, renchérit Grimes.

— Il est donc bien clair pour tout le monde que rien de ce qui va se dire durant cette audience ne devra sortir de ces murs.

— Absolument.

— Certes, lança Grimes en se levant soudain, mais la défense tient à rappeler que notre ratification ne saurait priver notre client du droit fondamental d'avoir un procès public, comme le Sixième Amendement le garantit pour tout citoyen américain. L'État n'a, pour l'heure, fourni aucune raison valable justifiant que cette affaire soit classée secret-défense.

Le lieutenant-colonel Holt dévisagea Grimes quelques secondes avant de s'éclaircir la gorge :

— Très bien. Cette précision de la défense sera consignée.

Waldron se leva à son tour.

— Bien que cette affaire ait trait à la sécurité nationale et mette en jeu des informations classées top secret, l'accusation craint que la défense ne menace de divulguer à la presse certaines informations pour faire pression sur cette cour, voire qu'elle ne verse sciemment dans la contre-information pour fausser le débat et s'allier l'opinion publique ; aussi, afin de garantir la bonne marche de la justice, nous vous demandons de notifier à la défense que tout contact avec la presse lui est strictement interdit.

Claire et Grimes se regardèrent, étonnés. Comment Waldron pouvait-il connaître leurs intentions ? Une seule personne avait pu l'en informer : Embry.

— Certes, répondit le colonel Holt avant de se tourner vers Claire. Cette audience étant classée secret-défense, il est donc rappelé à la défense que toute communication avec la presse concernant ces débats est prohibée.

Claire se leva elle aussi.

— J'ai bien entendu votre recommandation, mais, comme vous le savez, Mr. Grimes et moi-même étant civils, nous ne sommes en aucun cas astreints à l'obéissance. En revanche, je suis sûre que le capitaine Embry suivra vos instructions à la lettre. Nous avons prêté serment de confidentialité en ce qui concerne les informations classées secret-défense et nous comptons y être fidèles, mais en ce qui concerne le reste, nous recevons vos doléances à titre purement informatif.

Holt lui lança un regard incendiaire. Après un long silence, il marmonna :

— C'est noté. L'accusation a-t-elle, d'ores et déjà, une liste de témoins potentiels à présenter à cette audience ?

— Monsieur l'officier d'instruction, le ministère public prévoit d'appeler à la barre le colonel James Hernandez et l'adjudant-chef Stanley Oshman.

— Qui c'est celui-là ? souffla Claire à l'oreille de Grimes.

— Aucune idée, répondit-il avec un haussement d'épaules.

— Très bien. Capitaine Hogan, major Waldron, nous vous écoutons.

Waldron se leva.

— Le ministère public soumet à la cour les pièces 2 à 21, dont une copie a été fournie à la défense, pour qu'elle puisse les examiner et faire connaître ses objections éventuelles.

— La défense a-t-elle des objections ? s'enquit Holt.

— Heu, oui, répondit Grimes. Nous réfutons la pièce numéro 3, une déposition relatant un délit présumé de notre client concernant un différend avec un voisin en Caroline du Nord datant de 1984.

— Et pour quel motif réfutez-vous cette pièce ?

— Parce qu'elle a trait à une accusation jamais vérifiée et qu'elle n'a aucun lien avec le massacre des quatre-vingt-sept civils au Salvador. L'accusation présente cette pièce sans fondement, dans le seul but de salir la réputation de notre client.

— Le ministère public peut-il nous éclairer ? demanda Holt.

— Nous soumettons cette pièce, expliqua Waldron, parce qu'il s'agit également d'un meurtre, celui d'un chien, et en aucun cas pour salir la réputation de l'accusé.

— Un chien ? répéta Holt.

— De simples ragots, souffla Tom.

Devereaux, en effet, n'avait pu recueillir la moindre information concernant cette affaire, ni retrouver le voisin fantôme.

— Absolument, poursuivit Waldron. Il ne s'agit pas pour nous de confondre le fait de tuer un homme et de tuer un chien, mais de montrer que l'accusé est capable de concevoir un crime et de l'exécuter de sang-froid.

Et de faire feu de tout bois... songea Claire.

Il y eut un long silence.

— Je vais me ranger à l'avis de la défense, annonça finalement Holt. Cette affaire est trop extérieure aux faits qui nous occupent et elle ne sera pas versée au dossier. Pièce rejetée.

— C'est noté, répondit Waldron, sans autre émotion.

Grimes esquissa un sourire.

— Nous réfutons également les pièces 6 à 11, poursuivit-il. Il s'agit de dépositions données soi-disant par six membres de l'unité de notre client. Je ne vois pas comment nous pourrions interroger des morceaux de papier ! Où sont donc ces six hommes ?

— Major Waldron ? demanda Holt.

— Plusieurs de ces hommes sont morts ; quant aux autres, nous ne sommes astreints à faire comparaître devant cette cour que des témoins « légalement accessibles », c'est-à-dire qui se trouvent au moment de l'audience dans un rayon de cent kilomètres du tribunal.

— Entendu, répondit Holt après une hésitation, j'accepte ces pièces. Si la défense en a terminé avec ses objections, nous allons pouvoir entendre le premier témoin de l'accusation.

Waldron se leva et lança d'une voix de prédicateur :

— Le ministère public appelle le colonel James Hernandez !

25.

Le colonel James Hemandez, l'aide de camp du général, était un homme de petite taille, mais solidement charpenté, avec des cheveux bruns courts et bouclés, une petite moustache et la peau hâlée. Sous l'œil droit, une balafre. Il y avait une pointe d'accent cubain dans sa voix, à peine perceptible. Il avait refermé les mains sur le garde-fou du box.

— Ils imploraient pitié, expliquait-il. Ils disaient qu'ils n'étaient pas des rebelles.

— Et que faisait le sergent Kubik pendant qu'il les mitraillait ? demanda Waldron.

— Comment ça ?

— Oui, comment réagissait-il à leurs implorations ?

— Il souriait ou quelque chose comme ça.

— Il souriait ? Comme s'il y prenait du plaisir ?

— Objection ! lança Claire, tout en sentant la main de Grimes se refermer sur son bras. Le témoin n'est pas en position de dire si mon client éprouvait ou non du plaisir !

— Mrs. Chapman, commença Holt, nous ne sommes pas à la cour martiale. Ce n'est qu'une audience préliminaire. Les règles en usage lors des procès ne s'appliquent pas ici.

— Mais votre honneur...

— Je ne suis pas « votre honneur » bien que je le regrette, croyez-le. Appelez-moi colonel Holt ou encore monsieur l'officier d'instruction. Vous comptez bien interroger le témoin tout à l'heure, n'est-ce pas ?

— C'est moi qui vais m'en charger, déclara Grimes.

— Dans ce cas, Mrs. Chapman, je ne vois pas pourquoi vous intervenez. Seul Mr. Grimes serait en position de le faire. Nous avons des règles ici. Un avocat par témoin. Pas de charge de mêlée. Compris ?

— Compris, s'excusa Claire, puis elle se tourna vers Grimes : Désolée.

— J'en ai terminé avec le témoin, annonça Waldron.

Grimes se leva et se tint devant la table de la défense.

— Colonel Hernandez, lorsque vous avez été contacté pour comparaître à cette audience, vous a-t-on menacé de quelque manière que ce soit si vous refusiez de coopérer ?

— Non.

— Vous n'avez subi aucune pression ?

— Aucune, répondit-il encore, en regardant Grimes droit dans les yeux.

— Je vois, lâcha Grimes, comme s'il ne croyait pas un traître mot de ce que lui disait Hernandez. Et lorsque vous avez été interrogé par le CID en 1985, concernant l'incident de La Colina, là encore aucune pression ?

— En 1985 ?

— Oui.

— Non, aucune pression.

— Personne ne vous a menacé si vous ne vous

montriez pas coopératif, par exemple, de vous faire inculper pour complicité de meurtre, voire de meurtre ?

— Personne.

— Aucune menace ?

— Non.

Hernandez leva le menton d'un air de défi.

— Cette déposition a donc été faite de votre strict plein gré ?

— Exact.

— Vous travaillez pour le général William Marks, n'est-ce pas ?

— Exact. Je suis son adjoint.

— Vous a-t-il demandé de venir témoigner ?

— Non. C'est ma propre décision.

— Il n'y a eu aucune incitation de sa part ?

— Non.

— Vous ne craignez donc pas de ruiner votre carrière si vous émettez quelque critique que ce soit à l'encontre du général ?

Hernandez hésita.

— Si j'avais des critiques à formuler, je serais obligé de les dire. Je suis sous serment. Mais il se trouve que je n'ai rien à reprocher au général.

— Dites-moi, colonel, lorsque vous avez vu le sergent Kubik vider ses chargeurs sur ces civils, avez-vous tenté de l'en empêcher ?

Hernandez regarda Grimes d'un air suspicieux. Était-ce un piège ?

— Non, répondit-il finalement.

— Ah bon ? Personne n'a donc rien fait pour l'arrêter ?

Hernandez hésita encore. Il se redressa sur son siège et chercha Waldron et Hogan du regard.

— Je ne sais pas. Je n'ai vu personne bouger.

— Je vois, murmura Grimes. — Il fit quelques pas vers lui, hocha la tête et répéta d'un ton détaché :
— Vous n'avez vu personne bouger...
— Non.
— Le général Marks, alors colonel à l'époque, se trouvait au QG ce jour-là. C'est vous qui dirigiez les opérations sur le terrain, n'est-ce pas ?
— Exact.
— Colonel Hernandez, depuis combien de temps travaillez-vous pour le général Marks ?
— Depuis 1985.
— Cela ne date pas d'hier. Il doit avoir une grande confiance en vous.
— Je l'espère.
— Vous seriez prêt à mourir pour le général ?
— S'il le fallait, oui, sans hésiter.
— Vous seriez donc prêt à mentir pour lui, n'est-ce pas ?
— Objection ! s'écria Waldron.
— Je retire ma question, lança Grimes. À présent, je voudrais passer en revue avec vous tous les événements de cette journée du 22, pour être sûr de ne rien oublier.

Hernandez haussa les épaules.

En plus de deux cents questions fastidieuses, Grimes fit raconter au témoin les moindres faits qu'il avait conservés en mémoire. C'était comme s'ils visionnaient un film image par image.

Puis soudain, Grimes vira de cap :
— Dites-moi, colonel Hernandez, aviez-vous de l'estime pour Ronald Kubik ? Était-ce un ami ?

Hernandez chercha de nouveau du regard Waldron et Hogan. Il prit un air mauvais, ouvrit la bouche pour dire quelque chose puis se ravisa.

— Dites-nous donc la vérité, colonel Hernandez, insista Grimes en revenant vers la table de la défense.

— Non. Ce n'était pas un ami.

— En vérité, vous ne l'aimiez pas beaucoup, n'est-ce pas ?

— Pour moi, c'était un malade.

— Un malade ?

— Exactement.

— Et malade comment ? s'enquit Grimes.

— C'était un sadique. Il adorait tuer.

— Au combat, vous voulez dire.

Hernandez fronça les sourcils.

— Ben oui, évidemment. Quelle question !

— Vous ne tuiez personne hors période de combat, n'est-ce pas ?

— Non. Sauf durant des missions commandées, où il n'y a pas forcément de combat.

— Certes. Donc, en mission, il aimait tuer.

— Exact.

— C'était pourtant son boulot. Votre boulot à tous.

— En partie...

— En partie.

— Et vous dites qu'il se débrouillait bien. Qu'il aimait même ça ?

— Exact.

— Diriez-vous que Ronald Kubik était un bon soldat ?

— Ce qu'il a fait était illégal...

— Je ne vous parle pas de ce qui s'est passé le 22 juin. Je vous parle de son comportement jusqu'à cette nuit-là. Diriez-vous qu'il était un bon élément des Forces spéciales ?

Hernandez se sentit pris au piège.

— Oui, concéda-t-il avec aigreur.

— C'était un très très bon, non ?

— Oui. Il était si téméraire que cela en faisait froid dans le dos. C'était l'un des meilleurs gars de l'unité.

— J'en ai terminé avec le témoin, annonça Grimes.

— Il est midi, précisa le colonel Holt. Nous allons suspendre la séance jusqu'à quatorze heures.

Tout le monde se leva, dans un brouhaha de conversations et de raclements de chaises curieusement assourdis. Waldron se dirigea aussitôt vers la sortie. Hogan finit de ranger ses dossiers. Les portes d'acier s'ouvrirent. Tom enlaça Claire :

— On s'en est bien sortis, non ?

— Pas trop mal, répondit Claire. Mais comment savoir au juste ?

Soudain, Hogan s'approcha de leur table et souffla à l'intention de Tom :

— On aura ta peau, espèce de malade, d'une façon ou d'une autre ! Ici, ou ailleurs.

Tom écarquilla les yeux, mais ne dit rien. Claire, qui avait entendu, sentit une bouffée d'adrénaline monter en elle, mais garda également le silence.

Tom tendit les mains pour que les gardes lui passent les menottes. Ils le conduisirent hors de la salle et le ramenèrent en cellule.

Embry contourna la table et s'approcha de Grimes pour le féliciter. Grimes évita la main que lui tendait le jeune homme.

— Pourquoi leur avez-vous dit que nous comptions nous mettre la presse dans la poche ? lâcha-t-il d'un air mauvais.

Embry baissa la main lentement. Son visage s'empourpra dans l'instant.

— On vous a vu, Embry. On vous a vu boire une bière avec Waldron et toute sa clique.

— Et alors ? Ce n'est rien d'autre que ça. Un verre de bière. Je vois ces gens toute l'année. Ce sont des collègues. Je devrai encore travailler avec eux lorsque vous serez partis depuis belle lurette.

— Ce n'est pas une raison pour leur divulguer notre stratégie ! lança Claire.

— Je ne leur ai rien dit, madame. Rien du tout. Non seulement ç'aurait été contraire à la déontologie, mais de plus cela m'aurait attiré un tas d'ennuis. Les informer que vous vous apprêtiez à divulguer des secrets d'État, c'était reconnaître implicitement que je faisais partie du complot. Vous imaginez les conséquences pour moi ?

Sur ce, le jeune homme tourna les talons, vexé, et s'en alla.

— Vous le croyez ? demanda Grimes.

— Je ne sais plus qui croire, au point où nous en sommes, répondit Claire. Allons déjeuner. Je suis garée tout près. J'ai vu un McDonald's en arrivant.

— Va pour le McDo.

— Il y a donc un McDo dans toutes les bases militaires de la planète ?

— Oui, ou un Burger King.

— Pourquoi n'avez-vous pas coincé Hernandez ? demanda-t-elle, une fois sur le parking, lorsqu'elle s'estima hors de portée d'oreilles indiscrètes. Dans sa déposition, il a dit qu'ils avaient tous essayé d'arrêter le massacre. Or, il soutenait le contraire ; c'est une contradiction manifeste ! Pourquoi ne vous êtes-vous pas engagé dans la brèche ?

— Parce que ce n'est pas le moment, répondit Grimes. Il vaut mieux le laisser s'enferrer dans cette contradiction. Qu'elle soit consignée. Nous ne sommes pas là pour casser du témoin.

— Pourquoi donc ?

— Mieux vaut garder nos munitions pour le procès. Parce que nous irons au procès, nous le savons, vous comme moi.

Elle secoua la tête, incrédule, devant l'étrangeté de la justice militaire.

— L'audience du 32 est une sorte de piège à glu. Il faut laisser l'oiseau s'y aventurer pour espérer l'attraper. Le système fonctionne comme ça. Défendre votre mari vous rend trop impatiente.

Elle rougit soudain. Grimes avait raison. Elle perdait son objectivité. Mais comment reléguer ses sentiments pour Tom au second plan ?

Elle ouvrit les portières et s'installa au volant. Lorsqu'elle mit le contact, un son assourdissant emplit l'habitacle : la radio hurlante, le volume poussé à fond.

— Mais qu'est-ce qui vous prend ? lança Grimes. Vous voulez me rendre sourd à vie ? J'ignorais que vous étiez fan de musique à ce point-là !

Elle coupa aussitôt l'appareil.

— Nom de Dieu, qu'est-ce que c'était ?

— Marilyn Manson, je crois bien. Je n'écoute pas ce genre de soupe.

— Je n'ai pas allumé ce machin ! rétorqua-t-elle. Je n'écoute jamais la radio en voiture.

— Vous l'avez peut-être allumée sans le faire exprès, en cognant le bouton en sortant.

— Je l'aurais entendue. Ce n'est pas moi qui ai allumé cette fichue radio, point ! C'est quelqu'un d'autre.

— Alors c'est une mise en garde, conclut Grimes. Histoire de nous faire comprendre qu'ils peuvent entrer dans votre voiture ou chez vous quand bon leur semble.

— Astucieux, répondit-elle.

26.

— Appelez votre second témoin, ordonna Holt.

— Monsieur l'officier d'instruction, annonça Waldron, ce dernier témoignage a été prévu en réponse à ce que pourrait avancer la défense et n'a donc guère d'à-propos pour l'heure. — Claire et Grimes échangèrent un regard étonné. — Mais pour éviter de retenir l'adjudant-chef Oshman encore un jour ou deux, j'aimerais le faire comparaître tout de suite.

— La défense y voit-elle une objection ? s'enquit Holt.

— Vous ne savez toujours pas qui est ce type ? murmura Claire à l'oreille de Grimes.

— J'ai fait chou blanc, chuchota Grimes en retour. Mais ce n'est pas grave ; on l'interrogera et nous pourrons ainsi affûter nos armes pour le procès. — À haute voix, il s'adressa au colonel Holt. — Non, nous n'avons aucune objection.

— J'appelle donc mon second témoin, claironna Waldron, l'adjudant-chef Stanley Oshman, spécialiste des tests de détection de mensonges, en poste à Fort Bragg.

Une rumeur d'étonnement parcourut la salle de tribunal.

— Quoi ? lâcha Grimes à haute voix. — Il regarda

Claire puis se tourna vers Embry. — Qu'est-ce que cela veut dire ?

L'adjudant-chef se leva de son siège parmi les spectateurs. Il était là depuis l'ouverture de l'audience, à suivre tous les débats. Il ressemblait à un hibou avec ses grosses lunettes rondes ; il était mince, la quarantaine dégarnie. Il se fraya un chemin jusqu'au box des témoins et prêta serment. Waldron expédia les préliminaires, sous le regard médusé de Claire et de Grimes, et entra dans le vif du sujet.

— Adjudant-chef Oshman, en plus de vos responsabilités journalières à Fort Bragg, quel type de travail menez-vous avec les unités des Forces spéciales ?

— Je leur apprends à tromper la machine.

— Pouvez-vous être plus clair ?

— Je leur enseigne les techniques, les astuces si vous préférez, pour induire en erreur un détecteur de mensonges, au cas où ils seraient capturés et interrogés par l'ennemi.

— Ce n'est pas possible, articula Grimes.

— Vous attestez donc, poursuivit Waldron, qu'un membre des Forces spéciales, tel que Ronald Kubik, pourrait tromper un détecteur ?

— Absolument. Sans aucun problème.

— Nom de Dieu ! pesta Grimes un peu trop fort. On peut renvoyer notre bonhomme dans ses pénates !

— Vous m'accusez de nouveau ? lança Embry après la fin de l'audience. C'est ce que vous sous-entendez ?

— Je ne sous-entends rien, j'affirme. — Grimes fulminait. Waldron savait que nous comptions appeler un expert à la barre pour présenter les résultats d'un test. Comment vous expliquez ça ?

— Je n'en sais rien. — Embry était rouge

jusqu'aux oreilles. — J'ai été aussi surpris que vous et...

— Ah oui ? lança Grimes, sarcastique.

— Laissez-lui une chance de s'expliquer... intervint Claire.

— Expliquer quoi ? rétorqua Grimes. Pour qu'il puisse nous coller encore aux basques et nous faire des enfants dans le dos ? L'accusation vient de foutre en l'air notre joker. Personne n'accordera plus le moindre crédit à notre test puisqu'il a été pratiqué sur un type formé pour duper la machine.

Claire chercha, par réflexe, Tom des yeux, mais se souvint qu'on l'avait déjà reconduit dans sa cellule.

— Puisque c'est comme ça, lança Embry, je vais vous faciliter la tâche. Je me retire de l'affaire.

Le jeune homme s'éloigna à grands pas.

— Vous êtes toujours astreint au devoir de réserve, connard ! lança Grimes dans son dos. Même si c'est visiblement le cadet de vos soucis !

Embry disparut dans le flot des spectateurs qui quittaient la salle d'audience. Claire vit Waldron marcher vers leur table. Avait-il entendu l'altercation ?

— Le capitaine Embry ne m'a rien dit, assura Waldron en regardant Claire droit dans les yeux. Vous lui devez des excuses. C'est un tout petit monde ici, et les bruits courent vite.

Claire choisit de ne pas s'appesantir sur le sujet.

— J'aimerais que vous éclairiez ma lanterne, major Waldron, demanda-t-elle d'une voix douce. À quoi bon organiser un procès s'il doit se dérouler à huis clos ? Un procès sert à montrer au public que la justice est faite. Où est le public ? Ces cinq inconnus en uniforme, bardés de sauf-conduits militaires ?

— Déposez donc une plainte auprès du ministre de la Défense, répliqua Waldron.

— Pourquoi pas ? En attendant, il est clair que ce n'est pas pour des raisons de sécurité nationale que vous voulez garder cette affaire secrète ; les événements datent de treize ans ! La vraie raison, c'est que trop de gens risqueraient de se retrouver sur la sellette.

— Pas du tout, la sécurité nationale est...

— Ne vous fatiguez pas. Il n'y a que nous deux ici. Alors soyez honnête. Pourquoi voulez-vous donc traduire mon mari en cour martiale ? Cela me dépasse. Il vous suffirait, pour être tranquille, de l'enfermer dans un asile pour le reste de ses jours...

— C'est bien là qu'est sa place, contre-attaqua Waldron. Votre mari est un psychopathe, un malade mental, un pervers. Il a montré ses talents d'assassin au Viêt-nam. Il était une légende, une légende de la mort, parmi le petit monde des services secrets. La perle rare pour l'armée. Au même titre que ces nazis que l'Amérique a embauchés à la fin de la guerre. Le Pentagone croyait pouvoir maîtriser Kubik ; mais ils se sont trompés.

— Demandez-vous plutôt ce que cherchent les huiles du Pentagone. Posez-vous vraiment la question, lança Claire. Vous pouvez raconter n'importe quoi sur mon mari, il n'en reste pas moins que ce que veulent les types d'en haut, c'est étouffer l'affaire, s'assurer que le public n'aura jamais vent de ce massacre perpétré par l'armée américaine. Et nous comprenons ça fort bien. Nous sommes même prêts à les y aider. Laissez tomber les charges contre mon mari, et nous vous promettons le secret absolu. On vous mettra ça noir sur blanc si vous voulez. Rien ne sortira de ces murs. Mais si vous vous entêtez à vouloir aller en cour martiale, j'aurai la tête de votre général d'armée. Je vous le promets. Et toute l'affaire éclatera au grand jour. Est-ce cela que vous souhaitez ? Voilà la question fondamentale à vous poser. Si mon mari tombe, vous tomberez aussi.

Waldron esquissa un sourire torve, sinistre.

— Je me contrefiche de couvrir nos arrières. Ou de savoir qui tombera ou non. Mon boulot est de poursuivre en justice un meurtrier, un tueur de gens innocents, et de le mettre sous les verrous pour le reste de sa vie infâme. À défaut de le voir fusiller. Voilà mon travail, et je le fais avec joie. On se reverra au procès.

27.

Annie se brossait les dents, prête à aller au lit. Claire, épuisée, rinçait les assiettes pendant que Jackie les rangeait dans le lave-vaisselle.

— Cet idiot d'Eeyore[1] m'agace, pestait Jackie. Il suffirait de donner à ce pauvre âne deux ou trois Prozac et il n'y paraîtrait plus. Ça me rend folle !
— Claire hocha la tête en souriant. — C'est comme pour ce nom de Kubik. Je ne m'y fais pas. Impossible de l'appeler Ron.

— Moi itou. Je ne sais jamais comment l'appeler, et il y a quelque chose de symbolique derrière ça. C'est comme s'il était devenu un étranger. Je le vois à peine cinq minutes avant l'audience, on parle travail. Il me félicite, me pose des questions sur des points de procédure. Lorsque je le vois à la prison, c'est pareil ; on parle de son dossier. C'est boulot boulot.

— Normal, non ? Tu es son avocate, sa vie est entre tes mains. On serait angoissé à moins. Au fait, tu as réussi à faire passer les résultats du test au détecteur de mensonges ?

— Oui, mais vu le coup que nous a fait l'accusation, à la place de la cour, je n'y accorderais guère

---

1. L'âne triste dans *Winnie l'ourson*. *(N.d.T.)*

de crédit, je croirais sûrement qu'il a trompé la machine, puisqu'il a été entraîné pour ça.

— Et toi ?

— Comment ça, moi ?

— À ton avis, a-t-il, oui ou non, « trompé la machine » ?

— Comment veux-tu que je le sache ? C'est possible... il en a les capacités. Mais je ne vois pas à quoi cela lui aurait servi puisqu'il est innocent.

— Certes, répondit Jackie, laconique. — Elle montra à sa sœur une assiette de céramique peinte à la main. — Elles sont superbes. Tu crois qu'elles vont à la machine ?

— Jusqu'à preuve du contraire.

— Je peux te parler franchement, Claire ?

— Je t'écoute.

— Il y a deux mois nous considérions, toutes les deux, Tom Chapman comme un type extra, un bon père, un bon mari, charmant et juste ce qu'il faut de machisme.

— Et alors ?

— Alors nous savons qu'il nous cachait la vérité.

— Jackie...

— Non, attends. Peu importe cette histoire de massacre. Il a été membre d'une unité militaire secrète, des types qu'on parachute aux quatre coins de la planète, dans des pays étrangers où ils n'ont officiellement rien à faire, avec fausse identité et tout le tintouin, pour y faire le ménage à coups de mitrailleuse et repartir comme ils sont venus. C'est toi qui parlais de symbole tout à l'heure ? Eh bien, ton Tom s'est parachuté dans ta vie, surgissant de nulle part, il a occupé le terrain, avec fausse identité et...

— C'est un peu facile, rétorqua Claire en frottant

consciencieusement des restes de céréales incrustés au fond du bol d'Annie.

— Nous ne savons pas qui il est.
— Il reste l'homme que j'aime.

Jackie se tourna vers sa sœur.

— Mais ce n'est pas l'homme que tu croyais connaître. Ce n'est pas l'homme que tu as aimé.
— C'est faux. J'ai été amoureuse, je suis amoureuse, de Tom pour ce qu'il est, pour ce qu'il a été avec moi. Tout le monde a un passé, tout le monde cache quelque chose. On ne se livre jamais tout entier, il reste toujours des zones d'ombre, intentionnelles ou pas...
— Ne noie pas le poisson. Le fond du problème, c'est que tu ne sais pas qui est ce type, ni ce qu'il a fait.
— Il n'a rien fait de ce qu'on lui reproche !
— Comment peux-tu affirmer une chose pareille ? S'il a pu mentir sur sa famille, ses parents, son enfance, sur toute sa vie, pourquoi ne pourrait-il pas te mentir sur cette histoire également ?

Annie se tenait en pyjama sur le seuil de la cuisine, suçant son pouce pour la première fois depuis des années.

— Annie ! lança Claire.

Annie retira son pouce de sa bouche avec un bruit de succion mouillée. Elle regarda sa mère d'un air revêche et suspicieux.

— Pourquoi vous vous disputez, tatie Jackie et toi ?
— On ne se dispute pas, ma chérie. Nous parlons, nous discutons.
— Non, vous vous disputiez ! insista la fillette.
— Allons, ma chérie, on ne faisait que parler, répondit Jackie. — Elle se tourna vers Claire. — Je vais fumer une cigarette.

— Alors hors de la maison ! rétorqua sa sœur. J'irai te rejoindre quand j'aurai mis Annie au lit.

— J'ai fait de toi une dépravée, lança Jackie.

— Non, ce n'est pas toi qui me mettras au lit ! répliqua la fillette. Je veux que ce soit Jackie.

— Pourquoi donc ? Je te vois si peu ! Ça me ferait tant plaisir.

— Non, je ne veux pas ! s'entêta Annie. Je veux que ce soit Jackie, pas toi !

Jackie se retourna vers l'enfant.

— Allons, ma chérie, laisse ta maman te mettre au lit.

— Tu sais, maman serait... voulut renchérir Claire.

— Maman, rien du tout ! Toi tu vas au travail. Va-t'en. Je veux que ce soit Jackie.

La fillette tourna les talons et monta dans sa chambre en courant.

Claire se tourna vers Jackie, l'air suppliant.

— Tu l'as bien cherché, lança Jackie. Sa réaction est normale.

La chambre d'Annie était en fait une chambre d'amis de la maison ; les jouets répandus par terre constituaient la seule touche enfantine de la pièce.

Annie était déjà au lit, feuilletant un livre illustré, *Alice au pays des merveilles*, suçant son pouce avec colère.

— Va-t'en, lança-t-elle lorsque sa mère passa le seuil.

— Ma chérie, sois gentille... répondit Claire doucement en s'approchant du lit.

Annie retira son pouce de sa bouche.

— Va-t'en ! Va travailler !

— Tu ne veux pas que je te fasse la lecture ? Cela me ferait tant plaisir.

— Je ne veux pas de toi, alors tu peux t'en aller.

Elle renfonça son pouce dans la bouche, et replongea le nez dans son illustré.

— Il faut que je te parle, Annie.

La fillette fit mine de ne pas entendre.

— Je t'en prie, ma chérie. C'est important.

Annie ne quittait pas son livre des yeux.

— Je sais que tu es en colère contre moi. Je n'ai pas été une gentille maman, ces derniers temps. Je le sais.

Le regard d'Annie sembla s'adoucir un instant, puis elle baissa la tête, les sourcils froncés, sans rien dire. Claire lui avait dit que son papa était au tribunal, mais comprenait-elle réellement ce que cela signifiait ?

— Aider papa me demande beaucoup de travail. Je m'en vais tôt le matin, je rentre tard le soir et je suis fatiguée. Je sais que nous n'avons rien fait de ce que nous faisons ensemble d'habitude. Mais je veux que tu saches que je t'aime. Plus que tout au monde. C'est la vérité. Quand tout sera fini, nous passerons plein de temps toutes les deux, comme avant ; on ira au zoo, on mangera des glaces.

Annie remonta les couvertures sous son menton. Sans quitter son livre des yeux, elle demanda d'un ton autoritaire :

— Quand est-ce que papa revient ?

— Bientôt, je l'espère.

Il y eut un silence.

— Jackie dit que papa est en prison, lâcha la fillette.

Claire hésita. Elle ne voulait plus lui mentir.

— Oui, il est en prison, mais c'est une erreur.

— C'est comment une prison ? demanda Annie, comme si elle voulait vérifier que sa mère lui disait la vérité.

— Il est enfermé dans une pièce. On lui apporte son dîner, des livres....
— Il y a des barreaux aux fenêtres et tout ça ?
— Oui, il y a des barreaux.
— Il est triste ?
— De ne pas pouvoir être avec toi.
— Je ne peux pas le voir ?
— Non, ma chérie.
— Pourquoi non ?
Bonne question, en effet.
— Parce que les enfants ne sont pas admis là-bas, mentit Claire.
Les visites des enfants étaient sans doute autorisées. Annie sembla accepter la réponse.
— Il a peur ?
— Au début, oui, mais plus maintenant. Il sait que nous allons le faire sortir bientôt et que l'on sera de nouveau tous les trois ensemble. Allez, je vais te lire un chapitre.
— Non, ce n'est pas la peine, répondit Annie. — Impossible de savoir si la fillette était encore fâchée contre sa mère. — J'ai sommeil. — Elle tourna le dos à Claire. — Bonne nuit, maman.

Claire s'endormit sur le canapé du salon à côté des traités de droit militaire et des cartons d'archives.
Vers vingt et une heures, elle fut tirée du sommeil par un coup de sonnette. Elle se dépêcha d'aller ouvrir, avant que le bruit ne réveille Annie.
C'était Grimes, arborant un air grave.
— La décision est tombée ?
Il hocha la tête.
— Le procès est pour quand ?
— Je peux entrer ? Ou suis-je consigné sur le perron ?

— Excusez-moi, entrez, je vous en prie.

— La mise en accusation est prévue dans six jours, annonça-t-il, en retirant son manteau. Cela veut dire que nous devrons avoir déposé toutes nos motions d'ici là. Le procès aura lieu, sans doute, dans un mois.

— Comment ai je pu en douter une seule seconde ? pesta Claire.

— Derrière votre cynisme, votre côté blasé et revenu de tout, vous êtes une optimiste invétérée.

— Peut-être, répondit-elle, guère convaincue. Vous voulez un café ?

— Jamais le soir.

— Les jeux sont faits, soupira-t-elle alors qu'ils s'installaient à leur place habituelle dans la bibliothèque. Si nous ne passons pas nos motions, nous sommes dans une merde noire.

— Comment pouvez-vous dire ça, vous, la reine des cours d'appel ? Il y a toujours moyen de se refaire ; le système offre des recours multiples.

— C'est vous l'optimiste ! Nous avons affaire à une vaste supercherie ! Il suffit que le juge dise aux militaires désignés comme jurés que leurs supérieurs sont convaincus de la culpabilité de Tom et le tour est joué ! Qu'est-ce que c'est que ça ? demanda-t-elle soudain en désignant une feuille de papier dans la main de Grimes.

— Notre convocation, répondit-il en lui donnant le document. Regardez qui nous assigne en cour martiale.

Grimes s'éloigna pour étudier un vase en porcelaine posé sur une colonne à côté du bureau.

La convocation était signée de la main même du ministre de la Défense.

— Je ne comprends pas, dit Claire. Pourquoi faire

appel aux poids lourds ? La griffe du commandant de Quantico aurait suffi, non ?

— D'ordinaire, oui. Cette signature est là pour nous faire parvenir un message, du genre : c'est du sérieux. On ne rigole pas.

— Non.

— Pardon ?

— Non, je ne pense pas que ce soit la vraie raison. À mon avis, c'est une précaution juridique.

— Comment ça ?

— Le général Marks, membre du grand état-major des armées, est impliqué dans cette affaire. Seule une personne de rang supérieur aux accusés éventuels peut demander une cour martiale. Et la seule personne au-dessus d'un chef d'état-major, c'est...

— Le ministre. C'est juste, reconnut Grimes en continuant d'admirer le vase. C'est juste.

— Et cette liste de noms, en dessous ? poursuivit Claire. Ce sont les membres du jury ?

— Exact.

— Je veux que l'on fouille le passé de tous ces types, à la recherche de zones d'ombre, de trucs louches. N'importe quoi qui nous permettra de réfuter la sélection. Qu'est-ce qui nous dit que ces types n'ont pas été choisis pour leur inclination à condamner ?

— Rien. Mais quant à prouver qu'il y a entente illicite, vous pouvez vous accrocher !

La sonnette tinta de nouveau.

— Nom de Dieu, lança Claire. Annie va finir par se réveiller. Elle vient juste de s'endormir.

— Vous attendez de la visite ?

— Ray Devereaux. Mon détective privé. Je reviens. Ray se tenait sur le seuil comme un colosse de pierre — un colosse avec une toute petite tête. Il avait enfilé l'un de ses plus beaux costumes.

— Bonsoir, chère Claire, clama-t-il avec une courtoisie exagérée.

— Salut, Ray.

Elle voulut l'embrasser, mais se heurta à son estomac.

Il entra dans la maison et contempla les lieux.

— Vous ne manquez pas d'air, conclut-il. Vous vivez dans un petit Taj Mahal, et pour moi, c'est le motel à cafards !

— Vous exagérez, Ray, votre hôtel est un...

— Ne prenez pas la mouche, je plaisantais. Où est donc passé votre sens de l'humour, Claire ?

Une fois dans la bibliothèque, elle présenta Ray à Grimes.

— Pourquoi diable ne lâchez-vous pas quelque chose au *Post* ou au *Time* ? demanda Devereaux. Juste de quoi faire dérailler leur train à grande vitesse. Soulever la trappe, laisser entrer un peu de lumière.

— Surtout pas ! rétorqua Claire. Qu'il soit acquitté ou non, Tom resterait pour les gens un tueur sanguinaire. Et Annie devrait vivre avec ça toute sa vie.

— Si vous changez d'avis, insista Devereaux, ne vous servez pas de votre téléphone. Ni pour contacter les journaux, ni pour quoi que ce soit, d'ailleurs.

— Vous craignez des écoutes ? Mais ce serait illégal...

Ray Devereaux éclata de rire, en vieux policier blasé.

— Ils sont capables de tout, ma petite dame ! renchérit Grimes.

— Maintenant, passons au rapport, poursuivit Devereaux. Parmi les anciens de la brigade 27, il y a Hernandez, qui doit lécher les bottes du général

Marks, deux types qui sont passés dans le privé et deux autres quidams que je n'arrive pas à retrouver. C'est tout.

— Ça fait six, en comptant Tom, annonça Grimes. Ils étaient douze dans l'unité. Où sont passés les six autres ?

— Morts.

— C'est ce que m'a dit Tom, expliqua Claire.

— Il y a un joli taux de mortalité dans cette unité ! Six morts sur douze depuis 1985.

— On sait en quelles circonstances ? demanda Claire.

— Deux au combat, sans autres précisions. Trois autres dans des accidents de voiture. Le dernier, qui n'avait pas le permis, est mort d'une crise cardiaque.

— Ne pouvant simuler d'accident de voiture, lança Grimes, ils ont opté pour l'infarctus ! Il y a des tas de produits qui imitent ça très bien.

— Tom avait donc raison, articula Claire, quand il disait qu'ils allaient chercher à l'éliminer.

— Mais ils ne s'attendaient pas à ce qu'il leur file entre les doigts comme ça ! répliqua Devereaux.

Claire entendit le bouton de la porte tourner. Elle releva la tête et découvrit Annie, sur le seuil, le pouce dans la bouche, tirant sa couverture derrière elle. Encore une autre régression infantile.

— Que fais-tu debout ? lança sa mère.

— C'est la sonnette qui m'a réveillée, répondit la fillette d'une petite voix.

Elle jeta un regard circulaire dans la pièce, clignant des yeux de sommeil.

— Coucou, Annie ! lança Devereaux en marchant vers elle, les bras en éventail. Un petit tour d'ascenseur, ça te dirait ?

— Oh oui ! répondit l'enfant en tendant les mains.

Devereaux la souleva presque jusqu'au plafond.

— Dixième étage ! neuvième étage ! lançait-il en la faisant descendre. Premier étage ! Rez-de-chaussée ! tout le monde descend ! — Elle gloussait de ravissement ; soudain il la catapultait de nouveau vers le plafond. — Et hop ! on remonte ! Dixième étage !

— Ray, ça suffit ! grogna Claire. Annie doit aller dormir et vous êtes en train de me la réveiller complètement.

— Encore ! Encore ! scandait Annie en riant.

— Terminus ! répondit Devereaux, c'est l'heure d'aller au lit, a dit ta maman.

— Je ne peux pas rester un peu ?

— Il est tard, ma chérie.

— Mais je n'ai pas école demain.

Claire hésita.

— Entendu, mais un tout petit peu. Cela ne vous dérange pas trop, messieurs ? Elle ne m'a pas beaucoup vue ces derniers jours.

— J'espère qu'elle sait qu'elle est tenue par le devoir de réserve ! plaisanta Grimes.

— Mais je ne veux pas t'entendre, ma chérie, précisa Claire.

— Promis.

Annie commença à se promener dans la bibliothèque, inspectant les bibelots, jouant avec un presse-papiers.

— Il va nous falloir remplacer Embry, annonça Grimes. Sinon, ils vont le faire eux-mêmes. Nous avons besoin de quelqu'un dans les murs, c'est primordial.

— Vous pensez vraiment qu'il a parlé à Waldron de notre test ? s'enquit Claire.

— Vous avez d'autres prétendants en lice ?

— Non, mais je ne le vois pas faire une chose pareille, ce n'est pas son genre.

Annie avait refermé les mains sur le vase en porcelaine qu'avait examiné Grimes un peu plus tôt.

— Fais attention, Annie, lança Claire à sa fille. Nous ne sommes pas chez nous.

Mais Annie ne retirait pas ses mains du vase et regardait sa mère d'un air de défi.

— Parce qu'il y a un genre pour ça ? railla Devereaux.

— Nous sommes chez les militaires, autre monde, autres valeurs. Il peut être un type honnête, mais sa loyauté se porte sur le système, pour protéger la grande famille.

— Si vous êtes si sûr que c'est lui qui a fait le coup, insista Claire, pourquoi ne pas l'attaquer et le faire virer des JAG ? Annie ! Ça suffit ! Va au lit maintenant.

— Comment voulez-vous prouver une chose pareille ? Impossible !

Il y eut un mouvement brusque à côté du bureau et le vase tomba par terre dans un fracas de porcelaine brisée.

— Annie ! s'écria Claire.

La fillette jeta un regard noir à sa mère et contempla les débris jonchant le sol.

— Qu'est-ce que tu as fait, mon Dieu ! lança sa mère en se levant d'un bond. File au lit ! Ouste !

— Non, je ne veux pas y aller !

— J'ai dit au lit, jeune fille ! répéta Claire en la prenant sous le bras.

Annie se débattit, tortillant son petit corps en tous sens.

— Non, non. Je ne veux pas...

— Hé, regardez ça, lança soudain Devereaux.

— Quoi ? demanda Claire alors qu'Annie achevait de se libérer. — La fillette, une fois retrouvé le plancher des vaches, s'enfuit aussitôt de la pièce. — Annie ! Reviens ici !

— Qu'est-ce que c'est que ça ? poursuivit Devereaux en désignant quelque chose parmi les éclats de porcelaine.

— Nom de Dieu, articula Grimes en s'approchant.

Claire aperçut un petit objet noir. Devereaux le ramassa. Une petite chose ovale, traînant derrière elle un long fil, très fin.

— Un micro-émetteur, répondit Grimes dans un murmure.

Claire empoigna soudain un chien en céramique posé sur la table et le jeta au sol. Une autre chose noire gisait parmi les débris.

— Oh ! mon Dieu, souffla-t-elle.

Elle souleva une lampe sphérique qui éclairait son bureau et la jeta à son tour au sol. Un troisième micro...

— Du calme, Claire, intervint Grimes, cela va vous coûter une fortune de rembourser tout ça...

— Inutile de tout casser, renchérit Devereaux. Nous localiserons les autres.

— La maison entière est piégée ! Ils sont partout ! hoqueta Claire.

— Je vous l'avais bien dit, répondit Grimes en lui prenant le bras pour la calmer. Ils ne reculent devant rien. En voici la preuve.

28.

La maison grouillait d'agents du FBI — des enquêteurs, des experts en anthropométrie, en électronique. Ils étaient arrivés avec une rapidité étonnante, après que Ray Devereaux (un ancien de la maison) eut passé l'appel. Une première inspection de l'ex-policier avait permis de découvrir une douzaine de micros-émetteurs, disséminés dans la bibliothèque, la cuisine, la chambre de Claire. La liste était loin d'être close, à n'en pas douter.

Un rendez-vous avec le juge militaire, qui venait d'être nommé par la cour martiale, fut arrêté pour treize heures, le jour même.

— Votre plainte pour les micros a sans doute dû les bousculer un peu, observa Grimes tandis qu'ils roulaient vers la base de Quantico. Il leur fallait trouver quelqu'un au plus vite pour régler cette affaire de mouchards. Le problème, c'est que, maintenant, ça y est, nous sommes dans une merde noire !

— Comment ça ? s'enquit-elle en le regardant avec curiosité, plaisantait-il ou non ?

— Ils ont nommé Warren Farrell comme juge. Une vieille baderne, comme vous dites dans le civil, bien facho et obtus. Un gradé arrivé au sommet de sa carrière, à deux doigts de la retraite et qui se sait intouchable. Un type qui adore bouffer de l'avocat, en particulier de l'avocat civil.

— Quelque chose me dit que vous avez déjà eu affaire à lui...

— Négatif ! Mais j'ai eu des échos du personnage. Il aime les militaires quand ils sont bien blonds, vous voyez ce que je veux dire. Le moment est mal choisi pour une première rencontre.

— Je ne vois pas pourquoi. C'est une aubaine, au contraire ! Ce sont eux qui sont en porte à faux et par contraste nous allons paraître inoffensifs comme des agneaux.

— On voit que vous ne connaissez pas le juge Farrell.

— Il ne va tout de même pas nous prendre en grippe parce que l'accusation a truffé notre QG de micros !

— L'accusation n'est pas forcément l'espion...

— Ah oui ? Vous voyez d'autres candidats ?

— Cela peut être le Pentagone. Les services secrets de la défense ou d'ailleurs. Voire des anciens des Forces spéciales qui ne tiendraient pas à ce que tout ça remonte à la surface.

— Ou des amis du général, ajouta Claire. Le FBI ne trouvera aucune empreinte, n'est-ce pas ? Ces salauds ne sont pas aussi stupides.

Grimes hocha la tête.

— Ce genre d'histoires arrive tout le temps, assura-t-il.

— Chez les militaires ?

— C'est une manie chez eux. Ils ne peuvent s'empêcher de placer des mouchards chez les civils. Ils sont du genre chatouilleux et ils n'aiment pas que l'on vienne jouer dans leur bac à sable.

— Allons donc, Grimes, ne me dites pas que pour l'accusation, avoir recours aux micros-émetteurs est la procédure normale !

— Oh ! ils blanchissent l'info avant, n'ayez crainte. Tout le monde n'y voit que du feu. Au dernier moment, ils sortent de leur chapeau « l'informateur miracle ». Vous ne me croyez pas ?

— Non. Je *veux pas* vous croire.

La rencontre eut lieu dans la salle d'audience en sous-sol. Waldron était déjà là, fulminant bruyamment, fouillant dans ses papiers tandis que Hogan lui parlait à l'oreille. Le box des jurés était vide. Tom était assis à la table de la défense, dans son uniforme.

L'huissier fit irruption dans le tribunal et demanda à tout le monde de se lever.

— Mesdames et messieurs, la cour !

Un homme à la tignasse blanche, trapu et charpenté comme un bûcheron, fit son entrée. Sous sa robe noire de juge, il portait l'uniforme. Il tenait dans une main une serviette de cuir, dans l'autre une canette de Pepsi. Il semblait avoir des problèmes de digestion. Il se fraya un chemin jusqu'à son siège et tapota de l'index le micro posé sur la table, provoquant un bruit sourd qui résonna dans la salle. Satisfait, il ouvrit la séance d'une voix grommelante.

— Je suis le juge Warren Farrell. Je déclare l'audience ouverte.

Il enfila une paire de lunettes demi-lune et examina des documents sur son pupitre.

Claire tressaillit. Elle avait déjà entendu ce genre de voix dans les quartiers blancs et huppés de Boston, pincées, bouffies d'orgueil, pleines de mépris, des voix de puritains imbus de leur personne et sûrs de leur impunité.

— Le but de cette audience extraordinaire, reprit Farrell, est d'entendre une plainte déposée par la défense concernant la pose de micros-émetteurs dans leurs locaux et quartiers d'habitation.

Ses cheveux blancs contrastaient avec son visage rougeaud et couperosé par l'alcool. C'était un ancien boxeur qui avait remporté les Gants d'Or. Cela expliquait sans doute ce nez de travers. Farrell avait suivi les cours du soir pour faire son droit.

— Avocat de la défense, grogna-t-il, avez-vous quelque chose à ajouter ?

Claire se leva.

— Oui, votre honneur. — Elle brandit un sac plastique, portant le sceau du FBI, où l'on apercevait l'un des micros-émetteurs. — J'ai reçu pour cette affaire l'assistance technique du FBI. Leurs observations confirment que ma maison a été mise sur écoute. L'identité des auteurs de ce forfait nous est inconnue ; elle préférait rester prudente. Mais j'ai de bonnes raisons de croire que le ministère public est impliqué dans cette affaire. Je souhaiterais donc que vous demandiez à l'accusation de divulguer toute information en sa possession concernant ce type d'écoute illicite et de fournir à la cour une copie des enregistrements effectués selon ce procédé frauduleux.

Farrell se tourna vers l'accusation d'un air las.

Waldron bondit de sa chaise.

— Votre honneur ! ces allégations sont outrageantes et cherchent à porter atteinte à l'intégrité de l'État. Aucun indice ne laisse à penser que nous puissions avoir le moindre lien avec cette histoire d'espionnage, et ces propos sont insultants.

Waldron parlait avec une telle indignation que pendant un instant Claire se mit à douter. Peut-être ne savait-il rien de cette pratique indigne ? Grimes disait qu'une information recueillie de façon illégale pouvait être blanchie, par l'intermédiaire d'un informateur écran. Peut-être avait-on préféré ne pas dire à Waldron d'où venait réellement l'info ?

— Vous prétendez donc n'y être pour rien, résuma Farrell en vrillant son regard dans celui de Waldron.

— Non seulement c'est la vérité, mais je suis personnellement outragé de...

— Ça va, ça va, l'interrompit Farrell, connaissant la suite de la tirade. Je vais tenter d'être à la fois concis et pas trop brusque ; la cour demande à l'accusation de prouver que les allégations de la défense sont sans fondement et que l'État n'a aucune responsabilité dans cette affaire de micros espions. Dans l'hypothèse où le ministère public serait mêlé à cette histoire, à quelque degré que ce soit, j'exige qu'une copie des écoutes nous soit remise sur-le-champ et que l'accusation nous démontre en quoi cette pose de micros n'est pas une violation manifeste de la loi. À titre personnel, j'ajoute que s'il y a eu manigances, d'un côté comme de l'autre, vous allez vous en mordre les doigts. La séance est levée !

Le juge abattit son marteau.

Waldron s'approcha de la table de la défense avant de quitter le tribunal, mais Claire ne lui laissa pas le temps de tirer la première salve.

— Vous venez de faire une jolie bourde, lança-t-elle. Violer l'intimité des personnes, en particulier celle d'un avocat durant l'exercice de ses fonctions, constitue un vice de procédure majeur. — Elle esquissa une moue de dégoût. — C'est pitoyable. Du travail d'amateur.

Waldron lui retourna son regard bleu acier.

— Comme vous l'imaginez, nous n'avons nul besoin, dans le cas présent, d'avoir recours à ce genre de pratique. — Il secoua la tête avec un sourire mauvais. — Vous en êtes convaincue, n'est-ce pas ? Du moins, je l'espère pour vous.

29.

L'homme était convenu d'un rendez-vous avec Claire dans un bar yuppie de Georgetown, c'était lui qui avait décidé de l'endroit bien qu'il semblât détester le lieu. Il s'agissait de l'informateur dont Tom avait griffonné le numéro de téléphone sur un morceau de papier lors de la dernière visite de Claire à la prison.

L'inconnu était petit et musclé, âgé d'une cinquantaine d'années. Un crâne chauve, lustré comme une vieille table et de gros sourcils qui lui donnaient un air sombre. Claire se sentit aussitôt mal à l'aise.

— Je suis Dennis, dit-il sans offrir sa main.

— Claire, répondit-elle avec la même réserve.

Durant plusieurs soirs de suite, elle lui avait téléphoné, en vain. Il s'agissait du numéro personnel de Dennis, sans répondeur, ni boîte vocale. Enfin, la veille au soir, il avait décroché.

— Quelqu'un sait que vous êtes ici ? demanda Dennis.

Il portait un costume sobre et classique, une cravate argentée, une chemise blanche ornée de gros boutons de manchettes en or.

— Pourquoi ? Vous comptez me tuer ? lança-t-elle.

Il ne parut pas amusé par la remarque de Claire.

— Vous en avez parlé à votre adjoint, ou à un militaire ?
— Non !

Elle comptait en toucher deux mots à Grimes plus tard.

— Vous n'avez pas de magnétophone sur vous ?
— Non.
— Je vous crois sur parole. Je pourrais avoir de sérieux problèmes, alors je vous en prie, pas un mot de notre rencontre, pas une trace.

Elle hocha la tête.

— Après « Dennis » il y a un nom de famille...
— Plus tard.
— Comment connaissez-vous Ronald Kubik ?
— Je le connais, c'est tout.
— Au Viêt-nam ?
— Je préfère ne pas rentrer dans ces détails.
— Où travaillez-vous ?
— À Langley, répondit-il, le visage fermé.
— La CIA ! J'aurais dû m'en douter... J'imagine que vous ne me direz pas dans quel service.

Il hocha la tête et sourit — un sourire auquel ne manquait que la chaleur.

— Si on parlait de notre affaire ? reprit Dennis. — Sa veste était froissée aux aisselles, signe qu'il ne travaillait pas en bras de chemise. Il devait être un haut cadre de l'agence. — Je suppose que vous ne connaissez pas grand-chose au système militaire.

— J'apprends petit à petit.

Il esquissa un nouveau sourire.

— Et alors ? Ça vous plaît ?
— Je ne compte pas m'engager, si c'est ce que vous voulez savoir.
— Quand une unité de combat rentre à la base après une opération, l'usage veut que le commandant

rédige un rapport — un AAR[1]. Dans tous les documents que l'on vous a remis, avez-vous trouvé la copie d'un rapport de Marks, rédigé après le massacre de La Colina ?

— Non. Nous avons des tonnes de documents, mais pas ça.

— Et pour cause ! Cette pièce n'existe pas. Je voulais juste m'assurer qu'ils n'en avaient pas contrefait un. Ce qu'il faut savoir, c'est que lorsque la brigade 27 est revenue, Marks a écrit une simple MFR[2], une note pour les archives, où il donne son point de vue, sa version des faits. Deux ou trois lignes manuscrites. Vous devriez avoir cette MFR.

— Comment ?

— Faites-en la demande officielle au Pentagone.

— Et vous pensez que ça va marcher ?

— Difficile de se prononcer. Le Pentagone est passé maître dans l'art d'égarer les documents clés. Le Congrès a voulu obtenir les dossiers du Pentagone concernant ses activités au Guatemala. Il leur a fallu cinq ans pour mettre la main dessus. Ils disaient qu'ils les avaient mal archivés !

— Nous n'aurons donc pas cette note, compris. Je ne vois pas, de toute façon, en quoi elle nous aurait été utile ; on risque d'y trouver les mêmes mensonges concernant Ron et le massacre du village.

— Peut-être.

Le whisky-soda de Claire venait juste d'arriver, mais Dennis renfilait déjà son imper vert olive.

— Vous devez bien avoir un double de cette note à la CIA, non ? demanda Claire.

Dennis esquissa un autre sourire sans âme.

— C'est possible. Mais vous n'avez pas idée du

1. *After Action Report. (N.d.T.)*
2. *Memorandum For the Record (N.d.T.)*

bazar qui règne dans nos archives. Je vais mettre une de mes secrétaires sur le coup. Je vous tiendrai au courant.

— Qu'espère-t-on trouver au juste ?

— Allez savoir ? La preuve que Marks est un menteur, pourquoi pas ? Personne ne témoignera contre le général, mettez-vous bien ça dans la tête. Il vous faut donc changer votre fusil d'épaule.

Jackie ne s'était pas couchée et avait attendu le retour de Claire. Elles s'installèrent dans la salle de jeux à côté de la buanderie, leur petit boudoir secret pour boire et fumer. Exit les règles antitabac de la maison ! La civilisation partait à vau-l'eau...

— Alors comme ça, tu as trouvé un informateur miracle ? Il veut jouer les *Deep Throat*[1], ma parole ! lança Jackie.

— À chacun sa petite gloire...

— Pourquoi ce type serait-il prêt à t'aider ?

— C'est une bonne question. J'imagine que c'est un ami de Tom.

— Un ami... tombé du ciel ?

— Il n'a pas voulu dire d'où.

— Tu crois qu'il dit la vérité ?

— Nous verrons bien ce qu'il nous réserve.

— Et tout cela te conforte dans l'idée que Tom dit vrai ?

— Il y a une intensité chez Tom qui ne laisse aucun doute. C'est celle d'un homme désespéré. On ne ment pas dans cet état-là. Il a même fait venir dans sa cellule l'aumônier de la prison.

— Tu vas le citer comme témoin ?

— Sûrement ! répondit Claire avec ironie. Chirur-

---

1. « Gorge profonde » : l'informateur secret dans l'affaire du Watergate. *(N.d.T.)*

gie esthétique, faux nom, fausse identité, le témoin parfait !

— Mon Dieu, c'est vrai !

— Ce n'est pas uniquement pour ça. Je crois qu'il s'en sortirait très bien dans le box, mais cela l'exposerait trop ; il serait vulnérable à toutes leurs attaques. Qu'a-t-il fait exactement au Viêt-nam ? A-t-il exécuté des déserteurs américains pour le compte du gouvernement ? A-t-il l'habitude d'égorger des chiens ?

— Des chiens ?

Claire alluma une nouvelle cigarette.

— C'est drôle, non ? Tuer des chiens nous semble un acte plus révoltant que tuer des hommes.

— Les soldats au Viêt-nam avaient du sang sur les mains, pas les chiens, répondit Jackie. — Elle souffla un nuage de fumée par les narines. — Au fait, ta secrétaire de Cambridge a appelé. Il y a un tas de gens qui réclament tes services, apparemment.

— J'espère qu'elle leur a tous dit que je n'étais pas libre ?

Jackie hocha la tête.

— Le *Post* a appelé de nouveau. Ils prennent vraiment mal le fait que tu ne les rappelles pas.

— Aucune loi ne me contraint à parler aux journalistes.

— Ils prétendent avoir une sorte de droit moral...

Il y eut un long silence.

— Dis-moi, Claire, souffla Jackie finalement.

— Oui ?

— S'il y avait un risque, le moindre risque, pour que Tom soit coupable, pour qu'il soit ce prétendu monstre, tu accepterais encore de le voir vivre près d'Annie ?

— Non, bien sûr que non.

— Cela me rassure, conclut Jackie avec gravité.

Parce que ces derniers temps, j'ai eu l'impression que tu étais davantage une épouse qu'une mère.

Claire dévisagea Jackie, remarqua la fureur dans ses yeux.

— Je fais tout mon possible, répondit-elle d'une voix blanche, je travaille jour et nuit...

— Ne me raconte pas d'histoires, la coupa-t-elle sans ménagement. Tu étais complètement gaga devant elle, avant toute cette histoire. Maintenant, tu lui adresses à peine la parole. Nom de Dieu, Claire, ton mari peut se trouver un autre avocat, Annie, elle, n'a qu'une mère !

Claire garda le silence, sous le choc.

Elle resta éveillée dans son lit durant des heures, l'esprit en ébullition, pleine de remords. Elle songeait à Annie, à la façon dont elle la négligeait... impossible de trouver le sommeil avant deux heures du matin.

À trois heures et demie, le téléphone sonna.

Elle se réveilla en sursaut, chercha à tâtons le téléphone, le cœur battant.

— Allô ?

Silence complet au bout du fil. Claire s'apprêtait à raccrocher lorsqu'elle entendit une voix, une voix métallique, désincarnée, déformée électroniquement.

— Qui a vraiment intérêt à l'éliminer ? Posez-vous donc cette question.

— Qui est à l'appareil ? demanda Claire.

— Waldron n'est qu'un pion, articula la voix.

Puis de nouveau le silence.

— Qui est à l'appareil ? répéta Claire.

La ligne fut coupée.

Il lui fallut une heure pour se rendormir.

30.

Avec son survêtement bleu clair de la prison, ses poignets menottés, Tom semblait plus vulnérable que de coutume. Ses anges gardiens, deux grands MP, se tenaient à proximité, surveillant ses moindres faits et gestes tandis qu'il examinait une sorte de grosse mitraillette. Ils se trouvaient dans une vaste pièce vide attenante à l'un des arsenaux de la base.

L'arme, une M-60, mesurait quarante-quatre pouces et était enfermée dans un sac en plastique scellé, estampillé « pièce à conviction ». C'était l'arme, prétendait-on, dont s'était servi Tom pour abattre les quatre-vingt-sept civils de La Colina. Pour Claire, c'était une arme comme une autre. C'était la première fois qu'elle voyait une mitrailleuse de sa vie.

— Je veux que l'on fasse revenir Embry.

— Quoi ? s'exclama Grimes qui patientait avec elle, assis sur une chaise métallique.

— Vous m'avez parfaitement entendue. Je veux qu'Embry réintègre l'équipe.

— Qu'est-ce qui vous fait croire qu'il acceptera de revenir ?

— On lui a sûrement collé une affaire sans intérêt de fumeur d'herbe ou de soiffard au volant. Il sautera sur l'occasion.

— C'est lui qui est parti, je vous le rappelle !

— On l'a humilié. Il n'avait pas d'autre choix. Nous avions tort. Ce sont les micros qui nous ont trahis, pas lui. Vous disiez vous-même qu'il nous fallait quelqu'un dans les murs.

— Plus que jamais ! — Il éleva la voix à l'intention de Tom : — Alors, cette mitrailleuse vous rappelle quelque chose ?

— Difficile à dire, répondit Tom. Comment voulez-vous que je sache si c'est mon arme ? C'est une M-60, point. Comme celle que nous utilisions.

— Nous demanderons à nos propres experts d'examiner cette arme, ainsi que les balles et les douilles, expliqua Claire. Je n'ai pas confiance en eux.

— Je ne vois pas où est le problème, poursuivit Grimes. Il y a le numéro de série. Il ne vous rappelle rien ?

— Allons, Grimes, répondit Tom, comment voulez-vous que je me souvienne d'un numéro de série après toutes ces années ?

— Je voulais juste vous aider. Je croyais, d'ailleurs, que les gars comme vous, en opération secrète, effaçaient les numéros de série pour ne pas être identifiés au cas où ça tournerait mal.

— Balivernes ! rétorqua Tom. Nous faisions partie de l'armée ; nous avions besoin de numéros de série pour garder la trace des armes. Nous utilisions simplement des armes « blanchies », des armes achetées officiellement par le Honduras ou le Panama.

— Ce ne doit pas être bien compliqué de savoir si cette arme a bel et bien servi à tuer ces gens, lança Claire.

— Certes, répondit Grimes. Il suffit d'analyser les trajectoires balistiques, de comparer les douilles et les stries sur les balles. Et de voir si tout ça correspond à l'arme.

— Même si c'est le cas, comment peuvent-ils prouver que c'est Tom qui a appuyé sur la détente ?

— S'ils trouvent une correspondance, tenta d'expliquer Tom d'un air las, c'est qu'il ne s'agit pas de mon arme.

— Il doit exister des registres spécifiant à qui appartient chaque arme, j'imagine ? avança Claire.

Tom haussa les épaules et baissa la tête.

— Il en existe, répondit-il lentement. Chacun d'entre nous recevait une mitraillette, un fusil et un pistolet. Nous avions toujours les mêmes. On signait même un reçu.

— Il y a donc des registres ! exulta Claire.

— Dans les armureries, précisa Grimes.

— Mais nous n'avons pas ces documents.

— Pas encore. Et l'accusation non plus, peut-être.

— Si ces pièces disculpent Tom, lança Claire, je parie qu'ils les ont perdues ! Sans ces registres, leur dossier ne tient pas debout.

— C'est peut-être mon arme, articula Tom d'une voix encore plus éteinte, la main devant les yeux, mais ce ne peut être celle qui a tiré. Il faut me croire, Claire... — sa voix s'évanouit dans un gémissement.

Il s'agissait d'un sanglot mal réprimé. Tom pleurait. Claire fut saisie par ce brusque accès d'émotion.

Il s'élança vers elle, mais les gardes lui tombèrent dessus et le plaquèrent au sol. On entendit sa tête heurter le sol avec violence. Les MP semblaient prendre plaisir à leur intervention. Tom poussa un cri sous le choc.

— Il s'agit de ma femme, nom de Dieu ! s'écria Tom. Je n'ai donc pas le droit de la toucher ? — Les anges gardiens restèrent imperturbables. — Claire, je veux te parler ! Seul à seul !

— C'est interdit, m'dame, décréta l'un des soldats.

— Il s'agit d'une visite de travail, entre un client et son avocat, rétorqua-t-elle. Nous avons le droit de nous entretenir en privé.

Les gardes laissèrent Tom en compagnie de Claire et de Grimes. Tom avait retrouvé ses esprits.

— Je suis désolé, s'excusa-t-il. Une simple prise de conscience...

— Comment ça ?

— De ce qui m'arrive... Moi, Ronald Kubik, seul contre les États-Unis ! J'avais beau me voiler la face, mais c'est bel et bien le cas. C'est pour de vrai. Ils ne me laisseront jamais en paix. Jamais.

— Je sais ce que tu ressens, répondit-elle d'une voix douce, retenant ses larmes. — Il ne fallait rien laisser paraître. Tom avait besoin d'une épaule pour le réconforter, de sentir quelqu'un de fort et de confiant à ses côtés, même si ce n'était pas le cas. — C'est un cauchemar, pour toi, comme pour nous. Mais tu dois garder espoir. Grimes et moi allons faire tout ce qui est en notre pouvoir. Nous n'allons pas leur laisser la part belle, je te le promets.

— Bonjour, Terry... annonça-t-elle dans le combiné.

— Oh, Mrs. Chapman... Claire... c'est vous. — Il semblait content d'entendre sa voix. — Comment allez-vous ?

— Rien de bien nouveau, répondit-elle. Nous avons besoin de vous, ici.

Il y eut un silence.

— Vous vous êtes enfin aperçue que je n'avais rien dit à personne ?

— Je n'en ai jamais douté.

— Mais Grimes, oui ! Lui aussi veut que je revienne, ou c'est juste vous ?

— Oui, lui aussi. Il y tient beaucoup.

— Mais vous allez continuer à avoir des soupçons ? Ou faut-il que je passe au détecteur de mensonges ?

— À quoi bon ? Qui nous dit que l'on ne vous a pas appris à tromper la machine ? rétorqua-t-elle en riant.

31.

Il était neuf heures moins le quart. Waldron attendait l'arrivée de Claire devant les portes d'acier de la salle du tribunal.

— Mrs. Chapman, lança-t-il en s'approchant.
— Bonjour, major, répondit-elle d'un ton glacial.
— Vous êtes prête à passer un accord ?

Claire eut du mal à dissimuler son étonnement.

— J'avoue que cette possibilité ne m'avait pas effleuré l'esprit.
— On m'a suggéré de vous faire une offre. Pour ma part, sachez que je suis contre toute espèce d'entente. Je compte demander la peine capitale et j'ai bon espoir de l'obtenir, étant donné le contexte. Mais on m'a prié de vous faire cette offre...
— On vous écoute.

Embry et Grimes s'approchèrent.

— Nous sommes prêts à laisser tomber les charges actuelles pour ne retenir que celle de meurtre sans préméditation.
— Combien de chefs d'accusation ? demanda Grimes.
— Un seul, répondit Waldron. Et non plus quatre-vingt-sept.

— Pour un meurtre, c'est quinze ans de réclusion, précisa Embry.

— En échange, annonça Waldron, et c'est là la pierre de touche de l'accord, nous exigeons la confidentialité totale, avec un engagement écrit de votre part. Si le Salvador a vent de cette histoire, nous allons tout droit à l'incident diplomatique. Le sergent Kubik devra être muet comme une tombe concernant cette affaire — pas de livre, pas d'interview ; pas même de conversations privées à ce sujet.

Embry et Grimes échangèrent un regard. Claire ne quittait pas Waldron des yeux.

— Toute votre équipe, adjoints, conseillers et experts mandatés par vous, devra signer la même promesse de discrétion, poursuivit Waldron. Et abandonner tout droit à faire appel.

— Et quelle peine ? s'enquit Grimes.

— Il fera cinq ans, répondit Waldron. Ensuite sa peine sera commuée en liberté conditionnelle. Mais s'il rompt le sceau du secret, l'accord est caduque et il retourne illico en prison.

Grimes interrogea Claire du regard.

— Alors, qu'est-ce que vous en dites ? Pas mal, hein ? lança Waldron d'un ton sarcastique. Cinq ans pour le meurtre de quatre-vingt-sept personnes ? C'est une proposition qui ne se refuse pas.

— Pourquoi cet intérêt soudain pour une entente ?

— Le procès promet d'être long et coûteux. Il vaut mieux, pour tout le monde, parvenir à un accord.

— Quand voulez-vous une réponse ?

— Tout de suite.

— Vous êtes fou ! Il faut que j'en parle à mon mari.

— Il sera là d'une minute à l'autre. Dès que l'audience aura commencé, mon offre ne tiendra plus.

— Mais le procès est pour dans trois semaines, rétorqua Claire. Pourquoi cet empressement ?

— Contentez-vous de me donner votre réponse avant l'ouverture de la séance. Cela vous laisse cinq minutes.

Lorsque Claire annonça à Tom l'offre de Waldron, celui-ci secoua la tête.

— Pourquoi pas ? insista Claire. Le secret n'est pas une grosse affaire. Tu as tenu ta langue pendant treize ans ! Et ces cinq ans à Leavenworth, je ne dis pas que c'est une sinécure, mais c'est plutôt tentant comparativement.

— Claire, je suis innocent, répondit Tom. Je ne vais pas faire cinq ans pour un crime que je n'ai pas commis ! De toute façon, je ne ferai pas de vieux os à Leavenworth. Ils auront ma peau. S'ils te font cette offre, cela prouve qu'ils ont peur, peur de ce qui pourrait sortir de ces murs et éclater au grand jour.

— Tu as un courage extraordinaire pour quelqu'un qui risque l'exécution. Tu mises gros, Tom, très gros.

— Il en a toujours été ainsi, toute ma vie.

Grimes regarda Claire, incrédule.

— Ne me dites pas que vous allez céder !

— Je ne peux pas le forcer, prétendit-elle.

— Et demain, il vous attaquera pour non-assistance à personne en danger ! lâcha-t-il avec dépit.

Claire s'approcha de la table de l'accusation et tapota Waldron sur l'épaule.

— On ne prend pas, annonça-t-elle.

— Kubik a saisi les termes du marché et il ne saute pas sur l'occasion ? C'est inconcevable !

— Lâchez les cinq ans et c'est marché conclu.

— Impossible.

— Alors nous irons au procès.
Waldron esquissa un sourire de tueur.
— Vous allez le regretter amèrement.
— On verra bien.
— Comptez sur moi. Vous ignorez ce qu'on a dans notre musette.
— Vous aussi, rétorqua-t-elle.

QUATRIÈME PARTIE

32.

— Mesdames et messieurs, la cour ! annonça l'huissier.

Le juge Farrell entra dans la salle d'audience, vêtu de sa robe noire sur son uniforme kaki. Il s'installa dans son grand fauteuil de cuir, demanda au public de se rasseoir et déclara la séance ouverte.

— Je suis le colonel Warren Farrell de l'armée américaine, commença le juge. J'ai été mandaté pour diriger les débats à ce tribunal conformément à l'article 26 (a) du code militaire. La défense ou l'accusation désire-t-elle discuter ce choix ?

Farrell faisait référence à un droit rarement utilisé visant à questionner, voire à récuser le juge devant présider le procès.

Waldron se leva.

— Non, votre honneur.

Claire se leva à son tour.

— Oui, votre honneur, nous avons quelques questions à vous poser.

D'effarement, Grimes se prit la tête dans les mains. La veille, il avait tenté de dissuader Claire de s'engager dans cette voie, mais elle n'avait rien voulu entendre.

— Je suis à votre disposition, Mrs. Chapman, répondit Farrell en feignant la bonne humeur.

— Votre honneur, commença-t-elle, savez-vous pourquoi vous avez été nommé à la présidence de cette cour ?

Farrell leva le menton et la dévisagea un instant.

— Parce que j'ai une certaine expérience des affaires classées secret-défense, je suppose.

Claire soupesa la réponse et décida de pousser plus avant.

— Vous souvenez-vous d'avoir eu quelque conversation que ce soit avec un membre de la magistrature militaire concernant cette affaire ?

Farrell battit imperceptiblement des paupières, mais il resta affable.

— J'ai eu une ou deux conversations, autant que je peux m'en souvenir, d'ordre purement administratif.

— Je vois. Et avez-vous eu des conversations sur ce même sujet avec un membre du cabinet du ministre de la Défense ou avec des adjoints du général en chef de l'armée de terre ?

C'était là qu'elle attendait Farrell. Allait-il se montrer honnête ou tenter la dissimulation ?

Le juge était toutefois trop futé pour se laisser prendre au piège. Il but une gorgée de café, leva les yeux au plafond comme s'il fouillait sa mémoire.

— À vrai dire, Mrs. Chapman, je me souviens d'une seule conversation ayant plus ou moins trait à cette affaire ; c'était il y a quelques jours, lorsqu'un assistant du général en chef de l'armée m'a appelé.

— Vous souvenez-vous de ce qui s'est dit ?

Son regard se durcit soudain.

— Nous avons parlé simplement de planning et d'organisation.

Pourquoi un adjoint du général Marks se soucierait-il du planning des audiences ? Cela ne tenait pas debout.

— Qui était cette personne ?

— Le colonel Hernandez.

— *Quoi ?* lâcha Grimes derrière elle, sous le coup de la surprise.

Claire fit de son mieux pour dissimuler son étonnement et demanda :

— Le colonel Hernandez est-il l'un de vos supérieurs, votre honneur ?

— Absolument pas.

La patience du juge avait des limites.

— Le colonel Hernandez vous a-t-il déjà appelé pour des histoires de planning auparavant ?

L'agacement de Farrell était désormais évident.

— Non, je ne crois pas.

— Jamais un coup de fil concernant une autre affaire ?

— Pas à mon souvenir, je viens de vous le dire.

— Pourriez-vous, votre honneur, nous préciser les détails de votre conversation avec le colonel Hernandez ?

Le juge Farrell en avait cette fois assez.

— Mrs. Chapman, je suis un homme très occupé, répliqua-t-il. Mon emploi du temps est réglé à la minute. J'ai des conversations avec des dizaines de personnes tous les jours, sur des centaines de sujets. Je ne peux me souvenir de tous les propos que j'ai pu tenir. À présent, je veux une réponse. La défense ou l'accusation conteste-t-elle mon droit à présider cette cour ?

Waldron se leva.

— Nous ne contestons en rien votre autorité, votre honneur.

— Votre honneur, avant de vous donner ma réponse, insista Claire, je vous demande une courte suspension de séance pour que je puisse m'entretenir avec mon équipe.

— La séance est levée. Reprise des débats dans dix minutes, annonça Farrell en abattant son marteau.

Grimes referma la main sur l'épaule de Claire et la fit asseoir.

— Qu'est-ce qui vous prend ? Vous êtes tombée sur la tête ou vous avez trop fumé hier ? Vous ne comptez pas sérieusement récuser Farrell ? Sur quelles bases ?

— Bien sûr que non, répondit Claire. Il fait de l'obstruction manifeste, mais nous ne pouvons l'attaquer là-dessus.

— Il a discuté avec Hernandez, d'accord. Bizarre, bizarre. Mais qu'est-ce que vous cherchez au juste, nous le mettre à dos ?

— Je veux simplement qu'il sache qu'on l'a à l'œil et qu'il n'a pas intérêt à faire un faux pas.

Lorsque l'audience reprit, Claire se leva.

— Pour l'heure, nous ne contestons aucunement votre présidence, votre honneur.

— Entendu, répondit le juge, avec un visage fermé à double tour. Accusé, levez-vous !

Tom se leva lentement de sa chaise. Il connaissait son texte.

— Sergent Kubik, sous quelle instance voulez-vous être jugé ?

— Par cour martiale, avec un jury composé d'officiers, récita-t-il.

Les membres du jury étaient censés pouvoir voter libres d'esprit et de conscience, sans aucune pression ou influence hiérarchique. Grimes avait insisté pour que Tom exige des officiers dans le box. Selon lui, les gradés étaient plus fiables, plus indépendants et moins radicaux dans leurs décisions.

— Qui va assurer votre défense ?

— Mrs. Chapman, Mr. Grimes et le capitaine Embry.

— C'est noté. La défense désire-t-elle entendre les chefs d'accusation retenus à l'encontre de son client ?

— Inutile, votre honneur, répondit Claire.

— Sergent Kubik, avant de vous demander quelle sera votre défense, il est temps pour vos avocats de présenter à la cour leurs motions. Vous pouvez vous rasseoir.

— La défense a effectivement plusieurs motions à vous soumettre, souligna Claire.

Ce n'était pas un scoop pour le juge, puisqu'il avait demandé à avoir la liste des motions trois jours avant cette audience. Toute la procédure n'était qu'une formalité, un rite aux figures imposées, une danse kabuki. Une à une, Farrell rejeta les motions de Claire — qu'elles fussent pertinentes ou non. À chaque coup de maillet, Grimes secouait la tête de dépit. Tom avait l'air hagard, abattu par cette succession de refus.

— D'autres motions, madame et messieurs de la défense ? demanda Farrell avec une pointe de triomphe dans la voix.

— En effet, votre honneur, répondit Claire en se levant de nouveau. La défense conteste une fois encore la confidentialité de ces débats. Nous maintenons toujours que l'accusé a droit à un procès public, comme le garantit le Sixième Amendement à tout citoyen et nous sommes...

— Ça suffit, l'interrompit Farrell. Nous avons déjà discuté de tout cela en détail.

— Mais votre honneur, la défense soutient, avec tout votre respect, qu'un tel procès doit...

— C'est assez ! Asseyez-vous. Je ne veux plus entendre parler de ça — le visage rougeaud du juge virait à l'écarlate. — Le huis clos ne pénalisera en rien l'accusé. Il est nécessaire pour des raisons de sécurité nationale. Ma décision à ce sujet est prise, je croyais l'avoir fait savoir explicitement.

— Mais votre honneur... articula Claire derrière sa table.

— Écoutez-moi bien, Mrs. Chapman. Je ne veux plus entendre un mot à ce sujet. Si vous revenez sur ce point, je vous inculpe pour outrage à la cour, est-ce clair ?

— Oui, votre honneur, c'est clair, lâcha-t-elle avant de murmurer pour elle-même : mais c'est cette cour qui est un outrage !

— Vous avez dit quelque chose ? aboya le juge.

— Non, votre honneur, tout va bien.

— Parfait. Si vous récidivez, en particulier devant les membres du jury, je vous ferai goûter à nos geôles de Quantico. Je me suis bien fait comprendre ?

Claire se leva, furibonde.

— Je suis une civile et ne suis en rien soumise à votre autorité juridique. Vous n'avez aucun moyen de m'enfermer dans une prison militaire.

— Vous voulez qu'on parie ?

Claire et Farrell échangèrent un regard noir pendant plusieurs secondes.

Grimes se couvrit les yeux et s'enfonça un peu plus dans son fauteuil.

— Bien. Pouvons-nous à présent entendre le système de défense adopté par votre client ? demanda le juge Farrell.

— Certes, votre honneur, répondit Claire d'un air pincé.

— Accusé, levez-vous, je vous prie.

Tom s'exécuta de nouveau.

— Votre honneur, annonça Claire, le sergent Ronald Kubik a choisi de plaider non coupable.

— Parfait. La cour en a pris note. Rasseyez-vous.

Claire et Tom reprirent leur place. Elle lui murmura à l'oreille :

— C'est parti !

— C'est un dur à cuire, répondit-il à voix basse.

— Plus coriace que je ne l'imaginais. Il ne va rien lâcher.

— Messieurs de l'accusation, madame et messieurs de la défense, lança le juge d'une voix de stentor, êtes-vous prêts à sélectionner les membres du jury.

— Quoi ? s'exclama Claire.

— Je vous demande si vous êtes prêts à entendre les jurés.

Claire se tourna vers Grimes qui avait l'air aussi surpris qu'elle.

— Mais le procès est censé avoir lieu dans trois semaines ! lâcha Tom à voix haute.

— Oui, votre honneur, nous sommes prêts, s'empressa de répondre Waldron.

Claire bondit de sa chaise.

— Non, votre honneur, nous ne sommes pas prêts ! Le procès était censé s'ouvrir dans trois semaines. Il s'agit d'un procès où mon client risque la peine capitale, les charges sont extrêmement graves et la défense ne peut encore mener les contre-interrogatoires. Nous n'en sommes qu'au milieu de notre enquête.

— Qui vous a dit que le procès devait commencer dans trois semaines ? lança Farrell.

Grimes se leva à son tour.

— C'est le bureau des JAG qui nous l'a laissé entendre.

Jamais Claire n'avait senti Grimes aussi angoissé.

— Vous avez peut-être eu cet arrangement avec les JAG, rétorqua le juge Farrell, mais ici je suis seul maître à bord et c'est moi qui fixe le calendrier.

— Votre honneur, nous venons tout juste de vous soumettre nos motions... nous ne pouvions préparer notre défense sans savoir quelle allait être votre réaction concernant nos requêtes. Vos décisions en la matière modèlent et orientent notre dossier. Nous n'avons pu questionner tous les témoins ; pour certains, il nous faut enquêter encore, afin de corroborer ou d'infirmer leurs dires.

— Mrs. Chapman, commença Farrell d'un ton glacial, vous avez eu tout le temps nécessaire pour préparer votre affaire.

Il fallut à Claire toute sa maîtrise pour ne pas exploser de colère.

— Votre honneur, nous avons organisé tout notre travail en fonction de ce calendrier, à savoir qu'il y aurait trois semaines de pause entre la mise en accusation et le procès. J'ajoute que nous n'avons cessé de demander l'autorisation d'interroger le premier témoin à charge de notre client, à savoir le général Marks, et que nous avons été jusqu'à présent invariablement éconduits. Dans ces circonstances, nous ne pouvons être prêts à défendre notre client. Nous demandons donc un mois d'ajournement pour achever notre travail.

— Requête rejetée, répondit le juge d'une voix égale.

Waldron se leva à son tour.

— Votre honneur, le bureau des JAG vient de nous

faire savoir que le général William Marks accepte d'être interrogé par les avocats de la défense.

Claire échangea avec Grimes un regard étonné. Coup de théâtre !

— Auquel cas, répliqua-t-elle, nous demandons un délai de deux semaines pour préparer et mener l'interrogatoire du témoin.

— Requête rejetée, décréta le juge.

— Votre honneur, intervint Grimes, nous voulons simplement nous assurer que notre client aura droit à un procès équitable — ce qui nous semble impossible si sa défense n'est pas prête.

— Le problème, Mr. Grimes, c'est que le dossier de la défense devrait être clos à l'heure qu'il est. Et ce manquement ne peut en aucun cas être imputé à la cour. Le procès débutera donc à la date prévue, c'est-à-dire, aujourd'hui.

Grimes se laissa tomber sur sa chaise, hébété. Tom le regarda, les yeux écarquillés d'effroi.

— Il parle sérieusement ?

— C'est un tribunal militaire, marmonna Grimes. Ils ont tous les droits. Ils sont maîtres chez eux.

— Les salauds ! souffla Embry, éberlué.

— Votre honneur, lança encore Claire, refusant de céder. Nous faisons une objection formelle à ce que le procès s'ouvre aujourd'hui.

— Objection notée et rejetée, répondit Farrell. Pouvons-nous, à présent, faire entrer les jurés ?

— Nous sommes prêts, répéta Waldron.

— Votre honneur, je...

— Tout ce que je veux entendre, Mrs. Chapman, lança Farrell en levant un doigt impérieux, c'est si nous pouvons faire entrer les jurés.

— Puisque nous n'avons pas le choix, répondit

Claire d'un ton acide, faites-les donc entrer ; nous ferons notre possible pour les interroger au mieux.

— Parfait, concéda Farrell. Je vous donne deux heures pour préparer vos questions. Comme c'est bientôt midi, cette pause tombe à pic. La séance est levée.

Et le juge abattit son marteau.

33.

— Le ministère public est-il prêt à présenter son dossier ? demanda le juge Farrell.

— Nous le sommes, répondit Waldron en se levant.

Les membres du jury avaient été interrogés. Plusieurs prétendants avaient été écartés tant par la défense que par l'accusation. Il restait dans le box deux femmes et quatre hommes qui allaient décider du destin de Tom. Le doyen du groupe, un lieutenant-colonel, fut nommé président du jury. Il était assis au milieu de la première rangée, les autres membres répartis par âge décroissant de part et d'autre. Un jury comme un autre, suivant le déroulement du procès avec une grande attention. Chacun des jurés avait un laissez-passer du ministère de la Défense et avait fait le serment de garder le secret absolu sur les débats.

Waldron commença son laïus d'une voix douce, presque psalmodiante. Claire s'attendait plutôt à une entrée fracassante de stentor, mais Waldron était trop intelligent pour se servir de ficelles aussi grossières.

— Le soir du 22 juin 1985, dans le petit village de La Colina, non loin de San Salvador, quatre-vingt-sept personnes ont été tirées de leur sommeil et abattues froidement, comme du bétail.

Il avait capté l'attention complète du jury. Waldron s'approcha de leur box et se campa devant eux.

— Ces quatre-vingt-sept personnes, poursuivit-il, n'étaient pas des soldats. Ils n'étaient pas des rebelles. Ils n'avaient rien à voir avec les batailles qui faisaient rage dans le pays. C'étaient des hommes, des femmes, des enfants — de simples civils.

« Et ces gens innocents n'ont pas été massacrés par l'une des factions en guerre, ni par les soldats de l'armée salvadorienne, ni par les rebelles.

« Ils ont été massacrés par un soldat américain.

« Oui, vous m'avez bien entendu. Un soldat américain.

« Un seul.

« Et pas au cœur de quelque bataille, ni par accident. Juste pour le *plaisir*.

Claire lança un regard interrogateur vers Grimes ; celui-ci secoua la tête comme pour dire : *Non, pas d'objection. Pas encore. Gardons nos cartes.*

— Comment une telle chose a-t-elle été possible ? demanda Waldron en se prenant le menton dans la main, feignant une intense réflexion. Plusieurs heures plus tôt, une unité secrète des Forces spéciales de l'armée américaine, la brigade 27, avait été envoyée dans ce village pour vérifier la véracité des rapports des services de renseignements, à savoir qu'il y aurait eu des rebelles cachés dans les lieux.

« En fait, il n'y en avait pas un seul. Les services de renseignements possédaient, comme c'est souvent le cas, des informations erronées.

Waldron laissa échapper un soupir.

— La brigade 27, sous le commandement avisé du colonel William Marks, aujourd'hui général en chef de l'armée de terre, s'apprêtait donc à rentrer à la base.

« Mais soudain, sans le moindre signe avant-coureur, quelqu'un fit feu sur les malheureux villageois. Avec une mitrailleuse. Une M-60.

Claire se tourna vers Tom et vit des larmes dans ses yeux. Elle lui prit la main et la serra très fort.

— Vous entendrez le témoignage de deux membres de cette unité, le colonel James Hernandez et le sergent-chef Henry Abbott, qui ont vu le tireur. — Waldron s'approcha à pas mesurés de la table de la défense et désigna Tom du doigt. — Le tireur est cet homme, mesdames et messieurs les jurés, le sergent Ronald M. Kubik ! Il a brandi sa mitraillette sur les quatre-vingt-sept villageois, alignés sur quatre rangées, et a ouvert le feu.

« Ces deux témoins ont vu ces gens, ces gens sans armes, implorer pitié, hurler de terreur.

« Et ils ont vu le sergent Kubik sourire, tout en faisant feu. — Waldron se retourna vers le box des jurés. — Oui, *sourire !*

Tom secoua la tête, les yeux toujours brillants de larmes.

— Comment ose-t-il inventer des horreurs pareilles ? murmura-t-il à l'oreille de Claire.

— Le commandant en chef, le général Marks, ne put, malgré ses efforts, arrêter cette boucherie.

Les jurés regardaient Waldron fixement, comme hypnotisés. L'un d'entre eux avait posé son index en travers de ses lèvres, en signe d'incrédulité. La sténographe, une femme noire aux traits fatigués, cessa de pianoter sur sa machine.

— Ces deux témoins vous raconteront cette nuit de cauchemar, ainsi que le général Marks en personne.

« Toutefois, nous ne nous contenterons pas seulement de témoins oculaires. Nous présenterons des preuves tangibles — car nous avons en notre possession des balles qui ont tué ces civils et des douilles récupérées sur les lieux... Et nous démontrerons, sans laisser la moindre zone d'ombre, que ces balles et ces douilles proviennent de l'arme du sergent Kubik. Il n'y aura aucun doute, aucune ambiguïté, aucune incertitude. Nous avons les témoins et les preuves.

« Et ce n'est pas tout.

« Après cette nuit d'horreur, les membres de la brigade 27 ont été rapatriés au QG des Forces spéciales à Fort Bragg. Sept soldats ont fait une déposition sous serment, corroborant les faits. Mais le sergent Kubik, lui, a refusé de faire un rapport sur ses agissements de la nuit.

« Finalement, il est parvenu à tromper la vigilance de ses gardiens et s'est enfui.

« Ronald Kubik a disparu de la surface de la terre ; il a déserté.

« Il s'est forgé une nouvelle identité, en usant de faux papiers. Il a changé de nom, de passé et subi une série d'opérations de chirurgie esthétique pour changer de visage. Le sergent Ronald Kubik est alors devenu Thomas Chapman. Et pendant treize ans, il est parvenu à échapper à la justice.

« Il y a quelques semaines, toutefois, par le plus grand des hasards, le FBI a retrouvé sa trace et a pu l'appréhender.

« Ce comportement, mesdames et messieurs les jurés, n'est pas, à proprement parler, celui d'un homme innocent, mais au contraire celui d'un homme intelligent et rusé, qui se sait susceptible d'être poursuivi pour meurtre et crime de guerre.

« Il existe des lois ! Même en temps de guerre, *surtout* en temps de guerre ! Nous n'avons pas à massacrer des civils innocents. Et encore moins par plaisir. Cela frôle la démence !

« Ce qui va se dire durant ce procès vous choquera sans doute, vous révoltera. Et ce sera tant mieux ; cela prouvera que les Américains ne doivent jamais commettre des horreurs pareilles et que le sergent Kubik doit être condamné pour ça.

« La justice humaine l'exige !

Lentement, Waldron retourna s'asseoir à sa table.

Il y eut un long silence, chargé d'émotion.

Le juge Farrell s'éclaircit la gorge :

— La défense désire-t-elle présenter son point de vue ?

— Nous préférons nous réserver, votre honneur, répondit Claire.

— Parfait. Suspension des débats pour le week-end. Reprise des audiences lundi à neuf heures trente. Nous poursuivrons par l'audition des témoins présentés par l'accusation.

Claire s'enfonça encore un peu plus dans son siège, livide.

34.

Deux cartons de pizza vides, maculés de graisse et une collection de boîtes de Coca-Cola trônaient sur le bureau de la bibliothèque. C'était vendredi soir. Entre l'audience du matin, le laïus dévastateur de Waldron l'après-midi et la rencontre en début de soirée avec le général Marks, la journée avait été longue ; une semaine seulement s'était écoulée depuis l'audience préliminaire, mais Claire avait l'impression qu'il s'était passé des mois.

Grimes et Embry étaient avachis dans leurs fauteuils respectifs. Ray Devereaux explorait la pièce avec un détecteur de fréquence à la recherche de micros mouchards. Claire faisait les cent pas :

— Si on n'avait dit à personne que nous avions le général dans le collimateur, pestait-elle, est-ce qu'il nous aurait sorti de son chapeau une belle immunité toute neuve ? Et l'accusation, quand comptait-elle nous en informer ? À la Saint-Glinglin ?

Grimes et Embry échangèrent un regard sans rien répondre.

— Ils sont bien tenus de signaler à la défense toute demande d'immunité parmi leurs témoins, n'est-ce pas, poursuivit-elle, et de nous en faire parvenir une copie avant la mise en accusation ?

— En fait, répondit Grimes, l'air penaud, il est écrit : « dans un temps raisonnable avant l'audition du témoin », quelque chose comme ça.

— Autant dire, quand bon leur semble !

— En substance, oui.

— RAS ! annonça Devereaux. Vous pouvez parler en toute liberté.

— Ce n'est pas un malheureux micro qui risquerait de la faire taire ! ironisa Grimes.

— Je me demande si nous ne devrions pas soulever ce vice de procédure auprès de Farrell, continua Claire, perdue dans ses réflexions.

Embry secoua la tête mais s'abstint de répondre à haute voix. Ce fut Grimes qui se lança :

— Je vais être franc, Claire. Lorsque vous avez interrogé Farrell sur les conditions de son impartialité, vous l'avez mis hors de lui. Vous avez remis en cause son intégrité ! Il est temps, je crois, de lever le pied, d'arrêter de l'énerver.

— Je n'ai aucune intention de le ménager, rétorqua-t-elle. Regardez notre situation ! Nous n'avons aucun témoin pour corroborer les dires de Tom et si nous demandons un ajournement, Farrell va nous rire au nez. Les dépositions des autres membres de l'unité sont pourtant curieusement semblables...

— Vous pensez qu'on les leur a dictées ? s'enquit Embry.

— C'est évident.

— Comment prouver une chose pareille ?

— Les témoins sont notre seul espoir, répondit-elle. Il faut retrouver les survivants et les convaincre de revenir sur leurs dépositions. Qui sont les candidats en lice ?

— Les deux cités par Waldron, répondit Ray Devereaux, ceux qui disent avoir vu Tom tirer : Hernandez, que vous avez déjà rencontré, et un dénommé Henry Abbott.

— Abbott a quitté l'armée en 1985. Il est passé dans le secteur privé. Il négocie des contrats avec des boîtes travaillant pour le ministère de la Défense...

— Ben voyons ! railla Grimes.

— Il est le « médiateur du gouvernement » dans un gros cabinet d'affaires. Autrement dit, le VRP du Pentagone. Cela m'étonnerait qu'il revienne sur sa déposition pour nos beaux yeux. Le Pentagone le tient par où je pense.

— Il est à Washington, ajouta Devereaux, sachant distiller ses scoops au moment opportun. Au Madison Hotel.

— Allons lui rendre visite ! lança Claire.

— J'ai organisé une rencontre au petit déjeuner, précisa Devereaux. Pour demain, sept heures.

— Pardon ? Vous auriez pu me prévenir, s'offusqua Claire.

— Sept heures du mat ! geignit Grimes.

— Cela vient juste de se décider, répondit-il. C'est un lève-tôt.

— Ou bien il se fout de notre gueule ! rétorqua Grimes. Qui avons-nous encore ?

— Deux autres, précisa Devereaux. Robert Lentini et Mark Fahey. J'ai enfin retrouvé Fahey. Il est agent immobilier dans un trou perdu de l'Ohio — Pepper Pike. J'ai pu tout de même lui parler. Cela valait peut-être le coup. Il ne semble pas porter l'armée dans son cœur ; c'est le moins que l'on puisse dire !

— C'est notre homme !

— Il y a aussi Lentini, poursuivit Devereaux. « L'invité mystère. » Tout ce que j'ai pu trouver sur lui, c'est sa photo au moment de son enrôlement. Autrement, rien — pas de dossiers, aucune info quant à ses activités ultérieures. *Nada !* Aucune note non plus sur son éventuel décès.

— C'est inconcevable ! s'emporta Claire. Il est bien quelque part ! Assurez-vous qu'il n'y a pas une erreur dans les références, une inversion d'initiales, par exemple.

Devereaux la dévisagea un moment.

— C'est déjà fait ! Vous me prenez pour un demeuré ou quoi ?

— Ne répondez pas, conseilla Grimes.

— Il faudra me donner tout ce que vous avez sur Abbott, poursuivit Claire avec obstination. Vous pouvez rester ici pour faire la fête si vous voulez... mais moi je vais me coucher. Il est deux heures du matin et j'ai besoin d'un peu de sommeil si je veux pouvoir aligner trois mots avec Abbott demain matin !

35.

Un petit coup de klaxon retentit et Claire apparut sur le perron. La vieille Mercedes de Grimes l'attendait devant la porte. Six heures trente, samedi matin. La rue était déserte, le soleil encore voilé. Un oiseau égrenait ses trilles dans le silence, avec une précision de métronome.

Claire, les tempes douloureuses, cligna des yeux sous la lumière du jour.

— Lève-toi, ô soleil glorieux ! lança Grimes, sardonique.

— J'ai lu le dossier d'Abbott jusqu'à quatre heures du matin, répondit-elle. Il me faut un café. Vite.

— On en prendra un en chemin.

Ray Devereaux les attendait dans le hall du Madison Hotel. Ils retrouvèrent Abbott dans la salle de restaurant de l'hôtel. C'était un homme plutôt séduisant, la peau tannée, l'air prospère, avec quelque chose de sinistre dans le regard. Ses cheveux argent étaient coiffés en arrière, dégageant un front carré. Lunettes cerclées d'or, costume gris, chemise blanche et foulard de soie bleu.

Il consulta sa montre, une Patek Philippe ultra-mince en or, lorsqu'ils le rejoignirent à sa petite table.

— Vous avez vingt minutes, déclara-t-il.

— Bonjour, répondit Claire.

Café et rouge à lèvres lui avaient redonné un semblant de santé. Elle présenta Grimes.

— Je n'ai rien à vous dire, annonça-t-il tout de go. Aucune loi ne m'oblige à parler à des enquêteurs dans le cadre d'un procès militaire.

— Pourquoi avoir accepté de nous rencontrer dans ce cas ? répliqua Claire.

— Simple curiosité. Je voulais voir quelle tête vous aviez. J'ai lu pas mal d'articles sur vous.

— Satisfait ?

— D'habitude elle a meilleure mine, précisa Grimes, mais elle dort moins de trois heures par nuit.

— Nous avons une ou deux questions à vous poser, poursuivit Claire.

— Pourquoi accepterais-je de vous dire quoi que ce soit ? J'ai une réputation à préserver, moi !

Et un compte en banque ! railla Claire en pensée.

— Votre déposition est pour le moins radicale, commença-t-elle. Je suis persuadée qu'ils vous ont montré un brouillon pour vous rafraîchir la mémoire.

— Je n'ai pas vu ce qu'a fait Kubik, de toute façon.

— Ce n'est pourtant pas ce que vous dites dans votre déposition, intervint Grimes.

— Ah ouais ? lâcha Abbott avant d'avaler une gorgée de café.

Un serveur vint remplir leur tasse. Claire en but une bonne rasade. La caféine eut un effet immédiat, accélérant son pouls et faisant perler la sueur sur ses tempes.

— Vous savez ce qui s'est réellement passé, insista-t-elle. Toutes les dépositions sont identiques, jusque dans le moindre détail. C'est trop beau pour être vrai. Vous risquez de vous trouver piégé par cette déposition que l'on vous a dictée sous la menace voilà treize ans.

— Vous enregistrez cette conversation ? demanda Abbott.

— Non, répondit Claire.

Il s'essuya les lèvres avec une serviette de lin.

— Si je voulais changer ma version des faits, je dis bien « si », je serais accusé de parjure lors de ma déposition au CID.

Elle avait mis dans le mille !

— Aucun risque, répliqua-t-elle. Vous n'êtes plus dans l'armée ; ils ne peuvent plus rien contre vous.

— Devenez donc le premier à dire la vérité, renchérit Grimes, et non pas le dernier à s'enliser dans le mensonge.

— Et si je refuse — il envisageait à présent toutes les solutions, cherchant une porte de sortie.

— C'est enfantin, répondit-elle. Si vous mentez cette fois, vous risquez d'être poursuivi pour parjure à la cour. Cela vaut cinq ans de prison. Adieu la belle vie et les beaux contrats avec le Pentagone !

— Ça suffit, lança Abbott, exaspéré. Si vous voulez un témoin, allez voir ailleurs. Je ne l'ai pas vu tirer ; j'étais de l'autre côté de ce village à la con, en train de me battre avec la radio.

— Vous avez pourtant déclaré l'avoir vu tirer.

— Vous êtes vraiment naïve ou vous faites semblant ?

— Comment ça ?

— Ne me dites pas que vous ignorez comment fonctionne le système ! Il est là pour couvrir les types comme le colonel Marks — pardon, le *général* Marks. Il fallait trouver un bouc émissaire. Dès notre retour à Fort Bragg, Marks nous a tous appelés, tour à tour, avant que l'on rencontre les enquêteurs du CID. Il m'a dit : « J'ai préparé ma déposition et je veux m'assurer que je n'ai rien oublié. Quelle est votre version de ce qui s'est passé ? » J'ai répondu : « Je n'ai pas de version personnelle, colonel. » J'étais un bon soldat ! Je savais ce qu'il fallait répondre. Mais l'autre en voulait davantage. Marks m'a alors dit : « N'avez-vous pas vu Kubik lever son arme et se mettre à tirer ? » J'ai répondu : « Non, colonel. Je n'ai rien vu. » Il faisait nuit et je me trouvais à deux cents mètres de là. J'ai vu quelqu'un tirer, mais je ne peux pas dire qui c'était. « Vous êtes sûr de n'avoir pas vu Kubik perdre la tête et tirer sur tout le monde ? Fouillez bien votre mémoire, sergent. Votre carrière en dépend. » Je n'étais pas né de la dernière pluie et le message était clair. Je lui ai donc répondu : « Oui, colonel, ça me revient, maintenant. C'est bien lui qui a tiré, vous avez raison, colonel. » Voilà. C'est tout. Ce ne fut pas plus compliqué que ça.

Claire hocha la tête, satisfaite d'entendre Abbott confirmer ses suppositions.

— Mais ne vous faites pas d'illusions. Je nierai tout en bloc au tribunal. Je traite avec le Pentagone tous les jours. Ils achètent pour des milliards de dollars d'équipement par l'intermédiaire de mon cabinet ; et ces gens-là n'aiment ni les mouchards ni les traîtres. Je vais devoir vous quitter à présent, j'ai un rendez-vous. — Abbott se leva. — C'est vrai tout ce que dit le *Post* ?

— Je ne sais pas, je ne l'ai pas encore acheté ce matin, répondit Grimes. Qu'est-ce qu'ils disent ?

— Ils parlent de vous, répondit Abbott en se tournant vers Claire. Vous avez vraiment fait ça ? J'imagine que vous ne tenez pas trop à en parler.

— Le *Post* a découvert pourquoi je suis à Washington, c'est ça ?

Abbott la regarda, étonné. Il ouvrit sa mallette, sortit un exemplaire du *Washington Post* plié avec soin et le lança sur la table.

Claire aperçut sa photographie, juste sous la pliure, avec la légende : *Le passé trouble d'un professeur de Harvard*. Dans la seconde, une bouffée d'adrénaline l'envahit.

36.

Claire fumait.

Annie dansait autour de la table de la cuisine, en chantonnant :

— C'est quoi, maman ? C'est quoi, maman ?

— Laisse ta mère tranquille, répétait Jackie.

Claire écrasa son mégot dans le cendrier et sortit une nouvelle cigarette du paquet. Elle voulut en offrir une à Jackie mais celle-ci refusa.

Annie tirait sur la jupe de sa mère.

— Qu'est-ce que tu lis ? Qu'est-ce que tu lis ?

Claire était trop ébranlée par sa lecture pour lui répondre.

Annie avait besoin de sentir l'attention de sa maman, mais celle-ci était loin, à des milliers de kilomètres de là, rejetée plus de dix ans en arrière.

Claire avait alors vingt-trois ans. Elle était en première année de droit à Yale, sans doute l'une des plus brillantes étudiantes de sa classe, même si elle avait l'impression contraire. Elle avait presque toujours les larmes aux yeux à l'époque. Durant tout le second semestre, elle fit la navette entre Pittsburgh et New Haven, pour rendre visite à sa mère qui se mourait à l'hôpital, victime d'un cancer.

Il y avait des dizaines d'excuses pour justifier son

acte. Elle avait été à peine présente au cours durant cette période, qui correspondait au second semestre de sa première année d'université. Et quand elle y était, elle ne parvenait pas à se concentrer. Elle aurait pu demander une dispense mais elle s'y refusait. Elle avait trop peur. Même sans rater un cours, le cursus de droit était lourd et difficile et Claire n'avait pratiquement jamais trouvé le temps de mettre les pieds à la bibliothèque de la fac.

Elle comptait utiliser cet article d'une obscure revue de droit uniquement pour s'inspirer. Les procédures de droit civil n'étaient pas son fort. Elle comptait remanier ce premier jet, le retravailler de fond en comble, mais elle avait un avion à prendre, et venait tout juste d'apprendre la mort de sa mère. N'importe qui n'aurait pas rendu le devoir et aurait demandé une dérogation, mais Claire voulait faire illusion, garder un semblant de normalité dans sa vie.

Mauvais choix. Doublé d'une coïncidence fâcheuse.

Son professeur connaissait très bien cette revue de droit à tirage limité et il reconnut sans peine l'article que Claire avait recopié et signé de son nom. C'était l'un de ses anciens étudiants qui l'avait écrit.

Claire fut convoquée dans son bureau. Elle ne chercha en rien à nier ou à se trouver des excuses. Son professeur était un homme aigri, guère enclin au pardon. Pour lui, il s'agissait d'un plagiat pur et simple.

Le doyen de l'université se montra plus compréhensif. Avec sa mère mourante, Claire traversait une période difficile. Elle aurait dû demander une dérogation, ou tout au moins un délai pour rendre son travail. Elle avait agi de façon irresponsable certes, mais non malhonnête.

L'affaire en resta là. Seuls le doyen et le professeur (qui s'était vu refuser un fauteuil à la Cour suprême dernièrement) seraient au courant.

Le téléphone sonnait sans discontinuer, mais personne dans la maison ne songeait à aller décrocher. Claire relisait l'article pour la énième fois. Les faits rapportés étaient justes ; un détail ici et là manquait, mais c'était du bon travail d'investigation. Le journaliste du *Post* pouvait même arguer, sans mentir, que ses appels pour prendre contact avec Claire étaient restés sans réponse.

La légende sous la photo lui faisait l'effet d'un fer rouge s'enfonçant dans ses entrailles.

LE PASSÉ TROUBLE D'UN PROFESSEUR DE HARVARD

Claire Heller, la célèbre avocate,
plagiaire durant ses études de droit

Annie s'accrochait à la jupe de sa mère comme si elle craignait de la voir partir.

— Que va-t-il se passer ? demanda Jackie.

— Je ne sais pas trop, répondit Claire d'une voix lasse. Je vais sans doute perdre mon poste à Harvard. C'est quasiment une certitude.

— Mais tu as un contrat à l'année.

— Aucun contrat ne résiste à ce genre de choses.

— Il y a tout de même des circonstances atténuantes.

— Je pourrais tenter de plaider ma cause. Mais, selon toute vraisemblance, cela ne les empêchera pas de me demander gentiment ma démission. C'est l'usage là-bas.

— Le général t'avait prévenue, lança Jackie d'un ton lugubre. Tu risquais d'y laisser ta carrière.

275

— C'est vrai, reconnut Claire. Mais ce n'est pas ce genre de menaces qui va m'arrêter.

Finalement, Claire et Jackie se relayèrent pour répondre au téléphone. Une vingtaine de journalistes, presse, radio, TV, appelèrent pour avoir des précisions sur l'article du *Post*. Pour tous, une réponse unique : aucun commentaire. Quelques amis de Cambridge appelèrent, pleins de compréhension et de sollicitude — de vrais amis. Abe Margolis, son collègue à Harvard, se manifesta également. N'étant pourtant pas une âme sensible, il se montra lui aussi révolté par cette intrusion du *Post* dans la vie privée d'un individu. Pour lui, il s'agissait d'un coup monté. Il promit d'aller voir le doyen de l'université. Il fallait se battre, ne pas laisser passer une chose pareille.

Claire, de son côté, se sentait moins combative.

Mais le travail devait continuer. Grimes et Embry interrogeaient les témoins, prenaient leurs dépositions, épluchaient les dossiers...

Tard dans l'après-midi, ils se réunirent dans la bibliothèque pour un rendez-vous téléphonique avec Mark Fahey de l'Ohio. Ancien soldat des Forces spéciales, aujourd'hui agent immobilier.

— J'ai entendu Kubik leur tirer dessus, annonça Fahey au téléphone de sa voix de baryton.

— Mais vous ne l'avez pas vu, précisa Claire.

— Non. Mais tout le monde en a parlé après. Cela avait été un sacré choc.

— Vous avez fait une déposition au CID, intervint Grimes, où vous racontez une tout autre version.

— Exact, et c'était du pipeau ! répondit Fahey. Une tambouille qu'on nous a apportée sur un plateau ; prête à servir !

Grimes esquissa un sourire en hochant la tête.

— Comment ça ? demanda Claire.

La voix de Fahey s'éleva d'un ton, en volume et en fréquence.

— Ils l'ont écrite à ma place, ma déposition ! Et ils m'ont dit de la signer.

— Qui ça « ils » ? Les gens du CID ?

— Exactement !

— Le colonel Marks vous a-t-il briefé avant que vous soyez interrogé par le CID ?

— Il a briefé tout le monde. Il nous a appelés un à un, pour nous dire : « Voilà comment se sont passées les choses. »

— Pourquoi tenait-il tant à faire porter le chapeau à Kubik ? demanda Embry.

— Il voulait se couvrir.

— Vous voulez dire que Kubik n'a pas tiré ? demanda Claire en retenant son souffle malgré elle.

— Je vous l'ai dit. Je n'ai pas vu le massacre. Mais tout le monde disait que c'était le pacha qui avait donné l'ordre.

— Le pacha ?

— Le colonel. C'est lui qui a ordonné à Kubik de le faire. Et Kubik, fêlé comme il l'était, fut trop content d'obéir !

— Marks n'était pourtant pas là, déclara Grimes.

— Il dirigeait l'opération par radio. Il a demandé : « Vous les avez rassemblés ? » Hernandez a répondu oui. Alors Marks a dit : « Flinguez-les. » Hernandez a voulu protester : « Mais, colonel... » L'autre n'a rien voulu savoir : « Flinguez-les ! » Et ce dingue de Kubik s'est empressé de le faire, sachant pourtant que tous ces gens étaient innocents.

— C'est ce qu'on vous a raconté, corrigea Claire. Vous n'avez rien vu de tout ça.

— C'est vrai. Mais les autres n'avaient aucune raison de me mentir.

— Peut-être cherchaient-ils déjà à se couvrir, insista Claire. Peut-être que plusieurs soldats avaient tiré et préféraient mettre tout sur le dos de Kubik ?

Il y eut un long silence.

— Tout est possible, concéda finalement Fahey.

— Si vous venez témoigner, expliqua Claire, vous ne pourrez pas parler de ce que vous avez entendu dire, ni sur Kubik ni sur Marks. Ce genre de choses n'est pas recevable dans un tribunal. En revanche, vous pourrez raconter comment Marks vous a influencé avant l'interrogatoire du CID et comment on vous a dicté votre déposition.

Fahey émit un rire fugace.

— Qu'est-ce qui vous fait croire que je vais accepter de témoigner pour vous ?

— D'autres gens sont venus vous parler de témoignage ? s'enquit Grimes.

— Oui, des types du CID. Ils m'ont demandé de venir à la barre. Je leur ai dit la même chose qu'à vous, que je refuse de mentir pour couvrir le cul de Marks. Il serait le président des États-Unis que je ne bougerais pas le petit doigt ! Ils ont alors dit qu'ils se serviraient de ma déposition de 1985, et que j'avais intérêt à venir en personne confirmer mes dires.

— Sinon ?... enchaîna aussitôt Claire.

— Ils ont marmonné quelque chose à propos de ma retraite d'ancien combattant, des conneries comme ça. C'est de l'intimidation. Ils ne peuvent pas y toucher. Je les ai envoyés se faire foutre. Je leur ai fait un faux témoignage, qu'est-ce qu'ils veulent de plus ? Je n'irai pas dans un tribunal pour me parjurer une deuxième fois.

— Vous avez raison, ils ne peuvent rien contre vous, renchérit Claire.

— Vous en êtes sûre ?

— Êtes-vous prêt à venir témoigner pour nous ? demanda Grimes.

— Pour dire que j'ai menti au CID ? Vous êtes tombé sur la tête !

— Pour laver les mensonges, laver votre conscience, précisa Grimes.

— Je n'ai nulle envie de replonger dans ce cauchemar.

— On vous fera venir en première classe, proposa Grimes en lançant un coup d'œil complice à Claire. Tous frais payés.

— Un voyage en première classe pour Quantico ! rétorqua Fahey. C'est quoi le deuxième prix, un aller simple à Leavenworth ?

— Nous pouvons aussi essayer la manière forte, vous assigner à comparaître.

— Les assignations n'existent pas dans les tribunaux militaires, répliqua Fahey. Ne me racontez pas de bobards !

— Ce n'est pas aux militaires que je demanderai cette assignation, rétorqua Claire. Mais au procureur général du pays.

Il y eut un long silence.

— Qui vous dit que je coopérerai une fois dans le box ?

— La loi, répondit Claire. Vous n'aurez pas le choix.

— Eh bien, tentez donc le coup, on verra bien, lança Fahey.

Il y eut un clic sur la ligne. Il avait raccroché.

37.

Au milieu de la nuit, le téléphone sonna de nouveau.

Claire s'éveilla, le cœur battant. Elle attendit.

Au bout de cinq sonneries, le répondeur se déclencha, délivra son annonce et émit un bip. Il y eut un silence, puis un déclic. Claire chercha alors le téléphone à tâtons et poussa le bouton qui coupait la sonnerie sur la position « hors service ».

Les battements de son cœur s'apaisèrent peu à peu et elle put se rendormir.

Personne ne l'appela pendant les trois heures suivantes.

À 5 h 56, le lundi matin, Claire ouvrit les yeux. Elle regarda l'heure à l'horloge digitale, sachant qu'il était temps de se lever et de se préparer à aller au tribunal. C'est alors qu'elle remarqua la sonnerie de téléphone, une sonnerie étouffée, dans une autre pièce. Elle se souvint alors qu'elle avait coupé la sonnette de son combiné. Elle resta sans bouger, étendue sur son lit, le souffle court de nouveau, attendant que le répondeur prenne la ligne.

Cette fois, une voix d'homme se fit entendre. Une voix jeune, nerveuse et autoritaire.

— Claire Heller, dit la voix.

Claire ne bougea pas.

— Répondez, c'est important.

Elle décrocha.

— Oui ?

— J'ai des informations pour vous. — Claire se redressa. — Pour votre affaire...

— Qui êtes-vous ?

— ... des informations sur Marks.

— Qui êtes-vous ?

Silence. Avait-on raccroché ?

— Robert Lentini. Ça vous dit quelque chose ?

— Oui.

— J'exige le secret absolu. Et pour votre gouverne, sachez que je ne témoignerai pas, pas contre lui.

— Où pouvons-nous nous rencontrer ?

— Pas chez vous.

— Où donc alors ?

— Et avec vous seule. Je ne veux voir aucun de vos deux associés. Ni votre détective privé. Si je vois qui que ce soit en votre compagnie, je file.

— Comment savez-vous que j'ai deux associés ?

— J'ai des relations...

— C'est comme ça que vous avez eu mon numéro ?

— Nous ne pourrons nous rencontrer que la nuit. Je travaille la journée et il m'est difficile de quitter la ville.

— Votre point de rendez-vous sera le mien.

— Il faut que ce soit loin, je ne veux pas prendre de risques. Vous avez de quoi écrire ?

Il lui donna l'heure et l'adresse du rendez-vous.

— Rappelez-vous, juste vous et personne d'autre.

Annie était déjà levée et prenait son petit déjeuner

en pyjama. Claire, dans un tailleur vert olive, vint l'embrasser.

— Alors, comment va ma petite chérie ?
— Cha va, répondit la fillette la bouche pleine de céréales.
— Tu vas peindre avec Jackie ce matin ?

Annie hocha la tête avec enthousiasme, les yeux pétillants de joie. Claire se mit à préparer le café.

— C'est aujourd'hui que tu vas faire sortir papa de prison ? demanda Annie lorsqu'elle eut fini sa bouchée.
— J'y travaille. Mais ce ne sera peut-être pas pour tout de suite, ma chérie.
— On jouera toutes les deux, aujourd'hui ?

Claire hésita.

— Je vais faire mon possible, tout mon possible... — Claire s'arrêta net et se ravisa : — Oui, ma chérie, c'est promis. Quand je rentrerai ce soir, nous jouerons ensemble, toutes les trois avec Jackie. Ou juste toi et moi, comme tu voudras.
— Qui ose prononcer mon nom si tôt le matin ? articula Jackie, d'une voix pâteuse, en entrant dans la cuisine. — Elle s'adossa au chambranle de la porte et se massa le front. — Bonjour, les filles !

Le téléphone sonna.

— Oh non, pas encore ! geignit Claire. Tu veux bien répondre ?
— Pas question, répliqua Jackie. Je peux à peine articuler un mot.

La sonnerie retentit de nouveau. Claire alla décrocher en pestant.

— Allô, Claire ? lança une voix à l'autre bout du fil. C'est Winthrop.

Winthrop Englander, le doyen de Harvard. Il n'était pas difficile de deviner ce qui motivait son appel.

— Bonjour, Win, répondit-elle.

— C'est un appel qui m'est très pénible, sachez-le, commença-t-il.

— Win, je...

— Est-ce que cet article dit la vérité ?

— Dans les grandes lignes, oui.

— Cela me met dans une position extrêmement délicate, vous l'imaginez.

— Je comprends. Je n'ai qu'une chose à dire pour ma défense : les faits remontent à des années ; c'était une erreur de jeunesse, une bêtise commise au moment où ma mère venait de mourir.

— Bien sûr.

— Cela n'excuse rien, Win, mais...

— Ma position reste néanmoins délicate, Claire. Vous avez été un élément de grande valeur pour notre faculté, un professeur hors pair ; ce fut un grand honneur d'avoir pu vous compter parmi nous.

L'emploi du « passé » ne lui échappa pas. Derrière ce ton douceâtre, c'était une mise à la porte en règle. Claire avait envie de lui rétorquer : « Si je vous avais parlé de cet incident, si personne d'autre n'était au courant, est-ce que vous monteriez comme ça sur vos grands chevaux ? Ou est-ce le *Washington Post,* et sans doute à présent le *New York Times* et tous les autres journaux de la côte, qui aiguise ainsi votre haut sens de la moralité ?

Mais elle se contenta de répondre :

— Je comprends.

— Il y aura des colloques, des consultations de toutes sortes. Nous resterons en contact...

Claire arriva à la base de Quantico au moment où le fourgon blanc de la prison se garait devant le bâtiment abritant le tribunal. Elle vit Tom descendre du véhicule, menottes aux mains. Que faire ? Attirer son regard ? Le prendre dans ses bras ? Plus ça allait, plus tout contact humain avec Tom, avant ou après le procès, lui était douloureux. Il lui était plus facile de le traiter comme n'importe quel autre client, comme quelqu'un qu'elle ne reverrait jamais de sa vie.

Mais c'est lui qui l'aperçut.

— Claire ! lança-t-il d'une voix rauque.

Elle lui sourit, sourire était pourtant la dernière chose dont elle avait envie ce matin. Mais il aurait été injuste de lui faire partager le poids de tous ses soucis.

— Claire ! appela-t-il de nouveau en tendant vers elle ses deux poignets entravés, comme pour lui montrer ses menottes. Un geste curieux.

Elle vint à sa rencontre. Les yeux de Tom luisaient de larmes. Surprise, elle l'enlaça. Il ne pouvait la prendre dans ses bras et cette impossibilité lui serrait le cœur.

— C'est l'heure du grand show, lança-t-elle d'une voix faussement enjouée.

— Quelle bande de salauds, marmonna-t-il d'une voix sourde.

Elle se recula pour l'observer. Il pleurait à présent.

— Tom ?

— Les salauds... j'ai vu CNN ce matin. Ils m'ont laissé regarder la télévision.

— Oh ! lâcha-t-elle.

— Qu'ils s'en prennent à moi, passe encore, Mais à présent c'est toi qu'ils visent.

Les gardes les regardaient avec hostilité.

— C'est la vérité, Tom. Je l'ai fait...

— Je m'en contrefiche. Le passé est le passé, et c'est ta vie privée. — Il serra les poings et donna un coup dans l'air comme un gladiateur enchaîné. Ses chaînes tintèrent. — Les salauds ! Je suis désolé, Claire, vraiment désolé. Viens ici. Contre moi. Ah ! si je n'avais pas ces satanées menottes !

Elle le prit dans ses bras, sentit son visage contre le sien.

— Je veux te dire quelque chose, articula-t-il à voix basse. Je sais tout ce que tu endures pour me sortir de là, tout le mal qu'ils essaient de te faire. Mais je suis là pour toi, comme tu es là pour moi. J'ai ces menottes, je suis enchaîné toute la journée, mais je suis ton roc, aussi, d'accord ? Je pense à toi tout le temps. Je sais que tu souffres autant que moi, peut-être même davantage. Tu n'as plus de temps pour Annie, plus de temps pour tes amis ; tu ne peux dire à personne tout ce que tu endures, sauf peut-être à Jackie... et voilà maintenant qu'ils te font ça... Mais on va s'en sortir, tous les deux, je te le promets.

38.

— Le ministère public appelle Frank La Pierre, annonça Waldron.

L'appel des témoins à charge commençait par l'agent du CID, qui s'était occupé de l'affaire Kubik treize ans plus tôt. Frank La Pierre fut conduit par l'huissier jusqu'au box des témoins. Il marchait en traînant la jambe, relique d'une ancienne blessure. Il était vêtu d'un costume bon marché et il n'avait visiblement pas pu fermer les pans de sa veste sur sa bedaine. Un visage triangulaire, un front largement dégarni, et des lunettes rondes à monture d'écaille plantées sur un nez pointu.

Waldron se tenait les mains dans le dos.

— Mr. La Pierre, vous travailliez bien pour le CID, en tant que spécialiste des affaires criminelles ?

— C'est exact, répondit le témoin d'une voix grave et assurée. En particulier les homicides.

— C'est vous qui avez été chargé de l'affaire Kubik, n'est-ce pas ? demanda-t-il comme s'il ne le savait pas déjà.

— C'est exact.

— Pendant combien de temps avez-vous été agent au CID ?

— Huit ans.

— Dites-moi, Mr. La Pierre, combien d'affaires criminelles avez-vous eu l'occasion de traiter au cours de votre carrière ?

— Je ne sais pas. Quarante, peut-être.

— Quarante ? Cela fait un joli nombre.

Waldron détailla ensuite les références professionnelles de La Pierre et son rôle dans l'affaire Kubik. Ce fut une longue litanie de faits, de détails relatifs au massacre ; rien ne fut oublié.

Après la pause-déjeuner, ce fut au tour de Claire d'interroger le témoin. Elle se leva et fronça les sourcils, l'air perplexe :

— Mr. La Pierre, vous dites que quatre-vingt-sept civils ont été tués à La Colina, le 22 juin 1985, c'est bien ça ?

— Exact, répondit La Pierre d'un ton péremptoire chargé de défi.

— Pouvez-vous, dans ce cas, préciser à la cour l'identité des morts ?

La Pierre hésita.

— Comment ça ?

— Je ne sais pas, nous dire par exemple combien il y avait d'hommes, répondit Claire en haussant les épaules, paumes ouvertes, comme si l'idée venait juste de lui effleurer l'esprit.

La Pierre marqua une nouvelle hésitation, jeta un coup d'œil furtif vers Waldron puis baissa la tête.

— Je ne peux pas vous le dire.

— Combien de femmes, alors ? insista Claire.

— Il m'est impossible de le savoir, répondit La Pierre, agacé.

— Dites-nous, dans ce cas, l'âge des quatre-vingt-sept victimes ?

— Écoutez, cette histoire remonte à plus de treize ans et...

— Répondez à la question. Quel était l'âge des victimes ?

— Je n'en sais rien, reconnut-il.

— Peut-être pourrez-vous nous dire où ces gens ont été enterrés ?

— Je devrais pouvoir vous trouver ça...

— Qui a creusé les fosses ?

— Votre honneur, intervint Waldron avec humeur, la défense se lance dans une série de questions particulièrement spécieuses et hors de propos...

— Objection rejetée, répliqua Farrell. Veuillez poursuivre, Mrs. Chapman.

— Merci. Avez-vous, Mr. La Pierre, des photographies des cadavres ?

— Non, répondit l'homme, avec irritation.

— Non ? Où sont les certificats de décès ? Vous devez en avoir, forcément.

— Je n'en ai pas.

— Ah bon ? Dans ce cas, vous avez au moins les rapports d'autopsie ?

— Non, mais je...

— Mr. La Pierre, pouvez-vous me dire le nom d'une seule de ces personnes que mon client est censé avoir tuées ?

La Pierre lui jeta un regard noir.

— Non, je ne peux pas.

— Pas un seul nom ?

Il secoua la tête.

— Si vous ne pouvez me dire un nom, j'en conclus que vous ne pouvez m'en dire deux et encore moins dix ou vingt. Et pourtant, vous accusez le sergent Kubik d'avoir assassiné quatre-vingt-sept personnes. C'est bien là l'objet de votre comparution devant cette cour ?

Mais Frank La Pierre connaissait son texte. Il contre-attaqua avec une indignation vertueuse :

— Ronald Kubik a tué quatre-vingt-sept personnes innocentes à...

— Mais vous n'avez pas vu un seul cadavre de ces quatre-vingt-sept personnes, prétendument victimes de mon client, n'est-ce pas ?

— Mais je...

— Et vous n'avez pas eu, non plus, le moindre rapport d'autopsie les concernant.

— Non, je n'en ai pas, rétorqua-t-il, la défiant cette fois du regard.

— Pas même un seul certificat de décès ?

— Non, pas un seul !

— En fait, vous n'avez aucun document officiel pour prouver que quatre-vingt-sept personnes ont été tuées à La Colina ce 22 juin 1985, à l'exception des *dépositions* — elle haussa les sourcils en signe de dérision — recueillies par vos services. C'est bien ça ?

— Oui.

— Nous devons donc vous croire sur parole ?

— Une parole étayée tout de même par sept dépositions identiques faites sous serment, parvint à répondre La Pierre.

— Des dépositions faites, comme vous dites, « sous serment », répéta-t-elle en faisant le geste de mettre entre guillemets ce dernier mot. Des dépositions curieusement « identiques », vous faites bien de le préciser. Et vous n'avez aucun rapport d'autopsie, aucun certificat de décès. Aucune preuve tangible, donc, de l'existence de ces morts !

Il y eut un long silence.

— Non, rien d'autre que ces dépositions.

— Passons à un autre point, Mr. La Pierre. Nous avons pu consulter les états de service de tous les membres de la brigade 27 qui ont fait une déposition pour vous. C'est curieux, mais nous n'avons trouvé nulle trace de quelque affectation que ce soit au Salvador. Aurions-nous mal lu ?

La Pierre reprit assurance ; ils revenaient sur son terrain.

— Non. Les missions top secret ne sont, d'ordinaire, pas consignées dans ce genre de dossiers.

— Nous n'avons donc rien manqué.

— Non, ça m'étonnerait.

— Me voilà rassurée. De fait, on risque donc encore moins de trouver dans ces dossiers la moindre note concernant le raid de la nuit du 22 juin 85 au village de La Colina ?

— Cela me semble logique.

— Avez-vous pris connaissance des recherches de pièces demandées par la défense ?

— Non. Le major Waldron ne m'a pas communiqué ce document.

— Il se trouve, Mr. La Pierre, que la défense a demandé à avoir l'ordre de mission affectant les membres de la brigade 27 au Salvador. Et bizarrement, on n'en a toujours reçu aucun. Vous savez ce qu'on se dit dans ces cas-là... les voies de la bureaucratie sont impénétrables, rien de tel pour y égarer ce que l'on veut... alors je vous pose la question : avez-vous vu une fois un ordre écrit assignant l'un des membres de l'unité au Salvador en juin 85 ?

— Non, jamais.

— Pas la moindre trace officielle de cette affectation ?

— Non.

— Vous en êtes certain ?

— Oui, répondit-il avec une soudaine circonspection.

— Vous me soulagez d'un poids, lança Claire ; je vois que nous sommes tous les deux logés à la même enseigne ! — Quelques rires fusèrent dans l'assistance. — Je suis ravie d'apprendre que je ne suis pas la seule qui ait eu maille à partir avec les gratte-papier des archives du Pentagone ! J'imagine que vous avez fait la demande de ces ordres d'affectation auprès du commandement général des Forces spéciales ?

— Oui, je crois.

— Et encore une fois, vous avez fait chou blanc ?

— Exact.

Elle se tourna soudain vers le témoin, comme si une idée subite lui venait :

— Vous avez essayé aux archives ? Une copie de chaque ordre d'affectation est censée y être déposée, avant tout déplacement d'une unité de combat.

— À vrai dire... non.

— Ah bon ? Et du côté de l'organisation logistique ? Vous n'avez pas essayé de retrouver les traces de plan de vol concernant ce prétendu transfert de la brigade 27 au Salvador en juin 85 ?

— Non, mais...

— Comme vous le savez, Mr. La Pierre, je ne fais pas partie du monde militaire...

— Je l'avais deviné, rétorqua l'homme.

Il y eut de nouveaux rires dans l'assistance. Claire rit aussi, acceptant de bonne grâce de le faire à ses propres dépens.

— Je ne maîtrise pas bien toutes les arcanes de votre monde, mais je crois savoir, corrigez-moi si je me trompe, que tout déplacement d'un soldat de l'armée américaine doit faire l'objet d'une demande de transfert préalable. C'est bien ça ?

— Oui, c'est bien possible, répondit La Pierre, feignant l'ennui.

— Et pourtant vous ne retrouvez nulle trace de ce prétendu transfert au Salvador de toute une brigade des Forces spéciales.

— Non, mais...

— Il n'existe donc aucune pièce administrative attestant que cette unité ait été affectée où que ce soit ?

La Pierre ouvrit la bouche à plusieurs reprises, cherchant quoi répondre.

— Vous avez, j'imagine, consacré quelques efforts pour savoir si cette opération a bel et bien eu lieu ?

La Pierre plissa les yeux de fureur.

— Vous ne réfutez tout de même pas ce qui s'est passé là-bas ?

— C'est moi qui pose les questions, Mr. La Pierre. Avez-vous, oui ou non, cherché à vérifier l'existence même de cette opération ?

— Elle a eu lieu, c'est évident.

— Évident ? Pour qui ? Pour vous et le major Waldron ? Ou pour moi, Mr. Grimes et Mr. Kubik ?

— *L'opération a eu lieu,* répéta-t-il d'une voix sifflante.

— Mais vous n'avez aucun document pour étayer cette affirmation. — Elle enchaîna, sans attendre la réponse de La Pierre. — Je me suis laissé dire, et corrigez-moi encore si je me trompe, que toute opération militaire secrète doit faire l'objet, au préalable, d'une autorisation présidentielle. Un accord classé secret-défense signé de la main même du président des États-Unis. C'est exact ?

— Je crois, oui.

— Cette autorisation présidentielle est appelée dans votre jargon une NSDD[1], c'est bien ça ?

— Heu, oui.

— Il existe donc forcément une NSDD pour cette mission de la brigade 27 au Salvador en juin 05, n'est-ce pas ?

La Pierre sentit le piège arriver et voulut l'éviter.

---

1. *National Security Decision Directive. (N.d.T.)*

— Je n'en sais rien.

— Mais vous venez de convenir que toute opération secrète doit recevoir l'agrément d'une NSDD. La mission de la brigade 27 était bien une opération secrète, non ? Alors, il doit exister une NSDD, quelque part.

— Sans doute.

— Et, pourtant, vous n'avez pas eu entre les mains ce document signé par le président des États-Unis ?

— Non.

— Je m'étonne, Mr. La Pierre. En tant que responsable de l'enquête dans cette affaire, il ne vous a pas semblé important de savoir si cette opération était autorisée ou non par le président ?

— Mon boulot, c'est de m'occuper de crimes et d'homicides, pas de me mêler de politique étangère ! rétorqua-t-il.

— Vous ne voulez pas vous « mêler de politique étrangère », répéta Claire sciemment.

— Exact.

— Dites-moi, Mr. La Pierre, si un colonel des Forces spéciales, aujourd'hui membre du grand état-major des armées, a organisé une opération illégale au Salvador en juin 1985, illégale, parce que effectuée sans autorisation présidentielle, votre devoir n'était-il pas de l'arrêter pour le traduire en justice ?

Frank La Pierre se tourna vers le juge.

— Je ne sais que répondre à ça.

— La vérité, lança Farrell avec agacement. Deviez-vous, oui ou non, arrêter le général Marks ?

— Non, bien sûr que non !

— Pourquoi donc ? insista Claire.

— Je n'avais aucune raison de penser qu'il s'agissait d'une opération illégale.

— Parce que vous ne vous mêlez pas de politique

étrangère... Ne pensez-vous pas, Mr. La Pierre, qu'en tant que responsable d'enquête, dans une affaire où un massacre est censé avoir été perpétré dans un pays étranger au cours d'un raid militaire, il aurait été de bon ton de vous pencher un peu sur les questions de politique étrangère et de procédure en matière d'opérations clandestines ?

— Je ne vois pas pourquoi.

— Vraiment ? insista Claire, incrédule. Il ne vous semble pas important de savoir si une opération secrète menée par l'armée américaine bafoue ou non les lois en vigueur dans son propre pays ?

— Cela ne me regarde pas.

— Bien. Résumons. Primo, vous êtes incapable d'identifier une seule personne parmi les victimes. Vous ne savez d'ailleurs pas s'il y a eu, oui ou non, des victimes, le moindre mort ! C'est quelque peu curieux, étant donné que c'est là le premier volet de l'accusation du ministère public, à savoir le meurtre de quatre-vingt-sept personnes.

« Secundo, vous ne pouvez même pas dire si cette opération a bel et bien eu lieu, et encore moins si elle était autorisée. Nous ne pouvons donc déterminer si ces prétendus meurtres, pour lesquels nous n'avons aucune trace, sont répréhensibles, puisque nous ignorons ce qui est légal ou illégal dans cette affaire. Comment être sûr de ce que le président des États-Unis a ordonné, si tant est qu'il ait donné son aval pour une telle opération ? C'est pourtant là le second volet de l'accusation du ministère public, à savoir que ces meurtres sont dus à une initiative personnelle de mon client, au corps défendant de sa hiérarchie. Voilà un dossier bien mince ! »

Claire secoua la tête de dégoût. — J'en ai terminé, votre honneur, annonça-t-elle.

39.

Cette fois, le téléphone sonna à quatre heures du matin. Claire décrocha et articula :

— Allez-y, continuez ! On finira bien par vous trouver !

Puis elle raccrocha.

Le matin, au moment où Claire quittait la maison, Devereaux appela.

— Le FBI est tout près, annonça-t-il.
— Tout près de quoi ?
— De ton correspondant mystère. Les appels proviennent d'une cabine téléphonique à l'intérieur du Pentagone.
— Le Pentagone ?
— Exact, répliqua Devereaux. Celui qui cherche à te faire peur préfère ne pas appeler depuis son bureau. Étant donné l'heure des appels, il n'y a qu'un employé du Pentagone, ou un type ayant un passe qui puisse être l'auteur de ces coups de fil.
— Cela ne fait que vingt-cinq mille suspects ! railla Claire.

Le premier jour d'audition des témoins était, finalement, à porter au crédit de la défense. L'interrogatoire de Frank La Pierre, mené par Claire, avait fait mouche. Les tentatives de Waldron pour réhabiliter son témoin avaient été aussi inefficaces que pathétiques.

Mais la deuxième journée fut moins glorieuse...

Le colonel James J. Hernandez vint témoigner pour le ministère public. Dans les grandes lignes, il proféra les mêmes accusations que lors de son premier témoignage. Waldron l'avait fait comparaître dans le but d'établir ce que la justice appelle le *corpus delicti*, à savoir la preuve matérielle qu'un crime avait été commis — autrement dit le cadavre de la victime. Comme l'accusation ne disposait ni de corps ni de rapports d'autopsie, c'étaient les témoins oculaires qui devaient attester qu'il y avait bel et bien eu mort d'homme — ce dont s'acquitta Hernandez avec application.

Peu avant la pause de midi, Hernandez, sous la houlette de Waldron qui orchestrait le récit de son témoin, aborda le moment où la brigade 27 était entrée dans le village à la faveur de la nuit. Hernandez se trouvait alors à côté de Kubik...

— Et que s'est-il passé ? demanda Waldron, feignant d'ignorer la réponse.

— Nous sommes allés de cabane en cabane. On réveillait les gens, on les poussait dehors, et on fouillait les pièces à la recherche d'armes.

— Vous avez trouvé des armes ou des traces d'activités rebelles ?

— Non, pas la moindre.

— Avez-vous fait usage de vos armes lorsque vous faisiez sortir les gens de leurs cabanes ?

— Non. On les a juste menacés. Avec ce qu'on avait sous la main, baïonnettes, fusils, mitraillettes...

— Personne n'a tiré sur eux ?

— Non, personne. C'était inutile. Ils étaient terrorisés. C'étaient des vieillards, des femmes et des enfants, des bébés. Tout le monde se montrait coopératif.

— Avez-vous vu ce que faisait le sergent Kubik pendant ce temps ?

— Oui, je l'ai vu.

— Que faisait-il ?

Hernandez se redressa et se tourna vers le jury. Claire se raidit dans l'instant, lorsqu'un témoin se tournait vers les jurés, ou vers le juge, c'est qu'il s'apprêtait à faire une révélation.

— Il... il faisait des trucs de dingue.

— Comment ça ? Vous voulez dire des « actes sadiques » ?

— Objection ! lança Claire en bondissant de son siège. Le témoin n'est ni un psychiatre ni un professionnel de la médecine, à ma connaissance. Il n'a donc aucune compétence pour analyser et identifier les agissements de mon client !

— Votre honneur, rétorqua Waldron, visiblement agacé que Claire eût cassé le rythme de son show, le témoin a le droit de décrire des actions avec les termes qui lui sont familiers.

— Objection rejetée, annonça Farrell.

— Poursuivez, ordonna Waldron. Il faisait donc des choses qui vous paraissaient sadiques ?

— Oui.

— Pouvez-vous nous décrire ces choses ?

— Eh bien, un vieil homme, à un moment, a voulu s'échapper par une fenêtre ; le sergent Kubik l'a rattrapé et lui a dit : « Ce n'est pas beau de vouloir passer par la fenêtre quand on te montre la porte ! » Et il lui a fait le coup de Jarnac.

— Le coup de Jarnac ?

— Oui, il lui a tranché le tendon d'Achille, avec

son couteau, en disant : « Comme ça, tu n'iras plus nulle part ! »

Claire se tourna vers Tom.

— Qu'est-ce que c'est que cette histoire ? murmura-t-elle.

— De la pure fabulation, Claire, répondit-il en secouant la tête.

Waldron poursuivait...

— Et qu'avez-vous fait lorsque vous avez vu le sergent Kubik agir de la sorte ?

— Je lui ai dit d'arrêter.

— Et il vous a écouté ?

— Non. Il m'a dit que si j'en parlais à qui que ce soit, il me ferait la peau.

— Il y a eu d'autres événements de cette sorte ?

— Oui. Une chose horrible... — Hernandez paraissait authentiquement dégoûté. Soit il disait la vérité, songea Claire, soit il possédait un véritable don d'acteur. — Il y a eu ce garçon... il n'avait pas plus de dix ans... le gosse lui a jeté des pierres. En lui criant des obscénités. Alors Kubik l'a plaqué au sol et lui a ouvert le ventre.

— Ouvert le ventre ?

— Il a fait une entaille en Y dans l'abdomen du gamin, avec son couteau. Rapidement. Pas profond.

— Pourquoi donc ?

— C'est horrible... — Les lèvres de Hernandez se contractèrent de dégoût. Son visage blêmit, comme s'il était sur le point de vomir. — Lorsque vous entaillez un ventre comme ça, les entrailles jaillissent comme du pop-corn ; le gosse s'est donc retrouvé les intestins à l'air ; c'est une mort lente, des souffrances horribles. J'ai crié à Kubik de s'arrêter, mais il faisait la sourde oreille ; il y prenait trop de plaisir.

Claire se pencha vers Grimes :

— C'est la première fois qu'il mentionne ces événements, n'est-ce pas ? lui murmura-t-elle à l'oreille.

— Oui, je crois bien, répondit Grimes. Je n'ai lu ça nulle part.

— Et dans sa déposition au CID ?

— Pas plus.

— Il faut arrêter le massacre.

— Demandez l'évacuation du jury pour vice de procédure, proposa Grimes.

Claire se leva.

— Votre honneur, c'est la première fois que nous entendons ce témoignage. Nous sommes pour le moins surpris ; aussi, nous demandons la sortie du jury.

— Est-ce bien nécessaire ? s'enquit Farrell.

— Il s'agit d'une manœuvre outrageante. Le témoin présente devant la cour des faits nouveaux, des faits qui n'ont, à ce jour, jamais été rapportés, que ce soit dans sa déposition au CID, ou durant les interrogatoires menés par l'accusation ou par nos soins...

— C'est bon, l'interrompit Farrell. Que les jurés sortent du tribunal.

— Votre honneur, commença Claire, une fois que les jurés eurent quitté la salle, ce témoin a été interrogé un nombre incalculable de fois — par l'armée, par l'accusation, par nous-mêmes. Et pas une fois il n'a fait référence à quelque acte de sadisme concernant mon client. Peut-être le témoin a-t-il été traité par hypnose ; si c'est le cas, je veux que le ministère public le reconnaisse officiellement ; vous n'êtes pas sans savoir, votre honneur, que la justice voit d'un très mauvais œil les témoignages induits par hypnose et que ceux-ci ne sauraient être retenus par...

— Votre honneur, les faits datent de treize ans ! intervint Waldron. Étant donné le caractère particulièrement horrible des agissements du sergent Kubik, il n'est pas étonnant que mon témoin ait cherché à oublier certains d'entre eux.

Claire lança un regard étonné vers Waldron.

— L'accusation sous-entendrait-elle que le témoin ne se souvenait plus des faits lorsque l'agent du CID l'a interrogé, alors que ceux-ci venaient de se produire ? — Elle se tourna vers le juge. — Votre honneur, à la lumière de ce nouveau témoignage, nous demandons l'autorisation de réinterroger le témoin ainsi qu'une suspension de séance afin de pouvoir nous entretenir avec notre client.

— Votre requête est accordée, répondit Farrell. Nous reprendrons la séance après déjeuner, à quatorze heures.

En s'en allant, Waldron lança à Claire d'un ton détaché :

— Il y a un bel article sur vous dans le journal.

Elle releva la tête, mais ne put répondre quoi que ce soit, il était déjà loin.

Ils interrogèrent James Hernandez dans une petite pièce dans l'enceinte du tribunal.

Il était assis à la table de réunion, mal à l'aise, le regard fuyant.

— Alors, commença Grimes, un soudain regain de mémoire ?

Hernandez se renfrogna, en bougeant sur sa chaise.

— Vous avez été sous hypnose ou quoi ? insista Grimes.

Le regard d'Hernandez se fit encore plus noir. Il roula les yeux d'un air menaçant.

— Vous avez perdu votre langue ? Vous êtes tenu de nous dire ce que vous avez omis de nous signaler la fois précédente.

Hernandez resta silencieux. De l'index, il gratta la cicatrice sous son œil droit.

— Une petite question préliminaire, poursuivit Grimes. Vous et Marks... ça fait combien de temps que vous marchez main dans la main ?

Hernandez fronça les sourcils, puis haussa les épaules.

— Écoutez, colonel, intervint Claire. Nous avons la liste des membres du jury qui a décidé de vous remettre votre première étoile, à la fin de la guerre du Viêt-nam. L'une des personnes soutenant votre citation était un certain William O. Marks. Vous deux, c'est visiblement une vieille histoire. Combien de fois avez-vous servi sous ses ordres ?

— Beaucoup de fois, répondit enfin Hernandez. Sur beaucoup d'opérations.

— Beaucoup, répéta Claire, vous pouvez être plus explicite ?

Hernandez haussa de nouveau les épaules et se tut.

Le second interrogatoire du colonel Hernandez dura près d'une heure.

Lorsque Claire, Embry et Grimes arrivèrent dans la salle de réunion, Tom se leva de sa chaise, flanqué de ses deux gardes du corps.

— À chaque fois, ils trouvent le moyen de descendre plus bas, lança-t-il. Rien ne les arrête !

— J'en conclus que vous réfutez les allégations d'Hernandez, répondit Grimes, en lui tendant un sac contenant un double cheese-burger et une grande frite.

— Vous ne prenez pas ça au sérieux, j'espère ? rétorqua Tom en déballant son hamburger et en y mordant à pleines dents.

— Au contraire. Ce sont des accusations très graves, qu'elles viennent du camp adverse ou pas.

Tom mastiqua son cheese-burger, en hochant la tête, et marmonna une réponse, la bouche pleine :

— Bien sûr que je réfute ce qu'il a dit. Je réfute tout ! Comment osez-vous me poser une question pareille ?

— C'est mon boulot, mon vieux.

— Claire, tu ne crois pas un traître mot de ces conneries, n'est-ce pas ? insista-t-il en posant son sandwich.

— Non, évidemment, répondit-elle. La façon dont il a lâché ça est plus que suspecte. Je ne crois pas en la soudaine honnêteté de ce type.

— Tu ne réponds pas à ma question, insista Tom. Je te parle de moi. Oublie tes trucs juridiques. Me crois-tu, oui ou non, capable d'avoir fait une chose pareille ?

Claire sentit son estomac se nouer.

— Non, Tom, répondit-elle. Bien sûr que non. — Elle se tourna vers Embry. — Terry, pensez-vous pouvoir récupérer le dossier médical d'Hernandez ?

— Sans problème, répondit Embry. Enfin, cela me semble possible.

— Mais discrètement, hein ? Je ne veux pas que Waldron l'apprenne. Il serait trop content de nous mettre des bâtons dans les roues.

— Entendu. Qu'est-ce que vous avez en tête, au juste ?

— Arrêtez-moi si je me trompe, mais je crois bien que l'accès aux dossiers psychiatriques n'est pas protégé chez les militaires.

— Rien n'est protégé dans l'armée, rétorqua Grimes. Vous n'imaginez tout de même pas que cette ordure a été voir un psy ?

— Sûrement pas de son plein gré. Mais peut-être l'y a-t-on contraint ? Allez savoir ? Cela vaut le coup d'essayer. Il y aura peut-être quelque chose d'intéressant à creuser.

— Quel genre de choses ? s'enquit Tom.

— Des infos sur lui que je n'ai pas.

Tom plissa les yeux.

— Quel genre d'infos ?

— Je l'ignore. Le tout est de savoir s'il couvre son chef, ou s'il y a autre chose derrière tout ça.

Tom secoua la tête.

— Il ne fait que couvrir le cul de Marks.

— J'espère que tu dis vrai, que nous avons toutes les données du problème.

L'audience reprit. Le jury et Hernandez avaient rejoint leur box respectif. Claire allait et venait devant le témoin, se préparant à mener le contre-interrogatoire, cherchant la meilleure approche possible.

— Mr. Hernandez, lorsque vous avez été interrogé par les services du CID en juin 85...

— Objection ! lança Waldron. Le témoin est un colonel et il a droit au respect dû à son rang, et par ce fait, se doit d'être appelé « colonel Hernandez ».

— C'est noté, votre honneur, déclara Claire. *Colonel* Hernandez, lorsque vous avez été interrogé par le CID en 85, vous a-t-on demandé de faire un rapport complet sur les événements survenus à La Colina ?

— Oui, mais...

— Parfait. Et c'est ce que vous avez fait ?

— Non.

— Je vois, répondit-elle aussitôt, cherchant à enchaîner le plus vite possible. Vous saviez toutefois que vous étiez sous serment, que vous deviez dire « la vérité et rien que la vérité » ?

— Oui, concéda-t-il.

— Lorsque vous avez témoigné lors de l'audience

préliminaire, vous étiez également sous serment et tenu de dire encore une fois « la vérité et rien que la vérité », n'est-ce pas ?

— Oui.

— Vous me voyez donc pour le moins étonnée, colonel. Vous avez omis, volontairement, de mentionner ces faits à deux reprises — une fois au CID et une autre fois lors de l'audience préliminaire à ce procès. C'est bien ça ?

Hernandez sembla vaciller. Il hésita un instant avant de répondre.

— Heu, effectivement, mais comme je vous l'ai expliqué je...

— Répondez simplement à la question, colonel. Puisque vous n'avez pas dit la vérité lors de votre déposition sous serment au CID ni lors de l'audition préliminaire, alors que vous étiez également sous serment, qui nous dit que vous nous dites la vérité cette fois-ci ?

— C'est la vérité, je vous le jure !

— Vous le jurez ?

— Oui !

— Parce que vous êtes sous serment ?

Hernandez hésita de nouveau.

— Parce que je dis la vérité.

— Je vois. Je vous remercie de ces éclaircissements, colonel Hernandez : nous devons donc vous croire cette fois parce que vous nous le demandez. Édifiant !

— Objection, votre honneur ! s'écria Waldron. La défense prend à partie le témoin !

— Poursuivez, Mrs. Chapman, ordonna Farrell.

— Colonel Hernandez, avez-vous raconté ces détails à l'accusation avant le début du procès ?

Hernandez sembla chanceler de nouveau. Claire commençait à connaître son témoin.

— Non, répondit-il enfin.

— Dois-je vous rappeler que vous êtes sous serment ?

— Votre honneur ! s'exclama Waldron.

— J'ai dit non, annonça Hernandez.

— Colonel Hernandez, hormis vous, quelqu'un d'autre a-t-il vu les faits que vous décrivez, à savoir l'éventration du garçon et tout le reste ?

— Non. Il n'y avait que moi et Kubik.

— Personne ne peut confirmer votre témoignage ?

— Je ne crois pas. Mais je sais ce que j'ai vu.

— Nous devons donc nous fier à votre seule mémoire concernant des événements datant de treize ans, une mémoire curieusement sélective, comme nous venons de le voir.

— Ma mémoire n'est pas sélective ! explosa Hernandez. Je vous ai dit que...

— Merci, colonel, l'interrompit Claire.

Hernandez jeta un regard suppliant vers Waldron.

— Je ne peux donc pas répondre à la question ? lança-t-il.

— Silence ! tonna Farrell.

— Colonel, poursuivit Claire, j'ai une autre question à vous poser : qu'avez-vous fait exactement lorsque vous avez vu le sergent Kubik perpétrer ces actes horribles ?

— J'étais occupé à évacuer les gens de leurs cabanes.

— Cela devait accaparer toute votre attention, j'imagine ? Après tout, un rebelle pouvait être caché dans l'une des maisons ?

Hernandez hésita de nouveau.

305

— J'ai pu tout de même voir ce que faisait Kubik, répondit-il en serrant les dents.

— Vraiment ? Je vais donc formuler ma question autrement. Vous avez vu Kubik donner des ordres à un vieil homme et à sa famille, vous avez vu le vieux tenter de s'échapper par une fenêtre. Vous avez vu Kubik trancher son tendon d'Achille. Vous avez vu, et entendu, Kubik railler le vieux. Et vous avez vu un jeune garçon lancer des pierres sur le sergent, puis vu Kubik plaquer le garçon au sol et lui ouvrir le ventre. Dites-moi, vous avez des yeux partout !

— Je ne risquais pas de passer à côté ! Les gens hurlaient.

— Après qu'il les eut torturés ?

— Et avant, à l'idée de ce qu'il s'apprêtait à faire.

— À votre avis, tous ces événements se sont déroulés en combien de temps ?

— Cinq minutes, peut-être dix.

— Dix minutes ! Vous avez pu voir tout ça en l'espace de dix minutes ! tout en accomplissant un travail très dangereux qui exigeait toute votre attention, j'entends votre attention visuelle, car votre vie était en danger à chaque instant.

Hernandez lui jeta un regard plein d'hostilité, mais ne répondit pas, se sentant pris au piège.

— Vous avez un véritable don d'ubiquité, ma parole ! lança Claire, en retournant vers sa table. Votre histoire ne tient pas debout.

— Objection, votre honneur ! cria Waldron.

— Objection retenue.

— Je retire ma dernière remarque, répondit Claire en s'asseyant.

Tom se pencha et lui serra l'épaule.

— Major Waldron, vous voulez réinterroger le témoin ? demanda le juge.

— Oui, votre honneur. — Waldron se leva et vint se planter devant son témoin à charge. — Colonel Hernandez, lorsque vous êtes rentré du Salvador après votre mission, vous avez été soumis à un long et pénible interrogatoire par les services du CID, n'est-ce pas ?

— C'est exact, répondit Hernandez avec le soulagement d'un homme perdu dans le désert retrouvant enfin son oasis.

— Racontez-moi comment cela s'est passé.

— Ils étaient tous alignés devant moi. C'étaient des durs.

— Vous parlez de qui ? Des enquêteurs du CID ?

— Exact ! Ils jouaient aux méchants flics comme dans les films, ils voulaient me passer au détecteur de mensonges et me pendre, moi et Kubik. Je me suis dit que, si je leur racontais ce qu'avait fait Kubik, ils allaient croire que j'avais mis la main à la pâte, vous voyez ? Ou se demander pourquoi je ne l'avais pas arrêté.

— Justement. Pourquoi n'êtes-vous pas intervenu ? demanda Waldron à juste titre.

— Intervenir... face à un fou comme ça ? Pas question de s'approcher de lui. On nous a appris à nous tenir hors des lignes de tir. C'est le seul moyen de survie que je connaisse. Kubik était devenu complètement dingue et je ne voulais pas risquer de me mettre devant son canon.

— Vous redoutiez que le CID ne vous accuse du massacre ? avança Waldron.

— On abat toujours les survivants.

— Mais vous ne pensiez pas uniquement à sauver votre peau, n'est-ce pas ?

— Je me suis dit que, si je racontais ces détails, cela ne ferait que salir l'armée davantage. Je ne voulais pas faire ce plaisir aux types du CID. J'espérais que tout ça s'effacerait avec le temps, vous comprenez ?

— Parlez-nous de Kubik, demanda Waldron, dirigeant les débats avec une finesse de pachyderme. Vous n'avez pas l'air de le porter dans votre cœur ?

— C'est le moins que l'on puisse dire. Nous n'étions pas vraiment amis, vous voyez ? Mais j'avais suivi l'entraînement avec lui et il m'avait sauvé la vie deux mois plus tôt, il m'a empêché, in extremis, de marcher sur une mine au Nicaragua.

— Vous vous sentiez donc redevable vis-à-vis de lui ? C'est pour cela que vous avez tenté de minimiser ses crimes ?

— Oui. Et à l'audience préliminaire, je savais que je risquais d'avoir des ennuis si je mettais ça sur le tapis, genre faux témoignage, parjure, je ne sais pas trop. J'avais vraiment les jetons. Mais j'ai finalement décidé de dire la vérité aujourd'hui.

— Je vous remercie, colonel Hernandez, conclut Waldron, satisfait.

— La défense désire-t-elle réinterroger le témoin ? demanda le juge Farrell.

Claire referma la main sur son menton, comme pour réfléchir à la question.

— Oui, votre honneur, répondit-elle finalement.
— Elle se leva. — Dites-moi, colonel Hernandez, vous aimez l'armée, n'est-ce pas ?

— Oui, bien sûr, répondit-il sans l'ombre d'une hésitation.

— Combien de fois avez-vous servi sous les ordres du général Marks ?

— Plusieurs fois.

— Cinq fois, c'est bien ça ?

— Oui.

— Chaque fois, le général Marks était votre supérieur direct, et vous avez même fortement sympathisé.

Hernandez hésita une fraction de seconde.

— Oui, concéda-t-il avec raideur.

— Vous suivriez le général en toutes circonstances, n'est-ce pas ?

Hernandez lui retourna un regard d'acier.

— Je l'ai déjà fait, et je le referai. Le général aime s'entourer de gens de confiance. Et je sais qu'il a confiance en moi, comme j'ai confiance en lui...

— Merci, colonel, conclut Claire.

— Votre honneur, intervint Waldron, je ne vois pas l'objet de toutes ces questions ?

— Effectivement, reconnut le juge. Veuillez nous éclairer, Mrs. Chapman.

— Je cherche à déterminer l'impartialité du témoin, répondit Claire.

— Très bien, rétorqua Farrell. Poursuivez.

— À présent, colonel Hernandez, dites-moi pourquoi nous ne retrouvons nulle trace d'un rapport de retour de mission concernant les incidents à La Colina le 22 juin 1985, même classé secret-défense ?

Hernandez lui lança un regard narquois.

— Peut-être n'avez-vous pas bien cherché ?

— Détrompez-vous, colonel, nous avons fouillé partout, vous pouvez nous croire sur parole, répondit Claire. Il se trouve que le major Waldron nous a assuré, en nous donnant sa parole d'officier et qui plus est d'officier de justice, qu'il n'existait aucun rapport de cette sorte. Dois-je comprendre que vous n'en avez pas rédigé ?

— Exact.

— À votre connaissance, quelqu'un a-t-il rédigé un tel rapport concernant les incidents à La Colina ?

— Non. Personne.

— Existe-t-il quelque part une trace écrite, de quelque nature que ce soit, concernant les événements du 22 juin ?

Hernandez marqua un temps.

— Je crois que le commandant de la brigade a écrit quelque chose, mais je ne l'ai pas lu.

— Par commandant de la brigade, il faut entendre le général Marks, à l'époque le colonel Marks.

— Exact.

— Merci, conclut-elle avec une lueur dans les yeux. J'en ai terminé avec le témoin.

40.

Les trois avocats étaient installés à la table d'un café de Manassas.

— On est mal partis, articula Grimes en attaquant une part gargantuesque de gâteau au yaourt. — Les propriétaires du bar le connaissaient et le chouchoutaient. — Les jurés vont tout gober ; Hernandez a sorti la grosse artillerie pour se justifier : la camaraderie, l'esprit de corps, la protection de la sainte mère l'armée. Tout y est passé ! Il n'y a que Dieu qu'il n'ait pas cité !

Claire avait commandé un café noir et fixait d'un regard maussade le panneau « interdit de fumer » accroché au mur, juste en face de leur table.

— Mais ce sont des mensonges, lâcha-t-elle.

Embry acquiesça de la tête et but une gorgée de café.

— Vous croyez que ce type a inventé ça juste pour corser son récit ? répliqua Grimes. Sa version personnelle de la cerise sur le gâteau ? Ou que Waldron lui a soudain ravivé la mémoire ?

— Waldron doit de toute façon être derrière tout ça, intervint Embry. Hernandez a de trop bonnes raisons pour justifier cette omission. Ce n'est pas comme s'il prétendait avoir simplement oublié.

— Possible, concéda Grimes, mais le jury n'y verra que du feu.

— Ils ont pris l'avantage, reconnut-elle. Vous pensez que j'aurais dû réinterroger Hernandez ?

Embry secoua la tête, mais ce fut Grimes qui répondit.

— Peut-être, articula-t-il lentement. Je ne sais pas. Je ne suis pas à votre place.

— Vous avez raison. Personne ne peut répondre à ça. Un procès est un psychodrame — et un jeu de dupes.

La propriétaire du café réapparut avec un broc de café, une femme noire d'une cinquantaine d'années, la poitrine généreuse, la peau sentant la sueur et *Opium*. Elle posa sa main libre sur l'épaule de Grimes.

— Un autre, mon joli ?

Il tendit sa tasse.

— Merci, ma belle.

— Quelqu'un d'autre en veut ? — Claire et Embry secouèrent la tête. — Alors, comment il est mon gâteau ?

— Aussi bon que celui de ma mère, avant qu'elle ne se fasse coffrer !

La femme s'arrêta net, incrédule. Grimes éclata de rire.

— Mais c'est toi mon gâteau préféré !

— Fais le rigolo, tu ne sais pas ce que tu rates ! lança-t-elle en s'éloignant, pince-sans-rire.

— Nous avons tout de même Mark Fahey, annonça Embry.

— Un témoin contre dix, rétorqua Claire, acerbe. Il a reçu sa convocation ?

Embry hocha la tête.

— L'accusation a eu un double. Fahey sera là dans trois jours, prêt à témoigner.

— Je me demande ce que le ministère public va trouver pour le coincer ? lança Grimes en enfournant une grande bouchée de gâteau.

— Où en est-on avec la transcription ? C'est terminé ? demanda Claire.

— Bientôt. On aura ça vers minuit ; je vais l'appeler. J'ai embauché cinq personnes, qui travaillent jour et nuit. C'est pour ça que cela coûte si cher.

Grimes leva les yeux de son assiette. Une myriade de miettes s'accrochaient à la commissure de ses lèvres.

— Vous recevez encore des coups de fil anonymes ?

— Oui. Mais si je laisse le répondeur branché, ça raccroche. Tout se passe comme s'il ne voulait pas laisser un échantillon de sa voix. Selon Ray, le FBI ne trouvera rien. Le type change tout le temps de cabine et ne reste en ligne que quelques secondes.

— Il n'y en a plus pour longtemps, déclara Grimes. Son boulot était de vous faire craquer... voyant que ça ne marche pas, il va se lasser.

— Vous ne m'en voulez pas si je vous quitte ? lâcha Embry. J'ai une tonne d'études balistiques à éplucher et j'ai une idée qui me trotte dans la tête...

— Pas de cachotteries ! rétorqua Claire.

— Promis, mais je veux vérifier tout ça avant de vous en parler, répondit Embry en se levant.

Une fois le jeune avocat parti, Claire parla à Grimes du coup de fil de Lentini.

— Nom de Dieu ! lâcha-t-il. Il se montre enfin ! Ce type doit tremper dans un paquet d'opérations secrètes.

— J'espère qu'il est du bon côté de la barrière.

— Je viens avec vous. Nous ne savons rien de lui et je n'aime pas les invités mystères.

313

— Ne vous en faites pas, je suis assez grande pour me débrouiller toute seule.

Grimes sembla hésiter un instant.

— Je peux vous poser une question ?

Elle le regarda sans répondre.

— Tout ce que raconte le *Post*, ce sont des conneries ?

— Non, c'est la vérité, reconnut-elle.

Il hocha la tête en silence.

— C'est bon, Claire, il n'y a pas de quoi fouetter un chat ! lâcha-t-il au bout d'un moment. On fait tous des erreurs.

— Des erreurs ? répéta-t-elle avec un rire amer.

— On a tous quelques vieux squelettes cachés dans nos placards. Des trucs qu'on regrette à vie d'avoir fait.

Claire ne répondit rien, embarrassée, mais Grimes poussait plus avant :

— Le général Marks a laissé entendre que vous pourriez laisser des plumes dans cette affaire... Il savait de quoi il parlait, non ?

— Possible.

— Vous pensez que lui ou l'un de ses sbires est allé déterrer cette vieille histoire ?

— À mon avis, c'est arrivé via le ministère de la Défense, lorsqu'ils ont mené cette enquête de moralité à mon sujet... Il leur a suffi de trouver quelqu'un dans les murs qui voulait se faire bien voir du général.

— Autant dire n'importe qui ayant des ambitions, déclara Grimes. Vous voulez en parler au juge ? Exiger une enquête ?

— À quoi bon ? Soit Farrell m'envoie sur les roses, soit il accepte une enquête qui ne débouchera nulle part, ce qui serait pire encore. On retrouve rarement des empreintes dans ce genre d'affaires !

Robert Lentini avait choisi, pour le rendez-vous, un restaurant de montagne à cent kilomètres au nord-ouest de Washington, dans le massif du Catoctin du Maryland. Le premier panneau indiquant « chalet-restaurant » était planté à la sortie de l'autoroute, sur la nationale 70, en fausses lettres gothiques. Claire l'apercevait, accroché au versant comme une station de ski. L'approche était longue et laborieuse, le long d'une route de montagne sinueuse. La pente était si forte qu'elle entendait la boîte automatique de son véhicule de location rétrograder de plus en plus.

Elle se gara enfin sur le petit parking, trois autres voitures s'y trouvaient. C'était le seul endroit où l'on pouvait laisser son véhicule. Pas étonnant que Lentini ait choisi ce lieu de rendez-vous. Ce n'était ni pour la facilité d'accès de l'établissement, ni pour sa décoration faussement savoyarde, et encore moins, supposait-elle, pour la qualité de sa cuisine.... En revanche, il constituait un observatoire parfait. De là, on pouvait surveiller les alentours à des kilomètres à la ronde.

Avant de sortir, Claire vérifia le bon fonctionnement du magnétophone que Ray lui avait scotché dans le dos. Un fil faisait le tour de sa poitrine et était fixé à son soutien-gorge. D'un geste vif, elle mit en marche l'appareil, à l'aide du petit interrupteur niché entre ses seins. Pour n'importe quel observateur, elle semblait s'être simplement grattée. Elle fouilla dans sa serviette et, discrètement, lança le magnétophone de secours dissimulé dans son paquet de Marlboro (ce n'était pas sa marque de cigarettes préférée mais elle s'était abstenue du moindre commentaire). Il y avait, bien sûr, un risque qu'il demande à la fouiller et découvre le stratagème, mais le jeu en valait la chandelle.

Car elle savait que Lentini refuserait de venir témoigner au tribunal.

Elle sortit de voiture, sa serviette sous le bras, et se dirigea vers l'entrée du restaurant. Le décor à l'intérieur la fit grimacer d'horreur : un sol pavé, un plafond bas avec de fausses poutres en polystyrène, des tables en bois artificiellement vieillies, des fenêtres imitation vitrail et une grande cheminée où, malgré la touffeur de l'été, un feu alimenté au gaz léchait consciencieusement un assortiment de bûches factices. Claire s'installa à une table près d'une fenêtre qui dominait la vallée et patienta.

Neuf heures du soir sonnèrent. Les minutes s'écoulèrent. Elle commanda un Coca.

À 21 h 20, elle commença à se demander si Lentini allait se montrer. Elle observa la salle de restaurant quasiment déserte, hormis quelques couples. Aucune de ces personnes ne pouvait être Lentini. Elle appela le maître d'hôtel. Il n'était au courant d'aucun rendez-vous. Elle téléphona chez elle. Aucun message pour elle, lui apprit Jackie.

À 21 h 45, elle décida de lever le camp. Elle ne pouvait s'être trompée d'endroit. Lentini avait dû changer d'avis, ou prendre subitement peur.

Elle laissa quelques dollars pour son Coca et sortit du restaurant. Il y avait deux véhicules de plus sur le parking. Mais aucun signe de Lentini.

Agacée, elle monta dans sa voiture et démarra, s'attendant à croiser Lentini au moment de sortir du parking. Mais rien. Il lui avait bel et bien posé un lapin.

Elle s'engagea sur la route de montagne ; il faisait sombre. Craignant de rencontrer soudain un véhicule montant en sens inverse au détour d'un virage, elle fit des appels de phares au moment d'aborder la première épingle à cheveux et s'apprêta à ralentir.

Mais la pédale de freins s'enfonça jusqu'au plancher.

— Nom de Dieu ! s'exclama-t-elle en écrasant en vain la pédale molle.

Le virage s'approchait d'elle rapidement. Elle donna un grand coup de volant, pour ne pas percuter le parapet et s'abîmer dans le ravin.

La voiture ne cessait d'accélérer, sous l'effet de la gravitation ; les virages, à droite, à gauche, s'enchaînaient de plus en plus vite. Elle enfonça une nouvelle fois la pédale de freins, mais en vain. Rien ne fonctionnait. Elle tira le frein à main. Le levier se releva trop facilement, sans résistance. Elle avait beau tirer dessus de toutes ses forces, c'était sans effet. Les arbres défilaient de part et d'autre de la route en un brouillard vert. L'espace d'un instant, elle imaginait ce qui se passerait si une voiture surgissait en sens inverse.

— Oh non ! cria-t-elle, en sentant son estomac se contracter.

Les larmes ruisselaient de ses yeux, mais elle ne pouvait quitter la route du regard, les mains agrippées au volant. 100 kilomètres/heure, 110 kilomètres/heure... Elle vit soudain la scène de l'extérieur, comme au cinéma, une voiture descendant une route de montagne à tombeau ouvert, vouée à s'écraser dans un ravin... elle hurla à pleins poumons, tétanisée de terreur au fond de son siège. En désespoir de cause, elle passa le levier de vitesses au point mort, mais cela ne ralentit en rien sa course.

Et si je coupais le contact ? Non ! Ça risquerait de bloquer la direction !

Elle tournait le volant à gauche, à droite, à mesure

que la route sinuait entre les arbres et les rochers hurlants.

Et soudain, elle vit une Jeep militaire arrêtée en plein milieu de la chaussée, avec deux gros jerricans d'essence sur la plate-forme arrière.

Impossible d'éviter la collision !

Par réflexe, elle braqua sur la gauche, envoyant la voiture sur le talus couvert de fourrés. Les branchages ralentirent un peu le véhicule. Rassemblant tout son courage, elle lâcha le volant de la main gauche et chercha à tâtons la poignée de la porte. Où était cette fichue poignée ? Elle n'osait pas quitter la route des yeux. Enfin ses doigts se refermèrent sur le crochet d'acier et tirèrent le loquet. La porte s'ouvrit toute grande.

Dans un hoquet de terreur, elle se laissa tomber sur le flanc gauche, tête la première, et se retrouva en train de rouler sur le talus. Son crâne heurta quelque chose de dur parmi les branches ; il y eut un goût métallique dans sa bouche, un mélange de sang et de peur. Puis une douleur fulgurante traversa son cou ; elle entendit la voiture revenir sur la route puis un fracas effroyable de tôles.

Claire rouvrit les yeux. Elle gisait au pied du talus, la moitié du corps sur l'asphalte, les tempes battantes. Sa voiture s'était encastrée dans la Jeep. Et soudain ce fut l'explosion, assourdissante, inconcevable. Elle ferma les yeux, mais à travers ses paupières, elle vit la lumière aveuglante de l'essence en feu.

Quelques minutes plus tard, une éternité à ses yeux, alors qu'elle marchait d'un pas chancelant sur le ruban de bitume en direction de la vallée, elle se souvint qu'elle avait dans sa poche son téléphone portable.

CINQUIÈME PARTIE

41.

— Je déménage ! déclara Devereaux. Il y a plus de chambres dans votre palace qu'au Hilton ! Vous avez besoin de protection.

Claire était étendue sur l'un des canapés de la maison, entourée de Grimes et de Jackie qui la regardaient d'un air grave. Il était près d'une heure du matin. Elle avait des bleus partout, en particulier sur le côté gauche, souvenir de son atterrissage en catastrophe sur les cailloux ainsi qu'une collection honorable d'écorchures, dont une longue entaille courant du maxillaire gauche jusqu'à l'oreille. Elle avait aussi une migraine carabinée. Pendant une heure la police du Maryland l'avait interrogée, en pure perte, de l'avis de Claire.

— C'est inutile, Ray, tout va bien, répondit-elle faiblement.

— Cela saute aux yeux en vous voyant ! rétorqua-t-il. Quelqu'un trafique vos freins et place une Jeep bourrée d'essence en travers de la route dans l'intention de vous envoyer tout droit au ciel, mais à part ça, vous avez raison, tout va bien.

— Fais-le pour moi si tu... commença Jackie avant de se reprendre, non, pas pour moi, pour *Annie* ; accepte son offre pour Annie.

Claire céda, ne se sentant pas la force d'argumenter contre une telle logique.

— Vous êtes sûre de ne pas avoir perdu connaissance ? insista Devereaux.

— Sûre.

— Pas de vomissements, de troubles de la vision, rien de tout ça ?

— Non.

— Il vaudrait tout de même mieux aller à l'hôpital passer un scanner.

— Vous voilà médecin ? railla-t-elle.

— Pas de vertiges ? Pas de perte d'équilibre ni l'impression de marcher sur un fil au-dessus du vide ?

— Pas plus que d'habitude, répliqua-t-elle.

— Parfait, conclut-il avant de se tourner vers Jackie. Mettez-la au lit et qu'elle dorme deux heures. Je veux m'assurer que nous pourrons la réveiller sans problème.

— Inutile. J'ai mon correspondant mystère pour jouer les réveille-matin.

— À votre avis, c'est Lentini qui se cache derrière tout ça ou c'est le coup d'un usurpateur se servant de son nom ? demanda Grimes.

— Peu importe, répondit Claire.

— Je sais d'où est parti le dernier appel, celui où vous êtes convenus du rendez-vous. Encore une fois d'une cabine téléphonique du Pentagone. Cela m'étonnerait que ce soit Lentini qui ait fait le coup. Il n'aurait pas téléphoné du ventre de la bête. C'était trop risqué.

— Nous allons porter plainte et demander une enquête du CID ! lança Grimes.

— À quoi bon ! rétorqua Claire. Tant que nous n'aurons pas découvert par nous-mêmes le coupable, avec preuve à l'appui, ils ne bougeront pas le petit doigt.

— Franchement, il y a des claques qui se perdent ! lança Devereaux, en se penchant au-dessus de Claire. Qu'est-ce qui vous a pris d'accepter un rendez-vous pareil ? Et surtout d'y aller sans moi ?

— Il a insisté pour que je sois seule, répondit Claire faiblement.

— C'est toujours comme ça, grogna Devereaux. Il va falloir être une grande fille dorénavant et réfléchir à deux fois avant d'agir. J'ai des nouvelles pour vous, au fait. — Il les regarda tous, tour à tour. — Cela concerne votre agent immobilier miraculeux.

— Notre témoin ? Comment s'appelle-t-il déjà ?... répondit Grimes. Fahey, c'est ça, non ?

— C'est ça. Eh bien, il est mort dans un accident de voiture, ce matin !

Claire se redressa sous le choc, une douleur fulgurante lui traversa le crâne.

— Oh ! mon Dieu...

— Ce sont les mêmes que ceux qui ont saboté vos freins, vous pouvez en être sûre. C'est le même *modus vivendi.*

— *Operandi,* rectifia Grimes.

— C'est ça. Le même *modus operandi,* celui que l'on retrouve de bout en bout dans toute l'affaire Kubik.

Le téléphone sonna à près de trois heures et demie du matin.

Claire roula sur le côté, réveillant aussitôt la douleur et décrocha avant que le répondeur ne se déclenche.

Elle n'attendit pas que l'homme dise quelque chose ou fasse entendre son souffle.

— Raté, espèce d'enculé ! lança-t-elle avant de raccrocher.

Claire s'éveilla tard, à neuf heures dix. L'audience avait déjà commencé. Une décharge d'adrénaline lui vrilla l'estomac. Elle sauta du lit en catastrophe.

— Oh, mon Dieu !

Puis, presque aussitôt, elle retrouva son calme. Ce matin, l'officier en charge de l'armurerie de Fort Bragg venait témoigner, pour le ministère public, de l'infaillibilité de ses registres informatiques... Grimes se chargerait d'interroger le témoin. Claire détestait manquer un témoignage, mais ce n'était pas une tragédie. Et elle avait bien besoin de cette petite rallonge de sommeil.

Claire découvrit Devereaux et Jackie attablés à la cuisine. Annie était assise sur les genoux du géant, occupée à colorier un album d'images. Aussitôt l'odeur du café chaud lui chatouilla les narines.

— Ah ! voilà la plus belle ! lança Devereaux.

Annie contempla, avec des yeux écarquillés, le visage tuméfié de sa mère, et se mit à pleurer.

42.

Claire était parvenue à dissimuler son entaille à la mâchoire avec du fond de teint, mais un hématome bleu-jaune était apparu autour de son œil gauche.

Tom le remarqua aussitôt lorsqu'il fut conduit à la table de la défense.

— Que t'est-il arrivé ? demanda-t-il dans un hoquet de stupeur.

— Je suis tombée, répondit-elle. La maison est traître, tu sais. Il y a plein de chausse-trappes partout.

L'explication ne sembla guère le convaincre.

En attendant, ils étaient bel et bien en train de perdre le procès. Malgré les contre-interrogatoires effectués sur Hernandez et La Pierre, les deux témoins à charge s'étaient acquittés de leur mission. Non seulement les jurés étaient convaincus que Tom avait abattu à la mitrailleuse quatre-vingt-sept personnes, femmes, enfants et vieillards, mais également qu'il s'était adonné à des actes de barbarie dignes d'un psychopathe.

Quatorze heures. Troisième jour du procès Kubik. Henry Abbott, le deuxième témoin oculaire du massacre, était prêt à être interrogé par la défense. Claire jeta un regard circulaire dans la salle de tribunal, repéra Ray Devereaux sur les bancs des rares spectateurs autorisés, les mains croisés sur sa bedaine, et lui adressa un sourire.

Claire se leva de sa chaise et marcha lentement vers le box des témoins. Henry Abbott, costume bleu marine, chemise blanche et cravate à fil d'argent, semblait confiant et détendu. Il posa sur elle un regard insondable. Il n'y avait ni haine ni mépris dans ces yeux-là, ils semblaient simplement ne pas la voir, passer à travers elle.

— Mr. Abbott, commença-t-elle, avez-vous vu l'accusé abattre ces quatre-vingt-sept personnes ?

— Oui, je l'ai vu.

Claire tourna légèrement la tête, pour dissimuler son visage aux jurés, et lança un petit sourire à Abbott.

— Vous avez donc vu ce qui s'est passé pendant les coups de feu ?

— Absolument.

— Pouvez-vous nous décrire la réaction des victimes ?

— Leurs réactions ? Certains criaient, d'autres pleuraient, d'autres se jetaient au sol, la tête dans les mains ; les mères protégeaient les enfants de leur corps.

Bonne réponse ! Le candidat avait été bien préparé !

— Je parle de leur réaction corporelle aux tirs, à l'impact même des balles.

— Certains étaient projetés en arrière, d'autres se tordaient au sol, et se figeaient dans des positions bizarres.

— Et l'accusé, selon vous, était le seul à pouvoir tirer.

— C'est le seul à l'avoir fait.

— Mais pouvez-vous affirmer sans l'ombre d'un

doute que les balles qui ont tué ces gens provenaient de l'arme de l'accusé ?

— Je viens de vous dire qu'il est le seul à avoir tiré.

— Mais avez-vous vu les balles sortir de sa mitraillette ?

— Je ne peux pas voir les balles en vol, si c'est ce que vous voulez savoir ; je ne suis pas Superman !

Il y eut quelques rires dans la salle. Abbott restait imperturbable. Il avait suivi un entraînement intensif.

— Mr. Abbott, combien y a-t-il de balles dans une cartouchière de M-60.

— Cent.

— Pour abattre quatre-vingt-sept personnes, cent balles suffisent-elles ?

— Non.

— Vous avez donc vu l'accusé recharger ?

La préparation du témoin était sans faille :

— Il avait deux cartouchières attachées ensemble, répondit-il d'une voix égale. Il n'a pas eu besoin de recharger.

Une brève lueur de triomphe éclaira ses pupilles.

— Est-il vrai que vos M-60 étaient équipées de dispersers de son ?

— Exact.

— Pourquoi ?

— Pourquoi des dispersers ? Pour empêcher la localisation du tireur, répondit-il avec un mépris évident. Parfois, c'est vital, au combat.

— Pouvez-vous me dire si le sergent Kubik avait un disperser de son ou un silencieux sur son arme ?

Abbott hésita. On ne lui avait pas donné ce détail.

— Je ne crois pas.

— Vous n'en êtes pas sûr ? répliqua Claire. Normalement, le son d'une M-60 est particulièrement puissant, n'est-ce pas ?

— Oui, reconnut-il.

— On sait donc bien si une telle arme est équipée ou non d'un système assourdisseur. Ça s'entend tout de suite, non ?

Abbott haussa les épaules, pestant intérieurement de voir le piège de Claire se refermer sur lui.

— Certes.

— Vous soutenez donc que le sergent Kubik n'avait pas de disperseur de son ou tout autre dispositif de ce genre sur son arme lorsqu'il a tué ces civils ?

— Exact.

Avait-il dit ça au hasard ? Si c'était le cas, il était pour le moins chanceux. Abbott était trop rusé ou trop bien entraîné pour laisser percer une faille dans son récit préfabriqué. Claire décida qu'il était temps de porter l'estocade.

— Mr. Abbott, quel volume d'affaires votre cabinet traite-t-il avec le ministère de la Défense ?

— Je n'en sais trop rien.

— Vous avez bien un ordre de grandeur.

— Peut-être deux milliards.

— Deux milliards de dollars, articula-t-elle, songeuse. Le Pentagone est donc un bon client, l'armée en particulier, pour vous et votre société.

Il haussa les épaules.

— Le client est roi, comme je dis toujours.

— Le contraire m'eût étonné. Êtes-vous, en ce moment même, en affaire avec le Pentagone ?

— Oui.

— Pour quel contrat ?

— C'est secret-défense.

— Nous sommes dans un tribunal militaire, Mr. Abbott. Toutes les personnes ici présentes sont habilitées à entendre des informations classées secret-défense, jurés comme spectateurs. Vous pouvez donc parler librement.

— Nous nous occupons de négocier l'achat, pour le compte de l'armée, d'une nouvelle génération d'hélicoptères d'attaque.

— Cela doit représenter une coquette somme pour votre cabinet.

— Effectivement.

— Et vous êtes l'un des hommes clés dans cette négociation ?

— Oui.

— Vous avez donc tout intérêt à vous montrer coopératif avec l'armée.

— C'est une question ?

— Le client est roi, comme vous dites.

Il haussa de nouveau les épaules.

— Mr. Abbott, vous souvenez-vous de notre rencontre, voilà quatre jours, à l'hôtel Madison ?

— Oui.

— Nous vous avons posé quelques questions autour d'un petit déjeuner, n'est-ce pas ?

— C'est exact.

— Je suis bien venue avec mon associé, maître Grimes ?

— Oui.

— Combien de temps a duré notre entretien ?

— Je ne sais pas.

— Est-ce que vingt-six minutes vous paraîtraient crédible ?

— Peut-être. Pourquoi pas ?

— Au cours de cette entrevue, vous nous avez bien dit que le colonel Marks vous avait appelé pour vous dicter vos réponses en vue de votre déposition au CID ?

Ses yeux redevinrent sans expression, les yeux morts d'un serpent.

— Pas du tout.

— Vous ne vous souvenez pas de nous avoir dit ça ?

— Je ne peux pas m'en souvenir puisque que je ne l'ai pas dit.

— Vous en êtes certain ?

— Oui.

— À cent pour cent ?

— Objection, votre honneur ! s'écria Waldron. La réponse à la question a déjà été donnée.

— Objection rejetée, rétorqua rapidement Farrell en prenant une rasade de Pepsi, comme s'il suivait un match de boxe passionnant à la TV.

— Je vous rappelle, Mr. Abbott, que vous êtes sous serment. Je repose donc ma question : vous ne m'avez jamais dit que le commandant de votre unité vous avait dicté votre déposition au CID ?

— Je ne vous ai jamais dit ça et le colonel Marks n'a jamais fait une chose pareille.

— Vous savez que je peux prendre votre place dans ce fauteuil pour témoigner du contraire ?

— Ce sera alors votre parole contre la mienne, répondit-il sans autre émotion. Et vous n'êtes pas, à proprement parler, un témoin impartial.

Les jurés suivaient cette joute verbale avec un grand intérêt. Le président du jury, l'homme noir aux lunettes, prenait des notes fébrilement.

— Sous-entendriez-vous que je mens en soutenant une telle version ?

— Oui.

— Et par voie de conséquence, que mon associé ment également ?

— Je ne vois pas d'autre explication.

— Si je vous dis que nous avons enregistré notre conversation ce matin-là, soutiendriez-vous encore que je mens ? annonça-t-elle d'un ton détaché en se tournant vers la table de la défense.

Une rumeur parcourut les bancs du tribunal. Elle vit les yeux de Tom s'illuminer, faisant tout son possible pour ne pas sourire ouvertement.

Grimes lui tendit plusieurs liasses de feuilles. Elle vit Abbott se raidir et ses mains se crisper. Il lui jeta un regard noir.

— Votre honneur, demanda-t-elle, puis-je m'approcher du témoin ?

— Faites.

Elle lâcha sur la table de l'accusation un paquet de feuilles agrafées, en déposa un autre devant le juge, avant de donner la dernière liasse à Abbott.

— Mr. Abbott, commença-t-elle, voici la transcription certifiée conforme de notre entrevue, contresignée par mon collègue, maître Grimes, et mon enquêteur, Mr. Devereaux, d'après un enregistrement réalisé par ce dernier. — Elle jugea inutile d'entrer dans les détails et d'expliquer à la cour qu'elle avait dans son téléphone portable un micro-émetteur et que Devereaux avait enregistré la conversation depuis sa voiture garée devant l'hôtel Madison. — Veuillez, je vous prie, vous reporter à la page trente-quatre, Mr. Abbott, et lire le passage souligné, celui qui commence par : « Marks m'a alors dit : "N'avez-vous pas vu Kubik lever son arme et se mettre à tirer ?" J'ai répondu : "Non, colonel. Je n'ai rien vu" » et qui se termine par : « ... ces gens-là n'aiment ni les mouchards, ni les traîtres. »

La fureur assombrit le visage d'Abbott.

— Salope ! lâcha-t-il entre ses dents.

— Pardon ? Je n'ai pas bien entendu...

Abbott lui jeta un regard haineux. Une veine gonflée battait contre sa tempe.

— J'ai cru entendre que vous me traitiez d'un qualificatif guère élégant.

Soudain Abbott lança la transcription par terre.

— Nom de Dieu, je vous avais dit que c'était à titre privé !

— Cela l'était à l'époque, répondit Claire sans autre émotion. Mais c'est vous qui venez de vous parjurer, pas nous, à ce que je sache. Nous ne pouvons vous laisser faire.

— Votre honneur ! s'écria Waldron en se levant d'un bond.

— Vous l'aurez cherché ! explosa Farrell en abattant son marteau. Faites sortir les jurés de la salle !

43.

— Vous étiez réellement convenus que ces confidences ne seraient pas divulguées ? grogna Farrell.
— Oui, votre honneur, répondit Claire. Je l'ai piégé. Mon enquêteur a enregistré la conversation pour s'assurer que nous aurions un vrai témoignage au procès.
— Votre enquêteur a-t-il ainsi « piégé » tous vos témoins ?
— Je préfère ne pas répondre. Mais c'est légal, votre honneur.
— Pourquoi de telles pratiques ?
— Je ne veux en aucun cas vous manquer de respect, ni à vous ni à ce tribunal, mais je fonde de grands doutes quant à la véracité des faits qui y sont exposés. Ce témoin n'avait rien à faire dans cette salle puisqu'il est venu pour mentir, à moi, à vous et à tous les jurés.

Waldron, qui faisait les cent pas, comme un lion en cage, s'arrêta soudain.

— C'est une atteinte manifeste à la transparence des dossiers, lança-t-il. Nous avons demandé à avoir toutes les pièces de la défense, comme la loi l'exige. Comment se fait-il que nous ne sachions rien de l'existence de cette transcription ? demanda-t-il d'un ton mielleux.

— C'est normal, répondit Claire. Cette transcription ne constitue en rien une déposition. Elle n'a évidemment pas été lue ni paraphée par le témoin.

— Mais, votre honneur...

— Pour cette fois, je vais me ranger du côté de la défense, déclara Farrell en vidant sa boîte de Pepsi et en la reposant bruyamment sur son bureau. Il n'y a pas eu tentative de dissimulation de pièces du dossier.

— Je vous remercie, votre honneur, répondit Claire.

— Mais je vais concéder à l'accusation un délai d'une heure pour revoir sa stratégie. Je déteste les effets de surprise dans mon tribunal. Je veux que le témoin puisse lire cette transcription in extenso. Et je ne réfuterai pas ce témoin pour parjure, je ne vous ferai pas ce plaisir, Mrs. Chapman. Quant à vous, major Waldron, emmenez votre bonhomme dans une salle et revoyez votre copie ! Je vous accorde une suspension de séance.

— Mais, votre honneur, insista Claire, j'étais au beau milieu de mon interrogatoire ! Ne pouvez-vous vraiment pas me laisser finir avant que le ministère public ne parle au témoin ?

— C'est hors de question.

— Mais, votre honneur... bredouilla Claire.

— L'entretien est terminé, lança Farrell.

— Avez-vous pris connaissance de cette transcription ? demanda Claire lorsque Henry Abbott revint dans le box des témoins, ses cheveux étaient peignés avec soin et il avait changé de chemise.

— Oui.

— Vous convenez que c'est la transcription mot pour mot de vos paroles lors de notre entrevue au Madison ?

— Oui, du moins autant que je peux en juger sans mes notes.

Comme s'il était le genre de personnes à prendre des notes de ce qu'il pouvait dire pendant un petit déjeuner, songea Claire.

— Vous êtes donc en mesure d'expliquer pourquoi vous avez menti devant cette cour ?

— Je n'ai pas menti, répondit Abbott.

— Ah oui ? Voulez-vous que je demande à la greffière de relire vos propos avant la pause ?

— Inutile. Il n'y a pas eu parjure.

— Comment ça ? Vous voulez que je vous fasse écouter la cassette ?

— J'ai dit que je n'ai pas menti devant cette cour. C'est à vous que j'ai menti. — Claire sentit son cœur cesser de battre. Waldron avait visiblement briefé son témoin. — Je vous ai dit ce que vous vouliez entendre, poursuivit-il. Vous teniez tant à ce qu'il y ait eu une conspiration que cela m'a fait voir tout rouge. Pour vous, personne chez les militaires ne disait la vérité, tous menteurs, tous pourris ! À la longue, j'ai trouvé ça insultant. Je vous ai donc prise au mot et vous ai dit toutes les conneries que vous espériez entendre.

Abbott regarda Claire avec un petit sourire.

Ce soir-là, Claire retrouva Dennis, le contact de Tom à la CIA, dans le bar pour jeunes loups de la finance où ils s'étaient déjà rencontrés.

Il portait un blazer bleu avec une ancre brodée sur la poche, une chemise blanche et une cravate rayée rouge et bleu.

— Je ne serai peut-être plus en mesure de vous contacter, annonça Dennis. Cela devient trop risqué.

— J'ai votre numéro. C'est moi qui vous appellerai en cas d'urgence.

— Ce numéro n'est plus en service.

— Vous avez déménagé ?

— Non, un simple changement de numéro. On fait ça de temps en temps.

— Quelle drôle d'idée ! Pour éviter d'être dérangé par des dingues au téléphone ? J'en ai un qui ne me lâche pas en ce moment.

Dennis sourcilla, puis poursuivit :

— Nous avons notre miss Marple dans le service. Une vieille dame avec une mémoire d'éléphant.

— Tous les services de renseignements ont la leur.

— Elle se souvenait d'avoir vu la MFR de Marks, la note dont je vous ai parlé la fois dernière. Elle l'a finalement retrouvée dans nos dossiers d'opérations.

— Ah bon ? exulta Claire, mais en même temps quelque chose la tracassait. Comment se faisait-il que la CIA soit en possession d'un document militaire à usage interne ?

Dennis haussa les épaules.

— Nous sommes de vrais hamsters. Nous gardons tout. Nous avions un ami au PC de l'armée pour l'hémisphère Sud, le SOUTHCOM.

— Quand vous dites « un ami », vous voulez dire un informateur, un type qui travaillait pour vous ?

Dennis souleva ses gros sourcils.

— Je n'ai rien dit de tel, répondit-il en glissant vers elle un document photocopié.

La copie n'était pas bonne, une énième génération, constellée de traces noires, mais restait tout à fait lisible. Le général, par bonheur, avait une écriture nette et précise, malgré la petite taille de ses caractères. Trois lignes manuscrites. Claire les lut en silence et releva la tête vers Dennis.

— Il dit que les paysans avaient des armes et qu'il a demandé à Hernandez par radio d'ouvrir le feu, résuma-t-elle, avec étonnement.

Dennis termina son bourbon.

— Cela ne figure pas dans sa déposition au CID, ni dans son témoignage pour le ministère public, ni dans aucune déposition des membres de l'unité, articula-t-elle. Personne n'a mentionné cette histoire d'armes, et encore moins le fait que Marks ait donné l'ordre de tirer, l'ordre à *Hernandez* !

Dennis souriait.

— Voilà pourquoi je ne consigne jamais rien par écrit.

Dix minutes plus tard, lorsque Dennis prit congé de Claire et quitta le bar, il ne vit pas la silhouette massive de Devereaux se lever d'une table à proximité de la porte et lui emboîter le pas.

44.

Claire retrouva Tom dans la petite salle de réunion adjacente à la salle du tribunal. Elle lui montra la photocopie de la note du général Marks que lui avait remise Dennis. Il la lut, sans laisser transparaître aucune émotion, puis leva la tête vers elle.

— C'est bien, dit-il dans un sourire.

— « Bien » ? s'exclama Claire. C'est tout l'effet que cela te fait ? Ce bout de papier peut nous faire remporter le procès !

Tom pencha la tête de côté.

— Tu crois ?

— Rien n'est jamais certain avec cette parodie de tribunal. Mais nous avons la preuve que Marks a donné l'ordre à Hernandez de tuer ces gens. C'est d'une importance cruciale. — Elle le dévisagea un moment. — Tu crois qu'Hernandez a pu être l'un des tireurs ?

— Je te l'ai dit. Je n'ai rien vu. J'ai entendu les coups de feu, mais quand je suis arrivé tout était fini ; il n'y avait plus que les cadavres.

— Tu n'as pas vu la mitraillette d'Hernandez encore en l'air ou fumante, quelque chose comme ça ? Tu ne me caches rien, n'est-ce pas ?

— Claire, lança Tom, en élevant la voix, tu

m'écoutes ou non ? *Je n'ai rien vu.* C'est clair ! Tu veux que je le répète combien de fois ?

Elle le fixa du regard, saisie par ce brusque accès de colère.

— Rassure-toi, c'est noté, répondit-elle avec raideur avant de se lever pour rejoindre la salle d'audience.

— Le ministère public appelle Frederick W. Coultas !

C'était l'expert en balistique mandaté par l'accusation, une sommité internationale.

Coultas, un grand type dégingandé vêtu d'un costume marron bon marché, se dirigea vers le box des témoins. Il prêta serment et s'installa dans le fauteuil. Il avait une tête ovale, un front dégarni bordé d'une couronne de cheveux malingres, une paire de petites lunettes sur le nez et un menton quasi inexistant.

Les jurés l'observaient avec curiosité. La plupart du temps ils ne laissaient transparaître que peu d'émotion, mais jamais ils n'avaient montré de la distraction ou de l'ennui au fil des audiences.

Coultas présenta ses références à la cour, avec l'aide attentive du major Waldron. Frederick Coultas travaillait comme expert pour le FBI et était instructeur en analyse balistique au centre de formation de Quantico. Il était diplômé des plus grandes écoles, dont le major fit la revue de détail avec une exhaustivité laborieuse. Coultas était donc présenté comme *le* spécialiste ès armes à feu.

Il se lança alors dans une analyse scrupuleuse et méthodique des faits, dirigé par un Waldron à l'efficacité impitoyable.

— Parlez-moi des munitions récupérées sur les lieux, demanda ensuite le major.

— Trente-neuf balles furent retrouvées ainsi que cent trente-sept douilles.
— Elles étaient en bon état ?
— Oui.
— Ces trente-neuf balles suffisent-elles à corroborer, selon vous, le fait que deux cents coups furent tirés ?
— Oui. Même avec l'aide d'un détecteur de métaux, beaucoup de projectiles se perdent dans la nature. C'est ainsi.
— A-t-on retrouvé d'autres indices ?
— Absolument. Cent sept maillons, des petites pièces de métal reliant ensemble les balles pour former des bandes de munitions pour mitrailleuse.
— Ces maillons peuvent-ils servir à identifier l'arme qui a tiré ?
Coultas remonta ses lunettes.
— Non. Même si en théorie ce devrait être faisable, en pratique les résultats obtenus n'ont jamais été probants.
— Les rapports des autorités salvadoriennes précisent-ils si ces balles ont été retrouvées dans le corps des victimes ?
— Non, mais cela n'a rien d'extraordinaire. La plupart du temps les balles de mitrailleuse traversent les chairs, il est donc extrêmement rare d'en retrouver dans les cadavres.

Avec une précision de métronome, Waldron mettait toutes les pièces du puzzle en place. Coultas était satisfait de la façon dont les Salvadoriens avaient collecté les indices et envoyé les pièces au CID, chacune estampillée avec une étiquette en métal et dûment répertoriée. Waldron retournait toutes les pierres, ne laissait rien dans l'ombre, et faisait préciser jusqu'au numéro gravé à la base de chaque douille.

— Dites-nous à présent, Mr. Coultas, si ces douilles et ces balles proviennent de la même arme ?
— Oui, c'est le cas.
— Était-ce cette arme-ci ? demanda Waldron en soulevant la mitrailleuse enveloppée dans son sac plastique.

Coultas se pencha pour l'examiner. Une mise en scène parfaite.

— Oui, c'est bien elle.
— Mr. Coultas, expliquez-nous, je vous prie, comment vous parvenez à établir qu'une certaine balle a été tirée par une certaine arme ?

Coultas se renfonça dans son siège et remonta de nouveau ses lunettes sur son nez. Sa voix se fit pompeuse et professorale :

— Dans le canon de chaque arme, sont gravées des stries hélicoïdales. Elles donnent à la balle un mouvement giratoire, cette rotation augmente la précision et la vitesse du projectile. Ces stries sont particulières à chaque arme. Elles laissent des traces sur l'ogive, une signature que nous pouvons décoder au microscope.

— Et les traces que vous avez relevées concordent-elles avec le rainurage de cette arme ?

— Sans l'ombre d'un doute. Les stries de cette M-60 correspondent au marquage 4-R. C'est-à-dire quatre sillons avec révolution à droite. Les marques sur les balles sont conformes à ce type de rainurage. J'ai remarqué, en outre, que sur cette arme en particulier, l'un des sillons est plus étroit que les trois autres, et ce détail se retrouve sur toutes les ogives. Tout concourt donc à affirmer que ces balles ont bel et bien été tirées par cette même M-60.

Farrell ouvrit une boîte de Pepsi.

— Et les douilles ? s'enquit Waldron.

— Je les ai inspectées, dans le menu, l'impact du chien, les traces sur la balle, etc.

— Selon vous, il ne fait aucun doute que ces douilles ont été percutées et éjectées de la même arme.

— Pas le moindre.

— Je vous remercie, Mr. Coultas. Je n'ai rien d'autre à ajouter.

— La défense désire-t-elle interroger le témoin ? demanda Farrell.

— Oui, votre honneur, répondit Claire en se levant. — Pendant un moment, elle resta immobile, à dévisager le témoin. — Mr. Coultas, demanda-t-elle enfin, savez-vous s'il s'agit bien de l'arme du sergent Kubik ?

— Non, admit-il.

— Ah bon ? Et pourquoi ?

— Eh bien, je ne suis pas en mesure de certifier une pareille chose. J'ai cru comprendre que l'accusation avait déjà présenté un témoin ayant établi ce fait, quelqu'un de Fort Bragg, grâce aux registres informatiques de l'armurerie. Mais tout cela est hors de mes compétences.

— Vous n'avez donc aucune idée de la personne à qui appartenait cette arme ?

— Non.

— Par ailleurs, vous reconnaissez ignorer si ces balles ont été prélevées ou non sur des corps humains.

— C'est exact.

— Vous ne pouvez donc affirmer que ces balles ont tué qui que ce soit ?

— Non.

— Vous n'avez aucun moyen de le savoir ?

— Non. Aucun. J'imagine qu'il y a des témoins oculaires pour...

— Merci. À présent, Mr. Coultas, d'après vos

observations, pouvez-vous dire à la cour quand ces balles ont été tirées ?

— Non, cela m'est impossible.

— Ah bon ? Vous n'en avez réellement aucune idée ?

— Eh bien, si on en croit les rapports associés, il y a...

— J'ai dit selon *vos* observations. Ces balles ont-elles été tirées le 22 juin 85 ?

— Je n'en sais rien.

— Peut-être pouvez-vous nous dire si elles ont été tirées durant cette semaine-là ?

— Non.

— Ou alors durant le mois suivant ?

— Non.

— Alors durant l'année ?

— Non, c'est impossible.

— Intéressant. À présent, Mr. Coultas, j'aimerais que vous éclairiez ma lanterne. Lorsque vous tirez longtemps avec une mitrailleuse, que se produit-il en ce qui concerne le canon ?

— Il chauffe.

Quelques gloussements traversèrent l'assistance et le box des jurés.

— Que faut-il faire dans ce cas ? Continuer à tirer ?

— Surtout pas ! Après cinq cents coups, il faut changer de canon pour éviter toute surchauffe. On le remplace par un autre.

— Même sur le champ de bataille ?

— Bien entendu. Les M-60 sont d'ordinaire équipées d'un canon de rechange. Parfois, on part en campagne avec un sac entier de canons. Ils sont tous interchangeables. Ils se détériorent à vitesse grand V. Au bout d'un certain temps, il faut les jeter.

— Donc, cette mitrailleuse a pu être livrée avec deux canons différents ?

— Exact.

— Voire davantage ?

— Possible.

Claire lança un coup d'œil vers Embry. Dans les yeux du jeune homme, une lueur de fierté.

— Mr. Coultas, les canons portent-ils des numéros de série, comme les armes elles-mêmes ?

— Parfois.

— C'est le cas pour les M-60 ?

— Non.

— Il n'y a aucune référence ?

— Non.

— Dans ce cas, comment pouvez-vous dire que ce canon-ci a été monté sur cette mitrailleuse-là ?

Coultas secoua la tête.

— Impossible d'affirmer une chose pareille.

— En revanche, vous reconnaissez que changer de canon est une opération d'une grande simplicité.

— Absolument.

— Mr. Coultas, à supposer qu'il s'agisse bien du canon d'où sont parties les balles, est-il possible que quelqu'un puisse l'avoir placé là après coup ?

— Oui, c'est envisageable.

— Envisageable ?

— C'est possible, oui.

— Donc quelqu'un a pu prendre cette arme, avec son numéro de série gravé dessus, et y monter le canon qui a servi plus tôt pour la fusillade ?

— C'est une hypothèse que je ne peux réfuter.

— C'est donc envisageable ?

— Oui, en théorie.

— Cet échange serait difficile à faire ?

— Non.

— Ce serait même un jeu d'enfant, n'est-ce pas, Mr. Coultas ?
— Oui, un jeu d'enfant, concéda-t-il.
— Je vous remercie, Mr. Coultas. J'en ai terminé.

45.

Le week-end. Enfin un peu de repos ! Claire voulut faire la grasse matinée, mais cela lui fut impossible. Elle ouvrit les yeux avant que sonnent sept heures, prenant soudain conscience que le téléphone ne l'avait pas réveillée au milieu de la nuit. Il y avait un progrès. Son importun ne travaillait peut-être pas non plus le week-end ? Elle se fit couler un bain chaud dans la vieille baignoire en faïence d'une salle de bains digne d'une suite royale. L'idée d'emporter du travail avec elle dans la baignoire, une déposition de témoin, par exemple, lui effleura l'esprit, mais elle sut résister à cette tentation. Il lui fallait faire une pause, accorder un peu de répit à ses neurones endoloris. Il était grand temps qu'elle prenne du recul. Claire ferma donc les yeux et laissa le bain moussant effacer ses bleus et ses courbatures. Elle songea à Tom ; elle avait envie de le voir, mais Annie avait un besoin criant de sa mère.

Elle enfila un jean, un sweat-shirt et des baskets, et emmena Annie prendre un petit déjeuner à Georgetown, seulement toutes les deux. Elles partirent sans prévenir Devereaux qui se prélassait sans doute encore dans les bras de Morphée.

— Quand est-ce qu'on rentre chez nous ? demanda

Annie, en dessinant des rosaces sur ses pancakes avec le sirop d'érable.

— Tu veux dire à Boston ?

— Oui. Je veux voir mes copines. Je veux voir Katie.

— Bientôt, ma chérie, bientôt.

— C'est quoi « bientôt » ?

— Disons dans deux semaines, peut-être moins.

— Avec papa ?

Que lui répondre ? Non. Sûrement pas avec papa. Cette parodie de tribunal s'apprête bel et bien à le condamner à la réclusion à perpétuité et à l'envoyer pour le reste de ses jours à Leavenworth. Mais tu auras le droit de lui rendre visite de temps en temps, ma chérie, et cela fichera toute ta vie en l'air, si tant est que maman parvienne à lui éviter la peine de mort ! Mais ta mère va se battre bec et ongles, elle fera appel à toutes les instances pour le sauver, elle ira jusqu'à la Cour suprême s'il le faut ! Et tant pis si les ressources de la famille sont réduites à une peau de chagrin, parce que Harvard ne voudra plus de moi, c'est certain ! Bien sûr, une fois sorti du système judiciaire militaire, le verdict sera cassé ; les juges civils verront bien que le dossier du ministère public ne tient pas debout... Mais ce sera trop tard, car papa ne pourra pas survivre longtemps en prison. Trop de gens veulent sa mort...

— Bien sûr, ma chérie, papa sera avec nous, répondit Claire en caressant les cheveux de la fillette, d'une douceur miraculeuse. Lorsque tu auras terminé tes pancakes, nous irons au zoo, ça te va ?

Annie acquiesça sans plus d'enthousiasme.

— Tu ne veux pas aller au zoo ? s'enquit Claire.

La fillette secoua la tête.

— Tu m'en veux encore ?

347

— Je te déteste.
— Je sais.
— Non, tu ne sais pas, maman. Tu dis toujours que tu sais, mais tu sais pas. — Les yeux d'Annie brillaient. — Tu dis que tu seras plus souvent à la maison, mais tu es toujours partie !
— Tu voulais que l'on joue ensemble hier soir, mais je devais travailler avec Mr. Grimes, Mr. Embry et oncle Ray. Je sais que je t'ai fait de la peine.
— Pourquoi tu travailles tout le temps ?
— Parce que papa est au tribunal, répondit Claire. Ils veulent le mettre en prison pour très très longtemps, et c'est à moi, avec mes amis, de tout faire pour que ça n'arrive pas.
— Mais pourquoi c'est si long ?
Vaste question !
— Parce que les gens qui veulent enfermer papa sont des méchants et que parfois ils mentent.
— Pourquoi ?
Claire se posait la même question depuis longtemps. C'est en toute honnêteté qu'elle répondit :
— Je l'ignore, ma chérie.

— Vous n'avez donc rien trouvé sur le général ! constata Claire, lorsqu'ils se réunirent le soir. — Embry et Grimes occupaient leurs fauteuils respectifs. Devereaux allait et venait, aimant dominer ses congénères. Claire se tenait derrière le joli bureau, installée dans son fauteuil de direction en cuir, cigarette aux lèvres. — Pas de mauvais traitement à épouse, pas d'adultère, pas de brutalité à enfant ? Rien de rien ?
— Il est blanc comme neige, répondit Devereaux. C'est le plus jeune général promu dans l'armée. On

le dit gentil avec les animaux, serviable avec ses voisins. Généreux pour les œuvres de charité et membre du CA de deux associations caritatives. Il ne loue même pas de cassettes pornos !

— Comment ça « même pas » ? s'enquit Claire. À vous entendre, on croirait que tout le monde le fait.

— En tout cas pas vous, rétorqua Devereaux. J'ai vérifié.

— Charmant ! Je vois que vous respectez ma vie privée !

— Et Robert Lentini ? demanda Grimes. Toujours introuvable ?

— Même si on part du principe qu'il n'était pour rien dans le traquenard du restaurant, qu'ils se sont servis de son nom à son insu, ce type a disparu de la surface de la terre. Impossible de savoir s'il a ou non existé.

— Ce type a bel et bien existé. On a ses états de service ! rétorqua Embry.

— Ça ne prouve peut-être rien, répondit Devereaux.

— Et notre homme de la CIA, ce Dennis ? demanda Claire.

Le visage de Devereaux se fendit d'un grand sourire.

— Ces barbouzes se font avoir comme des bleus ! J'ai suivi notre bonhomme jusqu'à Chevy Chase, où se trouve sa maison, il n'y a vu que du feu, alors que je ne passe pas inaperçu ! Il s'appelle bien Dennis. Dennis T. Mackie. Bien sûr, cela ne nous sert pas à grand-chose, à moins d'avoir la liste des employés de la CIA. Sur ce, si vous n'y voyez pas d'inconvénient, je vais aller me coucher. J'ai du sommeil en retard et c'est très mauvais pour mon teint !

— Je voulais vous dire, Claire... commença Embry timidement... vous avez été impressionnante avec cet expert en balistique.

— Merci, dit-elle. Mais tout le mérite vous en revient, comme on dit. — Embry haussa les épaules. — C'est la vérité ; sans vous, je ne m'en serais pas sortie, insista-t-elle. Jamais je n'aurais pensé à cette histoire de canon interchangeable. Les mitrailleuses et moi, ça fait deux !

— C'est vous qui lui avez fait un topo là-dessus ? s'exclama Grimes. — Embry regarda Grimes, mal à l'aise. — Bien vu. C'était du bon travail.

— Merci, répondit Embry, en souriant d'un air gêné.

— Même Coultas a été pris de court, ajouta Grimes.

— Je ne crois pas, rectifia Claire. Pas quelqu'un comme lui. C'est une sommité dans le domaine des armes ; il n'aurait pas omis de vérifier quelque chose d'aussi évident.

— Ce n'était pas si *évident* que ça, protesta faiblement Embry.

— Ça l'était pour un type comme Coultas, rétorqua-t-elle. Il espérait simplement que nous ne lui poserions pas la question.

— Allons, c'est un scientifique, déclara Grimes. Il est neutre. Waldron a dû juste lui dire de passer sous silence ce détail, qu'il n'y avait aucun intérêt à s'y attarder.

— Vous n'avez plus besoin de moi ? demanda Embry au bout d'un moment. Je dois encore travailler sur le dossier de Marks, voir s'il n'y a pas d'autres angles d'attaque. Et j'aimerais bien rentrer pour dormir un peu.

— Allez-y, Terry, répondit-elle. Merci d'être venu.

— Vous voulez prendre un verre ? proposa Grimes à Claire après le départ d'Embry.

— Non, merci. Sans façon.

— Vous semblez épuisée.

— La fatigue s'accumule depuis plusieurs jours.

— Alors je vais rentrer aussi. — Il se leva, ramassa ses papiers et se planta devant son bureau. — Je peux vous dire quelque chose d'un peu personnel ?

— Allez-y, répondit-elle, s'attendant au pire.

— Je voulais juste vous dire que... vous êtes une grande avocate. Vous êtes digne de la haute idée que je me faisais de vous et je suis bien content d'être du voyage.

Claire sourit.

— Vous m'avez été chaudement recommandé.

— Oubliez ça. J'avais beau être béat d'admiration quand vous avez débarqué dans mon bureau la première fois, je ne pouvais m'empêcher de me dire que c'était du suicide, vous partant à l'assaut d'une cour martiale, sans rien savoir du droit militaire, de la folie pure... Mais vous savez quoi ?

— Non ?...

— Maintenant j'ai compris. J'ai compris ce qui fait de vous une pointure. Entre vos mains, aucun cas n'est réellement désespéré.

Des larmes embuèrent les yeux de Claire. Il était tard, elle était épuisée, physiquement et nerveusement. Elle esquissa un sourire et secoua la tête.

— Oh ! Grimes... Charles... Charlie... bredouilla-t-elle en se levant.

Elle contourna le bureau et le serra très fort dans ses bras.

Le téléphone sonna de nouveau. Il était deux heures et demie du matin.

Claire tâtonna dans le noir et décrocha le combiné.

— Demandez-vous qui veut réellement enfermer votre mari, articula la voix déformée.

— Merci du conseil, répondit Claire. En attendant, on est à deux doigts de te coincer, connard.

46.

— C'est aujourd'hui qu'ils appellent Marks à la barre ? s'enquit Devereaux.

Claire se trouvait dans la voiture de location de Ray, une Lincoln encore plus grande et plus luxueuse que celle qu'il avait à Boston. Du cuir partout...

— Oui, je crois, répondit-elle, l'air ailleurs, en avalant une gorgée de café.

— Il va donc monter dans le box, dans son bel uniforme de général avec sa grappe de décorations au revers, pour dire que le sergent Ronald Kubik est bel et bien l'auteur du massacre. Et cela va ébranler les jurés, parce qu'il s'agit d'un général quatre étoiles. Même si Marks n'était pas sur les lieux !

— C'est du moins la stratégie de Waldron et elle n'est pas si mauvaise.

— Que comptez-vous faire ?

Devereaux s'arrêta devant les portes de la base et fit un petit signe à la sentinelle, qui les connaissait de vue à présent.

— Chercher les points faibles de la cuirasse, annonça-t-elle, et y plonger mon couteau.

Devereaux la dévisagea un moment puis esquissa un sourire malicieux.

— Quelque chose me dit que vous allez taillader

dans le vif, cuirasse ou pas cuirasse. Vous avez reçu un appel, cette nuit. À deux heures et demie ?

Elle hocha la tête.

— Le FBI l'a repéré ?

— Pas le FBI. Moi. Il n'y a que deux entrées au Pentagone ouvertes vingt-quatre heures sur vingt-quatre. Une, côté Mall, l'autre, côté fleuve. J'ai parié pour l'entrée boulevard. À deux heures vingt du matin, dix minutes avant que vous ne receviez l'appel, devinez qui est entré au Pentagone, fier comme un paon ?

— Je donne ma langue au chat.

— Le bon soldat. Le colonel James Hernandez. C'est lui votre correspondant mystère. C'est lui aussi qui se trouve derrière votre « accident » dans le Maryland. Un gentil garçon, non ?

Les questions que posa Waldron au général étaient professionnelles, respectueuses et un peu guindées. L'entretien dura toute la matinée et la séance fut levée pour le déjeuner.

Lorsque Claire, Grimes et Embry revinrent pour l'audience de l'après-midi, ils découvrirent la table de l'accusation vide, ce qui était pour le moins inhabituel. Waldron et Hogan étaient des personnes ponctuelles qui aimaient s'entretenir avant l'ouverture des débats.

Les deux hommes se montrèrent juste avant que l'audience ne reprenne, discutant à voix basse avec une certaine fébrilité. Waldron était accompagné par un enquêteur du CID. Claire avait déjà aperçu cet homme de temps en temps sur les bancs.

— Que se passe-t-il ? murmura Tom, en posant la main sur l'épaule de Claire.

Elle secoua la tête.

— Quelque chose de louche, marmonna Grimes entre ses dents. Waldron a la tête d'un chat qui vient de manger le canari de la grand-mère.

Claire se présenta au général avec une déférence exagérée, afin de faire savoir aux jurés qu'en d'autres circonstances elle aurait joué profil bas, impressionnée par le haut rang du général William Marks.

Il existait une autre approche, celle de le traiter tout de go comme n'importe quel autre témoin, mais ç'aurait été une erreur tactique.

La posture des jurés s'était curieusement modifiée en présence du général. Ils se tenaient droits comme des i, sans plus mâchonner leurs stylos, ni se caler le menton sous une main, veillant à éviter tout geste pouvant être interprété comme signe d'ennui ou de distraction. Même le juge Farrell, remarqua Claire, n'avait pas apporté sa boîte de Pepsi dans la salle d'audience. Claire opta donc pour les grâces vassales, sachant qu'en temps et en heure elle sortirait les griffes.

— Général Marks, commença-t-elle, une fois les présentations faites, on vous a accordé l'immunité en échange de votre témoignage aujourd'hui, n'est-ce pas ?

— C'est exact — sa réponse était franche et directe. Il avait belle allure dans son uniforme, avec son visage altier au nez aquilin et ses cheveux argent.

— Il existe deux types d'immunité, général. L'une concerne uniquement les propos que vous allez tenir en ce lieu, l'autre concerne votre participation aux événements dont il va être fait référence, en l'occurrence ceux du 22 juin 1985, au Salvador. De quelle immunité jouissez-vous ?

— De la dernière, répondit-il en hochant la tête.

— Comment cela se fait-il ?

— La guerre est un terrain miné, Mrs. Chapman. Les erreurs sont inévitables et le commandant est souvent tenu pour seul responsable.

— Parce que, selon vous, nous étions en guerre au Salvador en 1985. Première nouvelle !

Le juge Farrell intervint :

— Mrs. Chapman, je ne tolérerai pas ce ton vis-à-vis du général Marks ! C'est une marque d'irrespect totalement inacceptable.

Claire reçut la réprimande, tête baissée, préférant éviter pour l'heure toute querelle.

— C'est compris, votre honneur. Général, lorsque vous employez le mot « guerre », sous-entendriez-vous que nous étions en guerre en 1985 ? J'ignorais que le Congrès avait déclaré les hostilités contre le Salvador à cette époque.

Le général Marks esquissa un sourire torve.

— Toute unité de l'armée, en particulier des Forces spéciales, menant des opérations contre des factions hostiles, se trouve en situation de guerre.

— Je vois, répondit-elle. Cela explique tout. Et êtes-vous d'accord avec l'idée que le commandant est responsable des actions de ses hommes ?

— Ce n'est pas une idée, c'est une règle sur laquelle repose le bon fonctionnement de l'armée.

— Vous n'avez donc rien contre cette « règle ».

Le général Marks laissa transparaître son amusement.

— Non, je n'ai rien « contre », comme vous dites, le bon fonctionnement de l'armée !

— En tant que commandant en chef de la brigade 27, vous étiez donc seul responsable des actes de vos hommes ?

— Oui, absolument, répondit-il avec un hochement

de tête vigoureux. Y compris d'actes sur lesquels je ne pouvais avoir aucun contrôle...

— Merci, général.

— ... c'est la raison pour laquelle on m'a accordé l'immunité en échange de l'examen des faits tragiques reprochés à votre client.

— C'est noté, général. Dites-moi, la brigade 27 a bien été envoyée au Salvador en représailles contre l'attentat de la Zona Rosa, n'est-ce pas ?

— Non, c'est faux, rétorqua le général avec un sourire satisfait. Nous avons été envoyés là-bas pour localiser les meurtriers, ces soi-disant guérilleros urbains qui ont assassiné quatre marines. Il ne s'agissait en aucune manière d'une expédition punitive.

— Je vous remercie d'apporter cette précision. Je me suis laissé dire, toutefois, que vous aviez des raisons personnelles de mener cette mission...

— C'est totalement faux.

— Vraiment ? Vous n'étiez pas un ami proche d'un des marines tués dans cet attentat à la bombe du 19 juin 1985 ? Un certain lieutenant-colonel Arlen Ross ?

— Il me paraît opportun d'ajouter une nouvelle précision, annonça-t-il calmement. Je connaissais effectivement Arlen Ross mais...

— Ce n'était pas une simple « connaissance », général. Mais un ami.

Marks haussa les épaules.

— Si vous voulez. C'était un ami. Je ne vais pas me battre sur ce point. Le lieutenant-colonel Ross était, effectivement, parmi les victimes. Mais ne vous leurrez pas, Mrs. Chapman. J'étais là-bas sur ordre du président des États-Unis. Je ne suis pas du genre à utiliser la force de frappe des unités de commandos de mon pays pour mener à bien ma propre vendetta.

— Je n'ai jamais sous-entendu une telle chose, général, rétorqua Claire, feignant de tomber des nues. Je disais simplement que vous aviez des motivations personnelles dans cette mission.

Mais le général était trop rusé pour tomber dans le piège. Il ne serait pas monté si haut et si vite en grade, si ce trait de caractère lui avait fait défaut.

— Vous me prêtez là des intentions bien trop généreuses, répondit-il ; j'opère simplement en tant qu'officier, commandant une unité, non comme quelque mafioso avide de vengeance.

Ne jamais laisser le témoin prendre les rênes, se rappela Claire, et c'était précisément ce qui se produisait ! Elle avait choisi la mauvaise approche pour son interrogatoire.

— Général, reprit-elle, décidée à changer de cap, lorsque nous nous sommes rencontrés pour préparer cette audience dans votre bureau du Pentagone, vous m'avez conseillé de cesser de défendre mon client, me laissant entendre que mon entêtement risquait d'être fort dommageable pour ma carrière, ce sont bien vos propres mots ?

Marks la dévisagea quelques secondes, d'un air insondable. Il savait que Claire avait piégé Henry Abbott avec un magnétophone.

— C'est exact, répondit-il au bout d'un moment. Je vous voyais, avec regret, lancée dans cette opération kamikaze parce que votre client était votre mari.

Ça y était ! Il l'avait placé ! Bien sûr, aucun juré n'ignorait que Tom était le mari de Claire, mais le fait que le général y fasse allusion en pleine audience mettait l'accent sur l'ambiguïté et la complexité de cette situation.

— Cela m'inquiétait pour vous, poursuivit-il ; si vous vous obstiniez à foncer tête baissée, sans savoir tous les tenants et aboutissants de cette affaire, vous alliez vous ridiculiser. Vous êtes, il ne faut pas l'oublier, mariée à un homme poursuivi pour meurtre. Votre position n'est pas la plus impartiale qui soit. — Il esquissa un sourire attristé. — Vous avez l'âge de ma fille et je ne peux m'empêcher d'avoir des sentiments paternels à votre égard.

— C'est très aimable à vous, général, répondit-elle sans ironie. Je suis sensible à votre sollicitude. — Puis elle décida d'attaquer bille en tête. — Général Marks, lorsque mon client a soi-disant tiré sur ces civils, où vous trouviez-vous ?

— Je n'étais pas sur place. L'unité était sous le commandement de mon adjoint, le major Hernandez. Je donnais mes ordres par radio.

— Le major Hernandez est toujours votre adjoint, n'est-ce pas ?

— C'est exact.

— On prétend que mon client a tué quatre-vingt-sept personnes ; cela doit prendre un certain temps ?

— Hélas, non ! répliqua le général. Vous seriez même surprise du contraire.

— À ce point ?

— Vous voulez que l'on fasse le calcul ? demanda-t-il d'un air triste. Le sergent Kubik a tiré deux cents balles. Une M-60 a un débit de cinq cent cinquante coups/minute. Par conséquent, la fusillade n'a pas duré plus de vingt secondes.

D'ordinaire, la réponse de Marks aurait fait mouche, mais Claire savait où elle allait.

— Vingt secondes, se contenta-t-elle de répéter, pensive.

— Peut-être un peu plus.

— Mais je croyais qu'il n'y avait que cent balles par cartouchière ? demanda-t-elle jouant la candide.

— C'est vrai, répondit le général, mais il semblerait qu'il en ait chaîné deux, selon une technique qu'un chef d'escadron lui avait apprise au Viêt-nam.

— Si la cartouchière se vrille, que se passe-t-il ?

— L'arme s'enraye.

Claire hocha la tête et se mit à faire les cent pas devant Marks.

— Donc, si l'un de vos hommes avait saisi la cartouchière de Kubik et l'avait vrillée, cela aurait suffi à arrêter le massacre ?

— Encore fallait-il que quelqu'un puisse s'approcher aussi près.

— Cela vous semble impossible ?

— Vous êtes sérieuse ? Approcher d'un homme armé d'une mitrailleuse ?

— Aucun de vos hommes n'aurait pu lui sauter dessus et lui arracher l'arme des mains ? Ou tordre sa cartouchière ?

— Kubik avait une M-60 dans les mains, Mrs. Chapman. On m'a dit qu'il regardait en tous sens, surveillant tout le monde ; il aurait certainement très mal pris que quelqu'un s'approche de lui.

— Mais vos hommes étaient armés, eux aussi, général.

— Certes.

— Quelles armes avaient-ils ?

— Des 45. Ils ne faisaient pas le poids face à une M-60.

— Lui avez-vous donné l'ordre de cesser le feu ?

— Bien sûr. Par l'intermédiaire du major Hernandez.

— Et alors ?

360

— Alors Hernandez a dit qu'il était comme fou, qu'il était impossible de l'arrêter.

Claire resta silencieuse un moment. Le général était solide et bien préparé par l'accusation. Elle allait droit dans une impasse. Marks continuerait de soutenir qu'il était impossible d'arrêter Kubik et, sur ce terrain, il était indétrônable.

— Général, selon vous, aurait-il été justifié, en tant que commandant de l'unité, d'ordonner à vos hommes d'abattre le sergent Kubik, sachant qu'il était en train de massacrer quatre-vingt-sept civils ?

— Oui, sans doute, répondit Marks. Le code militaire autorise le recours à la force (y compris celle pouvant donner la mort) si votre vie ou celle d'autrui est en danger.

Claire tressaillit en son for intérieur. C'était la bonne réponse, celle qui tuait dans l'œuf toute une série de questions qu'elle avait préparées dans le but de mettre en évidence une négligence professionnelle du général, tout au moins d'entamer sa crédibilité. Claire repartit malgré tout à l'assaut, faisant référence au fait d'abattre le sergent Kubik sans autre émotion, comme s'il ne s'agissait pas de Tom, son mari.

— Général, vos hommes auraient pu profiter d'un moment d'inattention de la part de Kubik, pour dégainer leur 45 et tirer ?

Marks poussa un soupir agacé.

— Mrs. Chapman, j'ignore si vous avez déjà tiré avec un Colt 45, ou même si vous en avez eu un entre les mains, mais une chose est sûre, c'est que vous n'avez jamais été au combat et...

— Votre honneur, je note que le témoin ne répond pas à la question, lança Claire.

— Vous l'avez bien cherché, avec vos questions

purement hypothétiques, répliqua Farrell. Poursuivez, général.

— Merci, votre honneur, répondit Marks. Mrs. Chapman, depuis votre bureau douillet de Harvard, treize ans après les faits, on peut peut-être se poser la question, mais lorsque vous commandez dix hommes dans le feu de l'action, c'est une tout autre histoire. Il y a des risques que l'on prend, et d'autres que l'on refuse de prendre. Peut-être auriez-vous été un meilleur commandant que moi ; en ce qui me concerne, j'ai fait le maximum. — Il baissa la tête. — Nous avons perdu beaucoup d'hommes au Salvador, Mrs. Chapman, car le président des États-Unis, mon supérieur hiérarchique, tenait à préserver nos intérêts stratégiques dans le secteur. Les opérations secrètes ne sont pas toujours des promenades de santé, mais il y a une différence notable entre des pertes humaines au combat et l'ignominie qu'a commise votre client. Ce qu'il a fait dans ce village me fait horreur, en tant qu'homme et en tant que soldat.

C'était le pire contre-interrogatoire que Claire eût jamais mené. Le jury était ému, visiblement. Marks était un témoin redoutable, et parfaitement préparé. Elle n'aurait pas dû se laisser surprendre ainsi.

Mais tout n'était pas encore joué.

— Dites-moi, général, vous disiez tout à l'heure que ces gens n'étaient pas armés. Est-il possible que le sergent Kubik ait pu se méprendre, et croire que ces personnes étaient des rebelles ?

— Non, répondit le général sans l'ombre d'une hésitation.

— Pourquoi donc ?

— Primo, ils n'étaient pas en tenue de combat. Secundo, ils étaient bien sagement alignés, sans faire le moindre geste hostile. Et tertio, ils n'avaient pas d'armes.

— Peut-être a-t-il *cru voir* des armes ?

Cette question allait, sans doute, déstabiliser le général. Claire semblait choisir soudain une toute nouvelle tactique de défense, son client avait tiré parce qu'il s'était senti menacé, alors qu'elle n'avait cessé de clamer que toute cette affaire était un coup monté, que quelqu'un d'autre avait perpétré le massacre. Le général hésita, lança un coup d'œil furtif vers Waldron. Claire fit un pas de côté, pour lui occulter la vue.

Le général choisit donc de se draper dans ses certitudes et son arrogance.

— Ces gens n'avaient pas d'armes, affirma-t-il.

— Comment pouvez-vous en être sûr ?

— Parce que, Mrs. Chapman, j'ai demandé à mon officier d'inspecter les cadavres. Pas la moindre arme.

— Vous avez su, après coup, que ces gens n'avaient pas d'armes. Mais sur le moment, général, aviez-vous quelque raison de croire que ces villageois étaient armés ?

— Non, aucune.

— Vos hommes n'ont pas vu d'armes.

— Non.

— Pas le moindre reflet métallique, rien qui puisse laisser croire que ces gens étaient armés ?

— Rien.

— Vos hommes n'ont donc vu aucune arme pointée sur le sergent Kubik, ou sur l'un d'entre eux ?

— Votre honneur, la question a déjà été posée, lança Waldron, et le témoin y a répondu !

— Objection retenue. Veuillez poursuivre, Mrs. Chapman.

— Je vous présente mes excuses, votre honneur.

Je voulais simplement être certaine que nous nous étions bien compris. Dites-moi, général Marks, au matin du 22 juin 1985, vous avez rédigé une MFR, une note pour les archives, n'est-ce pas ?

— C'est exact.

— Est-ce une procédure inhabituelle ?

— Comment ça ?

— Eh bien, d'ordinaire, me semble-t-il, on rédige un rapport complet, un AAR comme vous dites.

— Certes. Mais il ne s'agissait pas d'un incident « habituel », Mrs. Chapman. L'un de mes hommes venait d'assassiner la population innocente d'un village tout entier.

— Des civils non armés.

— Comme je viens de vous le dire.

— Pourquoi, dans ce cas, écrire une telle note ? À quoi bon ?

— Parce que je voulais que l'événement soit consigné. Je savais que le sergent Kubik serait poursuivi et je voulais commencer à rassembler les pièces du dossier.

— Vous voulez dire *créer* les pièces du dossier.

— Objection, votre honneur ! s'écria Waldron.

— J'ai dit « rassembler », Mrs. Chapman, répondit Marks.

— Général, avez-vous une copie de cette note, celle que vous avez écrite au matin des faits ?

— Non, je le regrette. Cette MFR a été égarée.

— Comment cela se fait-il ?

Marks sourit.

— Les papiers se perdent tout le temps, Mrs. Chapman, particulièrement en temps de guerre. Je le déplore, sachez-le bien. Même les officiers supérieurs sont victimes de temps en temps des aléas de la bureaucratie.

Claire lui retourna son sourire.

— Dans cette note écrite ce matin-là, avez-vous fait état que les villageois étaient armés et que c'est la raison pour laquelle vous aviez ordonné à vos hommes de tirer ?

— Certainement pas, rétorqua Marks avec un éclair dans les yeux.

— Vous n'avez jamais écrit une telle chose ?

— En aucun cas, puisque cela ne s'est pas passé ainsi ! Je n'ai ordonné à personne de tirer sur ces civils, et ces gens n'avaient pas d'armes !

— Je vous remercie, général.

Claire se dirigea vers la table de la défense. Embry lui tendit trois feuilles de papier. Elle s'approcha de la table de l'accusation, en déposa une sous le nez de Waldron, puis s'approcha du juge Farrell.

— Votre honneur, puis-je montrer au témoin ce document étiqueté pièce de la défense numéro C ?

— Faites, répondit Farrell, en regardant avec stupéfaction la pièce qu'elle venait de lui donner.

Elle remit la dernière feuille au général.

— Général Marks, reconnaissez-vous ce document ?

Le général resta silencieux. Pour la première fois, il sembla perdre contenance. Son visage devint blanc comme un linge.

— C'est bien votre signature, général ?

Pas de réponse.

— C'est bien votre écriture ?

Un silence de plomb régnait dans le tribunal, mais Claire avait l'impression d'entendre les murs s'écrouler autour d'elle. Waldron griffonna quelque chose dans son calepin, un mot qu'il montra à Hogan. Du coin de l'œil, Claire perçut un mouvement au fond de la salle, c'était Jerome Fine, l'avocat du général, qui faisait des signes fébriles de la main.

— Nous pouvons suspendre la séance, général Marks, proposa Claire. Nous reprendrons cet interrogatoire plus tard. J'ai un graphologue qui attend à côté. Nous pouvons lui donner une copie de ce document et lui demander une analyse complète. — C'était du bluff, elle n'avait aucun expert dans sa manche. — Mais vous savez comme moi qu'il s'agit bien de votre écriture. Je me permets de vous rappeler, général Marks, que votre immunité ne couvre pas le parjure ou le faux témoignage.

— Oui, articula-t-il de son ton le plus neutre tout en la fusillant du regard. Je crois bien qu'il s'agit de mon écriture.

— Votre honneur, annonça-t-elle en se tournant vers Farrell, j'aimerais que cette pièce numéro C soit portée à la connaissance du jury.

— La cour accepte la requête de la défense, répondit Farrell. La pièce est désormais versée au dossier. Vous pouvez la montrer aux jurés.

Elle remit six copies au président du jury. Chaque juré en prit un exemplaire. Claire se tourna alors vers Marks.

— Veuillez lire à la cour ce document, général.

Il hésita, se tourna vers le juge.

— Il le faut vraiment ? demanda-t-il avec agacement.

— Oui, je le crains, général, répondit Farrell.

Marks serra les dents, ses lèvres devinrent deux lignes blanches ; il se tourna vers Claire d'un air mauvais et chaussa une paire de lunettes.

Dans la nuit du 21 au 22 juin 1985, j'ai été informé par le major James Hernandez que des villageois armés avaient été repérés à La Colina au Salvador et qu'ils avaient un comportement hostile à l'égard de la brigade 27. — Marks s'éclaircit la gorge. — J'ai ordonné de tirer à vue sur ces forces armées hostiles. Mes ordres ont été exécutés et quatre-vingt-sept assaillants ont été mis hors de combat. La brigade a ensuite quitté les lieux de l'escarmouche et est retournée à Ilopango. Signé : colonel William Marks. Commandant en chef de la brigade 27. Ilopango. Salvador.

Le général releva lentement la tête, les prunelles brillantes de colère.

— Général Marks, reprit Claire, est-ce bien, mot pour mot, ce qui s'est passé le 22 juin 1985, ou voulez-vous apporter quelques rectificatifs ?

Pendant un moment, ils se défièrent du regard, puis Marks se tourna vers le juge :

— J'aimerais parler avec mon avocat avant de répondre.

— Votre honneur, intervint Waldron en se levant de sa chaise, nous demandons une suspension de séance pour accéder à la requête du témoin.

— Messieurs les jurés, ordonna Farrell, veuillez quitter la salle, s'il vous plaît.

Sitôt que le jury eut quitté le tribunal, un brouhaha s'éleva dans la salle d'audience.

47.

— Votre honneur, déclara Waldron, j'aimerais bien savoir depuis combien de temps la défense a cette note en sa possession et quelle en est sa provenance exacte.

— Je refuse de le dire, votre honneur, rétorqua Claire avant que Farrell ait eu le temps d'ouvrir la bouche. Rien ne m'y contraint et je n'ai aucune intention de le faire. L'accusation n'a pas à savoir quelle va être la teneur de mon contre-interrogatoire. Pour l'amour du ciel, nous avons fait la demande officielle de cette MFR, ça figure en toutes lettres dans le dossier de recherche de pièces que l'on vous a remis ! Le Pentagone, en effet, nous a certifié, par écrit, que cette note n'a jamais existé ! Il se trouve que j'ai eu ce document après avoir reçu la réponse du Pentagone ; cette pièce est une photocopie provenant des dossiers d'opérations de la CIA, dûment estampillée, ayant suivi toute la chaîne de sécurité et d'authenticité requise en la matière. Mais je refuse d'en dire plus.

— La *CIA* ! répéta Waldron en regardant Claire avec de grands yeux.

Pourquoi semblait-il aussi étonné ? se demanda-t-elle.

Farrell était encore sous le choc, stupéfait de voir

la chance changer aussi vite de camp, d'entendre un général quatre étoiles se parjurer devant une salle comble. À partir de maintenant, la moindre parole que prononcerait le juge serait analysée avec minutie. Il allait devoir marcher sur des œufs... Il ouvrit une boîte de Pepsi et avala une longue gorgée.

— Major Waldron, commença-t-il, c'est votre témoin et c'était à vous de dénicher ce document, je ne suis donc guère enclin à vous sortir de ce mauvais pas.

Pendant cet échange, Jerome Fine, l'avocat du général, avait tiré une chaise à côté du fauteuil de Marks et les deux hommes s'entretenaient à voix basse.

— Général ? demanda Claire en s'approchant du box des témoins. Ce monsieur est votre avocat ?

Marks sembla amusé par la question.

— Oui. Ce monsieur est mon avocat.

— Et comment s'appelle-t-il ?

— Jerome R. Fine. C'est l'avocat de l'armée.

— Intéressant. Comment se fait-il que votre avocat soit assis à côté de vous ? Auriez-vous des choses à cacher ?

— Pas du tout, répondit-il avec un petit rire.

— Dites-moi, général, avant de venir témoigner aujourd'hui, avez-vous relu le serment que vous avez proféré devant le Congrès lorsque vous avez été nommé à la tête de l'armée de terre ?

Marks vacilla une fraction de seconde.

— Bien sûr, répondit-il.

— C'est votre avocat qui vous a conseillé de le faire, j'imagine ?

— Mrs. Chapman, rétorqua Marks avec humeur, je n'ai pas à vous raconter ce que mon avocat et moi nous nous disons.

— Je crains pourtant que vous n'ayez guère le choix, répliqua-t-elle en regardant Fine, qui baissa les yeux, mal à l'aise. Il se trouve, général Marks, que nous pouvons faire venir Mr. Fine à la barre également, rien de ce que vous vous êtes dit n'est privé, puisque ce sont les États-Unis d'Amérique son employeur, et non vous.

Le général se tourna vers son avocat, celui-ci acquiesça d'un hochement de tête.

— Vous pouvez donc peut-être répondre à ma question, général. Votre avocat vous a-t-il, oui ou non, conseillé de relire votre serment devant le Congrès ?

Un silence. L'avocat hocha de nouveau la tête en réponse à l'interrogation muette du général.

— Oui, reconnut enfin Marks.

— Avez-vous dit à votre avocat que cette note rédigée aussitôt après les événements du 22 juin avait été détruite et que vous ne vous souveniez plus de son contenu ?

Marks se tourna encore une fois vers le juge Farrell.

— Je dois vraiment répondre à cette question ?

— Vous le devez, acquiesça Farrell.

— Oui, je lui ai dit ça, admit Marks, mais ma mémoire ne...

— Merci, général, l'interrompit Claire. Avez-vous parlé à votre femme du massacre de La Colina ?

— À ma femme ? — Incrédule, le général implora de nouveau le juge. — Votre honneur, je n'ai pas à répondre à des questions concernant ma vie privée !

— Si, général, vous devez le faire, précisa Farrell, d'une voix égale.

— Ma femme et moi ne discutons jamais de ce genre de choses, rétorqua Marks en haussant la voix.

— Pouvez-vous être plus explicite ? Quel « genre de choses » ?

— Je parle des opérations secrètes qui...

— Et l'incident à La Colina était une « opération secrète » ?

— Ne déformez pas mes propos, lança Marks. Ce massacre est le plus grand drame qui soit survenu au cours de ma carrière et...

— Et vous voulez nous faire croire que vous n'en avez pas parlé à votre femme ? — Marks hésita. — Ou lui avez-vous menti, à elle aussi ?

— Je n'ai jamais menti à propos de ce qui s'est passé à La Colina ! tonna Marks, rouge de colère.

— Ah oui ? Vous avez pourtant menti aux membres du Congrès ! Au moment de votre intronisation dans vos nouvelles fonctions, le Sénat vous a demandé des explications concernant les événements, et vous lui avez donné une version radicalement différente de celle figurant sur votre MFR. Qu'est-ce donc, sinon un mensonge ?

— Je refuse d'en entendre davantage ! s'écria Marks. J'ai consacré trente ans de ma vie à servir la Constitution et les gens de mon pays et je...

— Je vous en prie, général, souffla l'avocat en lui prenant le bras.

— Mais vous avez bel et bien menti au Congrès, n'est-ce pas ? insista Claire.

— Je n'ai aucune leçon à recevoir de quelqu'un de votre espèce ! rugit Marks, en se levant à moitié de son siège, le visage écarlate. Vous passez les bornes !

— Général, allons... articula Fine en le faisant rasseoir.

— Qu'entendez-vous par « quelqu'un de mon espèce » ? s'enquit Claire avec une candeur hypocrite.

Vous voulez dire une avocate faisant son travail ? Protégeant un client injustement accusé de crimes qu'il n'a pas commis ? Et sur le point de prouver que vous avez été complice dans ce massacre ? C'est ça mon « espèce » ?

— Objection ! hurla Waldron.

— C'est de la calomnie ! s'emporta Marks.

— Poursuivez, Mrs. Chapman.

— Général, reprit-elle avec une pointe de triomphe dans la voix, vous avez menti devant le Congrès. Reconnaissez-le.

Il y eut un moment de silence.

Fine chuchota quelque chose à l'oreille du général. Marks reprit contenance, releva la tête et déclara :

— Sur le conseil de mon avocat, je refuse de répondre à cette question. — Il se tourna vers le juge une fois encore. — Votre honneur, je n'ai pas vu cette note depuis treize ans. J'ai dit ici ce dont je me souvenais. Et selon toute évidence, je suis victime d'une honteuse machination.

— Dans ce cas, votre honneur, intervint Claire, je demande à la cour de récuser la déposition de ce témoin, puisque celui-ci refuse de répondre à nos questions.

Farrell questionna du regard le général, qui resta campé sur ses positions.

— La requête de la défense est acceptée, déclara le juge en secouant la tête, incrédule. Le témoignage du général Marks est retiré du dossier.

— Je vous remercie, votre honneur. Par conséquent, nous demandons l'annulation du procès puisque le témoin à charge est récusé.

— Il n'en est pas question ! tonna Farrell, le visage rouge de colère.

— Dans ce cas, votre honneur, nous vous demandons d'annoncer aux jurés que le général Marks, commandant en chef de l'armée de terre, n'est plus considéré comme témoin digne de foi devant cette cour et qu'ils doivent ne tenir aucun compte des témoignages et dépositions qu'il a pu émettre jusqu'à ce jour. Nous vous demandons également de déclarer officiellement, en tant que représentant de l'autorité militaire, que le général Marks s'est rendu coupable de parjure devant cette cour et qu'il encourt les sanctions prévues par l'article 31 du code pénal militaire. Et enfin de faire savoir aux jurés que le général Marks refuse désormais de répondre à quelque question que ce soit devant cette cour martiale.

— C'est d'accord, déclara Farrell — il n'avait guère le choix —, le jury sera informé en ce sens. Général Marks, la cour vous récuse et vous prie de prendre congé, avec notre profond regret.

Claire regarda le général se lever, rajuster son uniforme et quitter la salle d'audience, son avocat sur ses talons.

— Hum ! Votre honneur, articula Waldron, j'aimerais soumettre à la cour notre nouvelle pièce, identifiée numéro 4. Il s'agit d'un enregistrement de l'accusé effectué sur une radio de campagne le 22 juin 1985, faisant référence aux événements, dont nous avons une transcription fidèle à votre disposition.

Claire regarda tour à tour Grimes, Embry et Tom. Tous les trois semblaient aussi étonnés qu'elle.

— Votre honneur, c'est impossible... commença-t-elle.

— La chance a encore tourné, annonça Farrell. C'est le jour des surprises ! Vous voulez ma mort ou quoi ? Major Waldron, vous avez l'enregistrement ici ?

373

— Oui, votre honneur, répondit-il en lui tendant une cassette et un petit magnétophone.

— Parfait. Écoutons ça, déclara Farrell.

— On n'en est plus à un coup de théâtre près ! lâcha Grimes à haute voix.

L'enregistrement semblait avoir été filtré, les parasites atténués pour que la voix de Tom soit claire comme du cristal.

Car c'était bien la voix de Tom, cela ne laissait aucun doute :

— *C'était dingue. Complètement dingue ! Il fallait les voir, ces loqueteux, se fiche de nous et nous raconter n'importe quoi. Au bout d'un moment, j'en ai eu vraiment marre. Alors j'ai pris ma M-60 et je les ai allumés ! C'était génial ! Le vrai pied !*

Il y eut un silence, puis le juge arrêta la bande.

— Ce n'est pas moi, murmura Tom à l'oreille de Claire.

— D'où provient cette cassette ? demanda Farrell.

— Les services de renseignements du ministère de la Défense ont effectué l'enregistrement original, votre honneur, répondit Waldron. Une communication interceptée par une de leurs équipes de transmission. Cette copie sur cassette nous a été fournie par la CIA, après une recherche dans leurs archives.

— Depuis quand êtes-vous en possession de cette pièce ?

— Depuis aujourd'hui même, votre honneur. On l'a eue à midi.

— Depuis combien de temps connaissiez-vous l'existence de cette pièce ? demanda encore Farrell.

— On m'a prévenu ce matin, mais je n'y ai cru que lorsque je l'ai écoutée, c'est-à-dire à midi.

— Qu'est-ce qui se passe ? C'est un match CIA

contre Pentagone, ou quoi ? lança Farrell. Les civils contre les militaires ?

— Cette conversation a été interceptée par le 123ᵉ régiment basé au Salvador, le 22 juin. Leurs détecteurs écoutaient automatiquement certaines fréquences, entre 400 et 500 mégahertz. L'émission, où l'on reconnaît la voix de l'accusé, provenait d'une radio de campagne dont la portée est de cinquante kilomètres.

Les pensées se bousculaient dans la tête de Claire. Il ne pouvait s'agir d'une coïncidence. La note surprise, suivie immédiatement par cette cassette... Il y avait anguille sous roche. Elle se tourna vers Tom.

— Tu n'as jamais prononcé ces paroles ? chuchota-t-elle avec un nœud au ventre.

— Claire, ce n'est pas moi, je te dis.

— C'est ta voix pourtant.

— *Ce n'est pas moi*, répéta-t-il.

Elle se leva.

— Votre honneur ! intervint-elle avec un courroux exagéré. Ceci est décidément un procès à chausse-trappes ! Cette cassette faisait partie des demandes de pièces émises par la défense et nous aurions dû l'avoir depuis longtemps !

— Votre honneur ! rétorqua Waldron, la défense vient d'entendre que nous ne sommes en possession de cette cassette que depuis midi !

— La question n'est pas de savoir depuis quand l'accusation est en possession de cette cassette mais depuis quand le Pentagone l'a dans ses cartons. Nous avons réclamé officiellement une recherche concernant ce genre d'enregistrement et l'accusation se doit de vérifier qu'aucun service de l'État ne conserve par-devers lui des pièces d'importance. Nous avons établi notre ligne de défense suivant les éléments que le ministère public a bien voulu nous fournir. Et voilà qu'en plein milieu du procès on nous sort une pièce cruciale d'un coup de baguette magique. C'est un procédé outrageant !

— Votre honneur, intervint Waldron, la défense sait très bien que ce genre de choses est imprévisible. Les pièces peuvent tomber au douzième coup de minuit, comme nous venons d'en faire l'expérience avec la MFR.

— Vous êtes effectivement mal placée pour vous plaindre, Mrs. Chapman, renchérit le juge, puisque vous venez de faire rigoureusement la même chose !

— Il y a toutefois une différence notable, votre honneur : nous n'avons fait que mettre en évidence une négligence de l'accusation — une négligence que nous avons pu, par bonheur, corriger, grâce à nos propres sources. L'accusation, en effet, aurait dû nous remettre cette note depuis très longtemps. Et voilà qu'elle essaie la même manœuvre : sortir de son chapeau une pièce cruciale et la faire verser au dossier au dernier moment pour que nous n'ayons aucune chance de la faire examiner par nos experts ! Si les services du Pentagone ont fait cet enregistrement il y a treize ans, pourquoi a-t-il fallu attendre si longtemps pour qu'on apprenne son existence ?

— Il est possible, se défendit Waldron, que l'annonce de cette cour martiale ait incité les gens au ministère à éplucher de vieux dossiers et par suite à retrouver des pièces qu'ils pensaient perdues.

Tom s'indigna :

— Cela m'étonnerait qu'ils se donnent ce mal !

Puis il éleva la voix. — Fais examiner la cassette, Claire ! Ce n'est pas moi !

— Sergent ! tonna Farrell, je vous prie de refréner vos ardeurs. Mrs. Chapman, je vous conseille de demander à votre client de se contenir. Je ne tolérerai pas une autre intrusion de la sorte ! J'imagine, à présent, que vous voulez un ajournement ?

— C'est exact, votre honneur. Nous demandons un mois de délai afin de pouvoir mener nos investigations.

— C'est un coup monté ! s'écria Tom, en se levant.

— Sergent ! rugit Farrell. Je vous ai demandé de vous taire. Vous avez le droit d'entendre ce qui se dit dans cette cour martiale, mais si vous vous manifestez de nouveau, c'est par circuit interne de télévision que vous suivrez les audiences ! Je ne supporterai pas de vous voir perturber les débats dans ma salle de tribunal ! Me suis-je bien fait comprendre ?

— *Ce n'est pas moi !* cria-t-il encore. *C'est un faux ! Ce n'est pas ma voix !*

— Gardes, emmenez cet homme ! ordonna Farrell.

Les MP encerclèrent aussitôt Tom, le plaquèrent au sol et lui passèrent les menottes

— *C'est un coup monté !* s'entêta-t-il.

— Sortez-le d'ici ! Tout de suite !

Les gardes prirent Tom par les bras et le firent quitter la salle d'audience *manu militari*.

— C'est entendu, annonça finalement Farrell à Claire, lorsque le calme revint dans le tribunal. Je vous donne quarante-huit heures.

48.

Plus tard dans la nuit, Claire et Jackie bavardaient dans la cuisine, cigarette et verre dans chaque main. La cassette était déjà partie pour le centre d'analyse acoustique de Boulder dans le Colorado. L'experte chargée du travail avait été choisie par Claire avec beaucoup de soin. Cette femme avait effectué nombre d'identifications vocales pour l'armée, dont certaines pour le compte de Waldron. Elle était pratiquement employée à temps complet par le Pentagone et personne ne remettrait en cause son avis.

— Bien sûr, il nie, annonça Jackie d'une voix basse. Il nie tout depuis le début de cette affaire. Il nie même que c'est son arme, pas vrai ?

— Eh bien, c'est qu'il ne doit pas s'agir de son arme, que veux-tu que je te dise ! rétorqua Claire, agacée. Ou alors, ils ont échangé les canons !

— C'est possible, certes. Ces types peuvent faire ce qu'ils veulent. Mais au fond de toi, Claire, tout au fond, tu penses vraiment que ce n'est pas son arme ? Qu'il n'a pas tiré ? Peut-être est-ce bien Marks qui a donné l'ordre d'ouvrir le feu par radio, mais ce n'est pas lui qui a appuyé sur la détente, en revanche c'est peut-être Tom... Tu ne te poses pas cette question ?

— Non, pas un seul instant.

Jackie but une longue gorgée de whisky sec, serrant les dents sous la brûlure de l'alcool.

— Si un homme peut mentir à propos de toute sa vie passée, il peut mentir aussi sur cet incident tragique qui a fait basculer son existence.

Claire secoua la tête. La fatigue emportait ses dernières défenses. Des larmes embuaient ses yeux ; l'une d'elles tomba sur la table.

— Il faut que je lui parle, articula-t-elle.

Le téléphone sonna.

— Il n'est que minuit, c'est un peu tôt pour notre invité mystère, constata Jackie.

Claire décrocha, s'attendant à avoir Grimes ou Embry au bout du fil.

— Professeur Heller ? demanda une voix de femme. Ici Leonore Eitel, à Boulder.

— Oui ?

— J'espère que je ne vous réveille pas. Vous m'aviez dit de vous appeler dès que j'aurais les premiers résultats et...

— Aucun problème.

Son cœur battait si fort qu'elle avait du mal à entendre ce que lui disait la femme.

— Je crains d'avoir de mauvaises nouvelles...

— C'est lui, c'est ça ? souffla Claire, groggy.

— Je veux que vous sachiez précisément quels tests j'ai utilisés. Il s'agit d'un protocole sophistiqué qui réalise une analyse spectrographique et acoustique de la voix. J'ai comparé les résultats avec les échantillons de voix que m'a donnés votre mari par téléphone.

— C'est lui, c'est ça ?

— J'ai comparé divers paramètres, tels que les fréquences, la forme des structures vocales, les couplages consonnes-voyelles, les pics d'oscillations et les harmoniques qui laissent sur l'écran du spectrogramme des traces et...

— Pour l'amour du ciel, c'est la voix de Tom, oui ou non ?

— Oui, c'est sa voix, répondit l'analyste d'une voix neutre. J'ai pratiqué le test sur vingt-deux mots différents et j'ai obtenu dix-neuf modèles identiques à l'original...

— Quel est le degré de fiabilité de votre travail ?

— Il est sûr à quatre-vingt-dix-neuf pour cent, disons. Mais je n'ai pas encore terminé tous les tests. Il y a encore une chose que je voudrais vérifier.

Huit heures, le lendemain matin. Entretien dans la salle de réunion de la prison, la seule pièce où il n'y avait pas de caméra de surveillance...

— Je veux connaître la vérité, commença-t-elle. Tout de suite...

— Allons, Claire... articula-t-il en faisant la grimace.

— Non. Je veux savoir. Est-ce toi ou non qu'on entend sur cette radio ?

— Bien sûr que non. Nous n'étions plus sur le terrain le lendemain du massacre. Nous étions rentrés à la base. Et je n'ai jamais porté la radio ; ce n'était pas mon boulot. — Tom esquissa un sourire et lui prit les mains. — Claire, mon amour, je t'en prie...

— C'est pourtant ta voix.

— Il doit s'agir d'un trucage.

— Impossible. On ne peut pas truquer ces choses-là, Tom. C'est bel et bien ta voix.

— Je n'ai jamais dit ces choses.

— C'est bien vrai ?

Tom retira ses mains des siennes.

— Oui, c'est vrai, répondit-il doucement.

— Juré ?

L'insistance de Claire le blessa.

— Nom de Dieu, je viens de le dire, non ? Ils ont réussi à semer le doute, c'est ça ? Ma propre femme me lâche !

— Ça suffit, Tom ! cria-t-elle. Je ne sais plus quoi penser ! C'est comme cette histoire de mitrailleuse...

— Tu ne vas pas recommencer... tu leur as prouvé toi-même à quel point il leur était facile de...

— Peu importe ce que j'ai dit ou pas dit. Ce ne sont que des trucs d'avocat. Je veux savoir, juste entre toi et moi.

— Tu as démontré qu'ils pouvaient avoir substitué les canons.

— Ne me ressers pas mes propres arguments ! As-tu tué, oui ou non, ces gens ?

— Claire...

— T'a-t-on ordonné de le faire ? Est-ce pour cela que tout le monde couvre le général ?

— Claire...

— Si tu as reçu un tel ordre, ce n'est pas une réelle défense, mais on pourrait demander des circonstances atténuantes et...

— Parce que tu crois que j'ai massacré quatre-vingt-sept personnes ?

Elle le dévisagea en silence, ne sachant que répondre.

— Jure-moi que ce n'est pas toi que l'on entend sur la bande.

Pendant un long moment, il la regarda, dans ses yeux, de la colère et de la souffrance.

— *Je ne suis pas un monstre, Claire,* souffla-t-il.

On toqua à la porte. C'était Embry. Il se tenait sur le seuil, hors d'haleine, une feuille de papier à la main.

— Qu'est-ce que c'est ? s'enquit Claire.

— Vous m'avez demandé de trouver le dossier médical d'Hernandez, avant-hier, répondit Embry entre deux halètements. J'ai demandé à un copain de fouiner, le dossier se trouvait au dispensaire du Pentagone, comme je le supposais. Mon copain vient de me faxer ça.

— Vous avez le rapport d'un psy ?

— Non, répondit Embry. Mieux que ça ! — Son visage se fendit d'un grand sourire qui se mua en éclat de rire. — Beaucoup mieux que ça !

L'experte du centre de Boulder, Leonore Eitel, était un petit bout de femme à l'air pincé, presque maigre, les cheveux argent, avec une paire de lunettes démesurées coincées sur le nez.

— Si vous voulez bien vous approcher du box des témoins et lever la main droite, ordonna Waldron. Jurez-vous à partir de maintenant de dire la vérité et rien que la vérité, avec l'aide de Dieu ?

— Je le jure.

Claire présenta Leonore Eitel à la cour, ses références professionnelles étaient impressionnantes. Mrs. Eitel annonça le résultat de ses recherches. C'était bien la voix de Ronald Kubik que l'on entendait sur la cassette.

— Et que pouvez-vous nous dire d'autre, Mrs. Eitel, sur cet enregistrement ? demanda Claire.

— Tout d'abord, en utilisant un analyseur de spectre, j'ai repéré une fréquence de soixante cycles sur tout l'enregistrement.

— Qu'est-ce que cela signifie ?

— C'est le bourdonnement que produit une ligne de courant. Cela veut dire que la voix a été enregistrée sur un magnétophone branché sur le secteur, et non pas sur un appareil autonome alimenté par batterie.

— Mais ce bourdonnement ne peut-il pas provenir de l'appareil enregistreur utilisé par le servive des transmissions du 123ᵉ régiment, ceux qui ont intercepté l'émission ?

— Impossible. Si la voix avait été émise d'une radio de campagne et interceptée durant la propagation du signal, je n'aurais pas eu cette fréquence à cet endroit. Cela se démontre très facilement.

— Nous n'en doutons pas, mais nous laisserons, pour l'heure, cet aspect technique de côté. Ce bourdonnement ne peut-il pas être dû à l'appareil de duplication, qui a fait une copie de l'original ?

— Non. Il se trouve que...

— Nous verrons ça plus tard. Qu'avez-vous encore observé ?

— La bande passante est bien différente de celle à laquelle on s'attend lorsqu'il s'agit d'un appareil radio. Les caractéristiques du microphone et des filtres acoustiques, en termes de réponse de fréquence, ne sont pas celles que l'on trouve dans une radio portable.

— C'est tout ?

— Oh non ! Il y a également des manques troublants sur cet enregistrement.

— Tels que ?

— Tel le rupteur du micro de la radio, ce bouton que l'on doit appuyer pour transmettre ou recevoir le signal. Ce bruit-là est absent.

— Quoi d'autre encore ?

— J'ai trouvé des paramètres digitaux qui n'ont rien à faire sur un enregistrement analogique. Des V inversés dans les hautes fréquences, des pics pour le moins curieux. Toutes sortes de marques acoustiques qui ne peuvent être imputées au signal de la voix, ou à un magnétophone analogique, mais à un ordinateur.

— Un ordinateur ?
— Exactement.
— Qu'en concluez-vous donc ?
— Que cet enregistrement a été créé sur ordinateur, avec un logiciel de montage en liant des mots et des bouts de phrases. J'imagine que le sujet a réellement dit tous ces mots, mais dans un ordre différent. Peut-être sous une forme interrogative ou bien au cours d'un entretien. Ma conclusion, et elle est fiable à quatre-vingt-dix-neuf pour cent, est que cette bande est un faux. Un faux très sophistiqué, du beau travail, vraiment, mais néanmoins un faux.

Un brouhaha s'éleva dans la salle. Farrell abattit son marteau.

— Silence ! Silence ! Major Waldron, j'exige des explications !

Les yeux de Waldron luisaient de fureur et d'embarras.

— Votre honneur, nous ignorions totalement que cet enregistrement était truqué. Nous l'avons présenté à la cour en toute bonne foi ; nous allons le retirer séance tenante et...

— Votre travail, l'interrompit Farrell d'une voix de stentor, est de vous assurer de la véracité de toute pièce avant de la produire devant la cour !

— Votre honneur, personne ici ne saurait être plus surpris que moi ! protesta Waldron. Nous n'avions aucune raison de croire que...

— Suffit, major Waldron ! Je ne veux plus vous entendre. Je suis sans voix ! Je vous avais pourtant prévenu que ce procès se déroulerait dans les règles de l'art. D'abord vous citez à la barre un général qui ment sous serment, et à présent, vous nous présentez une bande sonore sans avoir pris le temps de vérifier son authenticité ! Vous ne me laissez guère le choix. Mrs. Chapman, comptez-vous demander la récusation de toutes les charges pesant sur votre client ?

Claire fixa le juge du regard, momentanément sans voix. Elle se leva lentement de sa chaise.

— Heu... oui, votre honneur. Oui. C'est ce que nous demandons.

— Votre requête est acceptée, annonça Farrell. Je déclare le sergent Ronald Kubik non coupable des faits qui lui sont reprochés. — Il abattit son maillet avec humeur. — Le ministère public consignera le verdict et l'accusé sera raccompagné au centre de détention pour s'acquitter des formalités de libération. La séance est levée !

Un autre coup de marteau, et le juge se leva.

Le cours du temps sembla se figer.

Autour de Claire, ce n'était qu'agitation et pagaille, et pourtant tout lui paraissait lointain, lent et étouffé. La lumière semblait soudain tamisée. Ses vêtements imbibés de sueur. Elle se déplaçait avec lenteur, comme si elle se trouvait sous l'eau. Elle serra Tom dans ses bras, puis Grimes, puis Devereaux. Elle sourit, rit aux éclats, puis fondit en larmes. Devereaux manqua de l'étouffer dans son étreinte gargantuesque, avant qu'il n'aille serrer la main de Tom avec vigueur. Tom aussi pleurait. Gêné, il tentait d'essuyer rapidement ses larmes du revers de sa manche.

— Tu m'as sauvé la vie, Claire ; tu m'as sauvé la vie...

Claire se sentait bizarre, soulagée, bien sûr, épuisée... mais aussi déprimée, vaguement inquiète.

Alors qu'elle étreignait Tom de nouveau, elle vit

Waldron filer à toute allure vers la sortie, puis faire soudain volte-face et venir se planter devant elle.

— Chère collègue, dit Waldron d'un ton sec, toutes mes félicitations.

Elle se dégagea de l'étreinte de Tom et serra la main tendue de Waldron.

— Merci, répondit-elle en se montrant cordiale. Vous avez fait du beau travail. À part pour cette dernière pièce, mais j'aime à croire que vous n'y êtes pour rien.

— C'est précisément le cas. Je peux vous appeler Claire ?

Elle acquiesça.

— Vous êtes une adversaire redoutable, Claire, et j'espère ne plus avoir à vous trouver en face de moi.

— Je vous retourne le compliment, répondit-elle. J'aimerais vous parler en privé un instant.

Waldron hésita, surpris.

— Bien sûr...

Ils trouvèrent un coin tranquille dans la salle pour parler sans être dérangés.

— J'espère que vous ne croyez pas que j'étais au courant pour cette bande truquée ? s'enquit Waldron.

Elle évita son regard.

— Je vais être franche avec vous, dit-elle. Je ne pense pas que c'était nécessairement votre idée de placer des micros chez moi, mais vous n'avez pas hésité à utiliser les infos qu'on a pu récolter par ce stratagème, n'est-ce pas ? — Le visage de Waldron était un masque insondable. Ses petits yeux la regardaient fixement. — Je pense toutefois qu'il y a beaucoup de gens derrière vous qui voulaient vous voir réussir, tels que le général Marks — elle esquissa un sourire mielleux.

La colère étincela dans le regard du major.

— Sachez que je n'aurais jamais utilisé cette bande si j'avais su qu'il s'agissait d'un faux. Au fait, je vous l'apprends peut-être, mais il s'est tué.

— Qui ça ?

— Le général Marks. Il y a deux heures. Une balle dans la tête avec son revolver de service. Vêtu de son uniforme de cérémonie. Dans son bureau du Pentagone.

— Ce n'est pas possible ! souffla-t-elle, sentant son visage s'empourprer.

— Il savait sa carrière ruinée... et il allait devoir répondre devant la justice de ses actes, poursuivit Waldron. Il ne voulait pas assister à sa déchéance.

— Je regrette qu'il ne soit pas là pour voir l'acquittement de Tom ! rétorqua Claire.

— Ce n'est pas lui qui a voulu poursuivre votre mari en cour martiale.

— De qui vient la décision alors ?

— Officiellement, du ministre de la Défense, le seul supérieur hiérarchique du général, qui ne porte pas réellement Marks dans son cœur. Mais la liste de ses ennemis ne s'arrête pas là. Bon nombre d'entre eux ont dû faire pression sur le ministre. Nous saurons qui ils sont lorsqu'on aura nommé le successeur de Marks à la tête de l'armée. Le général avait des adversaires de taille.

— Ses ennemis voulaient donc une cour martiale, reprit Claire, le regard lointain. Pour que l'on sache, ne serait-ce qu'au sein d'un cercle limité de personnes, que le général Marks avait ordonné le massacre d'un village tout entier, même s'il ignorait, n'étant pas présent sur les lieux, que ces gens étaient innocents. Une erreur tragique... Ses ennemis se doutaient également qu'une cour martiale mettrait en évidence son mensonge devant le Congrès et le fait qu'il avait fait détruire sa MFR. Tout le monde découvrirait alors qu'il dissimulait la vérité depuis treize ans et le général se retrouverait mis à nu, sans défense. — Claire regarda cette fois Waldron droit dans les yeux. — Et dans le même temps, la cour martiale devait rester secrète, limitée aux seules oreilles de militaires accrédités...

— Parce que si on apprenait, poursuivit Waldron, qu'un général américain avait organisé le massacre de quatre-vingt-sept civils et tenté d'étouffer l'affaire pendant treize ans, les répercussions diplomatiques risquaient d'être incalculables.

Claire hocha la tête.

— Toutes les pièces du puzzle se mettent en place, annonça-t-elle en lui tendant une feuille de papier.

— Qu'est-ce que c'est ? demanda Waldron en examinant le document. Un rapport médical ?... Je ne vois pas le lien avec...

— Lisez donc, insista-t-elle.

— Ça concerne Hernandez... une blessure, quelque chose comme ça...

— Il s'agit de cette cicatrice qu'il a sous l'œil... Elle date du 22 juin 1985. À La Colina.

— La blessure a été soignée à l'infirmerie de Fort Bragg, poursuivit Waldron, toujours perplexe.

— Juste après le massacre. Il y a une note de l'ophtalmo et du chirurgien.

— Brûlure et lacération cutanées sous-orbitales, secteur inférieur latéral droit, sans lésion de la paupière... Mais où voulez-vous en venir ? s'impatienta Waldron. Il a été blessé à La Colina, et alors ?

— Alors ? Dans sa déposition, il dit n'avoir pas ouvert le feu dans le village, répondit Claire. Lisez donc ce qu'a écrit le chirurgien, en bas. Il a consigné les paroles exactes d'Hernandez. Nous avons joint le chirurgien et il était prêt à venir témoigner.

Waldron lut le document avec attention et releva la tête quelques instants plus tard, l'air éberlué.

— Hernandez a été touché par une douille brûlante de M-60 alors qu'il était en train de vider deux cartouchières. Soit son canon avait surchauffé, soit il avait un peu trop agité son arme en tirant... Nom de Dieu... Votre mari est donc réellement innocent.

Claire acquiesça.

— Seigneur, souffla Waldron. — Il fit signe à Hogan de s'approcher. — Appelez le CID, ordonna-t-il. Ils ont une arrestation à faire. — Puis il se tourna de nouveau vers Claire. — Je... je ne sais que dire...

— Condamnez le vrai coupable, ça suffira, déclara-t-elle avant de tourner les talons pour rejoindre Tom.

Claire et Tom quittèrent le tribunal, les jambes chancelantes, clignant des yeux sous le soleil aveuglant de l'été naissant. Tom était encore menotté, comme l'exigeait le règlement militaire. Ils s'assirent sur les marches du bâtiment, près du fourgon blanc qui devait le ramener en prison, les gardes se tenant à distance respectueuse. Tom avait de nouveau les larmes aux yeux.

Grimes s'approcha du couple.

— Bon, eh bien, comme on dit, c'est là que nos routes se séparent.

Claire et Tom se relevèrent. Claire serra Grimes dans ses bras, très fort, comme quelqu'un venant d'être sauvé de la noyade et remerciant son sauveteur.

— Vous allez me manquer, lui dit-elle à l'oreille. Merci pour tout.

— Hé, lança Grimes gaiement, c'est moi qui dois

vous remercier. Je l'ai eue ma revanche, finalement. — Il remarqua les yeux brillants de Claire. — Ne soyez pas aussi émotive. Vous allez bientôt recevoir ma note. Là, vous pourrez verser toutes les larmes de votre corps ! rétorqua-t-il en riant.

Après que Waldron leur eut donné les documents attestant le verdict, Claire et Tom montèrent dans le fourgon blanc et prirent la route de la prison. L'heure suivante fut consacrée à une longue procédure administrative. Une fois l'ordre de relaxe délivré, Tom fut escorté jusqu'à sa cellule pour prendre ses affaires ; on l'accompagna ensuite à l'infirmerie récupérer son dossier médical, puis au bureau du courrier notifier son changement d'adresse, que de mondanités !, et enfin au bureau général pour recevoir son bon de sortie. Claire patientait dans la salle d'attente, tentant de mettre de l'ordre dans ses idées, mais son esprit refusait de s'apaiser. Tom put enfin rendre son uniforme de détenu et enfiler une tenue civile que Jackie avait rapportée de Cambridge.

Au bout d'une heure, Tom sortait de prison, libre, vêtu d'un seyant costume Armani anthracite.

Ils marchèrent un moment, main dans la main. Claire sentait le soleil chauffer sa peau. L'air était doux. Il planait une agréable odeur d'herbe coupée.

— Bonjour, chérie, dit-il.
— Bonjour.

Elle se tourna vers lui et l'embrassa.

— Tu m'as sauvé la vie, déclara-t-il d'une voix sourde et sensuelle. Merci.

— Bah, il n'y a pas de quoi, répondit-elle en souriant. Et si tu veux tout savoir, on a fait encore mieux que d'obtenir ton acquittement... Nous avons la preuve que c'est Hernandez qui a tiré, annonça-t-elle.

Pendant un moment, il resta interdit. Puis son visage s'éclaira.

— Je parie que Waldron va vouloir étouffer ça !

Elle secoua la tête.

— Au contraire. Il a déjà contacté le CID. Ils vont arrêter Hernandez pour l'interroger. À mon avis, dans six mois, il emménage à Leavenworth.

— Peut-être moins, si c'est Farrell qui préside. Je t'aime. — Il se pencha vers elle et l'embrassa de nouveau. Un baiser cette fois plus appuyé. — Nous voilà de nouveau une famille.

Elle lui prit la main.

— Viens... Allons faire nos valises. Et fêter ça !

Pour la première fois, elle osait croire qu'ils allaient retrouver leur vie d'antan.

49.

— Qui veut encore de la paella ? lança Tom, en regardant les convives rassemblés autour de la table.

Il tenait une louche d'argent au-dessus d'un plat gigantesque débordant de homards, de moules, de clams, de gambas, et autres fruits de mer mêlés au riz safrané. Tom était le roi de la paella. Claire n'en avait jamais mangé d'aussi savoureuse. C'était sa spécialité lorsqu'ils avaient du monde à dîner.

Autour de la table se pressaient Ray Devereaux et sa compagne (ils en étaient à leur énième rupture), le ténébreux Jeff Rosenthal, conseiller financier de Tom, flanqué de sa dernière et plantureuse conquête, Abe Margolis, un collègue de Claire à Harvard, un homme à la barbe poivre et sel, rondelet, âgé d'une soixantaine d'années, avec sa femme Julia, et Jennifer Evans, une vieille amie de Claire, la quarantaine, maigre, bronzée, avec une coupe à la Louise Brooks. Elle était venue seule, puisqu'elle traversait l'une de ses nombreuses périodes anti-hommes. Jackie se tenait à côté de Claire et semblait absente, soucieuse. Annie, dans sa petite robe blanche déjà maculée de taches jaunes, était assise sur les genoux de Tom qui lui chantait des comptines. La fillette était mignonne à croquer.

— *Alors, on capitule ?* lança Claire en faisant un petit clin d'œil complice à Tom.

— Je n'en peux plus, répondit Devereaux. C'est ma quatrième assiette !

— Je vais en reprendre un peu, déclara Jeff en empoignant la louche.

Ils étaient tous rassemblés pour fêter le retour de Tom. La version officielle était qu'il avait fait un voyage d'affaires aux Canaries, afin d'étudier une possibilité d'investissements juteux. Personne ne semblait remettre en question cette explication.

— Tu veux passer au rouge ? demanda Claire à la femme d'Abe, une brunette d'une cinquantaine d'années encore très belle, qui finissait son verre de blanc.

— Vas-y, répondit Julia en tendant son verre. De toute façon, si ça se mélange, ça fera du rosé ! — Claire, qui avait déjà pas mal bu, la servit d'une main malhabile. — Dans mon verre, ce serait mieux ! dit-elle en riant.

— Je vais en reprendre un peu, moi aussi, renchérit Devereaux. C'est quoi, du chablis ?

— Du merlot, répondit Claire. C'est tout proche.

— Tous les vins se valent pour moi, répliqua Devereaux. Qu'ils aient des bouchons de liège ou des capsules !

Tom continuait à faire sauter Annie sur ses genoux en improvisant des chansons.

— *Un deux trois... promenons-nous dans la joie...*

— Non, s'écriait la fillette. Ce n'est pas ça. C'est « dans les bois » !

— *Promenons-nous dans les bois, pendant que le hibou n'y est pas !* reprenait Tom avec entrain.

— Non ! criait-elle, ravie. Ce n'est pas les paroles !

Il la faisait sauter de plus belle.

— Je t'adore, mon Annie-Bannanie, chantonna-t-il gaiement.

— Au fait, Tom, lança Jennifer Evans, tu as raté l'ouverture d'un nouveau restaurant à South End.

— Encore un ? grommela Jeff Rosenthal. Quand je pense qu'autrefois South End était un trou perdu. Maintenant l'endroit est tellement envahi par les traiteurs et les restos branchés, qu'on ne peut plus faire un pas sur Columbus Avenue sans marcher sur un buisson de mesclun !

— Le mesclun ne pousse pas sur des buissons, chéri, rectifia sa belle blonde avec un sérieux professoral.

— Ah bon ? lâcha Jeff avec ironie, quelque peu embarrassé. — La cote de la blonde Candy était visiblement en chute libre. — Si vous voulez mon avis, il doit s'agir d'une mauvaise herbe que les Italiens arrachent de leur jardin et nous expédient dans de jolis sacs plastique en se tordant de rire.

Candy secoua la tête, les yeux écarquillés.

— Mais non, Jeff, ce n'est pas de la mauvaise herbe, s'exclama-t-elle. Ça s'achète en supermarché ! J'en ai déjà vu !

Jackie, silencieuse et lointaine, leva les yeux au ciel.

— Le restaurant était si bruyant, poursuivit Jennifer, qu'il fallait presque mettre des boules Quiès ! Et en plus, ils ne vous donnent ni eau, ni pain, si vous n'en réclamez pas. Ils ne vont pas faire long feu, c'est moi qui vous le dis !

— *Sept huit neuf, qui vole un œuf vole un bœuf !* chantonnait Tom.

— Non, non ! s'écriait Annie, ce n'est pas ça !

— Au fait, qu'est-ce que vous pensez de ce général qui s'est fait sauter la cervelle ? s'enquit Abe Margolis. — Le suicide du général Marks avait fait les gros titres dans tout le pays. — Je vous parie que nous ne savons pas tout. Tôt ou tard, on va apprendre qu'il était impliqué dans une affaire de harcèlement sexuel ou quelque chose du genre.

— Ou bien une affaire de pots-de-vin, avança Jeff Rosenthal.

— De toute façon, les militaires sont une race d'hommes à part, minauda la blonde Candy en jouant les vamps. De vrais machos. C'est la testostérone qui doit les travailler.

Claire aperçut le regard de Tom. Devereaux plongea le nez dans son assiette. Il y eut un court silence autour de la tablée.

— En attendant, lança Claire en se levant, sachez qu'ici l'eau pétillante est à discrétion. Il y a des gens que ça tente ?

Plusieurs mains se levèrent. Tom reposa Annie par terre qui détala aussitôt.

— Attends, je vais t'aider à rapporter les verres, annonça-t-il en emboîtant le pas à Claire.

Tom l'enlaça devant le réfrigérateur, tandis qu'elle sortait les bouteilles bleu cobalt hors de prix. Elle leva la tête et l'embrassa.

— Au fait, dit-elle, Abe pense que la fac va peut-être me garder en fin de compte. Le doyen lui a dit qu'il allait tout faire pour me défendre.

— Ça ne m'étonne pas. En fin politicien, il ménage la chèvre et le chou.

Le téléphone sonna. Aucun d'eux ne fit l'effort d'aller décrocher.

Mais Jackie se leva de table et répondit au poste mural à l'entrée de la cuisine.

— Allô ?... Oui bien sûr. Ne quittez pas. — Elle se tourna vers Claire. — C'est pour toi Terry Embry.

— Terry ? répéta-t-elle, surprise. — Elle donna les

bouteilles d'eau gazeuse à Tom et prit le combiné.
— Allô ?

— Je suis vraiment désolé de vous déranger, Claire. J'entends que vous avez du monde à dîner. Je suis désolé, vraiment...

— Aucune importance, Terry. Qu'est-ce qui se passe ?

— J'ai obtenu les documents que vous m'aviez demandés, le registre et le reste. Je vais vous les envoyer par FedEx.

— À mon bureau, d'accord. — Elle lui donna l'adresse. — Je vous remercie.

— Au fait, vous savez qu'Hernandez est introuvable. Ils sont venus chez lui pour l'interroger, mais il a disparu.

— Il réapparaîtra tôt ou tard, répondit-elle.

Elle raccrocha et prit les verres à eau.

50.

On toqua à la porte du bureau de Claire. La tête de Connie, sa secrétaire, apparut derrière le battant.

— Je peux vous apporter le courrier et vous donner vos messages ? s'enquit-elle. Ou je repasse plus tard ?

Claire leva le nez d'un article de droit qu'un étudiant lui avait demandé de lire. Elle sourit distraitement et lui fit signe d'entrer.

— Il y en a des tonnes, déclara Connie en lâchant une pile d'enveloppes sur le bureau de Claire. Si on y consacre, tous les jours, une heure le matin, et une heure l'après-midi, on aura rattrapé le retard, au mieux, en début d'année prochaine.

Connie secoua la tête de dépit. Claire remarqua la grande enveloppe cartonnée avec le logo bleu et orange de Federal Express.

— C'est pour moi ?

— Oui, il vient d'arriver, répondit la secrétaire en lui tendant le pli.

L'expéditeur était Terry Embry. Claire ouvrit l'enveloppe et examina son contenu.

D'une voix blanche, elle articula :

— Finalement, Connie, il vaut mieux que vous repassiez plus tard pour le courrier...

La secrétaire la dévisagea un instant.

— Comme vous voudrez. Prévenez-moi quand vous serez prête.

Connie se leva lentement et sortit de la pièce, l'air perplexe.

Claire examina la petite photographie noir et blanc, jointe aux documents. C'était le portrait d'un jeune soldat au moment de son engagement, des yeux sombres, des cheveux bruns bouclés. La légende indiquait : *Robert Lentini*.

Une semaine plus tôt, Ray Devereaux avait fait une demande de recherche auprès des services administratifs de l'armée concernant Lentini. Ils avaient sorti cette photo de leurs archives et l'avaient remise à Embry.

Claire reconnut aussitôt le jeune Lentini, même s'il avait perdu ses cheveux entre-temps.

Robert Lentini était devenu un haut responsable d'opérations de la CIA nommé Dennis T. Mackie.

Son *Deep Throat* à elle, qui avait, lui aussi, préféré rester dans l'ombre.

Peut-être Dennis T. Mackie était-il son vrai nom ? Peut-être était-il un agent de la CIA bien avant d'intégrer la brigade 27 et de devenir Robert Lentini ? Ce genre de choses arrivait parfois, et d'autres, plus curieuses encore... La CIA aimait placer ses pions un peu partout.

Et cet homme avait été son informateur... celui qui avait « retrouvé » la note du général Marks et mis un terme à sa carrière politique...

Claire commençait à comprendre. Elle sortit de l'enveloppe une petite feuille de papier, le bordereau qui avait accompagné la bande truquée produite par Waldron au tribunal. Il était estampillé CENTRAL INTELLIGENCE AGENCY.

Avec les initiales DTM.

DTM signifiait, à n'en pas douter, Dennis T. Mackie.

Encore son information.

C'était donc lui qui avait déniché un enregistrement de Tom parlant sur une radio de campagne au Salvador et qui l'avait remis aux services de renseignements du Pentagone, un enregistrement savamment truqué pour duper le major Waldron, mais en aucun cas une experte en électro-acoustique... *La* pièce cruciale qui avait arrêté le procès et permis d'acquitter Tom.

Claire se sentait sur le point de défaillir. Une boule acide lui brûla l'œsophage.

En explorant l'enveloppe, elle s'aperçut qu'il restait un autre document — quelques feuilles agrafées. Elle sortit la liasse.

C'était la photocopie du cahier des visites à la prison de Quantico durant les dernières semaines. Un registre que tout visiteur devait signer.

Il ne lui fallut que quelques secondes pour repérer la signature de Dennis T. Mackie dans la colonne NOM DU VISITEUR. Elle repéra en deux autres endroits la même signature. Dennis avait donc rendu visite trois fois à Tom au cours des deux dernières semaines de détention.

Peut-être y avait-il une explication ?

Elle appela Jackie, lui demanda de passer prendre Annie sur-le-champ et de la garder chez elle pour la nuit.

Puis elle appela Ray Devereaux pour avoir ses conseils.

Et enfin, elle rentra chez elle au plus vite, conduisant à toute allure, le cœur battant.

Tom était déjà rentré.

La maison sentait bon l'ail rissolé.

— J'en déduis qu'il ne reste rien de la paella ! dit-elle sur un ton faussement enjoué, en posant sa mallette et retirant son manteau.

— Ce soir, tagliatelles à la sauce aux clams, annonça-t-il. — Il sortit de la cuisine et l'embrassa. — Ton plat préféré. Tu as faim, j'espère, parce que moi, j'ai l'estomac dans les talons !

— Alors mangeons, répondit Claire dans un sourire.

Elle n'avait aucun appétit ; son ventre était complètement noué.

— Où est ma petite poupée ? s'enquit-il, en apportant les pâtes et la salade.

— Elle a voulu dormir chez Jackie.

— Décidément, c'est le grand amour entre elles deux ! — Il plongea les couverts dans le plat. — Cela ne te dérange pas si je commence ?

— Je t'en prie.

— Tu n'as pas faim ?

— Tom, il faut que je te parle, annonça-t-elle en tortillant sa serviette.

— Oh oh ! fit-il en mastiquant une bouchée de tagliatelles. — Il se dépêcha d'avaler. — Cela ne présage rien de bon.

Il sourit, but une gorgée d'eau gazeuse et enfourna une nouvelle fourchette de pâtes.

— Qui est Lentini ? demanda-t-elle.

La mastication de Tom ralentit un instant, puis reprit sa cadence.

— Un membre de l'unité, répondit-il après avoir avalé sa bouchée.

— Quel est son vrai nom ? Lentini ou Mackie ?

Il but une longue gorgée d'eau, en la fixant du regard, par-dessus son verre.

— C'est un interrogatoire ou quoi ? Le procès est fini, Claire.

— Pas pour moi, répliqua-t-elle calmement. Pas encore.

Il secoua la tête lentement.

— Est-ce que tu m'aimes, Tom ? demanda-t-elle doucement, presque dans un murmure.

— Tu sais bien que oui.

— Alors je veux savoir la vérité.

Il hocha la tête, avec un sourire attristé.

— Son vrai nom est Mackie, mais je l'ai toujours connu comme Lentini, commença-t-il. C'était en fait un type de la CIA. Il travaillait déjà pour l'Agence en secret lorsqu'il faisait partie de l'unité. Il m'a dit que la CIA considère, *considérait*, Marks comme un ennemi, un empêcheur de tourner en rond ; ils voulaient donc miner sa candidature à la présidence du grand état-major. Mais, à mon avis, les motivations de Lentini étaient d'ordre plus personnel. Il détestait Marks autant que moi.

— C'est pour cette raison qu'il a donné à Waldron la bande truquée ? Pour piéger l'accusation et saboter leur dossier ?

— Quelle importance cela peut-il avoir ? lâcha Tom avant de prendre une nouvelle bouchée de pâtes.

Il régnait dans la pièce un silence de plomb.

— Je veux savoir. C'était son idée ou la tienne ?

Il secoua la tête en mâchant.

— Claire, articula-t-il après avoir dégluti, je n'ai pas vu ce type depuis des années. Depuis treize ans.

Claire se sentit prise de vertige.

— J'ai la copie du registre des visites à la prison, articula-t-elle. Il est venu te voir trois fois !

Il la regarda un moment avec étonnement, puis une

401

autre expression s'imprima sur son visage, celle d'une froide détermination.

Lentement, il posa son couteau et sa fourchette.

— Claire, Claire... lâcha-t-il dans un long soupir. Cela fait si longtemps...

— Tu as tué ces gens, souffla-t-elle.

Il la considéra d'un air pensif.

— Je crois que Marks ignorait que les villageois étaient sans armes et innocents, mais il était si affecté par la perte de son ami Ross dans l'attentat de la Zona Rosa qu'il n'avait plus toute sa tête... Plus tard, lorsque la nouvelle du massacre arriva à Fort Bragg, Marks ne voulut pas reconnaître son erreur, bien sûr, ni désigner le major Hernandez, son adjoint, comme responsable, même si c'est à lui qu'il avait donné l'ordre de tirer. Il a donc préféré se trouver un bouc émissaire. C'était ma parole contre celle d'un major, et Marks était évidemment du côté d'Hernandez. J'ai alors compris que je devais disparaître. Parce qu'ils allaient tout me mettre sur le dos. C'est ce qu'ils ont fait, d'ailleurs. Hernandez et Marks, depuis, sont liés par ce secret. Une association de malfaiteurs, si tu veux.

— Mais tu as tiré, n'est-ce pas ? articula Claire. Tu as aidé Hernandez à massacrer ces gens.

Ses yeux devinrent liquides.

— Marks savait qu'il pouvait compter sur moi. Tous les autres de l'unité ont refusé, sauf moi, et Hernandez, bien sûr.

Il posa sa main sur celle de Claire. Elle était chaude et moite. Elle retira son bras aussitôt, comme sous l'effet d'une brûlure. Elle sentit son estomac se vriller. Une chape de lassitude s'abattit soudain sur ses épaules.

— Alors tu l'as fait, murmura-t-elle. Tu as aidé Hernandez à tuer quatre-vingt-sept personnes.

— Il faut replacer tout ça dans son contexte, Claire. Ces villageois nous riaient au nez. Ils n'étaient pas du tout coopératifs. Il a fallu que je les secoue un peu.

— Que tu les tortures, tu veux dire.

— Quelques-uns, oui. Il le fallait. Mais je ne pouvais pas les laisser en vie après, pour qu'ils aillent ensuite se plaindre à Amnesty. Ce n'était pas possible, tu comprends. Il ne faut jamais laisser de traces derrière soi. Je n'avais pas le choix.

Claire eut soudain très froid. Elle croisa les bras sur sa poitrine et frissonna.

— Marks savait qu'il pouvait compter sur moi, répéta Tom, d'un ton détaché. Tu sais, avant de m'envoyer au Viêt-nam, ils m'ont fait subir une batterie de tests. Ils ont conclu que j'étais... comment disaient-ils déjà... Ah ! oui, « moralement déficient », autrement dit : exactement le genre de personne qu'il leur fallait, pour des raids commandos et plus tard pour la brigade 27. Je pouvais tuer sans remords ni culpabilité.

Claire le fixait des yeux. Les murs semblaient tanguer autour d'elle.

— L'armée avait besoin de types comme moi, poursuivit-il. Et c'est encore le cas aujourd'hui. Il leur faut des types capables d'accomplir le sale boulot, celui que tous les autres refusent de faire. Après, lorsqu'ils n'ont plus besoin de toi, ils te jettent en jouant les effarouchés : *Quelle horreur ! Mon Dieu, quelle horreur vous avez faite là !* Et tu es bon pour passer le reste de tes jours à Leavenworth. Voilà leur façon de te remercier ! J'ai seulement suivi leurs ordres, et tout à coup, me voilà le plus grand des criminels.

Claire secoua la tête lentement.

— Je ne comprends pas, Tom. Les types de la balistique parlent d'un seul tireur. Toutes les balles proviennent du même canon.

Elle voulait effacer toutes les zones obscures, même si elle se sentait sur le point de tourner de l'œil.

Il haussa les épaules.

— J'ai nettoyé. Je nettoie toujours derrière moi. J'utilise mes propres munitions, du 308 allemand, chemise blindée et douille acier. C'est facile à récupérer avec un aimant, à l'inverse des balles en cuivre qu'utilisait Hernandez. J'ai passé les lieux au peigne fin après la fusillade, et j'ai récupéré toutes les balles et les douilles. Je déteste laisser ma carte de visite dans ces cas-là.

Elle hocha la tête lentement, déglutit tant bien que mal, puis se leva de table et se dirigea vers le téléphone mural.

— Claire ? Qu'est-ce que tu fais ? — Il se leva derrière elle, s'approcha en souriant. — C'est fini, ma chérie. J'ai été déclaré non coupable.

Elle hocha de nouveau la tête.

— Bien sûr, répondit-elle, d'une voix monocorde, le cœur au bord des lèvres.

Elle décrocha le combiné et composa un numéro.

— Tout ça, c'est entre toi et moi, Claire, dit-il avec une certaine dureté dans la voix. Tu es mon avocate. Tu es tenue par le secret professionnel.

Elle entendait la sonnerie à l'autre bout du fil, mais personne ne décrochait.

— C'est fini, Claire. La justice ne peut plus rien contre moi.

Cela sonnait toujours. Où était donc Ray ?

— Ne fais pas ça, Claire, articula-t-il en coupant la communication.

Sans un mot, elle reposa doucement le combiné sur son support et jeta un regard circulaire dans la cuisine. Tout était si harmonieux, si chaleureux. Combien de petits déjeuners avaient-ils pris ensemble, tous les trois avec Annie ? Combien de dîners Tom avait-il préparés pour sa femme et sa « petite fille » ? Et pendant tout ce temps, tout n'avait été que mensonge, dissimulation méticuleuse. Comment avait-elle pu se sentir en sécurité avec lui, alors qu'elle et sa fille avaient côtoyé, des années durant, un tueur, un psychopathe ?

— Il faut que tu te rendes, Tom, murmura-t-elle.

— Pas comme ça, Claire. Pas comme ça...

Elle décrocha de nouveau le combiné. Tom s'approcha davantage, s'interposant entre elle et le téléphone.

— Je suis sérieux, chérie. Ne fais pas ça. Pense à tout ce que l'on a enduré tous les deux, à tout ce que l'on a fait ensemble, toi et moi.

Claire reposa le combiné.

— Tu es malade, Tom, répondit-elle calmement.

— Nous sommes une famille, dit-il. Toi, moi et Annie. Une famille.

Claire acquiesça, sentant le sol se dérober sous elle. Elle décrocha une nouvelle fois le téléphone et appuya sur la touche « BIS ».

— Je suis sérieux, Claire. Laisse ce téléphone tranquille. Pense à Annie. Il n'y a aucune raison de lui faire ça, Claire. Nous pouvons être une famille de nouveau.

Elle secoua la tête, les yeux embués de larmes, écoutant les sonneries à l'autre bout de la ligne.

D'un geste vif, il lui arracha l'écouteur des mains. Sous l'impact, Claire perdit l'équilibre et tomba au sol. Il récupéra le combiné oscillant au bout de son fil et le replaça sur son support.

— Ne me lâche pas, Claire ! cria-t-il soudain.

Encore étendue au sol, elle releva les yeux vers lui. Elle vit son visage rouge de colère. Elle grimaça, sentant ses larmes rouler sur ses joues. Elle tendit le bras vers sa veste de tailleur suspendue au dossier d'une chaise et prit son téléphone portable. Elle l'ouvrit et sortit la petite antenne.

— Claire, ma chérie, articula-t-il. — Son regard était triste, son visage angoissé. — Je n'aurais pas dû faire ça. Je regrette. Il faut que tu m'écoutes, je t'en prie...

Elle enfonça les premières touches du numéro avant de s'apercevoir qu'elle n'avait pas mis l'appareil sous tension.

— Ma chérie, insista-t-il en se penchant au-dessus d'elle. — D'une claque, il envoya le téléphone à l'autre bout de la pièce. — Écoute-moi. Nous pouvons de nouveau être une famille. Tirer un trait sur le passé. Fais-le pour Annie.

La vue brouillée par les larmes, elle rampa au sol et récupéra son téléphone ; d'un coup de pied, il lui fit lâcher l'appareil.

Un éperon de douleur lui traversa le poignet. Elle se remit debout et tenta de sortir de la cuisine, mais il lui barra le passage.

— Sache que si tu m'y contrains, je disparaîtrai de nouveau. Je l'ai déjà fait, et je le referai. Tu le sais. — Sa voix était calme et posée, comme chaque fois qu'il avait voulu la rassurer lorsqu'un problème survenait à la maison... une fuite dans les toilettes, une lampe en panne, une souris dans la cuisine. — Je veux que tu penses à Annie. Réfléchis à ce qui est le mieux pour elle.

— Laisse-moi passer, souffla-t-elle. Espèce de salaud !

— Je sais que tu feras le bon choix. Je ne ferai jamais, au grand jamais, de mal à ma petite poupée si j'ai la moindre chance de faire autrement. Tu le sais. Mais je veux que tu penses à tous ceux qui te sont chers en ce bas monde, à ta sœur, à ta fille... rien n'est sûr à cent pour cent. Je disparaîtrai... tu ne pourras même pas me reconnaître... et toi, ou ta sœur ou ta fille, vous ne serez plus jamais en sécurité.

Claire le fixa avec horreur, comprenant soudain que ce n'étaient pas des menaces en l'air, qu'il pensait chaque mot qu'il prononçait. Il était prêt, effectivement, à lui prendre ce qu'elle avait de plus cher au monde. Parce qu'il était incapable d'éprouver du remords ou de la culpabilité. Il n'aurait aucun état d'âme pour passer à l'acte. Claire frissonna malgré elle.

— C'est un enfer que de devoir vivre sur ses gardes, à chaque instant de son existence, poursuivit-il. C'est terrible, crois-moi.

La sonnette retentit, deux coups brefs qui résonnèrent dans la maison vide. Elle le poussa et courut vers l'entrée.

Derrière elle, elle entendait les pas de Tom, le bruissement de son pantalon. Elle ouvrit la porte, hors d'haleine, le cœur tressautant dans sa poitrine.

Le pistolet paraissait minuscule dans la main massive de Devereaux.

— Combien de fois vous ai-je dit que je détestais les appels raccrochés ! lança Devereaux, en baissant son arme. Mon poste m'en indique un et ça vient justement de chez vous. Qu'est-ce qui se passe ?

— Rien du tout, répondit Tom. Tout va bien.

Devereaux se tourna vers Claire, d'un air interrogateur.

— Tout va bien ?

Claire le regarda avec des yeux suppliants.

— Ray...

Soudain, il y eut une série de déflagrations, quelque part derrière Devereaux, une, deux, trois, quatre détonations, et le devant de sa chemise se constella de rouge. Claire hurla de terreur. Tom s'accroupit, par réflexe. Devereaux poussa une plainte gutturale, refermant ses mains sur son ventre rebondi et s'écroula, face contre terre. Un long souffle s'échappa de ses poumons, comme un gémissement de peur.

Claire, dans un cri, se jeta au sol et lui prit la tête dans les mains. Il était très faible, mais encore en vie. Une flaque de sang se formait sous lui.

C'est alors qu'elle vit le colonel James Hernandez sur le seuil de la porte, un gros pistolet à la main. Il était vêtu d'un jean et d'un sweat-shirt.

— Salut, Ronny ! lança Hernandez. Comme au bon vieux temps, hein ?

Tom se releva, visiblement rassuré.

— Bon vieux temps, mon cul ! répondit-il. Qu'est-ce qui t'a pris de raconter au tribunal cette histoire de chien ? Et ces conneries de torture ?

Hernandez passa le seuil de la maison.

— Allez, vieux, tu savais que la fausse bande de Lentini allait te tirer d'affaire. Tu ne risquais rien, quoi que je puisse dire. Je ne voulais pas les avoir aux basques. Et j'attends encore tes remerciements. Je viens de te sauver la mise.

— Comme je t'ai sauvé la vie au Nicaragua, Jimmy, répondit Tom, avec un sourire malicieux.

Claire les regardait, éberluée.

— Jimmy, je te laisse t'occuper de ce gros lard. Et nettoyer tout ça. Claire et moi avons à discuter. Après, il faudra que tu files. Il y a plein de gens à tes trousses. — Tom passa le bras autour des épaules d'Hernandez. — Tu as failli tuer ma femme avec ton coup de la Jeep dans le Maryland. C'était stupide ; j'avais encore besoin d'elle.

— Ce n'était pas moi, répondit Hernandez. Peut-être quelqu'un d'autre des Forces spéciales, mais pas...

Il y eut un brusque mouvement, un éclair de feu s'échappa de l'arme dans la main de Devereaux, et une balle perfora le crâne d'Hernandez. L'homme s'écroula au sol, tué sur le coup.

Tom fit volte-face, surpris par la déflagration ; voyant son compagnon au sol, il s'agenouilla à son chevet.

À cet instant, Claire sentit quelque chose de froid et de dur contre sa paume ; c'était Devereaux qui lui glissait le pistolet dans la main droite.

Tom vit l'arme dans la main de Claire. Il secoua la tête de dépit.

— Je suis désolé, Claire, dit-il avec un détachement empreint de sarcasmes, mais il n'y a plus personne pour t'aider.

Elle le voyait comme à travers un brouillard ; sa bouche remuait mais il n'en sortait aucun son.

Elle se redressa, se remit sur ses jambes tant bien que mal. Son index arrivait tout juste à atteindre la détente. Refermant les deux mains sur la crosse, elle leva l'arme en direction du torse de Tom.

Soudain, Tom se baissa, ramassa le pistolet d'Hernandez et mit Claire en joue. Il lui sourit. Son visage avait retrouvé cette expression douce et aimante que Claire aimait tant jadis.

— Tu ne pourras pas tirer, ma chérie, tu ne pourras pas me faire du mal...

Elle frissonna, la vue toujours aussi brouillée.

Le sourire de Tom s'évanouit lentement. L'« ancien » naturel reprenait ses droits.

— Tu ne sais même pas t'en servir, ironisa-t-il en désignant l'arme de Claire.

— On verra bien, répondit-elle.

Il la considéra un moment avec un regard étrangement fixe et pressa la détente.

Il y eut un clic.

Claire vit la lueur de surprise dans les yeux de Tom. Hernandez avait tiré les quatre dernières balles. Il lâcha le pistolet et regarda autour de lui, cherchant une arme de remplacement.

— Ne bouge pas, Tom, articula-t-elle.

— Tu ne vas pas tirer, répéta-t-il, parcourant toujours du regard le hall d'entrée. Tu es une avocate. Tu es dans le système, tu suis les règles du jeu. — Son corps parut soudain se rassembler, prêt à bondir. — Je sais que tu feras le bon choix. Pour Annie...

Ses yeux s'étaient arrêtés sur quelque chose. Elle suivit son regard et aperçut la statuette de marbre trônant sur la desserte. Dans l'instant, Tom s'élança. Claire prit une courte inspiration.

— Tu as raison, souffla-t-elle en pressant la détente.

L'arme tressauta dans sa main et faillit lui échapper. Une étoile carmin apparut sur la chemise blanche de Tom, à la hauteur de sa poitrine. Il s'effondra au sol et émit une plainte rauque, animale. Elle leva de nouveau l'arme et fit feu une seconde fois. Les yeux de Tom s'écarquillèrent de stupeur, et se figèrent. Il était mort.

Les mains de Claire se mirent à trembler, puis ce furent ses épaules, son torse. Le corps bientôt tout entier secoué de spasmes, elle s'effondra à son tour.

Une boule de sanglots enflait dans sa gorge. Quelque chose venait de céder au tréfonds et les larmes s'échappaient d'elle, coulant à flots.

Elle était agenouillée dans le sang de Tom qui s'écoulait de sa poitrine. La laine grise de sa jupe virait au noir.

Au loin, une sirène retentissait, s'amplifiant d'instant en instant. L'odeur de la poudre s'insinua dans ses narines, puis celle du sang, métallique et piquante. Elle pleurait toutes les larmes de son corps, bouleversée pour Annie qui avait donné son amour aussi aveuglément qu'elle et dont la vie venait d'être blessée à jamais... et cependant, tout au fond d'elle-même, elle se sentait, pour la première fois, en paix.

L'économie mondiale pour cible

Joseph Finder

"L'instant zéro"
(Pocket n° 10601)

L'agent Zéro, l'as des services secrets sud-africains, a été lâché par sa hiérarchie... Qu'importe ! Le terrorisme international lui a ouvert grand ses portes. À l'heure où il s'apprête à semer le chaos dans l'économie mondiale, le FBI lui oppose Sarah Cahill, l'un de ses meilleurs agents. Mais le duel s'annonce très inégal et alors que Sarah ignore encore tout de l'agent Zéro, celui-ci a déjà piégé son adversaire...

Il y a toujours un Pocket à découvrir

Trois diables blancs

Stephen Hunter

"Sales blancs"
(Pocket n° 10991)

De l'avis de leurs codétenus noirs du pénitencier de l'Oklahoma, ce ne sont que trois "sales blancs". Il y a Lamar Pye, le chef, Odell, l'attardé mental, et Richard Peed, l'artiste. Le trio est en fuite et, depuis que le sergent Bud Pewtie a décidé de les capturer, la cavale s'est muée en une sanglante course poursuite sur les routes du Texas : Bud Pewtie est décidément un flic implacable pour les meurtriers…

Il y a toujours un Pocket à découvrir

Bobby malgré lui !

Don Winslow

"Vie et mort de Bobby Z"
(Pocket n° 10964)

Petit malfrat, Tim Kearney a commis la plus grosse erreur de sa vie en assassinant un Hell's Angel. Les Hell's étant légion dans les prisons américaines, Tim risque le pire, à moins d'accepter l'offre de la brigade des stups. Celle-ci doit échanger Bobby Z, un baron du trafic de drogue, contre l'un de ses agents, otage d'un parrain mexicain. Or, Bobby Z est mort. Pour l'occasion, Tim devra devenir ce truand d'exception...

Il y a toujours un Pocket à découvrir

Achevé d'imprimer sur les presses de

BUSSIÈRE
GROUPE CPI

*à Saint-Amand-Montrond (Cher)
en novembre 2001*

POCKET - 12, avenue d'Italie - 75627 Paris Cedex 13
Tél. : 01-44-16-05-00

— N° d'imp. 16599. —
Dépôt légal : novembre 2001.

Imprimé en France